投捕情缘

Tou Bu Qing Yuan

何堪 著

天津出版传媒集团
百花文艺出版社

图书在版编目（CIP）数据

投捕情缘 / 何堪著，-- 天津：百花文艺出版社，2016.9

ISBN 978-7-5306-7006-4

Ⅰ．①投… Ⅱ．①何… Ⅲ．①长篇小说－中国－当代 Ⅳ．① I247.5

中国版本图书馆 CIP 数据核字（2016）第 134118 号

责任编辑： 刘佩莲

出版人： 李勃洋
出版发行： 百花文艺出版社
地址： 天津市和平区西康路 35 号　**邮编：** 300051
电话传真： +86-22-23332651（发行部）
+86-22-23332656（总编部）
+86-22-23332478（邮购部）
主页： http://www.baihuawenyi.com
印刷： 北京航天伟业印刷有限公司
开本： 710 × 1000 毫米　1/16
字数： 300 千字
印张： 19.5
版次： 2016 年 9 月第 1 版
印次： 2016 年 9 月第 1 次印刷
定价： 32.80 元

目　　录

投捕 Tou Bu —— 情缘 Qing Yuan

楔　子　丑闻　1

第一局　春天棒球队　7

第二局　场上教练　21

第三局　栋梁的梁，夏天的夏　35

第四局　左投与左打　45

第五局　醋意横生　62

第六局　赵美女　75

第七局　故意四坏保送　88

第八局　黑夜的声音　102

第九局　新队友　117

第十局　两岸对抗赛　132

第十一局　速球王　147

第十二局　分手快乐　160

第十三局　开幕式　178

第十四局　投手的心思　190

第十五局　方梦的投手丘　205

第十六局　温柔夜色　217

第十七局　神秘投资商　231

第十八局　往昔今朝　246

第十九局　蓝绮的短暂单恋　270

第二十局　飞扬之梦　288

第二十一局　尾声　303

全国男子职业棒球联赛总决赛第四场第九局，T 城黑镰之刃队客场迎战 W 城淮云队，本场比分 4:2。

淮云队进攻，第四棒，三垒手路明天。黑镰的捕手魏冬调整了一下蹲姿，右手垂落在张开的膝盖间，飞快地打完暗号，投手丘上的投手肖静林微微地点了点头，高抬左腿，挥臂，投出。

肖静林的投球和他温和的外貌完全迥然，球速凶猛，杀气腾腾。路明天眯了眯眼，纹丝不动，他提前判断出了坏球[1]。

第二球、第三球……一直到第五球，路明天都没能抓到机会打出安打，但肖静林已经投出了三个坏球。

肖静林再投一个坏球，路明天将被保送上垒[2]；再投一个好球[3]，路明天将被三

1　坏球：没有投到好球区的球。击球员挥棒的话，坏球也被算作好球。

2　此处保送上垒指四坏保送，即投手投出四个坏球将击球员保送上一垒，垒上有人的话直接依次推进，例如二垒直接推进到三垒。

3　好球：投到好球区的球（好球区：位于击球员膝盖以上，腋下以下，宽度在本垒板内，好球区随击球员身高等因素变化。）

振出局。

路明天整了整帽子，看了魏冬一眼，“你配球太狠了，他的球已经失控了。”魏冬没有搭理他，路明天于是把声音提高了点：“嘿！”

“下一个球，”魏冬按了下面罩，声音沙哑，还带着点懒洋洋的笑意，“你可以打打看。”

下一个球，会是好球？对方捕手说的话有准？可是，再投坏球，就等于白白送自己上垒了。路明天犹豫了，淮云之前已经输了两场。按照总决赛五战三胜的规则，这场就是决胜局了。

黑镰的当家投手肖静林这场打得十分拼命，第三局上场后一直没换人，这局淮云已经有两名击球员被三振。他要是再出局，淮云等于在比分落后的情况下丧失最后的攻击机会，比赛将提前结束。

他下意识看向休息区，淮云主教练季琛也正看着他，然后手在脖子处摁了摁，顺着右肩向下摸到胸口，轻拍了一下：击球！教练也觉得会是好球——毕竟，那是拿了两届冠军的肖静林和魏冬。

第六球，魏冬很快打完暗号，肖静林点头点得毫不犹豫，再一次投球出击。球速比之前的三球都要快，路明天一步跨前，挥棒。木质球棒并没有迎来期盼中的震颤，球在靠近本垒板后急速下坠，指叉球[1]！

路明天要是没有挥棒，这必然是一个坏球！魏冬整个人都被球势带得往后退了退，但还是稳稳地接住了这个下坠速度惊人的球，主审裁判的声音从身后传来：“好球！”

三振出局[2]！

季琛长长地叹了口气，淮云的第五棒谢蒙有些呆滞地从准备区站起来——比赛居然就这样结束了！

全场登时沸腾了，黑镰之刃这次不但在第四场就提前结束比赛，而且还是蝉联。三届职业棒球联赛，三届总冠军！媒体疯狂了，球迷也疯狂了！明明是淮云的主场，场上黑镰球迷的气势却完全压倒了人数占优势的淮云队。黑镰在常规赛

1　指叉球：棒球球路的一种，投球时投手将食指与中指叉开夹住球，利用投快速球的动作以及两根手指的力量将球投出，球在本垒板前会下沉，影响打击者的击球。

2　三振出局：投手投出三个好球，击球员没能成功把球打出去，并且捕手接到了球，击球员出局。

上的一度失利也成为了球迷津津乐道的曲折艰难，红底黑纹的镰刀旗帜在W城上空飘荡。

季琛安慰性地拍了拍身边队员的肩膀，意味深长地看了隐藏在护具后面的魏冬一眼，转身走向场外。

场外疯狂，场上的情况却好得多。黑镰的球员很有豪门球队风范，欢呼完就列队与淮云握手，然后整齐退场。队长肖静林走在比他矮了一个头的副队长魏冬身边，小声地说着什么。魏冬仍旧带着护具，连面罩都没有取下，不时和经过身边的队员聊上几句。

这也是黑镰球迷们习惯的一个场景，魏冬一定要下场整理仪容后才肯接受采访（虽然他整理后的仪容也实在算不上整洁），自从有记者强硬地冲到他面前递话筒，这位已经坐了黑镰三年正捕手宝座的球员就坚持带护具下场了。

腿上和手上的护具倒是解开了，最为笨重的胸甲和面罩却像隔离带一样隔绝了他和媒体甚至是队友的联系。也只有肖静林这样的同伴，才能毫无顾忌地站在他边上，甚至不时地在他面罩上敲上几下。

“你看，这么打完全没有问题嘛。”肖静林的声音不大，还带着笑意。有记者大喊他名字，肖静林抬头招手，配合对方照相。

魏冬比他矮了一截，走得倒是很快，这么一转眼的工夫就到他前面去了。肖静林小跑着跟了上去，意外地发现魏冬的表情有些严肃，比在场上比赛时还要严肃：“怎么了？”魏冬不答，视线投向前方。肖静林顺着他的目光看过去，黑镰主教练严杰和淮云的季琛教练正一起朝着这边走过来，边上跟着两个棒协的工作人员：“尿检抽查，黑镰 1-7 号球员。”

肖静林点头，魏冬暗暗握了下手掌，指指自己的护具，示意自己去换装。这一次，工作人员却并没有让道：“魏先生，有人投诉你隐瞒性别参加男子职业棒球联赛，棒协要求对你进行当场尿检。”

“什么意思？”

“棒球协会怀疑你的性别并不是注册资料上的男性，需要进行检查确认。”

肖静林的脸色变了，严杰表情严肃，人倒还冷静：“让球员换下衣服，也不会影响结果吧？”工作人员丝毫没有退让的意思，当场尿检，当然不是说当着这么多人的面脱裤子检查，但是提取尿液现场必须要有同性工作人员在场监督的。

大家都留意到工作人员是一男一女的配置，看这个架势，魏冬势必要直接跟着他们去采尿了。

魏冬把面罩摘了下来，露出大家在银幕上见惯了的熟悉面孔。他的喉结并不明显，身材在捕手里甚至算得上纤细，五官偏女气，要不是标志性的浓重烟味和沙哑喉咙，一度和绯海的队长柯诗新并称为联赛两大漂亮男球员。

季琛把目光集中在了他的喉结部位——喉结确实很不明显，有些消瘦的女孩子，也会有这样微微外凸的喉结的。172 厘米的身高，在女性里算高挑，却也并不是不常见。

魏冬像是注意到一样，回视他一眼，冲工作人员笑了笑，说了声："走吧。"抬腿就往外走去。走路姿势也没有错，经典的魏冬式外八字，手拿着护具，肩膀微塌着，随着走动一晃一晃地微微抖动。

黑镰死敌绯海的随队记者曾经这样暗损第二届联赛颁奖典礼上的魏冬："两眼无神，走路像梦游，黑镰的当家捕手跟个瘾君子似的走上了冠军台……"这段描述也被黑镰球迷当作绯海刻薄无下限的招牌举动，一有风吹草动必定要拿出来嘲讽一番。

他们的捕手外形其实是达标的，但是形象气质却不行，好在棒球也不靠脸来赢比赛。国内的职业联赛也才起步几年，球队的目标都还在赢比赛上，商业运作并没有国外那么成熟。魏冬的颓废形象已成了他的招牌，甚至有少棒[1]小捕手故意学着他的姿势走路。

黑镰俱乐部的经理还是比较有商业头脑的，早在第一届全明星赛上就尝试性地对他们几个核心球员进行了彻底包装。肖静林等人还好，魏冬一番打扮收拾之后，漂亮抢眼之余，作为一个男球星来说，形象实在有些过于阴柔。

那一场比赛，肖静林意外地在场上连续投失了三个球，激起了本队球迷的激烈反应和外队球迷的嘲讽。哪怕是商业化运作，被外队球迷抓到把柄，嘲讽起来也是很可怕的。魏冬被喊成了"娘娘腔捕手"，肖静林的失误则被讥讽成了"惊吓过度，以致无法把持球速"。从此，黑镰就放弃了对魏冬个人形象的拯救。

眼看他们要出大厅了，季琛却冷冷地开口了："既然是两个人打一个位置，尿检也应该两个人一起都检吧？""你什么意思？"一向好脾气的肖静林忍不住

1 少棒：文中设定相当于小学棒球。

开口了。严杰也是一脸愤怒：“比赛总有胜负，你不用这么一而再再而三地诽谤吧？魏冬就站在这里，要检查我们也同意，你还有什么不满意的？”

季琛显然早有准备，并不想跟他打口水仗：“我是不是诽谤，检查结束就知道了——魏副队是青棒[1]锦标赛选拔上来的职业选手？”

“你知道就好，青棒也是要通过各种检查的，每年的各种检查，我们黑镰的全体队员都有参加。”

“全体队员？”季琛露出讥讽的表情，“魏副队……哦，这时应该称呼您为梁夏梁小姐了。您在青棒一路替打下来，对于逃避检查应该是驾轻就熟吧？这一次又要去你的‘随身更衣室’把真正的魏冬——您的双胞胎哥哥换过来？”

这一声“小姐”叫得周围的人都是一哆嗦，魏冬还穿着脏兮兮的球衣呢，头发翘着，黑眼圈挂着，两脚摆着明显的外八字。

魏冬，可是有合法登记妻子的。季琛提到的“更衣室”，就和他的妻子于雨密不可分。魏冬刚进联赛的时候，他的小女友，也就是现在的妻子就开着房车四处陪他一起比赛。魏冬也经常摘了护具就往女友的房车里跑，所以女友的房车被球迷们戏称为“爱的更衣室”。

可按季琛的说法，魏冬不但隐瞒性别，甚至身份都是假的，那就是替赛——联赛对替赛的惩罚，可是很严厉的。

魏冬的表情却明显有了一丝动摇，他说了声“我打电话叫她把车开过来”，却没有马上掏手机。季琛又一次打断了他：“不用了，咱们一起去看看就行。”

车子停在赛场正门外，外面正是人山人海，狂热的球迷和媒体把出口堵得水泄不通。魏冬家的房车原本是停在选手通道外面的后门的，不知什么时候竟然开到了这里，大家正扛着长枪短炮疯了一样对着房车猛按快门。

严杰拦住了想要跟着走过去的魏冬，话却是冲着季琛说的：“我们再谈谈。”

“谈什么？”

“你想把整个棒协拖下水？”

“不用拿这么大的帽子扣我，难道棒协是你们黑镰俱乐部开的？”

那两名工作人员也没想到事情会发展成这样，正打电话和高层联系。季琛身后的一个淮云队员却先一步冲了出去。车门反锁着，他直接抄起走廊边摆着的消

1　青棒：文中相当于高中棒球。

防器砸到了车门上。车里传来女子尖叫的声音，接着车门被打开，一个穿着黑镰队服的男人大力地把他推倒在了地上。

一时间全场寂静，足足隔了好几秒钟，镁光灯才又一次疯狂闪起。

两个魏冬！两个一模一样的魏冬！

肖静林等人也呆呆地看着冲出房车的男人，172厘米的身高，短发，黑镰队服，一身烟味，黑眼圈浓重……

第三届全国棒球联赛，在一起惊天动地的替赛丑闻中拉下了帷幕。

棒协根据联赛规定，对黑镰之刃做出长达50场的禁赛处罚，其中有“魏冬”参加的比赛败场积分仍旧作数，胜场则统一清零，追回三年来的各种冠军荣耀和奖金、奖杯，并开出了高额罚单。黑镰俱乐部旗下的相关负责人也按等级受到各种经济、行政处罚，真正的魏冬虽然从来没有上场比赛，也按注册运动员身份被开出了高额罚金和停赛一年的处罚。而冒名参加比赛的双胞胎妹妹梁夏，则因为国内没有职业女棒联赛，性别不符联赛规定，直接退出职业联赛。

这一丑闻更是导致了联赛成立以来三届比赛名次的变动。三届联赛冠军黑镰之刃不仅被剥夺全部冠军奖杯，更因为清零的胜场积分而从冠军队变成了职业队中名副其实的倒数第一。而被黑镰一直压制的两届亚军绯海球队则直升为前两届冠军，第三届冠军也由刚刚在场上输掉比赛的淮云球队取得。

至此，整个大陆棒球圈震动，以“魏冬”的名字在职业联赛上端坐了三年正捕手席的梁夏的名字传遍了棒球圈的每一个角落，无论是本队还是敌队，唾骂声一片。

冠军人人想得，可以这样的形式被这迟来的奖杯砸中，绯海上至俱乐部高层下至球迷，都对黑镰和梁夏恨得咬牙切齿。淮云则因为他们主教练在此次事件中担任的角色而备感尴尬，路明天甚至没在领奖台上出现。

棒协主办的《棒垒新闻》以季琛的发言对此次事件做了总结：“国内暂时只有男子职业棒球联赛，女选手应该选择垒球，或者等待女子职业球队的组建，而不是试图混入男人的战场搅乱比赛规则。”

无数男性球迷更是打出了旗帜抗议：“女人，根本不应该出现在棒球场上！”

第一局

春天棒球队

“就是这里了！八楼！”满头黄色卷发的墨镜男指了指面前这座有些老旧的公寓楼，有些兴奋地扭过头，“哥！快点啊！”

罗松气喘吁吁地从巷子里出来，“你慢点，我哪儿跑得过你。”“这才多远，你也太没用了！”墨镜男说着就要摘眼镜。“罗柏！”罗松吓了一跳，迅速拦住，“遮着点，万一有球迷或者记者呢！”

罗柏只得住手，“不会的，我都问过肖静林了，魏冬都搬了七八次家了，这次地址保证隐蔽。”罗松还是不放心，拽着他胳膊往公寓楼走，“不怕一万就怕万一，你也别再喊人家魏冬了，出了这样的事情，没准人家以为你嘲笑她呢。”

“嘲笑？这不是天经地义的嘛！”罗柏十分不以为然，“哈哈哈哈哈，你不知道我们队长看到新闻时候的那个表情，哈哈哈哈哈！他还跟她同住过一个房间呢，笑死我了！”

“说来也奇怪，他们不是双胞胎吗，怎么不是一个姓？”

“一个随母姓，一个随父姓啦。”

兄弟俩一边聊一边走到了电梯边，罗柏摁了一下按钮，所有的楼层指示灯都亮了："怎么回事！"罗松也觉得很神奇，这什么电梯啊，这么有个性，"算了，我们走路上去。"

两人正要转身，一人裹着大围巾，拎着一大袋水果走了过来，重重地拍了两下电梯门，电梯门摇晃着打开，然后她就走了进去。罗柏连忙拉着罗松往里冲，他们一进去，那裹着大围巾的人就出声了："萝卜？"罗松没什么反应，罗柏却瞬间炸毛了："魏冬你妹！你才萝卜！你们全家都萝卜！"

那人拉下围巾，露出他们熟悉而又有些陌生的清秀面庞，"我是魏冬他妹没错，你不是萝卜？那该叫你什么，'落败'？"

罗柏又是一阵激动："你才落败，你们全家都落败！"罗柏的名字确实不是很好念，要么念错读音成"萝卜"，要么就顺口喊成了"落败"。而罗柏所在的满天星球队也没有辜负他的名字，加入职业联赛两年来，一直不上不下沉浮着，曾经的冠军队捕手说他一声"落败"，倒也名副其实。

罗柏觉得梁夏的嘴贱程度又上升了，这才说了两句话呢，就没一句中听的！他还要反击，罗松拨开弟弟，"您好，梁小姐，我是罗柏的哥哥，满天星集团执行总裁，罗松。"

"满天星"这个队名被不少人吐槽过，球队之所以顶着压力继续使用，一大原因就是球队背后的大股东，玩具大亨满天星集团。满天星集团大 boss 就是罗家兄弟的老爹，罗松这个执行总裁，其实就是拍板给满天星俱乐部出资的人。

梁夏把水果换了个手，伸出右手和他握手，"您好，我是梁夏。"与此同时，电梯也到了八楼，梁夏拎着水果一边往外走一边问："你们是来找我的吧？"

废话！不找你，我们两兄弟一个大球星一个大老板，跑这种破破烂烂的小公寓来干嘛！罗柏腹诽着，跟在后面出了电梯。

梁夏掏出钥匙打开门，罗家兄弟跟了进去。两人都开始迅速打量她家的环境，罗松在为一会儿的身价谈判收集资料，罗柏在为刚才吃的亏寻找反击素材。

两人的目的都十分顺利地达到了，梁夏家这环境实在算不上好，格局奇葩，家具半新不旧的，客厅的新地毯还叫人踩脏了一块。需要钱！罗松的眼睛亮了，看起来，联赛委员会对魏冬的高额罚金，对这个冒牌货的影响还是很大的。穷成狗了！罗柏也超级开心。

梁夏却跟没事人似的，一边把水果摆到果盘里，一边还问："你们吃橘子的吧？”“还有别的没？”挑嘴的罗柏凑了上去。

“没了。”

太惨了！这橘子成色也一般，啧啧啧，还这么一大包，不是超市大清仓买的吧？

梁夏又跟罗松让了让，罗松客气地笑笑，礼貌地摇了摇头，“我这次来拜访……”“主要就是来拯救你这个失足女青年的。”罗柏抢过话头，“你现在简直人见人厌啊，我们满天星你也知道，别的没有，就是钱多。”

梁夏把盘子推回到原位，面无表情地看着他们。罗松干咳两声：“是这样，我们满天星想要聘请你。”梁夏有点意外：“满天星也是职业球队呀，女人可以上场？”

这不是废话么！黑镰之刃的前车之鉴摆着，他罗松是有多想不开！

“我的意思说，请你来当我们的技术指导，主要针对战术布局和捕手配球这块。”

“这样啊，”梁夏放下盘子，这倒是个不错的出路。职业运动员退役之后，去当技术指导、教练员都是不错的选择。像她这样的尴尬身份，能够以这种形式再回职业圈，简直是再好没有了。

梁夏的态度也很对罗松的胃口，虽然虎落平阳，但却不卑不亢。到底是冠军队出来的人。

“可这样，我就没办法打比赛了呀。”

罗松瞪大眼睛，一边的罗柏也震惊了：“姑奶奶，你还想害谁？”梁夏笑笑：“我技术这么好，不能打比赛，不挺可惜的？”

有你这么夸自己的吗？虽然技术好是事实，可你是女人啊，女人怎么打比赛？职业联赛就不允许好吧！罗柏瞪了梁夏一眼，把到嘴边的话咽回了肚子里。梁夏显然也猜到了他们的想法：“职业联赛打不了，我可以去业余队打。”

这下子，不但罗松吃惊，连罗柏也愣了。业余比赛确实没有禁止女子参加的规定，甚至在少棒、青少棒[1]比赛里，偶尔也有女选手出赛。但是，既然是业余队，那就意味着各种不靠谱了。

棒球项目退出奥运会之后，在国内的发展并不是很好，这也是女子职业球队迟迟组建不起来的原因之一。棒协连举办男子职业联赛的资金都紧巴巴的，实在

1 青少棒：文中设定相当于初中棒球。

没有多大的精力去扶持女子比赛。而顺其自然发展的话，已经形成体系的男子组比赛明显比连雏形都还没有的女子组更有吸引力，风险也更少。与国际上一样，国内也基本奉行了男棒女垒的流行风向，甚至有不少人认为棒球只能有男子组比赛，垒球则只有姑娘们参加。

白手起家，并不是那么容易的。如今国内的业余队一般分为这样几种：三两好友呼朋引伴凑起来的临时队伍；小厂商为宣传自己品牌搞出来的队伍；还有就是学校、公司等社会团体组建的以自己单位内成员为主力的棒球队。这些队伍里，别说女选手了，连未成年的孩子都有。这种业余队一般是没有工资的，有些甚至还要缴纳会费，训练场地也大多是靠租借，甚至是找机会白蹭。比赛也就是在各个业余队里进行，遇上跨省市的比赛，没准还得自己掏差旅费。

梁夏虽然在职业圈黑得彻底，要是沦落到去业余队里打酱油，那实在有点叫人看不过眼了。罗柏忍不住劝她："别这么想不开，你可以去垒球队啊。"

确实有部分优秀的青少棒女将会在进入青棒之后，因为没有正式比赛可打（青棒中的女选手可以打练习赛，但不能参加正式比赛），而转投赛制相似的女子垒球职业赛的怀抱。如今垒球联赛上风头正劲的女选手中，就有不少这样中途转型的选手。

梁夏在国内少棒还没形成体系的小学时期就已经开始打棒球，高中时开始靠着哥哥魏冬的掩护，男扮女装在当时刚刚具有雏形的青棒打正式比赛。年龄到达青棒上限之后恰逢国内职业圈正式形成之际，又被初创立的黑镰之刃主教练一眼相中。

她这个国内职业圈的"元老级"选手，实际年龄也不过 26 岁，正是职业选手发光发热的黄金年龄。依照她在黑镰队的表现，要是个男人，到哪儿都是个抢手货。垒球队又都是姑娘，她作为捕手唯一的缺陷——身型比大部分男选手瘦弱也可以忽略了，怎么看都会是个受欢迎的转型选手。

梁夏看起来却兴趣缺缺："我还是不喜欢下手投球[1]啊。"

"你是捕手啊，管它上手下手——你还想当投手？"

"当然，我现在恢复身份了，哪个位置不能打？"梁夏显得踌躇满志。

在业余球队的话，职业球员确实哪个位置都能胜任吧。但是，一个冠军队的

1　下手投球：垒球投手只能用下手投球（低手投球），出手角度低，球会逐渐上飘。

当家捕手，居然把这个当目标，也太没出息了！罗柏干干脆脆地鄙视她：“哪个位置都行？那你试试去业余队打第四棒好了。”棒球比赛中，出于战术考虑，一般会把打击能力好的击球员安排在三、四、五棒，而四棒一般会是队伍中最强力的打者。

罗柏本人是满天星的第一强打，今年季后赛第一支本垒打就是他的，在这个位置上，是最可以鄙视她的。罗松倒是没当真，人家已经拒绝了，现在这些话，明显就是开玩笑调节气氛来了。梁夏还是“魏冬”的时候，可从来没有发表过这么带挑衅味道的刺耳言论。

梁夏伸了个懒腰，“那肯定的啊，我以前没有充分发挥打击优势，那是因为被裹胸布束缚了。”罗家兄弟集体沉默了，开玩笑也不能这么肆无忌惮啊。我们都知道你是女人了，你不能当我们不是男人啊！谁要跟你讨论裹胸布！

梁夏仍旧侃侃而谈：“要不是这样，你以为肖静林能稳坐黑镰第一投手的位子？温小榕能打四棒？我虽然是 A 胸，上下胸围差也达到了 11.3 厘米，距离 B 不过 1.2 厘米的差距，为了隐藏身份，实力也是受到很大影响的。”

“……”

一直到出了公寓，穿过小巷，回到车上，罗松才终于斩钉截铁地评价：“这个女人，真是太不要脸了！”

罗柏一千个一万个同意，心里却在思考一个有点点古怪的小问题：11.3 厘米的上下胸围差，有多少来着？去年绯海的柯诗新好像还在本垒被捕手截杀了，那次柯诗新冲垒冲得那么猛，差点就把她整个踢出去了，胸……胸部不会受伤？这么一想，梁夏在捕手位上经受的冲撞不少啊，体型不够庞大的捕手，在截杀跑回本垒的敌人时是非常吃亏的。而且梁夏也没少跑垒[1]，跑垒时候遇到的肢体冲撞，那就更多了，捕手跑垒也不可能穿着护具去跑，真的完全没有人发现吗？

“你说什么？”罗松等了半天没得到兄弟的应和，只听他在那嘟嘟囔囔地嘀咕，忍不住开口问话。

“哦哦哦，我是说，她竟然想去打业余赛，真的想打球想疯了！”

---

1 跑垒：棒球比赛攻方想要得分，攻方队员必须依次跑过一垒、二垒、三垒，最后返回本垒。

送走客人，梁夏一边从裤兜里摸出烟，一边走回客厅。

“又抽！”主卧的门“啪”的一声就被打开了，满头乱发的魏冬顶着那张胡楂儿遍布的脸走了出来，“走了？”

梁夏“嗯”了一声，把兜里的烟包摸出来，熟练地朝着他抖了一下。魏冬没接那根悬空的烟，直接把整包烟夺了过去，“姑娘家少抽点，你现在又不用装男人了，还抽什么？”

梁夏叼着烟吞云吐雾，含含糊糊说了句“习惯了”，瞅着他下巴上的胡楂儿发呆：“把胡子剃了吧，看着多脏。”

魏冬实在是太不讲究了，从学生时代起就一身烟味一脸颓靡，搞得她也不得不学着他的模样死命折腾自己。看在比赛高额奖金的份上，魏冬勉勉强强配合她剃掉了心爱的胡子，烟和外八字就实在改不了了。

梁夏开始时候倒是能做到随意切换状态的，穿上球衣就是魏冬，脱下球衣就是梁夏。日子长了，魏冬的习惯也成了她的，兄妹俩身高差不多，长得又像，一起叼着烟坐在客厅里，简直像在面对面照镜子。

魏冬把烟灰缸朝自己这边拉了拉，说：“好好找个工作，别折腾了。”梁夏斜乜了他一眼，“没我去打比赛赚奖金，你能上大学？”魏冬吐出个大大的烟圈，“我那时候帮你难道是图钱？爸妈虽然不在了，我一个大男人总不至于要你养……主要还是你自己想打。”

梁夏点头，“我现在还想打。”魏冬皱眉，“打业余赛不需要装男人了吧？”梁夏伪装要各种模仿牺牲，他又何尝不是，光清理脸上的胡楂儿就能让他烦死，还得经常性地参加尿检。

最受不了的就是第一次全明星赛时，黑镰俱乐部的大改造计划，把他从里到外都修剪润色了一遍，连妻子于雨都忍不住赞叹：“我们家冬子要是个子再高点，那就是24k纯金的美男子啊！”还有那些同队球员的诡异眼神，按魏冬的理解，全部都是赤裸裸的嫉妒啊嫉妒！

梁夏要打比赛，当然也得跟着改造风格。等俱乐部人走了，再由于雨对照着魏冬的样子来收拾。于雨于是又感慨：“我们家小夏要是不用装男人，那也是大大的美女呀。”

魏冬和梁夏十分自满地点了点头，又摸了烟出来抽，两张一模一样的脸在烟雾缭绕里升华得于雨牙齿都要崩碎了。“你们就不能不抽烟！就不能晚几分钟让人失望？”魏冬很厚颜无耻地说：“我这样让人失望你都嫁给我了，要是我变成美男子，你还不得迷得三魂七魄都飞了？”

想到于雨，魏冬瞄了眼时间，猛地吸了一大口。梁夏也意识到了，抓起烟灰缸要往自己房间躲，“我回屋了，你快去开窗散烟味。”魏冬抓着烟灰缸不放，“你去。”

“你去！”两人互不相让地喷着白烟对峙。

电梯下去的声音传了过来，两人都有些慌乱。于雨下班了！魏冬先松了手，跑去把窗户打开，梁夏抓紧时间抽完最后一口，连烟蒂带烟灰缸一起塞进垃圾桶里。

屋子里烟雾缭绕，魏冬又拿了空气清新剂来喷，梁夏把垃圾桶塞进茶几底下，“别喷太多，太刻意了！”魏冬觉得有道理：“那怎么办？”梁夏剥开橘子吃了一口，“先把嘴里的烟味吃下去。”

魏冬鄙视地看着她：“我媳妇又不亲你，你怕什么？”梁夏又剥了一个，“屋里有两个人，我在吃橘子，你嘴巴里有烟味——当然是你抽的。”无耻啊！魏冬也赶紧放下空气清新剂，翻箱倒柜地找口香糖。梁夏一边吃橘子一边晃回了自己屋里。

客厅很快传来于雨嘹亮的咆哮声，梁夏打开电脑，随手点开本地的棒球论坛，哗啦啦一拉，随处可见自己和魏冬的名字。T 城主要都是黑镰之刃的球迷，梁夏害得他们的黑镰连失三冠禁赛 50 场，那仇恨值是相当的大。

梁夏直接拉到球友招募队员的地方，果然搜到不少招募信息。业余队招募队员，一般也就是要求按时参加比赛、尽量一起训练、自备手套啊什么的。居然还有打出“女孩不用交会费”口号的——业余队，女选手还挺受欢迎的嘛。

梁夏挑了个看着对女选手最友善的，掏出手机拨了号码过去，对面是一个粗犷的男声：“喂！哪位？”

“春天棒球队？”

那边的男声立马热情了不少：“对，我是队长张小春，你要报名？玩什么位置？”梁夏清了清嗓子：“右投右打[1]，守备位置是捕手，打席的话，看你们队

1 右投右打：右手投球，右手打击。

的水平吧。”这话显然雷到张小春了，闷了半天回了句：“那什么时候有空，见个面？”

“今天？”

“行啊，市立图书馆后面的球场，我们正打比赛呢。”

梁夏挂了电话，那边的球场她是知道的，搬过来当晚她就去那边溜达过，确实经常有球队在训练。梁夏对着镜子扒拉了下头发，换上球服，披上外套，裹上围巾，再戴上棒球帽和墨镜。

于雨还在客厅唠叨魏冬，见她开门出来，迅速切换温柔声线：“小夏饿了吧，嫂子给你做饭。”梁夏把围巾往下拉了拉，“我去球场看看。”“去球场干什么？”于雨担心道，“暂时避避风头吧。”事情过去还没一个月呢，他们兄妹俩那个脸，玩棒球的谁不认识啊。

梁夏指指自己，“我这样还认得出来？”于雨瞅瞅她背上的包，“你还带了手套和球棍？”带了包，那肯定是要做训练的，围巾一解外套一脱，这不就暴露了？梁夏笑笑，“我昨天也去了。”

于雨还犹豫呢，魏冬毛手毛脚地剥了橘子送到她嘴边，“让她去吧，在家也孵不出蛋来。”于雨瞪眼，“说什么呢！”

梁夏笑嘻嘻地拎着包出门了，关门前还跟他们摆手，“晚饭别等我了，老肖请客。”

市立图书馆后的公共球场上，一场棒球比赛正进行到最狂乱的时刻。场上两队球员跑成一片，连过去补位的投手都在跑，守场队的队长兼捕手张小春早把面罩摘了，冲着场内人大喊：“传我这儿来！传本垒！”

张小春喊得嗓子都哑了，却一点儿都没能控制住场面。眼看对方队员已经如入无人之境一般踏过三垒垒包，他也慌了。被对方回到本垒的话，意味着比分差距又要拉大了！

张小春忙里犯晕，下意识就蹲回了本垒。

球！球！

张小春明知没戏了，却还奢望着球能够越过大半场地回到他手上。对方球员越跑越近，都能看到脸上大大的笑容了。太嚣张了，笑个屁啊——球怎么还没传回来？

那哥们儿见张小春手上没球还岿然不动，也有点惊奇，跑步速度却丝毫没有慢下来。五米、四米、三米……他“砰”的一声侧身滑冲向张小春身下的本垒板，脚尖直踹过来，开始滑垒了！

张小春这时更晕了，作为捕手，面对这样凶猛的冲垒，当然是要努力封垒的。可是封垒需要用拿球的手在冲垒者触碰垒包前触到冲垒者的身体。他现在手上没球，要怎么触杀？

“上垒！”本垒后面的裁判大喊出声。与此同时，那位暴力滑垒的哥们儿也已经一脚铲在张小春屁股上，硬生生把他从本垒板上踹了出去。

砰！张小春捂着屁股，眼泪花都爆出来了。对方球队欢呼声一片，裁判还给张小春判了个阻挡犯规。手上没球，阻挡在跑垒员动线上，犯规无疑！张小春欲哭无泪。

张小春的球队叫作春天棒球队，队员大部分是这个区的小摊贩和个体户。张小春自己在图书馆前面的广场开书店，投手黄隆沙是附近公立小学的体育老师，一直到上个月才勉强凑齐一场比赛需要的9名球员，训练场地却遭到了别的业余球队的觊觎。

觊觎球场的业余队叫作风神翼龙球队，看名字就知道非常装腔作势。最讨人厌的是他们那个队长李霖，居然是个城管！别看张小春现在有个门店，当年也是卖过烤串、炸过油条的。

队里的其他球员也很不乐意被风神翼龙夺走地盘，明明是他们先来的，凭什么让啊！风神翼龙却不管这些，只说是要拿比赛来定胜负。

比就比，大家都很义愤填膺，义愤填膺完又暗暗查了下风神翼龙的球队情况——人家居然有三十多个球员，光金贵的投手就有3个！这简直就是职业球队的配置啊！

不过，经过张小春的仔细打探，发现其中有一半的球员是充人数的，可能连手套怎么戴都不知道。张小春兴奋了，兴奋完了再一打听，才知道这十几人不是美女就是随队打手。美女可以在打比赛的时候化身拉拉队加油助威，打手则用来维持秩序。

业余队打架可不怕联赛规则，有些彪悍的队伍打着打着就从打球变成打人了。当然，这样的队伍是比较不受人待见的。风神翼龙显然没打算走这一步，但是假如春天棒球队输了还敢赖着不走，那肯定是要被暴力驱逐的。

张小春他们害怕了，一合计，一边在网上招兵买马，一边想出各种借口来拖延时间——今天某人孩子生病了，明天某人车子给交警大队扣了……这么着拖了一个星期，风神翼龙见着他们就起嘘声。李霖有空就跑张小春店里问："呵呵，有时间了没？"

呵你祖宗坟头上的青草啊！张小春只敢在心里骂，人家身边有美女环绕、打手跟随啊，自己总不能拿书柜上的大字典砸他们吧。

这样一来，球场就变成了大家的，两个队的球员都死命往里挤。不同的是，风神翼龙人多势众，而春天最多不会超过 8 个人……废话，凑齐了就得比赛了。

无奈人算不如天算，今天请假不参加训练那位队员，不知是不是烧糊涂了，在医院打完针之后，居然赶了回来。风神翼龙早就数过人数了，一见那病号在球场外晃悠，立马激动了："哈哈哈，春天人来齐了！"

张小春就这么无奈地被硬赶鸭子上架了，梁夏打给他电话时，他刚穿好护具。虽然梁夏的守备位置和自己冲突了，但是多个板凳球员也是好的嘛。结果梁夏还跟他摆谱，看看你们打线水平——他们的打线有什么水平？水平最好的也就那样，最差的就会站着乱挥棍子。

张小春做生意稳扎稳打，对这种装腔作势的人特别没好感，要不是球队实在没人，真的想直接拒绝算了。不过，都这么久了，那家伙怎么还没来？

张小春捂着屁股四下张望，风神翼龙的下一个击球员上来了，贱兮兮地问，"没踢坏吧？""滚！"张小春也知道自己刚才的举动是太不专业了点，可他着急啊。人急了，不就得犯二吗？张小春忍着疼给自家投手打了暗号：来个指叉球，吓死他们！黄隆沙却冲张小春摇了摇头，指叉球对身体的伤害是很大的，他们队里就他这么一个投手，状态不行，投不出了。

张小春无奈，继续打暗号：那就先投个高点的坏球。黄隆沙点头，挥臂投球。这一球的球速在业余选手里也算不错了，球速差不多有 125 公里 / 时，可惜黄隆沙的体力已经不大行了，球没能按着预定的方向飞，稍微偏了那么一些。

棒球棍在张小春眼前划出一道漂亮的弧线，又被打了出去。跑垒员又一次朝着张小春这边冲刺过来，场上再一次开始狂乱。

太快了！张小春满头大汗，屁股也更疼了。他深吸口气，掀掉面罩站起来冲了出去。黄隆沙接到球，朝着他传了过来。可是等他接到球往回跑，跑垒员早已经轻轻松松回到本垒。又被赚了一分，张小春垂头丧气地捡起地上的面罩。

“怎么不传杀一垒跑者呢，得1分就得1分，刚才要是直接传一垒，就能让他们一个人出局了。”耳边突然传来这么一声嘀咕，张小春抬头一看，没人。他再扭头，就见裁判后面不知什么时候站了个人，裹得跟个煤球似的，架着墨镜，戴着棒球帽，就露出个嘴巴叼着支烟。

裁判吓了一跳：“我们这儿比赛呢，你赶紧出去！”张小春也很愤怒，这么厉害你来指挥啊，再让他们拿分就输定了好吧！那人嘟囔着说了句：“别人也都进来了，怎么没见你们管？”慢腾腾地拎着包往外走。

张小春这才发现，对方球队好几个观战的女替补不知什么时候都走到本垒后面了，居然还带了小马扎和热乎乎的奶茶！怪不得刚才总觉得自己闻到了奶香味。

“全部出去！我们打比赛呢！”张小春咆哮。

女孩们嘻嘻哈哈地搬着小凳子走了，最后的一个大胖妞动作最慢，一人扛着全部马扎，畏畏缩缩地看了他一眼，也扭着小碎步走远了。

看到她们那个样子，张小春真有点后悔在招募帖子里写了女选手优先了——不过，张小春想要女队员，主要也不是为了让她们上场。看风神翼龙就知道了，多几个漂亮女孩，整支球队的状态都不一样。男女搭配，干活不累，这是亘古不变的真理。

但把这个大胖妞招进来图什么？给女神们搬凳子？张小春觉得更悲愤了，看看人家风神翼龙，不但能赢分，还有女神，女神还自带丫鬟。他们春天棒球队呢，别说女人，连只娇俏的小母狗都没有！怎么才能吸引高技术人才啊！

张小春越想越难受，要了暂停，走到投手丘上和黄隆沙商量：“怎么办？”“刚才不是有新人要来吗？”黄隆沙也把希望往新人那儿投注了。张小春叹气：“那种满口大话的人，你也信啊？”张小春可不会告诉别人自己曾经也幻想过。

黄隆沙疲惫地叹了口气，他已经四十多岁了，最出彩的球就是模仿偶像肖静林的指叉球，就这还经常投失，无论体力还是技巧，都并不足以支撑一场高强度的比赛。平时大家一起玩时还不明显，遇上风神翼龙这样水平的队伍，立刻显得捉襟见肘。

张小春当然也明白，可有什么办法呢？除了黄隆沙，他们压根没有投手。好投手难求，谁不知道呢。

两人商量了半天也没什么实质性的办法，又瘪瘪地回了自己的守备位置。比赛继续，风神翼龙真的犹如展翅高飞的远古翼龙，击球员个个都打了鸡血一般。又一局比赛结束，比分已经被拉开了 7 分，这要是在少年赛里，都可以直接结束比赛了。风神翼龙嘘声不绝，张小春在休息区咬着牙厚着脸皮硬撑，分差再大也要坚持到九局结束，输阵不输人！

春天棒球队的三垒手是个夜市摆地摊的小伙子，叫孟小运，年纪才二十出头，今天就是他带病回来上场，把队伍逼到了不得不决胜负的境地。这时候也面色羞愧地挤了上来，嘟嘟囔囔地道歉：“张哥，对不起。”

张小春安慰着拍了拍他肩膀，“不关你的事，迟早要对上的。”孟小运眼中含泪：“谢谢张哥，我下次再也不会自作主张了。”张小春狐疑：“什么自作主张？”孟小运低下头：“其实我是故意回来的，我就是觉得我们也未必输……”

张小春摔了毛巾，“噔”一下站起来，“你个王八……”他话还没说完呢，孟小运已经一脸骇然地跳起来狂奔出去了。张小春看着老好人一个，打架可不含糊；孟小运摆夜市练出来的逃跑速度，也不是一般的快。当然了，也因为职业特性，孟小运特别看不惯李霖。平时摆摊躲城管就算了，如今打比赛还要躲，他实在憋不住气。少年人血气足啊，意气用事啊，这么一折腾，春天球队的训练场眼看就要易手了。

“你小子还敢跑！”张小春咆哮。黄隆沙叹息着拦住他，“你现在把他打残了，三垒就没人了。”黄隆沙这话无异于伤口上撒盐巴，张小春郁闷地坐回到凳子上。黄隆沙冲孟小运使了个眼色，在张小春边上坐下来，“护具先摘完，接下来咱们进攻了。”

张小春低头去解腿上的绑腿，黄隆沙接着又说：“再联系下那个新人吧。”张小春乜了他一眼，把手机掏出来扔给他。黄隆沙拿起手机一看，好几个未接电话呢：“是不是 136 开头的号码？”“对。”张小春瓮声瓮气地点头。

黄隆沙把号码拨了出去，一阵系统铃声从看台那边传来。大家一起扭头去看，首先映入眼帘的就是刚才那个扛马扎的胖妞，肥嘟嘟的脸带着畏缩的表情看着他们。

“……”

大家都沉默了，胖妞被他们看得脸颊上的肉都一抖一抖的，恨不得拔腿跑走。她身边的几个“女神”此时都已经回到风神翼龙队的休息区去了，笑闹声一片。这胖妞大约也知道自己不算讨喜，所以还留在这边看守马扎。

铃声还在响，似乎是从胖妞身边的那个大包里传来的——张小春一眼就认出来装棒球用具的包，鼓鼓囊囊的，似乎塞了不少东西。张小春都不想开口问了，他们当作希望的新人，原来是敌队的板凳球员的“丫鬟”？

胖妞薄薄的嘴唇张了张，磕磕碰碰地挤出句话来：“不、不是我的电话。”

哦？黄隆沙天性那个叫乐观，迅速调整了心情：“那是谁的？”“她……她去洗手间了。”胖妞对黄隆沙似乎不那么怕，说话也流利不少。

洗手间……黄隆沙和张小春朝着某个方向看去，就见一个高挑的身影闪了一下，接着另一个矮点的人影晃了出来——张小春眼尖，立马认出来那人是刚才说他策略失误的“煤球”。

他现在倒是没在抽烟，围巾和墨镜也摘了，换个了口罩，就留两个眼睛黑溜溜地往这边瞅过来。见张小春看他，眼睛就弯了起来，“嗨！”

张小春眼皮抖了一下，刚才忙着比赛没注意，这回一听，还真是电话里的那个烟酒嗓。张小春扬了扬手里的手机，“煤球”似乎也意识到了，一摸口袋，然后看向胖妞，小跑着过来了。

胖妞立马站了起来，指着那个大包哆嗦着说话，“你、你手机响了。”“煤球”大大方方地拍了胖妞肩膀一下，“谢了！”说完，把包拎了起来，绕过围栏下来了。

他这么一下来，大家也看清楚了，这家伙刚才去卫生间应该是换衣服去了，长外套里面球衣、球裤、袜蹬都穿好了，鞋子也是专用的棒球鞋。

春天棒球队没什么资金，球衣都是随着个人喜好穿的，譬如黄隆沙就特别喜欢穿自己在体育商店买的黑镰之刃的球衣，号码也正好是代表投手肖静林的1号。张小春原来也有一件属于捕手“魏冬”的2号球衣。结果“魏冬”闹出那么大的丑闻，张小春就改穿随便在商场买的普通球衣了。

今天这场比赛也是临时开打的，春天棒球队就有一半多人穿了黑镰的衣服，主场客场球衣全有，要不是球技实在太烂，还真有点小黑镰的意思。风神翼龙早在开场时候就嘲笑过他们了。

这位“煤球”兄穿的居然也是黑镰之刃的球衣，号码赫然也是2号。还真是个捕手啊，但是……为什么是“魏冬”的球衣！再看他那走路的姿势，说话的声音，啧啧，以前是有不少模仿“魏冬”的业余捕手，可如今……居然还有这么没眼力见儿的！

模仿一只人人喊打的过街老鼠，一点儿志气都没有！张小春对他更没好印象了。

“煤球”兄弟显然不知道自己这么讨人厌，把包往椅子上一搁，外衣一脱，手朝张小春伸来了，“张队长？”张小春阴着脸和他握手，这一握却有些吃惊，手上的这些球茧，可不是一天两天形成的。

“煤球”兄弟的手指也在他掌心、手指摩挲了下，“你在练指叉球？想当投手也没必要老是盯着肖静林嘛，绯海邱寒的风格比较适合新手模仿，实战价值也大。”

张小春瞬间涨红了脸，他悄悄在练习指叉球，可没告诉别人，连黄隆沙都有些惊讶地扭头来看他。张小春马上缩回手，“谁、谁在学肖静林啊，我、我可是捕手！”“哦？”煤球瞅着他，眼睛弯弯的，“你喜欢黑镰的捕手啊，哪一个？”

张小春瞪着她不说话，煤球低头看了眼自己胸前的号码，“魏冬？”

魏冬你家祖宗坟头！张小春崇拜过“魏冬”这个害得黑镰蒙羞的败类，简直就是他人生的耻辱，居然被他这样道破！就那么几句话，每一句都往心口上扎！简直是人渣啊！

作为一个黑镰的死忠球迷，张小春甚至都忘了攻击一下死敌绯海——绯海的救援投手[1]邱寒，那种球速慢悠悠，连决胜球都经常被击球员打出去的投手有什么好学的！

---

1 救援投手：接替先发投手、中继投手的投手，通常在比赛后期上场。

第二局

场上教练

“别废话了，我们这儿还比赛呢，你现在能上场？”张小春总算没忘眼前的状况。“煤球”揉了下自己脑袋上的短发：“我当然没问题，哪个位置都行。”

张小春狐疑：“你不说自己是捕手？”“煤球”反问：“不是轮到你们进攻了？”

张小春差点咬掉自己的舌头，关于打席，这家伙在电话里说随他们的打线水平而定，现在却说自己哪个位置都行，那意思明显是说“你们打线不行，所以我可以取代任何人”。

孟小运不知什么时候溜回来了，不服气道：“你还想顶我的位置？”孟小运是春天棒球队的第四棒，倒不是说他打击有多强，而是春天的打线实在水平一般。

“没问题啊，”“煤球”居然还真不客气，说完还一副提点的语气，“你跑得挺快的，应该打第一棒。”孟小运愤怒，春天的第一棒是个菜贩，三十多岁，正中直球都没打中过几次呢。让自己替他的位置？哼！孟小运坚决不服。第一棒也有点受伤，坐那摆弄手套。

"吵什么！"张小春忍不住打断他们，虽然说死马当活马医，真换人也不能把孟小运换下来，这人在他们春天算强打了。张小春四下瞄了，指了指第六棒，"你就替他！""煤球"笑了，孟小运也觉得舒服了点。

比赛再一次开始，春天棒球队要求换人。风神翼龙队纷纷惊奇地朝着他们看过来，"春天还有板凳啊？之前当了那么久缩头乌龟，一直哄我们呢！"张小春讪讪地解释："我们新招进来的队员。"李霖微笑："没关系，临时找的外援可以上。"张小春狠狠地剜了他一眼。

张小春是第三棒，这一局正好轮到他第一个上场。他正要往击球区走，"煤球"冲他招手，张小春不耐烦地走过去，"又怎么了？""煤球"还带着那个口罩，这口罩绳子似乎长了那么点，在耳朵边打了个结，"试试触击[1]。"

"什么？"

"你们几乎不打触击球吧，对方没防备的。"

张小春愕然："我们……"他们确实没打触击球的习惯，开始时候是没想到，比分拉大之后就变成了不敢。

短打触击，打中球的几率当然会变高，但是太容易变成牺牲打[2]了。他们的每一个出局数都很珍贵。而且，现在垒上无人。要是没能及时跑上一垒，等于白白浪费牺牲一个出局数。攻方每一局只有三个出局数，三人出局，就得攻防互换了。之前的几局里，春天的击球员几乎是一个连一个被三振出局。

这么危险的打法，赌不赌？张小春觉得自己的心脏负荷有点大。那边裁判在催了，"煤球"拍了拍他肩膀，"试试嘛，出其不意才能赢。"

张小春边跑边回头看了他一眼，2号球衣、外八字、烟酒嗓，模仿得确实很到位。

捕手因为防守位置的特殊性，几乎是场上唯一一个可以纵览全局的选手，一个真正的好捕手，不但要观察敌队击球员特性给自家投手配球，还要随时关注场上情况，甚至给其他守备人员暗号。所以，捕手又有"场上教练"、"场上指挥

1　触击：不挥动球棒但有意等球碰棒或使棒轻触来球，使球缓慢地滚入内场，一般不会在垒上无人或者攻方已经有两人出局的情况下使用，因为那意味着打者必须有非常快的脚程才能成功上垒或得分。

2　牺牲打：击球员牺牲自己安全上垒的权利而使跑垒员进垒得分的击球，有高飞牺牲打和触击牺牲打，一般也不会在垒上无人或已经有两人出局的情况下使用。

官”的外号。

而“魏冬”，显然是其中的佼佼者。临场调整战术那是常有的事情，各种险招、损招迭出，黑镰能三年连续称霸，她在捕手席上的努力功不可没。第二届联赛总决赛时，比赛胶着，肖静林两度暴投[1]，“魏冬”每隔一个球叫停一次，上投手丘指导兼安抚。全场绯海球迷起立大骂，嘘声震天，她也照样我行我素。

棒球圈里戏称捕手是投手的老婆，把投捕不和称为夫妻吵架，投捕配合的重要性由此可见一斑。投捕和睦，是所有球队的美好期望，黑镰在这一点上无疑是非常成功的。“魏冬”能和每一个队友处理好关系，一旦到了球场上，再暴躁的投手都对她的配球信服不已。

这个信服并不是说无条件接受她的所有配球，而是即使频频拒绝她配球的投手，都喜欢她的配合。肖静林接受采访时曾经这样说道：“有他守在我对面，我就觉得很安心。他知道我的身体状况，知道我能投多少个指叉球，知道我还能不能继续投。”

黑镰的另外一位年轻投手更夸张，直接在博客上写道：“只要是魏副队的暗号，手臂残废了我也要投出去！”“魏冬”则在下面回复：“接到要牺牲自己手臂的暗号，还不懂得拒绝，那就不能算一个合格的投手。”年轻投手迅速改掉了博文内容：“魏副队，我改掉了，明天训练求指导！求单独指导！”这个花絮被黑镰的随队记者留意到，登在了《棒球资讯》的一个小栏目里，标题就是他的这句原话：不懂得拒绝，不能算一个合格的投手。

而如今的黑镰和“魏冬”……张小春心里也有点酸楚，为什么他们黑镰的王牌捕手、他们最信服的副队长，要这样欺骗他们呢？答案他当然知道，因为“魏冬”是女人，女人不能上场比赛。不欺骗，就连上场的机会都没有。

没有“魏冬”的黑镰之刃会是什么样的？黑镰的球迷只能靠美好的想象来安慰自己——联赛已经结束了，哪怕有比赛，黑镰也还面临着50场禁赛呢。到底还能不能再出这样一个捕手，代替她带领黑镰再一次夺得冠军宝座呢？

“要是‘魏冬’是个男人就好了”，这个妄想一夜之间成为了所有黑镰球迷的梦想。但是所有人都知道，这个梦想永远不可能被实现。他们的“场上指挥官”，是一个女人，这辈子都不可能再出现在黑镰的赛场上。也就是她，把黑镰

---

1 暴投：投手投出偏离本垒板导致捕手无法接住的投球。

三年来的努力付之一炬，永远钉在了耻辱柱上。

爱有多深，恨就有多深。他们一边破口大骂，一边又惋惜失落，他们和黑镰失去的并不只是三个冠军头衔，而是整个球队的灵魂。再没有教人安心的魏副队，再没有叱咤球场的魏肖黄金投捕组合，再没有那些叫敌人无奈、让自家球迷激动的“魏式”临场调整。

盛怒下的球迷们狂喊着“女人不应该出现在棒球场上”，而这个唯一闯入职业圈的女人，其实早已经拿着闪亮的成绩狠抽了他们的脸。她的表现并不比哪一个男球员差，真相被揭穿前，连粉丝人气都丝毫不逊色于除了柯诗新之外的其他球员。

当然，那些极端的球迷也是有反驳理由的，最响亮的无非就是：除了那张脸，“魏冬”到底哪里像女人了？连记者都拿这句话来试探各大职业球队的反应，于是各队的发言人纷纷拿出油滑本事，转移话题的有，落井下石的有，避而不谈的有。

球员们的反应就更精彩了。黑镰全队闭门思过，拒不接受任何采访；满天星的罗柏嘻嘻哈哈表示“脸真的还不错啊，打扮打扮一定是个美女！”；淮云队长黑着脸发呆，四棒路明天苦笑着表示自己和“魏冬”不熟不好评价……只有绯海的队长柯诗新，捧着大把的话筒质问：“那干嘛不干脆忽略她的性别？”

问话的记者都被他冲垒一般气势逼人的反问问傻了，还是边上另一个记者机灵，尖锐直白地插话：“柯队长的意思，是不赞成棒协的处罚？觉得职业联赛应该允许女球员参赛？”柯诗新“哗啦”一下扔了话筒，扭头就走，绯海球队的发言人哭丧着脸善后，一一赔罪不说，还掏腰包赔偿各大媒体话筒损坏费……

张小春定了定神，不让自己去想这些乱七八糟的事情，转头再看了那个新来的“煤球”一眼。对方已经回到休息区了，冲他挥了挥手，扭头跟打算来等候区的孟小运说起话来。

真的很像啊——张小春拿在手里的明明是球棍，脚下是击球区，却有种自己是站在投手丘上接受配球暗号的投手的错觉。

他们一定料不到自己敢在垒上无人的情况下选择触击打吧，跑得快的话，还是有成功上垒可能的。假如自己成功的话，孟小运的打击能力比自己要好上一点，送自己上二垒的希望也不小。再幸运一点，他和孟小运各占一垒，那灰溜溜的“煤球”真有他自己夸得那么厉害的话……反转比赛的希望还是有的。

张小春握紧球棍，心底的斗志又悄然无声地燃烧了起来。试试吧！他这样对自己说。

站在一垒位置的李霖一直关注着春天这位新来的队员，穿着黑镰的2号球衣，带着大口罩，先和张小春嘀咕个没完，接着又去和四棒孟小运勾肩搭背。等孟小运上了准备区，他又和五棒黄隆沙凑一起，摆弄着球棍，不知在商量什么。

2号球衣，还是“魏冬”的2号球衣，这位外援难道是个捕手？春天队这是走投无路，要玩捕手轮换？不过，捕手可不是投手，并不需要多多益善。甚至，过于频繁的更换还会影响其他球员的状态。

还有，他们一直摆弄那个球棍，球棍有什么问题？李霖伸直了脖子朝那边看，连风神翼龙的投手和捕手也留意到了他的动作，一齐朝着春天的休息区看去。

张小春做了半天心理准备，结果对手居然全把他忽略了：“喂，还比不比？”李霖收回视线：不管那个外援实力如何，张小春的水平他还是了解的，靠被人提点几句就改头换面，简直做梦。

捕手也只是稍微瞥了张小春几眼，打暗号时照旧示意投手投他拿手的滑球。投手点了点头，右脚踏上投手板，左脚高抬，挥臂，投出。张小春甚至都还来不及做动作，球就已经落进了捕手的手套里。

“好球！”裁判宣布。张小春深吸一口气，安慰自己，还有机会！

捕手将球传回到投手手里，李霖心情也放松了下来。就是“魏冬”过来指导，球员水平摆在那儿，恐怕也只能是巧妇难为无米之炊了。

风神翼龙的投手接着投了个快速直球，张小春这一次倒是做了触击打的动作，球却再一次从他棒下逃生。两好球，再来一个好球的话，张小春就将被三振出局了。

风神翼龙的捕手瞄瞄站在他身前的张小春，觉得他的胳膊都有点僵硬了，心里不禁有点看不起——这种时候居然想玩触击打，脑子呢？

捕手先生有意给这个傻乎乎的草根队长一个教训，再一次要了滑球。投手捏了捏滑石粉包，心里却有点不是很乐意，对付这样一个击球员，还用得着这么重视？

他把滑石粉包扔到脚边，再一次踏上投手板。他投滑球时，习惯性会有一个略微小于曲线球的转腕动作。这一次，这个动作幅度却明显过大了一些，球速明显受到了影响。投手心里也有点可惜，但他并不觉得张小春就能抓到这个机会。他胸有成竹地抬头朝着本垒看去，张小春又一次改了握棒姿势——竟然还是触击打！

垒上空无一人，他肯定会傻到冲着触击牺牲打去的，就这么点水平，居然还想玩得分触击打！太大胆了，也太天真了。

刚才那个球，假如发挥得够出色，球往外侧移动之后，触击后肯定是往右边移动的。一垒的李霖和投手都不由自主地往前迈了几步，游击手也靠了过来，比距离的话，他们有的是优势。

“当”的一声，球撞在铝制球棍上，发出清脆的响声。然后落地，朝着左侧的三垒方向滚去。

有戏！张小春心里只来得及跳出这么一个念头，扔了球棒就开始往一垒狂冲。这个意外猝不及防，风神翼龙的大部分人都还没来得及反应，李霖最先回神：“三垒手！”三垒手也没料到球会往这边来。

张小春觉得自己已经听不到声音了，李霖在喊什么，他完全没留意到。他的眼中只剩下白色的垒包。

上垒！上垒！张小春咬紧牙往前冲，近了近了，滑垒！张小春整个人都往前扑去，手臂前伸，一掌狠拍在垒包上。尘土飞扬，扬起的沙粒迷得他几乎睁不开眼睛。然后，他听到了裁判的声音：“上垒！”

成功了！张小春自己都还有点不可置信呢，爬起来后心跳“怦怦怦”地直跳。

风神翼龙的三垒手还保持着弯腰捡球的动作，春天这边则彻底疯狂了，互相兴奋地击掌相庆，最后，却都把目光投向了“煤球”。

巧合？运气？

“煤球”敲了敲手里的球棍，冲着孟小运打了个手势，“怎么样，看清楚了？”孟小运“哼”了一声，握着球棍上去了。

李霖安慰己队：“别紧张，守住下一球。”捕手也大声给自家投手打气，场外的“女神”们更是齐齐喊着他们的名字加油鼓励。

孟小运站到了打击区上，“煤球”推了坐在一边的六棒一下，“不能输阵呀，咱们也给加个油。六棒抬头看着这个抢了自己位置的家伙，“啊？”

“一起给队友加油呀！”

黄隆沙刚在准备区坐下，休息区突然传来几声参差不齐的男声：“孟小运，加油！”所有人都扭头看了过去，春天的板凳席上，4个大男人别别扭扭地站成一排，干巴巴地冲着场上喊了那么一声。

孟小运不禁有那么点激动，天将降大任于斯人啊！他挥了挥手里的球棍，注视着投手丘的方向。捕手瞥了他一眼，冷静地打了个暗号：直球。

球投出，孟小运心中一跳，直球，有安打的希望！他犹豫了几秒，放弃触击，尽力朝着三垒方向挥去，“蓬”，球落入捕手手套，挥空。

“好球！”裁判干干脆脆地宣布。

再一球，还是直球，孟小运还不愿放弃，继续挥棒击出，打了个界外球。一好球的情况下，这个界外球被判为了好球，孟小运被逼到了绝境。

风神翼龙的捕手和李霖都松了口气，果然只是巧合。到了决胜球，捕手再一次打出了滑球的暗号。投手露出了笑容，抬臂，合手，转腕。

孟小运盯着他手腕上的动作，心里突然想起了那个讨人厌的“煤球”的话：“这个投手的滑球投法不对，注意他手腕的动作，转腕幅度大，球速必定就会慢。”

幅度大，球速会慢？孟小运的手指在球棒上摩挲了一下，右手上移，终于摆出了触击打的姿式。“当”，球被击落地上，慢慢地朝一垒方向滚去。孟小运甩开球棒就跑，投手和李霖也朝球冲去。场外的“煤球”却冲张小春喊了一声：“跑！”

张小春醍醐灌顶，直冲向二垒。有对比才看得出差距，孟小运不愧是摆夜市出身的，跑起来烟尘滚滚，简直像离弦的箭一般。所有人脑海里一齐跳出了两个字：好快！

“上垒！”孟小运笔直地踏上垒包，收势不住，还随着惯性往前冲了一段。紧接着，二垒也传来了一声：“上垒！”

春天全队都狂欢一样嚎了出声。

比赛进行到了第七局，攻方无人出局，一、二垒有人。比分差距虽然大，形势却好了很多。

欢呼雀跃之后，春天队的队员都兴冲冲地盯着走上击球区的黄隆沙。在职业赛事里，投手因为位置的重要性，哪怕打击能力不错，往往也排在比较偏后的打席。而春天这种纯草根的业余队不同，水平好点的就那么几个，实在没有条件这么保护投手，黄隆沙也排到了属于强打线的第五棒。

刚才还别别扭扭喊加油的男人们现在都已经被暂时的胜利冲昏头脑了，嗓门一个比一个大，呐喊着："老黄，灭了他们！"

黄隆沙小腿肚子有点发软，他可是投手，之前一球都没击中呢。他扭头看了一眼已经站到准备区的"煤球"兄弟，深吸一口气，直接横棒做出了触击打的动作。

刚才张小春和孟小运的动作他都看到了，对方队员显然也留意到了——按那"煤球"的说法："掩藏了反而没惊喜了，你就直接上吧，他们未必会信。"

他猜得没有错，黄隆沙做出了这么明显的动作，捕手和李霖反倒犹豫了。一连三个触击打？刚才那两人可没这么明目张胆。

捕手要了个高速直球，投手摇了摇头。捕手一怔，瞥了黄隆沙一眼，改成了投手所擅长的滑球，投手点头。捕手心里也有点吃惊，刚才被打出去的两球全是滑球，难道自家投手有心理负担了，急着想要证明自己？

这一球，投手果然投得急促而毛躁。黄隆沙也和孟小运一样，被叮嘱着观察了好几次这个投手投滑球的习惯。他观察的时间最久，也最有耐心，这么明显的失误，一眼就看出来了。

"当！"球不紧不慢地撞在了球棒上，落地，然后慢吞吞地朝前滚去。

黄隆沙冲向一垒，张小春和孟小运也在狂奔，赛场上又开始乱了。这一次，乱得却是风神翼龙队。

球停在了本垒、一垒和投手中间三角地带，一垒的李霖本来是朝着球冲了过来的，眼看球停住，喊了声："投手去补一垒！"就继续冲了过来。

投手被他这么一喊，犹豫着停下脚步，一扭头，就见孟小运成功冲上二垒！他呆滞了一下，才开始折返冲向一垒。这么一耽搁，疯狂冲刺的黄隆沙距离一垒的距离已经和他差不多了。

三垒方向张小春已经成功上垒，李霖捡到球，回身想要传球，看到的是黄隆沙不顾一切扑向垒包的模样。黄隆沙这时候早忘了投手要保护手臂之类的想法，整个人都扑到了地上，蹭了一脸泥不说，拍在垒包上的两根手指差点被随后冲来的投手踩中。

“上垒！”

李霖想要投球的姿势凝固了——无人出局，满垒！他下意识看向已经从准备区站起来的“煤球”，对方见他看过来，眯着眼睛跟边上的人道：“铝棍比木棍更容易打出全垒打哦。”

全垒打？

满垒的情况下打出全垒打的话，垒上全部人将直接回到本垒，加上打击者的得分，一共就是 4 分，比分差距将瞬间缩小到 3 分。

李霖犹豫了，怎么办？投手的状态明显出了问题，对方又是满垒，这个新球员人还没上场，整个局势就已经逆转了，听人家那话的意思，还想来个四分全垒打……

业余球队没有教练，李霖作为队长，直接就当自己是教练了，冲着裁判要了暂停，要求更换投手。这一下，轮到春天嘘声嘲笑了。

新投手上场，按规定是可以先和捕手适应着投上 8 球的，李霖注视着新投手和捕手的配合——这名投手年纪不大，控球能力较之前的那位弱上一点，球速却很不错。要是将两人进行对比，前一名明显是控球派投手，后一位就是速球派了。当然，这个“速球”也是相对业余投手来说的，和职业圈里的选手比，那就又是另一回事了。

张小春紧张地瞅着这边，孟小运也有点不安，黄隆沙看着平静，心里却翻滚着惊涛骇浪。他看着拿着球棒的那个身影，一个熟悉的名字不断地浮现。那个姿势，那个声音……有没有可能呢？

这里是 T 城，“魏冬”离开职业圈，无聊时在网上翻翻帖子，找点乐子……真的可能在这种时候露面？哪怕他们这支穿着黑镰球衣的球队，对这个人都是极度排斥的。她要是足够聪明，就应该低调再低调，最好人间蒸发。

黄隆沙盯着他的口罩，很快又想起刚才他从厕所那边方向出来时，身后那个一闪而逝的人影。假如他是“魏冬”的话，刚才那个难道是肖静林？

黄隆沙的表情终于不淡定了，自己的偶像在看自己打球？！

黄隆沙迅速看向看台，果然在某个看台角落瞄到了一个人影。似乎带着墨镜和围巾——黄隆沙听张小春形容过，那个“煤球”开始似乎是戴着围巾和墨镜的，去了趟厕所才换成了口罩……那口罩还偏大。

黄隆沙觉得自己的心脏简直像是加了速的超级玛丽，疯狂地上下跳跃，撞出来的砖头和蘑菇下雨一样往自己身上淋。不可能吧？肯定是的！不可能吧？肯定……

这边新上场的投手终于准备完毕了，“煤球”握着球棍活动了下，摆出了触击打的姿势。

还来？两边人都有点发愣。不是说要打全垒打，在满垒的情况下打触击球？垒上的张小春等人全部不由自主地张大了嘴巴，连黄隆沙都在瞬间否认掉了自己刚才的神奇猜测。

“魏冬”怎么可能在这种时候犯这种错误！满垒打触击球，垒上又是他们这些人，是很容易造成多杀（多人出局）的。

投手踏板，开始投球。张小春心都跳到了嗓子眼上，不安地顺着球运行的轨迹看向“煤球”。

咦？

“煤球”不知何时已经收回了球棒，一副完全不打算挥棒的模样。

白球划着弧线落入捕手手套，裁判判定为好球。风神翼龙那边很激动，对方这个新队员看起来也不怎么样嘛。面对正中直球，居然连触击球都不敢打。

再一球，“煤球”还是没动。两好球，零坏球！春天这边都傻眼了，张小春甚至想要不顾一切趁着投手投球的时候往本垒冲。毕竟比分差距巨大，能多得一分也是好的。

“煤球”似乎也料到了他们的心思，趁着自己做准备动作的间隙，冲着垒上的几人喊：“别着急，我来带你们回家。”

在棒球场上，“回家”这个词十分叫人热血沸腾。跑垒员们都是从本垒出发的，回家，当然是指依次踏过三个垒包回到本垒得分。

要是往常，击球员对垒上的队友说出这样的话，队友们一定是激动非常的。可是现在，这家伙都已经只剩下一次机会了呀。再这样下去，恐怕我们回家前你就先出局了！

“煤球”丝毫不觉得自己的话有什么不妥，风神翼龙队里的“女神”们嘻嘻哈哈笑成一团：一个球都打不中，居然还蒙着脸，还穿“魏冬”的球衣，这人实在太搞笑了。

球飞来，他终于挥棒了。铝制球棒和球接触时，发出的声音比木棍清脆很多，力度也大上很多。球朝左边飞去，直接撞在了护栏网上：界外球。

两个好球之后的界外球，是不会被再算成好球的。假如击球员愿意，打上几百个也没问题。于是，让人惊讶的一幕出现了。

第 2 个，界外球；第 3 个，界外球；第 4 个，界外球……无论什么球，无论飞往哪个方向，最终都干干脆脆地撞在了护栏上。

张小春张大了嘴巴，孟小运一脸茫然，黄隆沙却看懂了——他是投手，当然明白这么多界外球意味着什么。这位新上场的球员的投球数已经上了两位数了，在一名击球员身上浪费这么多投球数，这个压力可不小。

这是粘打[1]！他在消耗对方的投手！

风神翼龙的捕手显然也看出了这一点，自家投手已经满头大汗，眼神虽然坚毅，投出的球可没开始的时候那么高质量了。

太阴险了！所有看出门道的人都颤抖着骂了一句。谁都知道多打界外球能消耗投手，可是那也是要把握好分寸的，一个不留神，不但自己出局，还要害到垒上的队友。

界外球还在被不断打出，看他那个样子，明显还留有余力。春天加上他本人一共 7 人在场上，休息区还有 3 个人，这时干脆数起了投手的投球数。这些人技术一般，落井下石却十分擅长，还把投手刚才热身的 8 球也算了进去。

“25！ 26！ 27！”张小春等人也渐渐开始在心里默数，黄隆沙甚至留意到，球有越飞越高越远的趋势。第 30 球！球高高飞起，张小春下意识在心里默念了一句“30”，场上却没再响起这个声音。

球还在飞，这个高度，这个距离……孟小运最先尖叫出声：“本垒打！”

球直接飞过护栏，落向了观众席——四分本垒打！

---

1 粘打：击球员利用两好球之后界外球不算好球数的规则，连续击出非触击界外球，用以拖垮守备方投手。

张小春第一个领跑冲向本垒，因为太过激动都没顾得上和队友打招呼。跟在他后面的是从二垒跑过来的孟小运，接着是一垒的黄隆沙……最后一个跑回来的是戴着口罩的“煤球”。

他这一路可嚣张了，状元打马游街一样从本垒出发跑过三个垒包。经过李霖身边时候，还特地放慢了脚步，“你们首发投手不会投滑球嘛，出手方式都是错的。”

放屁！李霖气得咬牙，滑球可是他们先发投手的招牌球种，怎么可能是错的？

无人出局的情况下，哪怕一口气靠着本垒打拿下 4 分，春天的击球员也还是可以继续上场打击的。

张小春对“煤球”已经佩服得五体投地，一个劲儿地夸他：“哥们儿你真是太厉害了！这样下去我们这一局就能把分数扳平了！”“煤球”却摇头，“这轮不行。”

张小春登时就有点受挫，他当然知道这种可能性很小，但是鼓舞下士气嘛！还非得反驳一下他！反驳一队之长很有成就感吗？不过，有本事的人有资格骄傲，张小春不计前嫌地招呼接下来要上场的第七棒、第八棒和第九棒过来听训。

落单的第六棒忧伤地坐在一边，大声叹气。张小春不忍心了，这也是他们春天棒球队的选手啊，上场杀敌的是战士，场下待命的是后勤部队，总归都是自己人。张小春招呼他也围上来，结果孟小运、黄隆沙等人全凑过来了。

18 只眼睛直溜溜地盯着“煤球”，“煤球”意味深长地看了张小春一眼，“这么识时务啊？”

张小春僵了一下，从牙缝里挤出一声意味不明的冷哼。“煤球”扭头看向孟小运：“你和我一起去做跑垒指导员吧，到时候看我暗号引导。”

这么多人，就挑中了我！孟小运很激动，故作平静地点了点头，还直接关心起了新队友的身体状况：“你嗓子都哑了，又一直戴口罩，是感冒了？”

“煤球”开心地拍了拍他肩膀说：“乖小孩！”乖……孟小运很想破口大骂，又实在没办法对刚打出全垒打的英雄大逆不道，只好含糊着嘀咕：“我叫孟小运。”

“小运啊——”“煤球”揽住他肩膀把人带到一边，飞快地和他约定了几个简单的暗号，“别紧张，未必用得上。”孟小运不解：“怎么用不上？”

“煤球”看了眼已经走向击球区的第七棒，“知道什么是软肋吗？风暴狂龙队的软肋是投手，而你们……”孟小运忍不住反驳：“那是风神翼龙。”“别打岔。”他见张小春凑了过来，也没避着的意思，“你们的软肋呢，归纳起来就是一个字，弱。”

张小春脸瞬间就黑了，“煤球”于是又安慰他：“不过没关系，我还是比较强的。”

张小春其实是想来套个近乎的，听到他这句话，满腔热血迅速就冷却了下来。真金要靠火炼，打完这场比赛再说吧，张小春狠狠地想。

比赛再一次继续，正如“煤球”所预料的，春天的后三棒确实实力不济，风神翼龙的投手没了他的压制，砍瓜切菜一样连续三振了两人，转眼就二出局了。张小春挺郁闷地和黄隆沙抱怨：“你不是说他刚才消耗了对方投手吗？怎么一点儿用都没有？”

黄隆沙正看着观众席发呆，被他摇了两下才回神：“啊，你说什么？”张小春瞪着眼睛把话重复了一遍，黄隆沙苦笑：“那也才30球，起码到下一轮才能看出点效果吧。”

“刚才看着就挺有效的啊。”

黄隆沙无奈：“那是因为他站场上啊——你想，无论你怎么投都会被击中，怎么可能还心平气和？”张小春理解了，这简直是诅咒嘛！这种诅咒，往往会在体力消耗前开始生效，并且阴魂不散。

张小春有些庆幸自己不是投手，对上完全压制自己的击球员，那滋味一定不好受。黄隆沙也把自己代入着幻想了一下，全身一个冷战。太讨厌了！太可怕了！

那边已经轮到第九棒打击了，一球、两球、三球、四球、五球，投手投了2个坏球3个好球，第九棒也被三振，出局。

面对风神翼龙这样的队伍，春天的弱点果然还是不能忽视的。

3人出局，攻防互换。黄隆沙帮着张小春把护具拿过来，张小春却盯着那护具发了下呆，然后扭头问“煤球”：“你的守备位置是什么来着？”

“捕手。”“煤球”答得挺干脆的。张小春犹豫了，捏着护膝，看向黄隆沙。黄隆沙又在走神了，眼睛盯着空荡荡的观众席，似乎在找什么。

“老黄！”

黄隆沙这才回神：“啊？”“我跟你说啊……”张小春凑过去，把自己想要让贤的想法说了出来。为了当好捕手，张小春也是下了苦功夫的。可现在外敌入侵抢占训练场地，他要为了球队，牺牲自己，暂时让出捕手的宝座啦！张小春自己都被自己的脑补感动了。

黄隆沙“哦”了一声，心不在焉地点了点头，“也行吧。”说完，就拿着护具朝“煤球”走了过去。张小春愣在原地，自家投手这个反应，是不是有点太无情了？

黄隆沙已经走到“煤球”身边了，张小春又幻想“煤球”能够推拒一下，看了那么久比赛，总该知道这本该是自己的位置吧。

结果“煤球”也就那么自然地把护胸穿上了，然后是帽子、左脚护膝……黄隆沙过来拿走了张小春还捏在手里的右脚护膝。然后，他们就开始在那小声商量暗号、练习投捕了。

张小春浑浑噩噩地上了场，内心一片凄凉，他也终于懂得了第六棒的心情。

真的很不甘心，但又很无奈啊！

第三局

栋梁的梁，夏天的夏

风神翼龙的第一棒，是第一个感受到春天战术变化的击球员。

黄隆沙比较成熟的投球一共就 3 种，直球、指叉球、曲线球，最有威力的就是指叉球，但指叉球他不能无限制地投，不管是体力还是技术都不允许。严格意义上说，指叉球其实也属于大幅度曲线球的一种，只有一个投手的春天是打不起消耗战的。

风神翼龙的打法也十分讨巧，打击能力一般的击球员避开黄隆沙的指叉球，尽力打自己擅长的球，能力强的就硬抗。反正春天就一个投手，这个投手还得兼顾打击，不欺负他欺负谁。

可这一次，第一棒突然就觉得黄隆沙似乎不那么好应付了。一连 3 球，全是普通曲线球，方向却全都偏向了他所不擅长挥棒的角度。“出局！”直到裁判出声，第一棒才猛然反应过来，结束了？自己一棒未挥，直接出局了？！

捕手席上的“煤球”要了暂停，走到了投手丘上。“怎么样？”他问黄隆沙。黄隆沙有点兴奋：“可以。”相对于之前张小春引导的前面打烟雾弹乱投，最后一球全部用指叉球压阵的打法，这样的投法灵活不少，压力也没那么大。

“不过，”黄隆沙有点犹豫，“你要我投的位置，我都没投很准，这样没问题？”黄隆沙在业余队里也算控球派的投手了，可是也还完全没到指哪儿打哪儿的境界。

“煤球”安慰他：“没事，尽力就好，我会帮你预估下失误率的。”“预估”两个字猛然让黄隆沙醍醐灌顶，刚才的第二个好球，他其实也投偏了，但是“煤球”只轻轻抬了下手，就将球收入手套。黄隆沙看他的眼神简直像看疯子：“这样……也行？”

“当然行，所以你放开胆子投，注意保持状态就好，第四棒是他们的队长吧，能在他出场前结束这局最好，结束不了，就保送他上去。”

黄隆沙刚刚有点平复下来的心脏登时又“怦怦怦”地狂跳起来——故意四坏保送！

投手故意投出四个坏球，保送对方强大的击球员上垒，避免击球员得分。这等于是投手在向击球员示弱，观赏性什么大打折扣不说，还很影响士气，战术价值却十分可观。

再强大的击球员，对方要是铁了心要把你保送上去，那也是没有办法的。用来保送击球员的坏球可不同于普通坏球，并不是努努力就能打到的，捕手都需要起身去走动、去接球了，你要怎么打？

这个战术风格……黄隆沙又一次瞄了一眼观众席，终于忍不住开口了：“你……是不是姓魏？”“煤球”看他的眼神十分自然：“我不姓魏，我姓梁。”

姓梁！黄隆沙心跳瞬间就跌破正常值了。

梁夏看他脸色不对，连忙拍拍他肩膀，“别激动呀，一会儿给你签名，咱们先把比赛打完。”黄隆沙喘着粗气盯着她，嘴唇抖啊抖的。她真是梁夏！那场外的，一定就是肖静林！

偶像在看我打球！黄隆沙腿软手软全身心都酥软了！

他想努力让自己显得不那么丢人一点，心却跳得快要从胸口蹦出来，最后只得抱着手套蹲到地上。

裁判奇怪地上前，“怎么了？”梁夏微笑道：“没事，有点紧张，缓解下压力。”

裁判莫名其妙，这个投手也太脆弱了，刚刚三振了对手呢。那他们刚刚被本垒打的投手，再见着敌人不得紧张死啊。想到这里，他就顺势往自家休息区看了一眼，正瞅见三个投手凑成一团，虎视眈眈地盯着站在投手丘上的梁夏。那眼神，还真说不好是愤怒还是惊恐。

黄隆沙跟蘑菇似的蹲了一会儿，终于平静下来了：不管面前的这个人是谁，这场比赛是一定要赢的！肖静林在观众席上呢！一定要好好表现！张小春容易意气用事，绝对不能让他现在就发现，不然比赛就没得打了！

黄隆沙定了定神，慢腾腾站了起来。梁夏还在那站着呢："消化好了？"

"好了。"

"和聪明人说话就是舒服呀，那就这么继续投吧。"

"等等，"黄隆沙喊住他，"保送的话，万一对方盗垒怎么办？"

盗垒，顾名思义就是不正常上垒，一般就是进攻方趁着投手出手投球或者捕手朝投手投球时离垒跑向下一个垒包。捕手反应够快的话，很容易将盗垒者直接封杀出局。第四棒要是能上场打击，那么垒上必然已经有人，保送强打上垒后，垒上就有两人了，很容易给对方创造盗垒的条件。

梁夏这回没仔细分析，只是压低声音反问："你是担心他们在我眼皮底下成功盗垒？"黄隆沙闭嘴了，确实不需要担心，"魏冬"这个名字就是保障。

绯海和黑镰之所以成为死敌，除了冠亚军之争外，捕手"魏冬"对绯海强打柯诗新的无数次盗垒封杀也是矛盾之一。面对柯诗新这样的全能型击球员，"魏冬"经常是避免直接交锋的，连个全垒打的机会都不给他，让投手投四个软绵绵的坏球，直接将人送上垒包，然后再找机会将人封杀在两垒之间。

所以柯诗新一旦有机会冲上本垒，几乎没有一次选择稍微缓和一点的冲垒方式。"魏冬"向裁判提出的申诉一大半都直指柯诗新，每每这时也是场上嘘声最大，战火最盛的时刻。

大男人，撞一下下会死啊，肯定是玩阴的博同情！

敢撞我们捕手，绯海狗果然野蛮暴力无耻！

场上矛盾迭出，场下火星四溅，球迷可没那么大限制，要不了几分钟就能从互嘲演变为互骂，再升级为互殴。

"黑红死敌"、"镰海之争"的叫法也随着棒球职业联赛的发展而渐渐流传开来。每每有黑镰和绯海的比赛，哪怕是练习赛，大家都十分关注这回是肖静林直接抗柯诗新，还是老奸巨猾的"魏冬"又保护着自家投手送柯诗新这尊绯海杀手直接上垒了。

投手与击球员的直接碰撞自然更加精彩，但保送并且封杀一个一棒就可能打出全垒打的大杀器，在实战意义上来说，也是十分重要的。

风神翼龙的第二棒上来了，黄隆沙抛了抛手里的滑石粉包，难得的豪气冲天：我偶像在看我投球！偶像的搭档在为我配球，你们能吗？能吗？

黄隆沙很兴奋。

有了偶像力量加持的黄隆沙一改之前拖泥带水的球风，连擦滑石粉都擦得器宇轩昂。第二棒上来，三振；第三棒上来，继续三振……三人出局，第七局比赛结束。

站在等候区的李霖茫然了，垂着头从击球区下来的风神翼龙三棒也是满脸的不可置信，在上一局还十分容易击出的球突然就不那么顺手了。每一球都平平无奇，速度也很一般，偏偏全往自己不擅长的角度飞去，简直找不到合适挥棒的机会。

李霖皱着眉头看向已经摘下面罩的梁夏，人还带着口罩呢，压根看不清表情。春天的几个人围在他身边，嘻嘻哈哈笑声不断。

趁着整理场地的时间，李霖把捕手和将要上场的投手都喊了过来，“他们接下来要上场的几个都很弱，尽量争取不要让张小春上垒，问题就不大。”

俗话说，好的不灵坏的灵。李霖一语成谶，第八局开始后，春天的第一、二棒确实直接被三振出局，第三棒张小春却如有神助一般，再一次成功上垒。

李霖自己就守在一垒，张小春那嚣张的嘴脸就跟在眼皮底下晃悠似的。张小春话还多：“离我那么近干吗？狗皮膏药。”

李霖其实也挺讨厌张小春的，这人水平那么次，嘴巴又贱，还死占着场地不放。现在拉了个外援来狐假虎威，真以为自己能耐了？他努力让自己不去看张小春那张讨人厌的嘴脸。

他这么一偏头，就看到不远处正充当跑垒指导员的梁夏。投手已经一脚踏上投手板了，人影倒映在地上，形成一个好看的角度。梁夏突然转过头，冲他的方向喊了声：“跑！”

李霖一愣，身边的张小春已经飞快地冲向二垒了。

盗垒！李霖猛然反应过来，下意识追了两步，本垒那边传来了清脆的一声球撞上球棒的声音。李霖回头，第四棒孟小运已经扔了球棒全速朝着一垒跑了过来。他蓦然清醒，对方已经二出局，只要孟小运在张小春到达本垒前出局，他们根本拿不到分。

张小春可能在这么短的时间内跑回本垒？答案当然是不能。李霖于是一边往回跑一边大喊："传一垒！"他这么一喊，恨不得给自己一个嘴巴，自己就是一垒手，球在哪儿？李霖四下搜索，终于发现球居然还在慢慢朝着空无一人的一垒方向滚去。张小春刚才的盗垒几乎吸引了全部人的注意力，连他自己都不由自主跟着跑了。

捕手最先反应过来，大喊着："补一垒！"扔了面罩冲出本垒，捡起球朝着往一垒狂奔的李霖扔来。

张小春在跑，李霖也在跑，但是更快的是孟小运。他几乎扔下球棒之后脑袋里剩下的就只有一个"跑"字了。球的高度开始下落，李霖憋足劲狠冲了几步，张开手套接住了球，身体却也因为过于前倾而倒地。

一垒垒包就在不足半米的地方，孟小运已经开始滑垒了。李霖干脆像扑垒一样朝前扑了过去。

持球没有掉落，人也终于到达一垒了。但是，他扑到了孟小运的脚上。

孟小运的脚先一步踏上垒包，再被他扑住，远远看去，就好像李霖拼死拼活冲过去，一把抱住了孟小运的小腿。裁判呆滞了几秒，私心真的很想喊一声"出局"，最后还是公正地宣布："上垒。"

李霖持球，李霖又是队长，还这么诡异地抱着对方球员的大腿，其余的守场员当然不敢在跑垒动线上阻拦张小春。于是，张小春成功冲上了二垒。梁夏却并不满足，"还有机会，继续跑！"等李霖愤愤地放开孟小运的大腿起身传球，张小春已经成功冲上三垒了。

真是见鬼了！李霖抹了抹脸上的泥沙，凶猛地瞪了梁夏一眼。梁夏跟没看到似的，和第七棒换了位置，下场准备去了。

是了，接下来就轮到第五棒打击了，她是第六棒，可以进准备区了。难道还想来个满垒的全垒打？李霖死死地盯住第五棒黄隆沙，连投手刻意做出的是否牵制的询问暗号都没有注意到。投手无奈，只得按着配球继续投球。

黄隆沙现在的状态确实非常好，第一球就直接挥棒，打出了一支漂亮的内场安打。张小春看着孟小运跑上二垒，自己也心痒痒的，不过他也庆幸自己刚才没有冲动跑本垒。

风神翼龙显然对他十分关注，捕手不时将视线投射过来，就连游击手想要将球传往一垒时都忍不住朝他这边看了一眼。

三垒有人，这是个非常危险的心理暗示。风神翼龙不少人甚至都忘了他们已经二人出局，满心想着就是这个盗垒成功的三垒跑者敢不敢再大胆一次，来盗本垒呢？

张小春虽然心痒难耐，但做事还是很踏实的。他老老实实地等在三垒，看着孟小运和黄隆沙将一垒、二垒填满，三人一起看向了扛着球棒上场的梁夏。梁夏也没让他们失望，这次不再试探，上来就直接挥棒。球再一次飞过了护栏网，又一个四分全垒打。

比分终于被反超！

风神翼龙队再一次更换了投手，比赛结果却没能改变——7:8，这就是风神翼龙队和春天棒球队初次比赛的最终成绩。

李霖倒也干脆，既然输了，二话不说带着人退出场地。张小春得意非常，“瞧他们那个样，哈哈哈……”梁夏也看着他弯起了眼睛，问：“那张队长觉得我够资格加入你们队不？”

“够！当然够！”张小春自己说完，还冲边上的队员问，“你们说够不够？”

“够！”声震云霄，只有黄隆沙冷静地站在一边，不时地瞅瞅这个看看那个，偶尔还远眺一下看台，表情悲喜难测。梁夏倒是没忘了自己来这儿的初衷：“那我这就算是加入了？”

“算！哎呀，我怎么称呼你呢？”

“哦，叫我梁夏就行。”

“哈哈哈，原来是梁……”张小春的笑声戛然而止。其余人也看鬼一样看着这个穿着黑镰2号球衣的人，“你叫什么？”

“梁夏，栋梁的梁，夏天的夏。”梁夏诚恳地自我介绍。

张小春脑子嗡的一声，随即冒出一个声音来安慰自己：骗人的！这年头满大街骗子，傻子都不够用！然后他看到梁夏把帽子摘了，顺便把口罩也拿了下来。

黑镰2号棒球服的领口上方，赫然出现了曾经的黑镰捕手“魏冬”的脸，栩栩如生，一丝不差。

张小春觉得自己的脑袋卡壳了，又或者，其实是这个世界卡壳了。他使劲眨巴了几下眼睛，又去看其他队友，大家也和他一样的木然表情，只有黄隆沙不大自在地拍了他一下：“真是她，不是做梦。”

然后，他又听到黄隆沙好像隔得很远一样问了“魏冬”一声：“那边观众席上的，是肖静林吧？”梁夏也很遥远地回了一声：“是啊。”

接着，张小春就什么都不知道了。大悲大喜大怒之下，他晕了过去。

张小春幻想过无数次自己遇上“魏冬”的场景，激动的、愤怒攻击的，总之不会像现在这样，混混沌沌地醒来，被一群人包围着。

“醒了？”孟小运张开五指在他面前使劲晃动，张小春刚刚清醒一点的脑子瞬间又混乱了。他一把抓住孟小运的手，还没开口呢，就听到黄隆沙的声音在人群外传来：“签衣服上就行，就这里吧！”

签衣服上？张小春坐起来，下意识往黄隆沙声音的方向张望，围着他的几个人就退开了一些。张小春先看到的是黄隆沙有些紧张的脸，正面对着他，身后的男人帽子压得很低，一手拿着墨镜围巾，一手拿着笔在黄隆沙背上写着什么。

肖静林？！张小春又差点晕过去，连忙狠掐自己大腿。

孟小运安慰道：“老黄不是不关心你，我们都轮流去签的，他最后一个过去，赶巧你就醒了。”

张小春这时候才发现，其他人球衣的胸口上，都多了个龙飞凤舞的签名。敢情现在围着自己的全都是要完签名的！这群王八蛋，见了球星就不认队长了！

孟小运还补刀：“机会难得，张哥你要不要也去签一个？”张小春听得心头一动，动完又狠狠地鄙视了自己：张小春，尊严呢！

黄隆沙也看到张小春醒了，他虽然是坚持到最后一个才来要签名的，这时候被抓个现行，也有那么点不好意思。他和肖静林道了谢，强忍着再合个影的冲动，有些尴尬朝张小春走过来。张小春气呼呼地瞪着他，正要说话，一个声音猛然插了进来：“哟，醒了？”

四周围鸦雀无声，张小春觉得自己的脑壳又开始疼了。

梁夏刚换好衣服，又恢复了刚才的“煤球”装束，口罩倒是没再戴着，“醒了就好，我帮你们招了个人——你们不是想要女孩嘛，瞧，这儿就有一个。”

顺着她的手指方向看去，那个孤零零坐在椅子上的胖妞战战兢兢地站了起来。

“方梦，喊她方方就行。”这个体型，叫圆圆还差不多！

大家都没说话，签完字的肖静林又把墨镜和围巾戴上了，远远地站在一边。梁夏热情地冲方梦招手，“来，方方，见见咱们队长。”

这句“咱们队长”彻底把张小春点燃了：“谁你队长了？说见就见啊！”

梁夏有些意外：“你不是春天棒球队的队长？”转头看向黄隆沙，“到底谁管事啊？”黄隆沙干咳了一声：“我们主要是出于爱好建队的……大事一般都是大家一起商量。”

梁夏“哦”了一声，很自然地接口：“那就投票表决吧。”说完，自己先举起了手，“我同意哈。”

张小春还没接受你呢，你有投票权吗？黄隆沙忍不住暗暗吐槽。

梁夏十分不自知地继续举着手。胖姑娘方梦脸都涨红了，一个劲儿地用手揪自己衣摆，看得黄隆沙心里也有点不好受。他记得这胖姑娘原来一直跟在风神翼龙队伍里的女孩后面的，不知怎么的给梁夏捡到了，想来在那边队伍也没怎么受重视。

不过客观来说，这个体型也确实有点叫人为难。当花瓶吧，这也太硕大了。当球员吧，又不是去相扑。

眼看方梦姑娘眼眶都红了，黄隆沙也意思意思地举了下手，“我……也赞成吧。”孟小运等人则都扭头去看张小春。

多招收女队员的想法，确实是张小春提出来的。可张小春瞅着眼前这两个“女队员”，眼睛里就差喷出火来了。一个阴险歹毒无耻卑鄙，一个肥得像……张小春瞄了眼表情可怜的方梦，歹毒的词没忍心继续用。

“你叫什么来着？”张小春问胖姑娘。“方梦，方圆的方，梦想的梦。”梁夏嘴快地在边上帮答了。“没问你！”张小春往前走了几步，“你打过棒球吗？什么位置？”

他这一声响亮极了，方梦吓得脸上的肥肉都一哆嗦，颤抖着说：“投……”

朝肖静林和黄隆沙看了一眼，改口说，“捕……”，再触及到张小春的视线，迅速往地上看，“都可以。”

张小春茫然了，都可以是几个意思？他可没见过这么胖的投手，捕手虽然说体型大点占优势，但也不是这么个无节制的大法。方梦见他盯着自己皱眉，小心翼翼解释：“没这么胖的时候，我……当过投手，胖了一点儿之后……当过捕手……后来……”

后来他们也都看到了，她跟在风神翼龙“女神”们后面搬凳子。

张小春犹豫了下：“那你就加入吧，你……”他抓了下头发，“你多注意减肥。”说完话，眼角余光瞥见梁夏伸手在方梦的脑袋上揉了一下。

方梦的脸更红了，露出了黄隆沙站在肖静林边上等签字时的那种羞涩表情。

敢情这还是个“魏冬”的粉！这种人现在居然还有粉！

张小春现在怎么看她怎么碍眼，但是人家刚刚帮春天队赢了比赛，而且自己晕倒前还邀请人加入来着……张小春看着一边泥塑似的肖静林，好想问问他为什么不和这种祸害绝交！

肖静林的镜片乌蒙蒙的，但张小春就觉得他似乎看穿了自己的心思。肖静林都看得出自己对“魏冬”敌视，本人会看不出？

张小春猛然惊醒，扭头去看梁夏。眼前这个人，虽然略有消瘦，五官模样他还是认识的。

体育杂志曾经搞过一次活动，评选棒球职业圈最漂亮男球员。一本杂志一张选票，他裁下这批杂志的全部选票，再把杂志折价卖出，然后老老实实在每一张选票上填上“魏冬”的名字，一封一封寄出去。直至现在，还有没卖完的杂志散落在他书店的角落里。

那时正是黑镰第二次夺冠不久，黑镰2号球衣卖得断货。黑色的镰刀旗，飞扬的汗水，高高举起的冠军奖杯，抱成一团的球员……张小春恍惚了一下，满嘴苦涩。

我们春天不要曾经给黑镰之刃抹黑的球员，不要欺骗大家这么多年的球员，不要把黑镰从冠军席上拉下来的球员……张小春脸憋得通红，话却一句都没能说出来。毕竟，他也知道，黑镰的成绩里，也有这个人的一份努力。而他，才是真正的旁观者……张小春突然就生出了一股无力感。

他在这边想当年忆往昔，大家却都很震惊地看着他——脸色一直这么变来变去，到底怎么了？黄隆沙知道他性子急，生怕他再一次晕倒，连忙安慰："怎么了，还不舒服？"

孟小运自作聪明道："张哥是不好意思要签名吧，他以前可喜欢……"孟小运看了一眼梁夏，"可喜欢黑镰了。"

孟小运当然也骂过梁夏，可如今人站在自己面前，又帮他们赢了比赛，那感受便大不相同了。

梁夏恍然："签名是吧！"挥手招呼肖静林上前。肖静林别的经验没有，签名经验那是大大的有，抬手就在呆愣愣的张小春球衣上写上了"肖静林"三个大字。写完还问梁夏："你不签？"

梁夏摇头："你签就行了。"张小春听她这么说，觉得她似乎也不像表现出来的这么不在乎球迷的评价。看，都没勇气再签"魏冬"两个字了。

然后就听到梁夏说："你这笔漏水了，签完肯定一手墨水。"肖静林摊开拿笔的手，上面果然乌黑一片。

张小春瞅着那团黑色不知为什么又觉得不甘心起来："我们……我们要入会费的。"

"哦，知道，"梁夏十分理解，"我都在网上看到了，男球员每人一百，女球员免费入会，是吧？"

张小春憋了又憋，到底还是没忍住："混过职业圈的不管男女，都要交双份！少一分都不行！"

第四局

左投与左打

肖静林关上车门，才把墨镜和围巾摘下来，梁夏也已经把口罩摘了，懒洋洋地靠在副驾驶座上。

“想吃什么？”

“随便，”梁夏打了个哈欠，手在自己兜里摸了半天，摸出只空烟盒，扭头问，“还有烟不？”肖静林摇着头发动了车子。

梁夏掏出钱包，打开看了一眼，苦笑：“老肖，借我点钱。”

“买烟？”

梁夏点头，肖静林叹了口气，四下张望了下，把车子朝着路边的便利店开去。车子停稳，梁夏刚要开门，肖静林先把车门打开了，“我去吧，你等等我。”梁夏也不客气，真就没动。

肖静林没多久就回来了，扔了只绿色的盒子给她。梁夏一见是女烟，就直摇头，“我不抽这个。”

肖静林一点不带犹豫地坐进来，顺手把烟收回去，“那给你这个。”说完，从兜里摸出另一包，赫然是梁夏抽惯了的牌子。梁夏接过去，三两下就抽出一支叼在嘴里，并不急着点燃，视线落到前面的路口：“往哪儿开呢，真请我吃大餐？”

肖静林“嗯”了一声，随口问：“出门怎么不多带点钱？”“人家说女孩入队免入会费来着，”梁夏拿着烟在手指上使劲转，转着转着还是摸出打火机把烟点着了，“居然还给摆了一道。”

肖静林笑了一下，把刚才的女烟又朝她扔了过去，“那就收下吧，女孩。”梁夏皱着眉头打量纤细的盒身说：“味道太淡了，没劲。”肖静林没再说话，梁夏叼着烟闭上了眼睛，烟雾袅袅。

车子随着车流走走停停，仿佛永远到不了终点似的。肖静林突然问：“你就打算这么混着？”

“嗯，先这样吧。”

肖静林的嘴唇动了下，似乎想说什么，最终又忍住了，车子在市中心一处雅致的西餐厅门口停下来：“围巾戴好，这附近有个球迷俱乐部。”梁夏“嗯”了一声把围巾戴起来，随即抱怨：“大男人用什么香水，一股甜味。”“那是洗发水的味道，”肖静林也把口罩戴起来，“倒是你，全是烟味。”

两人互相抱怨着下了车，见梁夏叼着烟迈着八字步就要往里走，肖静林连忙拽住她，把墨镜递过去。梁夏随手塞进衣兜里，“吃饭还戴着，嫌我不够出名啊。”说完，大摇大摆往里面走。

肖静林无奈，把帽子压了压，跟在她后面往里走。两人一起上了楼，直接进包厢。梁夏走在前面，才一进门马上又退了出来，“晦气！”肖静林愣了下：“怎么了？”梁夏脸色不大好看：“你记错房间了吧，里面有绯海的人。”

肖静林恍然失笑：“没错，就是这儿。”说着，推开门迈了进去，“路上堵车，来晚了。小夏，快进来。”

梁夏站在门边不动：“你够可以的啊，先斩后奏。”肖静林伸手来拉她说：“行了，别闹情绪。”

“害人精还好意思闹情绪，够新鲜的。”门内传来的声音也挺不客气的，“站外面干吗，没脸见人了？”

梁夏抬脚轻轻在门上踹了下，门慢悠悠打开了：“柯诗新你不会说人话就把嘴巴闭上，有你这么当客人的吗？你坐哪儿呢？”

包厢里就坐了柯诗新一个人，人长得好就是够自信，骚黄色也敢往身上穿，正捏着个夹螃蟹腿的钳子，大剌剌地霸着主座。“我付钱我还不能坐主座？”柯诗新漂亮的眉毛皱了起来。梁夏一愣：“你付钱？”随即扭头看向肖静林，肖静林点了点头。

梁夏叼着烟沉思了片刻，走进来拉开椅子坐下，“挺久没见了哈，柯队长。”说话的同时，伸手摁了下按钮叫服务。肖静林意外地看了她一眼，也坐了下来。

柯诗新飞快地甩了她一个鄙视的眼神，梁夏如沐春风，满脸笑意地拿过一边的菜单翻开，“菜没点齐吧，那我就不客气了。”

服务生很快就过来了，梁夏随手指了指，“这个，这个……还有这几页的全部，每样都给我来一份。”

柯诗新把蟹腿夹得“咔嚓咔嚓”直响，“这么能吃，你哪儿像女人了？”梁夏合上菜单说：“心疼了？”柯诗新等服务生出去了，才放下夹子擦手说：“我一场比赛打下来，收入够把你喂成头大象，倒是你，罚款交完了吗？”

“啧啧，白捡了个冠果然就不一样了，”梁夏咬着烟头，“绯海给你涨钱了？”

柯诗新果然变了脸色，肖静林连忙打圆场，“行了，人家难得来一趟，是有正经事要和你商量。”梁夏往后一靠，喷出口白烟说：“果然无事不登三宝殿。”

柯诗新早习惯了她这个无赖样，从身后的包里翻了个档案袋出来，扔到她面前，“有什么条件可以再提。”梁夏直接扔了回去说：“不需要。”柯诗新怔住：“你还没看吧。”“帮你们绯海，”梁夏声音淡淡的，“我还不想被口水淹死。”

“我还以为你早学会在唾沫海里游泳了，”柯诗新嘲讽，“不过，你也不用这么急着给我回复，我这次来，不代表我个人——我可不欢迎你来绯海。”

梁夏把烟头掐灭，“英雄所见略同，我也觉得绯海不适合我。再说，你们来得也太晚了，我要是想退居幕后，还等到现在？”

“几家找过你了？”

“你应该问还剩几家没找我。”

“……还剩几家？”

“绯海是倒数第3家。”

在棒垒协会注册的职业球队现在一共就十几支，柯诗新上下打量她，“看来大家都喜欢趁乱捡便宜货啊。”梁夏伸手就要去够档案袋，“便宜货？我看看年薪写了多少。”柯诗新一把把袋子抓在手里，“看了就不能反悔了。”

“嘿，你开黑店啊，网购还七天包退换呢。”

柯诗新不为所动，梁夏也不坚持，显然是真对绯海没兴趣。看她这个态度，反倒是柯诗新好奇了：“你到底图什么啊？”

“我觉得我还能打比赛。”

“什么比赛，垒球比赛？”

梁夏白了他一眼，柯诗新却不放过她：“没有职业球队敢用你当球员，你不会再有这样的机会。”

“那可不一定，我今天刚交完入队费呢，200大洋。是不是，老肖。”

入队费？柯诗新茫然了，肖静林只得解释：“一个本市的业余球队。”

“你宁可去业余球队打棒球，也不肯来我们绯海？”

梁夏点头，“你今天才知道你们绯海讨人厌啊？”柯诗新刚要说话，包厢门被轻敲了一下，服务员来上菜了，刷拉拉两个一模一样的大菜。桌上三个人都傻眼了：“上错了吧？”

服务员翻了翻单子，“没错，是你们这儿的菜，原先这位先生要了，后来这位……”服务员有点吃不准梁夏的性别，含含糊糊地说，“这位……又要了一份。”

肖静林接过单子看了看，古古怪怪地扫了他们俩一眼：“你们俩口味挺像的嘛。”

梁夏冲服务生微笑，“我是女人，纯的。”服务生给她那沙哑的声音一提醒，顿时醍醐灌顶：“你是……”俗话说：好事不出门，坏事传千里。梁夏假扮魏冬这个事情，可不单单棒球圈知情。看这服务生对柯诗新、肖静林都毫无反应，却单单认出梁夏就知道，这显然又是一位只关注八卦，不关注赛事的纯外围观众。

梁夏忍不住感慨：“真是人怕出名猪怕壮啊。”柯诗新嗤之以鼻，肖静林埋头吃饭。

谈判不成，柯诗新也不纠缠，随口问起肖静林：“听说淮云找过你？”

国内棒协职业联赛从5月份开始到10月结束，如MLB[1]一样分为常规赛和季后赛，全明星赛则固定在每年的常规赛后的第二个周末举办。黑镰的禁赛是从今年结束的季后赛开始的，这也就意味着黑镰没办法参加明年的常规赛。明年如果还想打季后赛的话，就必须在最炎热的6月份和常规赛淘汰下来的队伍争夺最后的一张季后赛入场券，成为外卡球队[2]。

半年打不了比赛，对球队和球员都是很大的损失。马上又到了冬季转会高峰期，黑镰面临的考验显然马上就要到来了。元旦前后，大多数球队都会进行大量的补强工作，同时也是合约到期的球员寻求转会的大好时机。

刚刚拿到冠军的淮云球队，在这样一个时机来联系深陷丑闻的黑镰球队的队长兼当家投手，内里的意思不言而喻。肖静林一脸平静："我也不想被口水淹死。"那语气，明显是在模仿梁夏。

柯诗新连连摇头，"你们这是死要面子活受罪——不想去淮云，那就来我们绯海。魏……咳，梁夏的战术布局你最清楚，袁森也是老熟人了……"

"你们老袁还不打算退役啊？"梁夏插嘴，"他过了年就38了吧，棒协注册的捕手里，他是老大哥呀。"柯诗新闭上了嘴巴，肖静林忍着笑低头喝水。

梁夏干笑："我就实话实说嘛，你们继续。"柯诗新沉默地看着她，话头打断了，再要提起就真有点不好意思了。肖静林厚道地转移话题："你不是马上要去台北参加两岸棒球对抗赛了，怎么有空来这里？"

两岸棒球对抗赛一般安排在联赛结束后，由两岸排名前四的8支队伍参加，绯海今年虽然因为种种原因没能进入总决赛，却仍是大陆职棒四强之一，还因为黑镰的丑闻，把丢掉的亚军奖杯重新揽进了怀里，当然有资格参加对抗赛。

提到这个，柯诗新更郁闷了。淮云抢到一个冠军奖杯，他们绯海这一次却接连拿到两个冠军、一个亚军，被媒体戏称为幸运值最高的职业球队，简直就是上帝的vip会员。

可是，谁要这种幸运值啊！他们的排名、分数，也都是靠自己一步步稳扎稳

1　MLB：即美国职棒大联盟（Major League Baseball，简称MLB），由国家联盟和美国联盟共同成立，各有球队十五支，常规赛决出分区冠军，与外卡球队一起参加跨联盟的季后赛，最后的总决赛被称为"世界大赛"。

2　外卡球队：因为各种原因没有资格参加比赛（如地区偏远，没能赶上预选赛等原因，相对应的称呼还有外卡球员、外卡选手），却收到大赛发出的外卡，持外卡参赛的球队。

打拿来的，被这么一调侃，气质瞬间就变了。

“台北地震，比赛延期了。”柯诗新最后也只能这么说。

梁夏这时候倒挺安静的，两个耳朵都跟聋了一样，认认真真地在那儿拿筷子吃菜。

柯诗新有心想再探问下黑镰的近况，可梁夏这么嘴贱，肖静林又是出了名的护短，估计也真问不出什么来了。早知道自己就不要接这个差事了，让绯海的人事自己来找他们谈没准还好点。

一顿饭吃得柯诗新郁闷不已，菜要得又多，服务生光打包就折腾了半个多小时。梁夏不客气地拎了最大的两袋，给肖静林和柯诗新也各自分配了一些。

三个人拎着塑料袋出来，引得门口帮人引车的门童都频频扭头观望。吃不了打包的客人是挺多的，可这个夸张的架势，那得打包了整整一桌的菜吧。

柯诗新向来挺在乎形象的，拎着东西走到门口就扔垃圾桶里了。梁夏故意提高嗓门：“柯诗新你太浪费了，农民伯伯种菜容易吗！”

无耻小人！柯诗新真不敢在这时候叫板，一来自己兼着好几个广告，合同要求他在公众面前保持良好形象；二来，这地方可是 T 城。T 城是黑镰球迷的聚集地，他代表绯海来这儿招兵买马，就怕遇到不理智的球迷来骚扰。梁夏去年在 C 城被绯海球迷在脑袋上扔了颗西红柿，那可是上了当地新闻头条的。

柯诗新迅速上车，才发动车子，就听见有人在车外说：“你看那边，是不是黑镰之刃的肖静林和‘魏冬’？”柯诗新马上戴上墨镜，摇下车窗向他们道：“是他们，我刚刚还要到了签名。”

车外俩姑娘一听，连忙掏出手机，边调相机功能边小跑了过去。柯诗新还听到其中一个嘀咕：“肖静林为什么还和那个败类混在一起，好讨厌啊！”柯诗新幸灾乐祸地开始倒车。

肖静林刚把东西放进车后座，就听到了快门的声音。梁夏也是有经验的人，马上低头往车里钻。肖静林却没躲过去，那两个姑娘一围上来就尖叫了一声，引得附近的人都围了上来。球迷俱乐部附近的店，果然不大安全。

肖静林好脾气地签了一个又一个，又被拉着合影。那俩姑娘还频频往车内张望，梁夏只好在后座蹲了下来，手机却在这时候震动了起来。梁夏打开一看，柯诗新的短信飞快地跳了出来：“T 城人民真热情，呵呵。”

柯诗新！梁夏瞄了一眼还在冷风里挤着笑容和人合影的肖静林，果断把他拉进黑名单。

时间一分一秒过去，眼看人越聚越多，肖静林也有点扛不住了。梁夏戴好围巾悄悄爬到驾驶座，突然发动车子，车外人都吓了一跳，她趁机把车子往后倒去。

刚才那俩姑娘这时也回神了，喊了一声“魏冬在车里”，其余人听到这个名字都怔了一下。要是以前，他们肯定直接追上去要签名要合影了。

倒是那俩姑娘反应比较快，其中一个顺手就把自己手里的奶茶扔了过去。“砰”的一声，正好砸在挡风玻璃上。

肖静林一把抓住她还没来得及收回的手，“你干什么？”“我……”姑娘吃了一惊，肖静林却已经放开了她的手，快步朝着车子走去。梁夏已经把车拐到车道上了，见他过来，直接打开了副驾驶座的车门。肖静林跳上车，车子呼啸着冲入车流。

肖静林坐在副驾驶座上不说话，梁夏逗他：“心疼车子了？洗车费我出。”肖静林瞥了她一眼，没接这个话头：“罗柏找过你了吧？”

梁夏腾出一只手就要往口袋里摸，肖静林比她还快，把她兜里的两包烟都缴了过来。梁夏叹气：“找过了，和他哥一起来的。”肖静林把那包女烟塞回她兜里，梁夏眨巴眼睛说：“不高兴？可我刚才拒绝柯诗新，觉得你挺开心的呀？”肖静林捏了捏烟盒说：“我当然不希望你帮绯海来打我们。”

“那干吗带柯诗新来？”

“……对你也是个机会。”

梁夏没辙了，一边开车一边感叹：“肖圣父啊——”

“说真的，去俱乐部是个不错的选择。”

梁夏“嗯”了一声：“可我还想打球，去俱乐部做幕后等于提前退役。”

“你已经退役了。”

梁夏沉默了，肖静林把剩下的那包烟也塞回了她兜里，“温小榕可能要转会了。”梁夏一愣，握着方向盘的手也蓦地僵硬了一下。温小榕是黑镰的第四棒，也是今年全明星赛上最耀眼的一颗新星。“魏冬”被迫退役、温小榕转会，黑镰的情况果然并不乐观。

而造成这一切的，显然就是自己。

肖静林叹气，“你的情况，我其实早就知道了，应该……我应该早点和教练谈谈的。事情弄到这个地步，你有责任，我也有责任。”

梁夏这回真不淡定了，直接把车停到路边，“你怎么知道的？老肖，你不是有偷窥癖吧？”肖静林伸手“啪”地打在她后脑勺上，“下车，我来开。”说着，径直下车换座。

梁夏窝回副驾驶座，“他要转去哪儿？”

“乐观估计的话，和淮云交换。”

“交换？”

“对，换陈琪过来。”

“拿咱们的第四棒、明星球员，换淮云的第六棒？”

“主要是温小榕去意挺坚决的，淮云也答应会有一定的经济补偿。”肖静林声音冷静而无奈，“也有可能会换路明天——听说他最近和主教练有点矛盾，我们的人也有尝试着和他接触，他也答应了会考虑。”

球员转会，在职业圈是十分正常的事情。国内的职业圈发展至今，商业化日渐加重的同时，转会操作也逐渐纯熟，但是对于像肖静林、梁夏这样的老球员来说，离开母队转投他队，还是有些伤感的。

温小榕在大学生联赛脱颖而出之后，直接被满天星找上门签约，随后又飞速转会黑镰，这一年多的历练，让他成为国内棒球圈里炙手可热的新星。而面对陷入丑闻，失去当家捕手的黑镰球队，这个年轻的球员的选择也理智到让人心寒。满天星、黑镰、淮云，在他看来，似乎也就只是个球队而已。

梁夏靠在副驾驶座上抽了会烟，到底还是忍不住拨通了温小榕的电话。温小榕接得挺快的，声音轻快：“哪位？”梁夏这才想起来，自己为了躲避记者，早把手机号换了。

“是我，梁夏。”

电话里沉默了一会，温小榕声音淡淡的：“魏副队。”

车子已经到梁家楼下了，肖静林冲着梁夏摇了摇头，“算了，他也没做错什么。”温小榕似乎听到了他的声音，问：“您和队长在一起？”

梁夏抿着嘴巴没吭声，肖静林把电话拿过去，直接按了挂断。

梁夏坐着没动，半晌，嘀咕："我好像没什么资格骂他，我比他还混蛋呢。"说完，拉开车门下去了。

梁夏隔天一早就接到张小春的电话，催她交钱。

梁夏刚做完早锻炼，一边擦汗一边就笑了："又交钱，你玩我呢？"张小春愤怒："谁跟你玩，我们要统一做队服！不乐意交钱就滚蛋！"

梁夏"噢"了一声，问："有比赛要打了？"张小春"哼"了一声："问那么多干什么，交钱交钱！"

"行，你说个地方吧。"梁夏记下地址，哼着歌冲了澡，架上墨镜叼上烟，乐颠颠地拎着包出了门。甭管什么比赛，有比赛打总是让人兴奋的。

她才走到小区门口，一眼就瞄见柯诗新那辆骚包的漂亮跑车。

"阴魂不散啊你！"梁夏走到车前，抬脚在车门上踢了一脚。柯诗新摇下车窗摘了墨镜，露出那双漂亮的眼睛："这路你家的？"

梁夏喷了口白烟。柯诗新厌恶地皱起了眉头，抬手就要掐她嘴上的烟，"一女人抽什么烟！"梁夏退了一步，"知道我是女人还动手动脚，流氓啊你！"

柯诗新四下看了一圈，没什么人，为了保险起见，还是重新戴上墨镜，"昨晚打你电话干吗不接？"

梁夏掏出电话，看了下通话记录，"没有啊。"柯诗新夺过来翻了翻，也觉得奇怪，又去翻自己手机，明显是好几条记录，再仔细一看，火了，"你他妈把我拉黑了，怎么可能接得到！"说着，顺手就把她手机扔了回来。

梁夏没想到他说扔就扔，眼睁睁看着手机"啪"的一声摔地上，瞬间四分五裂。梁夏瞪着他，"故意的吧，赔钱！"柯诗新"啧"了一声，拆了自己手机上的卡，抛过去，"你的也不是新货，我的赔你好了。"梁夏嫌弃地打量了一番，"一大男人用玫红色的手机，怎么这么恶心。"

"爱要不要！"

"勉为其难先用着吧。"梁夏弯腰捡起地上的残骸，找出手机卡，一边往手机里装一边往外走。柯诗新开着车慢吞吞跟在后面。梁夏停下脚步，"你到底想干吗？"

"你不是去训练？我想看看让你这么恋恋不舍的业余队到底什么水准呗。"

梁夏眯起眼睛，“这样啊——”柯诗新觉得她那语气十分不友善，接着车门就被打开了，梁夏一屁股坐进了车后座，“既然柯队这么有兴致，那就顺路送我过去吧。”

柯诗新斜了她一眼，真当自己是司机了啊，还好意思坐后座去。

“广场路 246 号，走吧。”

车子到了地方，柯诗新四下打量了一圈，“你那业余球队，在这儿广场上训练？”“我有说来训练吗？”梁夏裹好自己，拉开车门下了车。

“喂！”柯诗新戴上连帽衫的帽子，做贼似的小跑下来，“你去哪儿？别耍我啊！”梁夏脚步不停，“你自己非要跟上来的，还怨我？你那什么造型，难看死了，真当自己是个腕儿了？”柯诗新完全不上当，仍旧死死地捂着自己那张漂亮的脸。

张小春的书店就开在图书馆的对门，正对着广场的小喷泉。店面不大，密密麻麻摆满了各种参考书，靠门口的几个架子上放着些花花绿绿的杂志和游戏卡，天花板上挂下来一串串彩色卡贴，能利用的地方全利用上了。

梁夏一进门就差点被一背着大书包的四眼小男孩撞上，“叔叔让一让啊！”梁夏嘀咕：“我是女的，你该喊我姐姐。”

四眼压根没听她说话，直接对着她身后的柯诗新吆喝：“哎呀，怎么又一个没素质的，让让，我拿着书呢！”柯诗新乖乖让道，接着就听柜台那传来一声招呼：“来了？赶紧交钱，报身高、体重、三围。”

梁夏接过纸笔，一边写一边打量柜台上的照片：“这就是新球服？”张小春“嗯”了一声，眼睛却盯着店里的客人，“不买不要拆塑封，架子上有拆开的样书！那边那个，说你呢，不买不要拆！”

照片上的球衣一共两套，浅色的是白底墨绿边墨绿字，深色的是墨绿底白边白字，背面印着大写字母的“CHUNTIAN”。梁夏嘀咕：“绿帽子？”张小春不假思索地反驳：“是墨绿色帽子！”

“那不也是绿色？”

张小春简直怒发冲冠，柯诗新凑过来看了一眼，还真是绿帽子，上头还印着大大的两个字母“C”和“T”。柯诗新憋着笑评价：“不错，带着绿帽子去照CT，挺内涵的。”

“内涵你祖宗！”

“怎么说话呢你？”柯诗新也不是什么好脾气的，一见面就被问候祖宗，火气立刻上来了。

“就这么说话！我的店，爱来不——柯……柯诗新？！”张小春吓了一跳。

柯诗新也被他这一嗓子吓到了，连忙四下张望，还好书店里全是盯着参考书的书虫，没什么人对他的名字敏感。

“别理他，咱们说正经的，什么比赛？”最先挑起张小春怒火的梁夏这下却显得十分理智，都不屑嘲笑柯诗新那夸张的偶像包袱了。张小春死盯着面前的帅男，话都说不利索了：“比赛，就……城市排名赛啊。”

“城市排名赛？那不是职业圈玩的比赛？”

“今年改制了，从元旦开始报名，业余球队和球员也可以报名注册。”

“够热闹的啊！”梁夏评价。

柯诗新却想到了另一件事，“业余球队和职业球员都可以参加？”

“好……好像是。”张小春觉得压力山大，柯诗新啊，眼前这个就是柯诗新啊！

“绯海狗”几个大字走马灯一样在他眼前转悠，就是没办法用舌头尖送出来。为了T城为了正义为了黑镰，张小春默默地在心底喊口号，最终一句也没说出口。

往日球场上的俩死敌都很正经地在看球服照片呢，他一个外人这么激动，好像有点皇帝不急太监急。

填完表格，梁夏手插着兜就要往外走，张小春见柯诗新还跟着，连忙喊住她：“等等，你去哪儿？”梁夏奇怪地看他：“练球啊，昨天和方方约好的嘛。”

“方方……”说到这个新队员，张小春十分郁闷，他一早打电话通知这姑娘交钱做衣服，结果她过来交了钱直接就跑去球场了，死活不肯透露身高体重，愁死他了。

张小春忧郁地拎出放在一边的大包，“一起去吧，顺便帮我问问方方，她的衣服要做什么尺寸的——小孙，店里你多关照！”

“不错嘛，还有伙计。”梁夏拍拍他肩膀。

张小春连忙走开几步，“别动手动脚的。”

“就是，动手动脚的，女流氓啊！”柯诗新跟着接了一句，哥俩好一样把手搭在了张小春肩膀上。张小春更加夸张地弹开，一脸阴郁。开什么玩笑，梁夏再讨厌那也是内部矛盾，这个柯诗新可就不同了，绝对外来侵略者啊！

张小春小声地冲梁夏嘀咕：“你要把他带我们训练的球场去？”梁夏奇怪：“不行？你要搞秘密特训？”张小春摇头，“那倒是没有，但是……他是绯海……”

梁夏恍然，然后郑重地点了点头，“队长的担忧很有道理，我们不能让敌人轻易渗入到内部。”说完，转头道，“柯诗新，我们队长都发话了，你赶紧滚吧。”

柯诗新鄙视地盯着她，“少恶心人，坐我车的时候怎么不说——你是队长？什么位置？”张小春开口想说老子捕手啊，再一看梁夏，又有点不自信，憋红了脸才说：“关你屁事！”

柯诗新一看他这神色心里就有点数了，连位置都不敢说，水平肯定次啊！向梁夏道：“让我别跟着也行，你为了参加他们队而拒绝我们绯海的邀请，那干脆让他们拿出水平来和我比比，赢了我二话不说掉头就走。”

张小春内心瞬间掀起滔天巨浪，绯海居然在这个时候邀请梁夏！柯诗新来这里原来是为了挖黑镰的墙角！绯海狗果然无耻卑鄙下流！幸好梁夏还没完全丧失人性，没有完全被金钱腐蚀掉良知！

张小春心情复杂地看着梁夏，说完全没一点儿感动是假的。他是苦日子里熬出来的，当然知道这种邀约对现在的梁夏有多可贵。

而她，竟然拒绝了。有志气！好样的！张小春默默在心里给她鼓掌。

“喂，”柯诗新觉得这个业余队的队长还真有点逗，他们这边说话呢，他莫名其妙鼓起掌来，“你没事吧？”

“什、什么？”张小春终于回神了，瞬间就想拍自己一巴掌。

“我说，你们跟我打一场吧。”

张小春吓了一跳，结结巴巴地说：“你就一个人，怎么和我们一个球队比？”

和柯诗新打？开什么玩笑！职业球员来挑战业余队？这是欺负人好吧！绯海狗你好意思？！

柯诗新看起来完全没有不好意思，扭头直接问梁夏："一个打席定胜负？"

"一打席就够了？"

"足够完虐他们了，"柯诗新十分自信，"保管让你后悔。"

春天棒球队的训练时间其实并不多，毕竟都是有工作的成年人，梁夏之前也了解过基本情况，知道球场那边一般也就三三两两几个人在训练，一周最多一次集中训练。

今天大约是因为要做球服，来的人还不少，孟小运、黄隆沙等人都在。方梦自然也在，穿了一身厚厚的护具，正蹲着和黄隆沙一起做练习。

一见梁夏，方梦就自动摘了手套、面罩，小狗一样兴奋地跑了过来，"小夏姐！"梁夏打量了她一圈，方梦的行头倒是很齐备的，可惜人太胖了，就跟一大块猪肉横飞过来似的。

柯诗新瞅着方梦身上的护具沉思："又一个女捕手，你还带徒弟了？"不过，就算是捕手，这个体型也太夸张了点。打棒球还是要跑的，就是蹲捕做多了跑不快，也绝对不可能是她现在这个速度。

方梦越跑越近，远远地见梁夏边上站着人，犹豫着停下脚步。

梁夏干咳一声，向柯诗新道："你熟悉下场地，球棒——职业球员就不要用铝棍了，传出去多难看，你就随便找个木棍啊萝卜什么的在这边等着。人家投手姑娘也是新人，我和她沟通下暗号，呵呵。"

柯诗新露出难以置信的表情："新人投手？不是，你们这个队就没个有经验的投手？"

黄隆沙下意识挺了下腰杆，梁夏果然把手指了过来，"有经验的手受伤了，正养着呢——是吧，老黄？"黄隆沙张了张嘴，有些迟疑地点了下头。那个是柯诗新吧，是那个喜欢摔东西冲垒像冲锋经常在小投手噩梦里出现的绯海柯诗新吧！

柯诗新刚才就瞧见黄隆沙在做投球训练了："他刚还在投球吧，怎么就受伤了？"

"人家那是恢复训练，你好意思欺负伤患？"

柯诗新完全不相信她的鬼话，扭头去瞪黄隆沙，黄隆沙迅速低头。

在这样的职业强打面前，他可不就是伤患嘛。黄隆沙是有自知自明的人，顺着梁夏给的那个坡直接就滚下来了。孟小运小声嘀咕："没种啊，老黄。"

"你有种你上。"孟小运也没种地走开了。

梁夏帮着方梦把捕手护具解下来，让她换上投手手套。方梦几乎是被她推着上投手丘的，"小、小夏姐……我……"她眼泪下来了，"我害怕……"

梁夏揉她脑袋，"怕什么，有我呢。"

"我好、好几年没有投了。"

梁夏把下巴抵在她肩膀上，"咱们昨天不就投了？"方梦眼泪掉得更厉害了："可是，那个是柯诗新……"

"柯诗新怎么了？他也是人，他可从来没打到过女投手投出去的球。"

方梦愣了一下："为……为什么？"梁夏"嘿嘿"一笑："因为职业赛上没有女投手呀。"方梦刚刚燃起的一点儿希望瞬间就破灭了。

"来来，擦擦眼泪，咱们约定下暗号，昨天都没来得及商量呢。"梁夏揽着她蹲下来，方梦都能感觉到自己肚子上的赘肉折叠起来的声音。

"我记得你伸卡球投得不错来着……"

这两人在投手丘上蹲着，柯诗新就暴躁了，"那个女人到底打什么位置的？刚不是穿着护具，怎么又成投手了？"

张小春也正糊涂呢，这个胖姑娘实在太内向了，他这个队长到现在都没能好好和她说上几句话呢。至于位置，张小春就见梁夏那天下午拉着她做了会儿投捕练习，说实话，那个球投得真是乱七八糟，连厚道的黄隆沙都有点看不下去。

她实在是太胖了，一脚踩上投手板时，他们都担心那板会不会给蹬断了。

但是，问话的是柯诗新啊！张小春出于护短的心理，十分含蓄地表示："你打了就知道了。"不要脸的瞎吹牛他是做不出来的，一开打就得露馅不是？张小春觉得自己真是太聪明了，简直滴水不漏。

那边梁夏和方梦终于商量完了，梁夏一边走一边把方梦的帽子和面罩往自己身上戴，嘀咕："哎，都是加大的码。"

柯诗新赶紧拉住她，"你让那个女人投球？"梁夏拍开他的手，"不敢比？"

"我不敢比？"柯诗新冷笑，"我怕她会哭鼻子。"

梁夏整了整帽子，尺寸太大盖住了眼睛，只好拿下来，"那就让她哭。"

柯诗新无奈地压低声音，“那女孩跟你有仇吧？她光站那都哆嗦，投个屁的球。”

梁夏绕过他，从自己包里找出护具戴上，又挑了根木质棒球棍扔给他，端端正正蹲到了捕手区，“来吧，柯诗新，别小瞧人了，哭了又怎么了，要是给你凭空增上几十斤肉，你敢不敢穿得紧绷绷的站到击球区去？要是你们主教练说你不配打棒球了，你留在绯海唯一的用处就是帮着板凳队员搬凳子，你肯不肯留下来？”

柯诗新被她说得愣了一下，再转头，就见那胖得有些离谱的女孩涨红着脸，哆哆嗦嗦地把持球的手背到身后，做了个身体微微前倾的动作。

虽然笨拙，虽然生疏，的的确确是投手准备投球前常有的姿势。而且，竟然还是左手持球。

左投投手！柯诗新看了梁夏一眼，“她是左投？”

“怕了吧。”

柯诗新不吭声，表情倒是认真了不少——他是众所周知的左打击球员，左打在面对右投手时占尽优势，不但比右打者离一垒更近，视角几乎没有盲点，把握起球来也轻松不少。

这也是肖静林在投手席上时，梁夏总是死命保送柯诗新的原因之一。

相对的，左投投手也正好克制左打击球员。不少职业球队都会专门培养一两个左投投手作为中继投手，用来对付左打击球员。黑镰的顾远嘉、淮云的孙杰、飞扬之梦的姚见均都属于这类选手。

“再给个建议，你不是会两打嘛，像以前一样，临时改右打吧。”梁夏并不急着给暗号，打商量似的提醒柯诗新。柯诗新给她逗笑了，“在这儿等着我呢，原来是想拿我给小新人刷自信——还想再带个顾远嘉出来？”

“远嘉也没能彻底拦住你得分呀，不过……远嘉擅长的球种可没她多，是不是不敢换了，柯大队长？”

正如左打克右投一样，右打也克左投，单从视角来说，能够左右开弓的两打击球员在赛场上自是十分占优势的，但要两者兼顾并不是那么容易的。哪怕是柯诗新，他的右打和左打比，无论力量和安打率都还是有一定差距的。

柯诗新对孙杰时一般仍旧选择左打，遇上顾远嘉却因为梁夏那刁钻的配球而经常选择右打。梁夏这时候提出来，颇有点嘲讽加威胁的意思。柯诗新什么大风大浪没见过，完全不上当，仍旧牢牢地站到了她右边的击球区。

“啧啧，还赌气。”梁夏笑容里的鄙视隔着面罩都能看得出来，但是一看他站定了，垂在双腿间的手指马上打出了暗号：外角滑球。

方梦迟疑着点了下头，丰满的胸脯快速起伏，深吸了好几口气，才开始抬臂，合手，投球。球速不算慢，但也没有快到让人眼前一亮的程度，柯诗新却没有挥棒。

“好……球。”张小春犹疑不定地喊了一声。

就算左投克左打，站在击球区的毕竟是柯诗新。面对方方这样身体素质明显存在缺陷的业余投手，第一球也要用来观察？有必要这么谨慎？张小春不能理解，一边的黄隆沙也有点惊讶。

“球路看清了？”梁夏幸灾乐祸地问。柯诗新瞥了她一眼，“你今天话还真多，这是哪儿捡来的宝贝？”

“干吗？”梁夏起身把球回投给方梦，“有兴趣了？”柯诗新“哼”了一声：“马马虎虎，女人注定进不了职业圈。”梁夏没应声，打出了伸卡球的暗号。

这一球，柯诗新仍旧没有挥棒。张小春和孟小运都对方梦有点刮目相看了，要说男选手面对姑娘，又是非正式比赛，偶尔怜香惜玉，客气一下也是有的。可是方梦这个体型……

“他到底在干吗啊？”

黄隆沙最先看出门道来：“应该是配球的原因——她刚才让方方投的第一个球是外角滑球。这种球，只有在投手和打者同侧时才能投得出来，你们留意到没有，那球是从柯诗新的外侧开始滑的，落点正好卡在好球区边缘。要是我这样的右投投手，投出的球运动轨迹则完全相反。”

孟小运努力回忆了一下，还是有点茫然，黄隆沙直接在他面前比划出了球路，孟小运试着做了下击球的动作，恍然了。这样的球，实在太难打了。孟小运连让球擦棒的信心都没有：“太变态了，这完全没法打嘛！”

“是很难打，但是你打不出，柯诗新应该能打的，只是需要观察下球路和球速，这个投手他不熟悉。”孟小运瞬间就举一反三了：“怪不得梁夏马上换球种了，不过刚才那个伸卡球……也是反的！”

这样的球，上来就要击球员直接挥棒，确实有点强人所难。

“控球能力不错，球速再提一提，肯定能比顾远嘉有出息点。”柯诗新显然早看出来这个诡异的球路了，“可惜是个女人，而且，她也太胖了。”声音又轻又慢，叹息似的飘进梁夏耳朵里。

第三球，方梦再一次投出了滑球，仍旧是那样让人头疼的角度。柯诗新这一次却挥棒了，方梦心都跳到了嗓子眼上，直接就把眼睛闭上了，球果然被击中，飞起。

围观的众人死死地瞪着场内，球并没有像大家猜得一样爆个夸张的本垒打出来。

这个角度还要人打全垒打，要求也确实太高了。但要是在真实比赛里，应该也会是个不错的安打，至少现在的春天是没办法阻拦的。

梁夏拍拍手套站起来，“心狠手辣。”柯诗新“呵呵”笑了两声，接着压低声音：“见好就收，我已经手下留情了。”

“留情留三分？干脆让她赢多好。”梁夏丝毫没有领情的意思，说完大步踏上投手丘，大声地夸方梦，“投得不错！”

方梦还有些惊魂未定，小心翼翼地朝着柯诗新看过来。柯诗新皱眉，没尽全力的感觉果然不大好，不过就算尽全力，前面那两球，他也确实没有百分百的把握。

最后一球，还是应该更狠一点的。那个张小春可是黑镰的球迷，瞧，现在笑得多贱！

第五局

醋意横生

从球场出来，已经快到午饭的时间了。张小春要回书店照料生意，黄隆沙要回学校，方梦脸红红地拉着梁夏嘀咕：“小夏姐，我……我真能当投手？”

“那当然，刚才你可是把柯诗新给压制住了——是吧，柯队？”

柯诗新把帽子往下扯了扯，只当没听到。方梦没梁夏那么厚脸皮，结结巴巴说：“没、没有，是柯先生手下留情。”柯诗新露出“你知道就好”的表情。

梁夏正要开口，手机却响了起来。梁夏对这个骚包手机的操作显然还不大熟练，摁了半天，电话是接通了，却开了公放。肖静林的声音有些嘈杂地传了过来：“小夏？”

梁夏翻来覆去地找按钮，柯诗新看得直叹气：“不会用就还给我，直接凑耳朵边去就切换模式了，长没长脑子你！”

电话里的肖静林明显愣了一下：“柯诗新？”“是我，”柯诗新一走到马路上就把脑袋埋得低低的，声音倒是挺自信的，“找我什么事？”

方梦表情有点囧，这是梁夏的手机号，人明显是找梁夏的吧。如今接电话也讲究先到先得，先开口的就是主人了？

肖静林不愧是肖静林，对这样的反客为主也挺顺当地接受了：“中午家里吃饺子，你还在 T 城的话，和小夏一起过来吧。”

“别，”梁夏连忙打断他，“柯诗新马上要上飞机了，你给我留一份就好了。”柯诗新不爽了：“睁眼睛说瞎话，我自己开车来的，坐什么飞机？”

肖静林显然也听到了：“那就一起来吧，过来路上再带点饮料。”方梦一听到吃，哆嗦着就要先走。梁夏拦住她，“一起去吧。”方梦有些惴惴不安地跟上。

三人搭伙同行，柯诗新一边看地图导航一边嘀咕：“肖静林住得不错嘛，他不住球队宿舍？黑镰给他提供的房子？”梁夏叼着烟窝在副驾驶座上琢磨手机，跟没听见似的。

“喂！”柯诗新喊她，“一破手机有什么好研究的？”他趁着红灯凑过去瞄了一眼，正好看到梁夏冲着满屏幕的鲨鱼放了个激光炮，四条鲨鱼疯狂扭动着化成金币，哗啦啦好不耀眼。

“人性呢！”柯诗新鄙视。梁夏乜他：“玩游戏还讲人性？你这是羡慕嫉妒恨吧？”

红灯跳黄灯，柯诗新张了张嘴又闭上，踩离合换挡开始过路口。

梁夏玩游戏的时候专注得简直不像样子，烟灰落在衣服上了都不抖一下，每一炮出去必定要轰死分值更大的鱼群，积分蹭蹭蹭上涨。

方梦在后座看得清清楚楚，满脸羡慕崇拜，看得柯诗新鸡皮疙瘩都起来了。虽然接触不多，柯诗新也看得出方梦对梁夏似乎挺依赖的，刚才投球也是，有股溺水之人抓着救命稻草的狠劲。看着方梦那个近乎膜拜的神情，柯诗新心里蓦然就跳出了一个念头：拒绝各大俱乐部开出的高薪，混业余队，培养女投手……难道她想自己组球队？

可组建一支业余的女子球队，又能怎么样呢？在国内的话，连可以打比赛的对手都没有，难道要和业余男队去打比赛？

业余球队的关注度本来就不如职业圈，女棒的关注度又大大低于男棒，在这个当口组建女子球队，几乎是百分百的赔本买卖，恐怕连赞助商都拉不到几家。

这种吃力不讨好的事情，放一般人那是不会去做的，但是梁夏的话……柯诗新眼皮抽筋似的跳了两下，是她的话，再疯狂的事情都有可能发生。

“你想组女子棒球队？”柯诗新试探着问。方梦先吃了一惊，然后眼睛就亮了起来，很是期待地看向梁夏。梁夏却连头都没抬，手指快速地在屏幕上点着，"组女子球队，唔，这个建议不错。"

眼看就要到肖家了，梁夏跟还魂似的关掉游戏，"前面路口小超市买点橙汁。"

柯诗新踩下刹车就不动了，"你去买。"梁夏吐了口白烟说："小气劲儿。"柯诗新岿然不动，方梦要开门下车，被梁夏拦住。

就见她摇下车窗，冲着小超市喊了声："小筠，来两瓶橙汁，要冰的！"小超市里传来一声清脆的"好的"，没多久，一个穿围裙的小姑娘就拎着两瓶橙汁出来了。

肖静林家住在顶楼，梁夏显然是熟门熟路的，自己掏了钥匙出来开门，看得柯诗新都有点服气了。看看人家这个投捕关系，完全就是一副老夫老妻的气场。

"你和肖静林关系挺好的啊，"柯诗新盯着梁夏手上的钥匙，语气有点自己都没觉察出来的羡慕，梁夏一脸"你在说废话"的表情。

肖静林听到动静，从厨房出来，"来了？"他手上全是白乎乎的面粉，身上系着围裙，一副良家妇男的打扮。

柯诗新一看到他那个围裙就乐了："哪儿找的围裙啊！"方梦也抿着嘴巴笑。那围裙印着巨大的超市 logo 和黄色的小鸡脑袋，鸡上还顶着个粉嫩嫩的对话框："亲爱的，今晚想吃什么？"

肖静林低头看了一眼，笑笑没答言。梁夏很客观地评价："颜色不错，很衬老肖的皮肤。"

肖静林招呼："马上就好了，你们先坐会儿——柯队和方方吃不吃葱？"

柯诗新一看那围裙就憋不住笑："随便随便，你赶紧把这玩意脱了，哈哈哈哈。"方梦没他这么直白，细声细气地表示自己不挑食，客随主便。见肖静林那么温和可亲，她又加了一句："我吃得不多的。"

肖静林被她那个小心翼翼的可怜劲逗笑了："你多吃点也没事，管够。"

"方方是要稍微节制一点，"梁夏没骨头一样瘫在沙发上，语气懒洋洋的，"要当个好投手，确实得减点肥了。"方梦瞬间又涨红脸，心里却暖洋洋的，轻轻地"嗯"了一声。她不是第一次被人提醒要减肥，不是第一次被人直白地嫌弃，可这话从梁夏嘴里说出来，她却总觉得和别人不一样。

是因为她肯让自己再上投手丘？还是因为她是曾经的“魏冬”？还是因为那一句……“要当个好投手”？方梦自己也没办法说清这种复杂的情绪，但她却牢牢记得，梁夏听完她一把鼻涕一把眼泪地诉说的“悲惨遭遇”后，十分随意地摘下口罩，露出那张近期频频见报的秀气脸庞，满不在乎地表示：“我都还要继续打球呢，你怎么就不敢了，难道还会有人朝你扔西红柿？”

又是无赖，又是无敌的感觉。

肖静林把热腾腾的饺子端到饭桌上，柯诗新和方梦两个蹭饭的都马上坐了过去，梁夏最后一个落座，还带着客厅的烟灰缸。

肖静林厨艺不错，饺子个个皮薄肉嫩，一口咬下去满口余香。方梦一气儿吃了大半碗，悄悄摸了摸自己的肚子，心里有些忐忑。

肖静林对那个玫红色的手机似乎十分在意，瞥了几眼之后，似乎想和梁夏说什么。梁夏正埋头苦吃，他便欲言又止地忍住了，夹起饺子放进醋碟里。

柯诗新却突然“哈”的一声笑出来：“哟，肖静林你还爱吃醋呀？”肖静林夹着那只蘸了醋的饺子，一时也愣了，颇有点进退不得的意思。

梁夏一口气吃了好几个，终于有空瞪柯诗新了：“不吃就赶紧走，捣乱呢？”说着，顺手把醋壶拎了过来，浇在饺子上面，“吃饺子蘸醋有什么好奇怪的。”倒完又问肖静林，“要不要再给你倒点？”

肖静林摇了摇头，把饺子夹回盘子里，慢慢地吃掉了。

午后下起小雨，要回去训练是不能了，肖静林家没有书房，却有专门的健身房，小型健身器械都挺齐全的。

梁夏便借了地方教方梦锻炼的一些技巧，两个大男人便只能在客厅玩游戏了。柯诗新握着手柄一边射击一边嫌弃，“你这水平也太垃圾了，行不行啊！”

肖静林慢腾腾地走在后面，打几枪又蹲下来换武器，一点儿都没有平时比赛时的凌厉攻势。肖静林是那种优缺点都十分突出的选手，譬如他那媲美国际上知名球员的球速，譬如在重要比赛上的几度暴投。临场的爆发力是他的优势，却也是他技术不稳定的诱因。丑闻事件之后，甚至有评论员担忧被迫“单飞”的肖静林是否有能力继续稳站在黑镰当家投手的位置上。

柯诗新都被他那不紧不慢的模样弄得没脾气了，干脆单枪匹马往前冲。肖静林也不介意，仍旧保持着自己的节奏。

“跟你打游戏怎么就这么没劲！”柯诗新撇嘴，“不是记仇吧？”“是。”肖静林居然承认了。柯诗新鄙视：“开个玩笑而已，是不是男人？”

“那个手机是你的？”肖静林不答反问。柯诗新扭头不搭理他，朝着前面的空地扔出个手雷，屏幕上弹出据点成功占领的消息，柯诗新心里有些得意，刚刚让角色站起来，视角一晃，红了，边上肖静林的视角里，正是他汩汩流血的后背。

柯诗新愤怒地扭头，“干什么！”肖静林把刀子收起来，换了步枪，“问你话呢？”柯诗新看了紧闭的健身房一眼，“是又怎么样？我乐意送，人家乐意收——关你屁事？”

肖静林问的时候不惜拿刀子捅队友，问完了却又平静下来，调转视角，从楼顶下去了。柯诗新有点一拳打在棉花上的不爽感：“喂？”

“还剩两个据点。”肖静林盯着屏幕说。柯诗新把手柄甩在一边，“不玩了!”拿了外套墨镜，拧开健身房门，“梁夏，你到底去不去绯海？”

肖静林没听到回答，就看到柯诗新黑着脸说了句“别后悔”，头也不回地转身走了。关门声又重又响，像是敲在皮鼓上，只是这鼓深埋心底，震得他耳膜发疼，房间里却还是寂静无声。

柯诗新没把健身房的门关紧，半开的房门里传来方梦有些不自信的声音：“这样跑可以吗？”梁夏的声音过于沙哑，穿透力没有普通女孩子的声音强，只能零碎地听到一些片段。肖静林努力分辨了一会，觉得有些可笑，起身关掉游戏，把冰箱里放着的几只水果榨了汁。

窗外的雨大了起来，淅淅沥沥地敲在玻璃窗上，汇成小股细流，蜿蜒宛转，不断地变幻着路径。那些细流也和人生的道路一般，明明看着马上要汇聚成河了，转瞬又被更大的水流冲乱。

肖静林在拿到青棒冠军时都没想到自己会成为一名职业棒球投手，接到自称“大陆首支职业棒球队教练”的电话时朋友都比他兴奋。他从教学楼下来，班主任和一个陌生男人站在一起，边上还站着个个子矮小的短发男孩，手插着兜，有些无聊地踢着地上的一个小石子。

棒球是一项昂贵的运动，球场、训练器材、手套和球棒，没有一定的经济基础压根玩不转。那时候的职业选手几乎都在政府扶持的省队，待遇也差得有些可怜，一个月的月薪不过几千块钱。肖静林几乎没有犹豫就拒绝了，打棒球是他的爱好，却不值得冒这样大的风险。

男孩便在边上搭腔："教练，他不肯去，你就带我去呗，你别老盯着青棒啊，国内要是有青少棒比赛，我肯定能让你大吃一惊呢。"教练无奈地看他："你年纪太小了，打不了正式比赛，而且，你又不是投手。"男孩仍旧不肯放弃："那你悄悄给我改下年龄呗，捕手也很重要的呀，没捕手投手自个玩？而且你们不是还在筹备嘛，等你们筹备好了我年纪就到了。"

都说童言无忌，男孩的这话却跟诅咒似的灵验了，整整三年之后，大陆第一届职业棒球联赛才成功举办。而这个男孩，也成功地在青棒崭露头角，成为了黑镰的第一名正式签约球员。

肖静林也再一次受到了邀请，彼时矮小的男孩像竹节似的拔高了一大截，轮廓却没有大变，蹲在投手丘对面，已经很有些老道的经验。

肖静林一进球场，他便懒洋洋地开口笑了："教练，就是这个呀？"肖静林以为他已经不认得自己了，接着又听男孩说："三顾茅庐请来的人才啊，投几球看看。"

教练冲过去敲他脑袋，男孩哈哈笑着躲避，其余的队员也都跟着大笑："魏冬，你别把护具弄坏了！"那时候的黑镰还没有现在这么豪门，一套不错的捕手护具要好几千，确实不能随便闹着玩。

然后便是投球，他投完了自己会的所有球种，男孩一球都没接漏，大呼小叫着问："教练，这是不是第一届青棒冠军队的投手啊？"教练又是一声骂，大家也跟着笑，看肖静林的眼神却都带了些敬意。

"黑镰之刃"四个字，就这样和这个痞痞的"男孩"一起走进了他的生命。

秋雨绵密，一下起来就似乎没有停歇的时候。

方梦在跑步机上跑得汗流浃背，梁夏叼着烟在边上嘀咕："不要用嘴吸气，用鼻子慢慢吸。"

肖静林把果汁递过去，梁夏头也不回地接了，"柯诗新走了？"肖静林"嗯"了一声，梁夏喝了口果汁，"可惜啊。"肖静林一愣："怎么？"梁夏指指跑步机上的方梦，“这孩子是左投呀，多好的练习机会。”

“……你让柯诗新打她的球？”

梁夏点头，肖静林沉默了一会，点头说：“倒也是个办法。”梁夏又瞅了一会儿，和他一起走了出来，“你那个新球种搞得怎么样了？要不要陪你练练？”

“过两天吧，这边附近新开了个打击馆，我和老板认识，你要不要会员卡？”

梁夏眼睛亮了，“要啊，球速怎么样？”

“普通打击笼 70 到 80 公里 / 时吧，快一些的 100 到 160 公里 / 时，还有实战模拟的，偶尔会有 170 公里 / 时以上的球。”

“那给我弄个 20 张吧。”

“真想自己组队伍？”

“看情况吧，”梁夏往健身房里瞄了一眼，“未必都有这么好的运气。而且，张小春他们的训练强度也太低了，就现在这个水平，去玩城市排名赛就是给人送分。”

肖静林想起张小春那个咋咋呼呼的样子，不由笑了：“这话可别和他说。”

“那还不简单，让他输个几场就有数了——你们最近不是很空，不然来个友谊赛？”

肖静林又沉默了，隔了半晌，摇头，“过段时间再说吧。”梁夏也听出了他话里的意思，事情过去才这么点时间，现在见面并不是合适的时机。大陆的棒球圈在发展壮大，黑镰也早已经不是当年那么单纯的黑镰。

“刚拿到几场比赛录像，要不要看看？”肖静林见她不说话，转移话题。

“国外的？”

“不是，今年的大学生棒球联赛的。”

梁夏跟着他一起朝着客厅走去，肖静林打开了笔记本，接上线，电视墙上很快出现了有些晃动的比赛画面。

“不是官方的视频啊。”

“场次太多了，又不是决赛，主办方也没那么多资金投入。”

视频质量虽然不高，两人却渐渐沉默了下来。两支队伍实力悬殊，弱队除了首发投手外水平差得不忍直视。大学生联赛里对投手的投球数有严格限制，投满 50 球后投手就不能上场了。于是，自从首发投手下场之后，比赛几乎就变成了彻底的碾压。

梁夏却看得很投入，一直看到比赛因为分差过大而不得不结束为止。

“觉得怎么样？”

梁夏靠到沙发上，“那个首发的投手不错。”

“另一队的捕手水平也挺稳的，脑子够清楚。”

梁夏摇头，“他不行，你看他的回传——第二局第三棒那里，垒上有人还回传那么慢，要是遇到强队，必定要被盗垒。第六局时更夸张，球传得那么高，就算每个投手都只投 50 球，体力也不是拿来给他这么消耗的。”

肖静林静静地听着，他当然知道，梁夏的回传就是典型的反例，速度快、位置不高不低正好方便他接球——没有投手愿意在接自家捕手的回传时消耗体力，“魏冬”能讨投手喜欢，这些方面的照顾不能不说是很重要的一个方面。

“并不是每个人都那么替别人考虑的。”他嘴上却还是这样说。梁夏从茶几上拿了个苹果，“这不是为别人考虑，比赛要赢，就得考虑队友的情况，为别人就是为自己。”说完，“咔嚓”一口咬在苹果上。

“洗了再吃吧。”

“早说啊，我都咽下去了。”

肖静林伸手抢过她手里的苹果，拿到垃圾桶边，几下把皮削了，然后才递回来。梁夏难得皱了皱眉，“老肖，你真的越来越讲究了。”肖静林把水果刀放回到果盘里，“是你太懒了。”

梁夏到底还是不放心方梦，边吃边站起来往健身房那边瞄了几眼，“差不多了，再跑下去明天她走不了路了。外面还下雨吧，车子借我，我送她回去。”

“我去吧，我们前几天和飞扬之梦打了场练习赛，你帮我整理下数据，分析下他们家李仅风。”“你想要李仅风？”梁夏打开笔记本，“韩颂呢？”韩颂也是黑镰的老队员了，在捕手席上虽然没有梁夏待得久，论经验却也算丰富了。

肖静林却跟没听到似的，直接走到了健身房门口，“方方，今天差不多了，我送你回去吧。”梁夏没得到回答，也没当回事，开了视频，摊开纸笔开始做记录。

肖静林回到家时，天色已近全黑了。客厅亮着灯，梁夏靠着沙发睡过去了，视频已经播完了，桌上的笔记密密麻麻好几页，她竟然把每一球的球路都记录了下来。

肖静林轻轻走过去，影子也随着他的动作，柔柔地投在她身上。

“小夏。”他轻轻唤了一声。梁夏睡得很沉，他便慢慢蹲了下来，影子跟着折叠、变宽，毯子一样笼罩在她身上。宽大的毛衣套在身上，显得她的身形比往常还要单薄，挽起的袖子下露着截白皙的胳膊。

肖静林怔怔地想，这样瘦，怎么以前都没有注意到呢？以前的梁夏在他面前似乎并没有这么无所顾忌，那时候的她虽然和大家打成一片，却很少在别人家留宿，比赛时也从来不会在人前随便换球服。第一届全明星赛的时候，她连话都比平时少了不少，甚至有些逃避那些无处不在的镜头。

自从身份被揭穿之后，她和他相处反倒自然起来，身体接触甚至比以前还要频繁。就好像，两人真的是同性的好搭档一般。

肖静林并不笨，梁夏更不傻，两人的默契似乎达成了一种平衡——丑闻事件之后，圈内有人怀疑两人关系暧昧，实际上只有肖静林知道，揭开真相，他们的关系反倒比以前更加界限分明了。他们曾经是好搭档，现在是好朋友，仅此而已。

他想的出神，梁夏却突然睁开了眼睛，“回来了？”“嗯。”肖静林不动神色地站了起来。

“雨停了？”

“下得更大了，晚上住这边吧，我睡客厅。”

梁夏打了个哈欠，一边伸懒腰一边站起来，“那我去冲个澡。”

“记录没必要做这么仔细，我们不参加明年的常规赛。”

“真会自作多情啊，”梁夏嘀咕，“飞扬之梦左打多，又是B城的，城市排名赛时没准会撞上。”肖静林失笑，职业球队输给春天这样的草根队伍，哪怕捕手是梁夏，那也是奇耻大辱。梁夏回头瞪他：“笑什么，机会是靠人创造的。春天要真赢了职业球队，肯定名声大噪，没准就能有源源不断的民间人才涌入。”

“你先赢了再说吧。”城市排名赛真改制的话，飞扬之梦也未必参加呀。

“哈哈哈，”梁夏乐了，“总还是有希望的。”半年时间，说长不长，说短不短。希望虽然渺茫，可未来的事情，谁又能说得准呢？

梁夏关上了浴室门，肖静林低头收拾资料，映入眼帘的玫红色手机却再一次把他拉回了现实。手机屏幕亮了一下，一个熟悉的名字跳了出来，肖静林犹豫了一下，伸手接了起来。于雨的声音从电话那头传来："小夏，在哪儿呢？"

"于姐，是我，小夏在我这儿。"

于雨在对面明显松了口气："哦哦，是小肖啊，她在你那儿我就放心了。下雨天路况不好，刚刚我们看到新闻，说那个绯海的球星在高架上和人追尾了。"

肖静林手一紧，"柯诗新？""对，"于雨说，"就那个上次差点把小夏腿骨踢断的暴力男，恶人有恶报啊，哈哈哈。"

肖静林却笑不出来，下意识看向紧闭着的浴室门，心里隐约竟然还有些紧张。她知道了，会是什么反应？

于雨那边又说："小夏晚上就麻烦你了，让她晚上别再出门了。"肖静林挂了电话，越看手里的手机越烦躁，干脆进健身房跑起步来。

过了大约十几分钟，梁夏趿着拖鞋从卫生间出来，"老肖，我嫂子来电话了？"肖静林刚要说话，接着又听到笑声，"哈，柯诗新那家伙进医院了？"肖静林一个踉跄，连忙从跑步机上下来。梁夏头发还湿漉漉的，拿着手机满脸笑意地进来，"他也有今天！"

屏幕上是一条柯诗新的短信："T市真他妈是个魔障的地方！我的车被撞毁容了，人困在医院出不来！外面全是记者，你们快帮我想想办法！"

梁夏笑嘻嘻地回了一个贱兮兮的笑脸，跑去开了网页搜新闻，果然搜到很多柯诗新那辆骚包跑车的照片。白天时候还风骚异常的车屁股被撞得凹进去一大块，柯诗新那张帅气的俊脸上裹着纱布，鼻子也有点青肿，皱着眉头一脸的暴躁。还有记者不厚道地配了画外音："看什么看！没见过帅哥啊！"

梁夏又去登微博，柯诗新果然在微博上发言了，连@了绯海好几个人，字里行间都在谴责那些堵得他出不了医院的八卦记者。

梁夏的微博还挂着魏冬的名字，如今已经去掉认证了，粉丝也掉了一大堆。她十分不自觉地在他那条微博下面回复："谁叫你白吃老肖的饺子，霸王餐可不是这么好吃的。"

留言一刷新，下面飞快地冒出来一堆人，比刚才柯诗新的发言引起的震动还大。满天星的罗柏反应最大："柯诗新你去肖静林家吃饺子！你挖他去绯海，还是他挖你去黑镰？"

"饺子一定被下了诅咒吧！"

“队长干得好！一顿饺子干掉了对方第四棒！”

“梁夏贱ｘｘｘ为什么还顶着魏冬的名字！滚出棒球圈！滚出棒球圈！”

“柯队接电话，我们已经找人来接你了。”

……

罗柏又煽风点火似的发了好几条，中间还不忘@了梁夏：“饺子真的是肖静林做的？是不是你做的啊？”梁夏把微博名改成了“梁夏”，飞快地回了他：“手下败将起开。”罗柏转移炮火，开始跟她飙废话，与此同时，更多的疯狂球迷也开始爆粗开骂。

梁夏这个号留言一直火爆，丑闻之前是一片赞扬吹捧，丑闻之后是大片的辱骂。她这段时间没上来发言，情势正有所好转，这回一冒头，瞬间又成了众矢之的。梁夏没管那些留言，只问罗柏：“有没有兴趣打场友谊赛？”罗柏回了一串感叹号，其余球队的不少选手则在骂声里询问：“什么球队？你现在在什么球队？”

“春天棒球队，大家感兴趣也可以多多关注哦，男选手入会费100块钱，女选手免费，职业选手200块。”

“靠！歧视啊！凭什么职业选手要200块？”

“春天是什么球队？”

“梁夏王八蛋！滚出棒球圈！春天棒球队居然收留这种败类！趁早倒闭吧！”

“春天是新注册的职业球队？哪家投资的？”

……

柯诗新坐在病房里，捏着新买的手机，看着自己微博下乱七八糟的辱骂和梁夏那条瞬间转发过千的微博，额头青筋乱蹦。

春天棒球队是屁个职业球队！春天棒球队就是个连像样击球员都没有的垃圾业余队！

职业选手们各聊各的，当事人完全把别人当空气，微博上的辱骂渐渐开始变味了。“绯海狗”、“黑镰猪”等字眼开始不断出现，绯海与黑镰的球迷渐渐又开始盯上了对方。

经验丰富的职业选手们开始逐渐不吭声了，柯诗新微博下安慰的话已经看不到了，剩下的全是一排排对骂。柯诗新人气高，女性球迷多，球迷还有专门的组织叫“诗迷会”，“诗迷”们一见形势不对，一边在柯诗新微博下面努力战斗，一边开始往外进攻。

梁夏和肖静林两人首当其冲，一个嘴贱一个竟然敢用饺子毒害自家偶像，坚决骂死没商量。梁夏是过街老鼠，肖静林可不是。黑镰球迷们的怒火随着“诗迷”们的骂声不断高涨，我们队长好心给你们家小白脸做吃的，自己肠胃不行，居然还敢忘恩负义来骂人！

黑镰球迷们自从失去三连冠后一直憋着的一腔浊气海浪般喷涌而出，登时战火四处飞扬，甚至还有真人 PK 约战的。

“黑镰猪有种不要只耍嘴皮，明天中午 12 点，来 C 城中心体育馆！爷打得你连你妈都不认识你！”

“谁打谁还不知道呢！就你绯海狗会吠啊！有种来 T 城，你一下飞机我就让你知道 T 城人的拳头有多硬！”

……

就他妈知道吵吵吵，倒是来个人把我弄出去啊！柯诗新越看越生气，顺手就把手机往床上一掼，结果方向没控制好，手机砸在床沿上，马上传来让人心碎的碎裂声。

病房门外的记者激动了：球迷网上骂战，柯诗新怒摔手机！

记者们今天也很忙，这边柯诗新车祸，那边又爆出绯海和黑镰的队长互相有过接触，再过几秒钟，“魏冬”居然又加入了新球队，还向满天星约战。

居然还有球队肯要“魏冬”这样的扫把星？记者们也和职业选手一样好奇，转头就有人联系了黑镰方面，咨询肖静林为什么要做饺子给柯诗新吃，咨询“魏冬”现在去向如何，咨询……

梁夏还在电脑前看热闹呢，严杰把电话打到了肖静林这儿：“你打算把柯诗新挖过来？他身价太高，绯海恐怕不会轻易放人。”温小榕要走的事情，黑镰内部其实已经差不多都知道了。

肖静林有点尴尬：“不是，是误会。”“误会？”严杰语气有点疑惑了，“不想挖他，你给他煮饺子？”肖静林叹了口气：“他是跟着小夏一起来蹭饭的。”他又没毛病，吃饱了撑得喊绯海的人来家里吃饺子，饺子做起来可是很麻烦的。

严杰在电话那边沉默了一下，心里瞬间想明白了两件事情：原来肖静林做饺子不是为黑镰挖人才而是想给自己泡个妞；原来绯海想挖梁夏。

“她答应了没有？”严杰问得有点含糊，其实还是挺担心的。假如梁夏去了绯海，哪怕不能上场打比赛，对黑镰也是个非常大的打击。

“她不会的。”

严杰松了口气，又问：“那个春天棒球队又是怎么回事？”肖静林看了眼叼着烟的某人：“是支业余球队，她和罗柏开玩笑呢。”严杰的语气有点诡异，“我听记者说外面都有人开赌局赌输赢了。”

“……”肖静林真的非常想叹气，偏偏始作俑者还在那兴致盎然地看热闹。

“哎哟，明天中午机场后门要打群架了！”

隔天一早，梁夏是被手机铃声吵醒的。

她一接起电话，张小春带着哭腔的咆哮声就传了过来：“梁夏你有病吧！谁要跟满天星打比赛了！我电话都快被打爆了！”

梁夏把手机拿远了一点：“不是你说要去打城市排名赛的？城市排名赛又没说不许职业球队参加，当然会和职业球队碰上，提前体验一下不挺好的。”

“体验个鬼！”张小春恨不得掐死她。赛制还没完全公布呢，要是自由选择对手的话，满天星该有多无耻才会来碾压他们春天彰显存在感啊！春天好不容易才凑足人数呢，队服都还没做好呢，就给她这个混蛋推上了断头台！

就在刚才，还有人在问：“你们怎么这么嚣张，职业选手还要双倍入会费？居然还收女人，职业球队反着跟球员要钱像话吗？”

我们压根不是职业球队！我们队也压根没有女……好吧，女人有两个，但是那都是意外！张小春满脑子感叹号，忍不住又咆哮：“还有，我什么时候歧视职业选手，非要他们交双份入会费了？”

“哎？”梁夏坐起来抓抓头发，“‘无论男女，混过职业圈的都要交双份’，这不是你说的嘛，你还收了我 200 块钱呢。”

“啪！”张小春挂了电话，有些呆滞地看着窗外还没落光的树叶。

今年的冬天，来得怎么这么早，这么冷呢？

第六局

赵美女

梁夏莫名其妙地看看手机，起床洗漱，完了和肖静林一起下楼跑步。

她没带运动衫，就在毛衣外面套了个肖静林的旧衣服，袖子挽了好几折，两人一起沿着门前的马路慢跑。

“我说会不会跑着跑着冲出来个人浇我一头冷水啊？”肖静林瞥了她一眼：“以前也没见你那么胆小。”“恨比爱更加坚定长久啊，”梁夏边跑边四下张望，“喜欢你的人最多求个合影、要个签名，恨你的人会做什么，你可猜不到。”

这方面的经验，她是很丰富的。就是当年肖静林三球三振柯诗新，绯海球迷也觉得“魏冬”更加讨人厌一点。在绯海主场打比赛那次，“魏冬”得到了一只飞摔在脑袋上的西红柿，肖静林也就被骂了两句胆小鬼而已。

肖静林没吭声，和她并肩慢慢跑着。爱总是无害的？总是不会超出想象范围的？总是，要比恨更难以觉察一点，更加让人觉得……无所谓一点？

天灰蒙蒙的，初冬那点微弱的曦光几乎没有一丝温度，路旁的矮树丛上甚至还结着一些霜花。这里地处僻静，但也不是没遇到过热心球迷……肖静林越跑越慢，最后还是停了下来：“回去吧。”梁夏没什么意见，回去路上遇到小超市的

小�姑娘，看到他们，笑得跟朵太阳花似的。

吃过早饭，梁夏又给柯诗新打电话，竟然关机了。倒是罗柏，语气嚣张地前来下战帖："昨天不是说要和我们打比赛？定个时间呀，不能光说不练不是。"

梁夏转转眼珠子就反应过来了，罗柏这个滑头，肯定连夜查了春天的底细，知道稳赢所以回来挑衅了。殊不知，梁夏压根不在乎输赢，不过是想给春天争取个和职业球员打比赛的机会。

罗柏还怕梁夏反悔："比赛地点你定，当然最好是来我们满天星打咯，我们这儿设施齐嘛。""行，"梁夏拍板，"就去你们B城打，时间就定在下星期，怎么样？"

"没问题！"

肖静林看着又想叹气了："我一会儿要回队里训练，你呢？"梁夏揉揉鼻子，"我上网看看柯诗新出来没有。"

柯诗新确实还在医院里，因为砸了手机没办法联系人，很早就上床睡觉了，一大早醒来正发懵呢。善良的护士小姐可怜他，给他拿了个半新的山寨平板玩，顺便告诉他：那些冲到门口的记者都被赶出去了，但是医院前后门等能进出的地方都蹲着记者……

柯诗新觉得真的是糟糕透顶了，他到底为什么要想不开，跑来T城呢？来了就算了，干吗去找梁夏那个混蛋呢？找了就找了，干吗还嘴馋跟去吃什么饺子呢？

这么一耽搁，他就遇上下雨，撞在半路上了。简直是龙困浅滩，虎落平阳啊！

柯诗新也算有自知之明，不敢上微博去给自己找气受，就想上个聊天软件问问经理到底什么时候来接自己。就是打飞的，也该快到了呀。他一上线，就连着一串的私窗、群消息，山寨小板子瞬间就被卡得死机了。柯诗新手抖得都想砸东西，最后只好憋足了气上微博。

微博还是很热闹的，骂声成片，大群女生在他主页下面肉麻兮兮地安慰他，安慰完瞬间又从小白兔切换成霸王龙模式张牙舞爪地诅咒别人。

绯海的经理被逼得没办法，隔几小时就发一下自己的地理位置。柯诗新这么一瞄，心也放下来一大半了，已经下飞机了呀，那估计快了。再退回到自己的页面，柯诗新眼皮就又跳了跳，也不敢点那些鲜红的提示数字，直接切去几个人的首页看了下。

大部分人在昨晚骂战刚升级的时候就装死不吭声了，只有满天星的罗柏一大早起来发过言，“满天星和春天的比赛将于下周一在满天星私人球场举行，门票预售已开，欢迎大家网上购票。”

柯诗新瞪大眼睛，瞪着“门票预售”几个字。

先不说满天星自己水平也一般，就春天那些人的比赛需要买票去看？柯诗新简直要给罗柏逗笑了，他早听说罗柏大哥是满天星集团的负责人，很善于把握商机，可这次这么搞，简直是在把握死期！

他下意识往评论那儿瞄了瞄，果然全是嘲笑和咒骂。罗柏还跟人争辩：“不感兴趣就不要去看嘛，好位置卖得差不多了呢。”柯诗新憋不住发了个鄙视的表情，再刷新，就看到他头顶上横着一条熟悉名字的留言。

梁夏：“门票费要分我们春天一笔的呀，萝卜你不接电话不谈好分成我们不来的哟。”

棒协的联赛资金是有体委拨款的，还有就是投资商的出资，至于满天星和春天这种私下约战，当然是自负成本的。梁夏这个语气，显然把自己和春天也当作这笔买卖的资源，伸手要分账来了。

此话一出，大家迅速转移嘲讽对象。罗柏会去查春天的底细，其他人当然也会，“春天棒球队是业余球队”的消息早已经传播开了。满天星好歹是职业球队，春天棒球队，那算什么东西？

不过，也因为春天的默默无闻，颇有几分神秘感——一支有梁夏坐镇，喊出了“职业选手双倍入会费”的口号，敢向职业球队挑衅的业余队伍。

柯诗新那个表情也引来了不少人围观，还有“诗迷”劝他：“柯队不要理会这些小人，赶紧关了微博回去休息吧，么哒哒。”梁夏抽空回了一句：“哟，大球星出来没？怎么不回我消息呀，我给你发了好几条呢，多关心你。”

柯诗新翻回去一看，梁夏还真给他留过言，可惜水太大，刚才完全没留意到。见他不吭声，梁夏就继续在那密密麻麻的骂声中和罗柏讨价还价。最后连罗柏也受不了这粪坑里打屁聊天的氛围，留下一句“电话里说”，逃走装死了。梁夏也没继续冒头，两人显然已经在线下接上头了。

柯诗新又刷新了几次，好奇心折磨得他不由自主就往罗柏发的那个预售地址上瞥了一眼。

犯贱呢！他狠狠地鄙视了自己一把。

张小春看着白纸黑字的分成合同，和对面一脸不耐烦的罗柏，手有点抖，腿肚子也有点抖。梁夏坐边上微笑："条款都没问题的话，咱们今天就定下来吧。"罗柏盯着她："你看清楚合同，这场比赛不能请外援的，肖静林什么的更是绝对不行。"

梁夏一脸"你是白痴"的表情："这么点钱，你还想和肖静林打？"

好想打人！罗柏克制着扭过头，赛场上虐死她！

张小春把合同从上往下起码看了三遍，最后深吸口气，磨磨蹭蹭地签上了大名。一共不过三个字，他却觉得每个字的笔划都那么少，几下就没了。

罗柏得意洋洋地收了合同走了，张小春一脸憔悴。"开心点嘛，"梁夏拍拍他肩膀，"能赚一大笔钱呢。"张小春两眼无神地看她："你真有办法？""你不刚看过合同，"梁夏眼睛发亮，"无论输赢，我们都有钱赚。"张小春捂住脸，"让我死了吧。"

新队服在开赛前三天做好了，看着队服上明晃晃的"2"字，梁夏有些意外，"高风亮节啊，张队！"张小春十分想把她和球服一起人道毁灭了。

这几天大家都十分紧张，每天都蹲球场这边练习。梁夏也天天报道，指导他们训练的同时，最关心的就是方梦的体重。方梦开始时候还羞涩地凑她耳朵边嘀咕，现在已经能够红着脸直接报数据了。体重减得挺慢的，胆子倒是大了不少。

队里进步最大的应该属黄隆沙和孟小运，黄隆沙的体力一直是大问题，指叉球又是非常消耗投手的球种。梁夏的解决方法也挺简单的，投这个消耗大，那就尽量少投，并且给黄隆沙安排了个退路："你能撑到第几局就撑到第几局，还有方方给你做救援。"

坦白来说，现在让方梦来做救援投手还是有些让人不放心的。她的体力比黄隆沙还不如，人又胖，对付左打确实能靠梁夏的配球三振击球员，对付右打就显得捉襟见肘了。

再一个让张小春意外的就是孟小运了。他实在是太能跑了，在模拟盗垒训练里，几乎没一次能让他出局的。孟小运也很惊奇："我居然是个盗垒天才！"

孟小运自信心大增，觉得春天还是有赢的希望的——满天星和"魏冬"对上时，哪一场不是输？他们这个队伍虽然不强，但是有梁夏呀！他走路都虎虎生风，得空还安慰瘪得跟霜打茄子似的张小春："放心吧张哥，梁夏姐肯定能帮我们赢的！"

"去去去！"张小春更觉得烦躁了。

梁夏遥遥看了一眼，很是欣慰："这孩子真有前途，还搞个人崇拜。"方梦正和她做投捕练习呢，听到这话也稍稍停了一下："小夏姐，我们……真能赢？"

梁夏调整了下手套位置，"比赛嘛，没什么不可能的。没准满天星突然倒闭场地被关了，没准张毅是个女人明天曝出丑闻……"张毅，也就是满天星的队长，高高大大的速球派投手。肖静林是出了名的有爆发力，张毅则靠着稳定的发挥稳坐满天星王牌投手的位置。

方梦给她说得脑子里全是惊叹号，这……这算什么可能性，完全是诅咒啊！她想了又想，小声问："张毅真的……是女人？"她记得满天星这个投手很高大啊，比肖静林和柯诗新还高呢，而且肌肉发达，怎么看都不像女的。

"我就是打个比方。"梁夏扭头看了场外一眼，突然说，"你看，还有火鸡看上张小春了呢，世界上有什么不可能发生呢？"方梦连忙转头，就见张小春对面不知什么时候站了个一身红色的女人，果然像只火鸡。

"赶紧给我滚！"张小春咆哮。"啪！"那"火鸡"甩手就是一巴掌。方梦睁大眼睛，梁夏也站了起来，张小春更是捂着嘴巴不可置信："你怎么能打人！"

孟小运十分讲义气地挤到张小春前面，狠命推了"火鸡"一把，"你敢打我们队长，不要命了？""火鸡"抬手又要打，跟孟小运扭打在一起。方梦看得整个人都颤抖了，他们在打架！怎么办？！

"投一个试试。"梁夏突然出声。

"啊？"

梁夏抬下巴往那"火鸡"示意了一下，"正中直球，尽量往她屁股那儿投。"

方梦没敢动，梁夏叹气，随手捡起散落在地上的球，"既然加入了一支球队，就得有集体荣誉感，看到队长被狗追，要先捡石头赶狗，赶完了看看他有没有受伤……"

就在方梦几步远的地方，梁夏猛地振臂投出。这是方梦第一次见到她投球，又快又远，很干脆的一个正中直球，跟平时给她配球时的回传完全不同。虽然比不上肖静林的高速球，和她还有黄隆沙比，也已经十分出彩了。

这就是“魏冬”的实力？

抓着孟小运衣襟的“火鸡”发出了一声凄厉的叫声，把孟小运都吓得松了手。“火鸡”捂住屁股嗷嗷直叫，那红得刺眼的眼睑上不知涂了什么，泛着幽幽的蓝光，看着跟闹鬼似的。

“然后，就可以嘲笑了。”梁夏拍拍手，把没说完的话说完。

方梦看得胸膛不停起伏，热血直往脑袋上冒，肥嘟嘟的脸颊上的肌肉都在抖动：“我……我试试！”踏板，高抬腿，投出！球呼啸着朝着“火鸡”再一次飞了过去。

“火鸡”转过身，正看到白球飞过来，下意识地就伸手去抓球。跟狗接飞盘似的，一把抓住了飞驰的白色小球。然后，她再一次痛得惊呼出声。

方梦愣了，张小春和孟小运也傻眼了，连梁夏都有点惊讶：“接得不错嘛。”“火鸡”一手捂着屁股，一手疼得直哆嗦，“你们到底是不是春天棒球队？”梁夏点头，“我们就是，你有什么事情？”

“火鸡”抖着手，把梁夏四下打量了下，“哦，听说你们这儿收女人当球员，还包吃住不要钱？”

这都谁传的流言啊！张小春又想咆哮了，梁夏倒是挺镇定的：“那得看水平，水平特别特别好的，我们还给介绍对象。”

“火鸡”的眼睑跟百叶窗似的开合了两下：“我不要对象，给饭吃，能出名就行。”梁夏沉吟，“火鸡”顾不得揉屁股了，一歪一歪地过来跟她握手，“我叫Scalett，是一个演员，拍过不少广告，这个是我名片。”

梁夏捏着名片翻来翻去看了两眼，“身份证呢？”Scalett的表情有点纠结，哪怕隔着那么厚的妆，也看得出挺不情愿的。

“要做队友，那得诚实啊，互相信任。”

Scalett掏吧掏吧摸了包出来，犹犹豫豫地拿出了她的身份证。梁夏对着身份证念：“赵——美——女。”Scalett头上的那些红毛颤动了一下，没吭声。

“赵美女是你吧……不是啊？拿别人的身份证糊弄我？”

“……是我。”

“哦，赵美女啊，这个才是我们队长，张小春，你喊张队。”

Scalett没转头，张小春哈哈大笑："这个名字，哈哈哈哈。"

"赵美女啊，那个是我们队的王牌投手，黄隆沙，你得好好认识一下。"

Scalett飞快地扭头扫了一眼。"赵美女啊——"梁夏介绍一个，就喊一声，Scalett最后也绝望了："求你别喊了，我明天就去改名行不行！"

"多好听一名字，干吗要改，多伤你爸爸妈妈的心。"梁夏语重心长道。孟小运捂着肚子往厕所跑，"我去笑一下，马上就回来。"

Scalett瞪着梁夏，眼影都快掉了，"那你们到底要不要我？"梁夏笑了，"要啊，不过还得看看你水平，以前打过棒球吗？"

"没有。"

"那就有点麻烦了，我们马上要跟职业球队比赛了，你这样子，是个累赘呀。"梁夏装模作样地沉思了片刻，"这样吧，你就先当我们的拉拉队，拉拉队很出风头的，全场焦点啊。"

Scalett的眼睛亮了起来，梁夏伸手扯了一下她头上的红毛，"这个是假毛？比赛那天戴绿色的吧，我们春天棒球队的颜色，多有生机——是吧，队长？"

张小春笑得脸颊都疼了，闻言十分开心地点头，"这个主意不错！"

星期一如期而来，柯诗新千鄙视万鄙视，到底还是和自家老捕手袁森一起买了票。

不但买了票，因为怕遇上粉丝，还一大早就赶到了球场——满天星集团的老板会做生意，大陆各个已建成的私人商业棒球场里，他们家是头一个推出各式包厢的俱乐部。只要进了包厢，就不怕遇上粉丝或者记者了。

但是今天，满天星球场的入口处却意外地有一大群穿着黑镰球服的球迷在门口排队买票。袁森眼皮一跳，遇上别家的还好，遇上黑镰的人可不大妙。他明智地决定找工作人员帮忙入场。

他们刚从特殊通道进去，就在包厢门口遇到了一队人。虽然都穿着便服，柯诗新还是一眼就认了出来——黑镰的王牌投手肖静林、救援投手顾远嘉、捕手韩颂、第四棒温小榕，阵容堪称豪华，唯一有点不和谐的是温小榕远远地落在队伍后面。柯诗新明白了，怪不得一大早就有黑镰的球迷在，原来是追着偶像过来的。

柯诗新有点儿尴尬，肖静林也看到他们了，微微点了点头，带着人走了过去。袁森和他也一起进了自己的包厢，嘀咕："淮云的人也来了。"柯诗新遥遥看去，只觉得黑压压一片，哪儿看得清人。袁森抬手指了下方向，"黄色衣服那个，路明天。"

淮云这几个人显然也是买了包厢票的，挤在人群里低调地朝着固定方向移动。突然有人喊了一声："路明天！"声音嘹亮不说，马上还有颜色鲜艳的激光笔朝着黄澜等人的方向射去。

刹那间，他们就被热情的球迷给淹没了。柯诗新开了包厢门朝着走廊那看去，正瞄见一个男人矮着身子，一脸得意拿着激光笔在小跑。那好像是……蓝色帆的副队长陆还？

"陆还！"柯诗新喊了一声。那人迅速地抬头站直，圆圆的娃娃脸上洋溢着笑意："巧啊！我表哥也来了？"袁森听到声音，也跟了出来，"陆还？"

陆还"噔噔噔"跑了过来，"表哥你真来了！有座不？"柯诗新奇怪："你没买票？"陆还掏了张最便宜的票出来。包厢当然比普通的位子要贵，他又知道自己表哥要来看球的，所以……袁森一脸头疼的表情："买了哪就坐哪，刚才是你闹的吧？"他记得蓝色帆跟淮云没仇没怨来着。陆还可怜地看着袁森："表哥，好歹我也是个副队长啊，凭什么淮云的人能大摇大摆从特殊通道进来，我却要跟球迷一起挤？太不公平了！"

柯诗新和袁森看他的眼神却都有点鄙视，陆还却直接挤了进来，卸下背包，掏出三脚架、DV、望远镜开始安装。柯诗新惊诧道："就这破比赛，你还录像？"陆还一边忙活一边乜了他一眼，"我们蓝色帆可没柯大球星你有钱，话筒随便砸，手机随便扔，跑车随便撞——我花了钱的，当然要发挥这张票的最大作用，到时候给全队每人拷贝一份，物尽其用！"

他一边废话，一边又拿望远镜瞅了瞅场内，"淮云的教练也被围上了……哎呀，张毅出来救人了！"陆边拿着望远镜大叫。袁森他们也看到了，张毅带着几个保安进来主持秩序。

这里毕竟是满天星的主场，满天星的球迷也最多，还是挺给自家队长面子的，纷纷帮着维持秩序。陆还拿着望远镜又瞄了一会儿，突然说："满天星居然也给飞扬之梦开了特殊通道！"

袁森把他的望眼镜拿过去，“我们也是特殊通道进来的。”陆还愤愤：“这是歧视！有钱了不起啊，买包厢票了不起啊！”柯诗新不耐烦地白了他一眼，“有钱就是了不起，有包厢就是了不起，不服气你滚去黑镰那边坐着。”陆还闻言，冲着自家表哥讨好地笑笑，“我表哥才不会赶我走的，是吧？”袁森懒得搭理他，专心致志地看着场内，视野里忽然就晃过一大团绿色的东西。

他愣了一下，再一看，还是那么绿油油的一大团。

似乎，是个姑娘？

一直到双方球员都开始入场，袁森才真正看清了那团绿毛的模样。

还真是个女孩，长腿细腰，一边拿着绿色的花球朝着下面挥动了几下，一边还呐喊了两声。可惜各种噪音太多，实在听不出她喊了什么。

这个时间，除了 4 支准备参加两岸对抗赛的球队，其余的职业球队都已经开始秋训了。秋训、春训期间几乎没有什么大型赛事，也难怪今天凑热闹的人这么多，连记者都来了不少。

乍一看，颇有点职业赛事的味道。

满天星商业化彻底，在球衣上体现得也十分明显。主场球衣是白色配黑色字，胸前的队徽和满天星集团的商标一模一样，而客场球服则取了夜幕星辰闪耀的意思，黑色球衣配黄色字，胸前并不像其他球队一样印着城市名，仍旧是他们满天星的队徽（商标）。

总之，归纳起来就是走到哪儿，满天星的球员就把广告带到哪儿。

袁森记得张毅刚才出来时穿得明明是白色球服，不知为什么正式出场时和大家一起统一换成了黑色的客场球衣。陆还也注意到了，大惊小怪地问：“我没看错吧，这不是满天星的主场，怎么穿深色的？”和国际上一样，国内的职业比赛也遵循主场浅色，客场深色的规矩。

记者们显然也注意到了，镁光灯“咔嚓咔嚓”响个不停，场上的满天星球员被拍得嘴角抽搐，都有点无语。他们也想穿主场球衣啊，可是谁叫那个什么春天棒球队，连客场球衣都还没做好，总不能两个球队都穿浅色吧。

白色绿字和白色黑字，在场上时候要怎么分辨？队长张毅为人厚道，说换球衣就换球衣，攻防顺序却仍旧按着客队先攻的原则，请春天先上场打击。

春天棒球队一共就10个人，哗啦啦一下子全拉上场。除了领头的梁夏，没一张熟面孔。观众席上有不少人嘘她，甚至有记者抓着机会提问："梁夏小姐，再一次站上棒球场，你有什么想说的？"

"瞧瞧我这人气。"梁夏得意地跟张小春吹嘘。张小春早看到观众席上那些起哄的、嘘人的，捕手区后面还有人打了横幅："梁夏，滚出棒球场！"这人气，果然不是盖的！

他阴着脸不吭声，梁夏干咳一声站到了他身后，"别老走神啊，列队了。"张小春抬头一看，那边满天星果然已经列队了，第一个就是队长张毅。

我也是队长啊！张小春努力让自己镇定下来。迈步走过去。张毅一脸严肃地等着他们，罗柏冲梁夏挤眉弄眼，"看到那个横幅没有，好像是黑镰的球迷哦。"张毅狠狠地白了他一眼，罗柏闭上了嘴巴。

"多多指教。"张毅带头鞠躬。张小春吓了一跳，连忙也跟着鞠躬，"多……""多多指教啊，张队。"梁夏接下了他的话头。

播报员介绍双方的球员时，张小春又紧张起来了，连孟小运都忍不住嘀咕："先发投手是张毅？这个阵容，我听着怎么这么熟悉啊。"这一串名字下来，完全是打职业赛的人员配置。到场的职业球员和记者们倒是挺平静地接受了这一点，外界把这个什么春天棒球队传得神乎其神，谨慎点是没错的。陆还甚至都已经开始录像了。

然后，不少观众席的人就开始把注意力朝一个方向集中了——刚才那个一身绿毛的女孩，开了自带的小音箱，突然就开始跳舞了。"春天的故事，春天的故事……"她显然只截取了一段，反反复复播着同一句歌词，再配合那身绿油油的衣服，终于有人反应过来。这姑娘居然是春天棒球队的拉拉队！拉拉队大家见得多了，可是这样的一人拉拉队，还真是……陆还评价："觉得有点丢人哪。"

第一个上场打击的是春天的孟小运，大家都睁大了眼睛想看看春天的水平。张小春屏息瞪眼，捕手的动作他这个角度是看不到的，投手丘上的张毅点了点，显然已经和捕手沟通完毕了。

柯诗新虽然知道春天的实力，这时也忍不住往前凑了凑，然后……第一球，没挥棒；第二球，挥空；第三球，挥空；三振出局。

全场哗然，孟小运自己也有点蒙，这还是他第一次在这么多人面前打球，脑子里一片空白，怎么挥棒都忘了……

“第一次嘛，慢慢来。”梁夏安慰他。孟小运茫然地“哦”了一声，接过毛巾擦了擦，再扭头，就看到自家的第二棒站到了击球区。第一球，没动；第二球，没动；第三球，依旧没动……

观众席已经吵成一团了，“春天的故事”也早就听不到了，孟小运却完全理解队友的心情。实在是，太太紧张了。有再多的心理准备都没用，面对这么大的球场，这么多的镜头，这么多的观众……压力如山大。

很快，春天三人出局，攻防互换。“搞什么啊！”陆还把望远镜扔到了椅子上，这比赛实在是太坑爹了，简直是成年人殴打小学生嘛！“我早说了，春天棒球队压根就是支垃圾球队。”柯诗新这时候反倒平静了下来。陆还白了他一眼，“马后炮，那你今天是专门来送钱的？”

柯诗新“哼”了一声，摆出一副“我就是有钱，喜欢砸着玩”的无赖表情，心里却默默把梁夏骂了一顿：果然是来坑钱的，丫就没一毛钱节操！

满天星的休息区不比春天棒球队平时练习的球场，是标准的半室内建筑，里面不但有座椅和饮水机，甚至连更衣室、洗手间、淋浴设施都有，奢华程度可见一斑。

张小春却无暇欣赏，一边戴手套，一边跟个骡子似的来回走个不停。孟小运给他转得头都晕了，“张哥，你别转了，这凳子又不是石磨。”

张小春愣了好一会儿才反应过来：“你才骡子！”骂完见梁夏还跟没事人一样地绑着护具，忍不住问：“这局……不会让他们得分吧？”梁夏抬头看了他一眼，低头继续忙碌，“老张你得有自信呀，你也要上场的。”

“啊？”

梁夏站起来，“我会尽量配他们不擅长的球，老黄尽力投好，你们尽力守好——我不是神仙，防守也没办法一个人来守不是？”

“可是，”张小春欲言又止，话到了嘴边却说不下去了。是啊，这是在赛场上，投手、捕手、一垒手、二垒手、三垒手、游击手、左外野手、中外野手、右外野手，九个守备位置缺一不可，他却把希望寄托在捕手一个人身上。梁夏指挥再好，配球再科学，也不可能代替投手投球，更不可能代替野手去守住那么多的垒包。

梁夏走到黄隆沙边上，“傻站着干吗，热身做完了？走，投几球适应下手感。”黄隆沙“嗯”了一声，跟着她往外走。张小春犹豫了下，也跟了出去。孟小运等人也先后走出去，站到了自己的守备位置上。

方梦被留在了休息区，春天原来的第九棒刘辉也一样留了下来，两人大眼瞪小眼坐着，终于注意到了场外那一声声不胜其扰的“春天的故事”。

“我们也来给队长他们打气加油吧。”刘辉说。

方梦点点头，探头朝着歌声的方向看了过去。凭良心说，赵美女真的是个非常敬业的人。哪怕嘘声不断，哪怕有人把“梁夏，滚出棒球场！”的横幅拉到了她身后，她还是拿着花球兢兢业业地跳着。

缀满绿毛的小短裙随着她的动作一颤一颤的，脑袋上的绿色假毛也一颤一颤的，要是赶上有镜头朝着她这边扫过来，她就跟打了鸡血似的迅速抛媚眼，甩飞吻。动作如行云流水，表情魅惑狷狂，浓重的眼影下长长的假睫毛跟弯弯的镰刀似的尖锐。

刘辉哆嗦了一下，“她……这样没准真能红。”赵美女听不到他的夸奖，仍旧认真执着地扭着腰摆着胯。冷不防后面突然传来一声冷笑：“让她跳好了，小丑拉拉队配小丑球队。”她翻了个白眼，正想回骂，冷不防一个记者举着相机转过来，咔嚓！

姑奶奶的形象！赵美女内心悲愤不已，偏偏镜头还对着她不挪动，只好努力接着跳。

然后，春天棒球队的休息区就传来了两声参差不齐的叫声：“春天花会开，黄隆沙！加油！”赵美女一个激灵，对呀，其实用这歌也不错！跟她青春洋溢的气质多么切合！

赵美女顾不得和身边嘲笑她的球迷对骂，拿起手机，下歌，裁剪，接音箱。身边的观众们也终于松了口气，等“春天花会开，鸟儿们自由自在”这句歌词重复三遍之后，再一次崩溃了。这绝对是个神经病，还是个有强迫症的神经病！

方梦他们听到这边的歌声，明显被鼓励到了，喊声更加嘹亮。正在做投球练习的黄隆沙手抖了一下，对面的梁夏冲他露出一笑：“别紧张，就按我刚才说的投，没问题的。”

满天星的第一棒叫王声籁，25岁，身高腿长，是个典型的长打型击球员，擅长外角球，却对内角球很没辙。黄隆沙默默把资料回忆了一遍，梁夏果然打了个投内角球的暗号。他深吸了口气，合手，投球。

球速不快，但是角度显然不是王声籁所擅长的，王声籁犹豫了一下，没有挥棒。“好球！”站在梁夏身后的主审裁判出声了。

梁夏站起来把球回传给黄隆沙，也跟着笑着说句：“好球，继续保持就行了。”明明是很简单的一句话，黄隆沙却有种吃了安心剂的踏实感。

肖静林那句“有他守在我对面，我就觉得很安心”，是这样的意思？黄隆沙抛着滑石粉包，余光却落在了重新摆好姿势的梁夏身上。下一球，会是什么球？

梁夏很快给了暗号，全速的指叉球。黄隆沙有些意外，看了一眼王声籁，对方还是准备打长打的姿势。

挥臂，投球——王声籁的球棒往下前挥动了短短的一小段距离，迅速地收了回去。

球在本垒板前急速下坠，离开好球区，变成了一个坏球。主审裁判迟疑了一下，开口：“坏……”球落入梁夏手套，她的另一只却高举了起来，“裁判，他挥棒了！”

王声籁的表情很是精彩，他那个挥棒的动作确实很明显，几名裁判交流了一下，认定他的挥棒轨迹和球路相切，梁夏的申诉算是成立了。

2好球1坏球，梁夏呵呵直笑：“好样的老黄，再来一个！”黄隆沙干咳了一声，整整帽子装作没听到。

孟小运因为跑得够快，这次担当的是游击手的位置，大着嗓门喊：“老黄，三振他！”

王声籁无语地握紧球棍，早知道就不观察了，这个投手的球压根不快，第一个球只是意外，第二个球是指叉球所以才没敢打，这一球……王声籁突然怔了一下，这一球会是什么球？他不由自主地瞥了身侧的梁夏一眼，她会配什么球？

今年遇到的黑镰的那几场比赛里，他都猜测过，每次都输得无言以对……这一次，投手丘上已经换成了一个水平近乎垃圾的老男人，他居然又要猜了。

王声籁不自觉地又沮丧了起来，甚至都有点忘了对面的是黄隆沙而不是肖静林了。

第七局

故意四坏保送

“哪儿找来的垃圾投手，居然连王声籁都三振不了。”陆还拿着望远镜，口中“噼噼啪啪”吹着口香糖。

柯诗新斜了他一眼，“你们队的那个谷阳光，三振过几个王声籁？”陆还干咳了一声：“那不是魏……咳，梁夏带的队伍嘛……啧啧，球速125公里/时，这种速度高中生也能投出啊！”

袁森却沉默着没有吭声，心有余而力不足，这种感觉他是最清楚不过的。他今年已经38岁了，论经验确实丰富，可是面对那些气势汹汹的跑垒员，他已经不是第一次被强硬的撞开甚至踢翻了。

投手往往被当作一个棒球队的核心，捕手的领导能力再好，也是需要投手来执行的。一场棒球赛一共有九局，短的一两小时，长的三小时甚至五六个小时，想要压制住对方车轮战一般轮换着上场的击球员，投手的消耗是非常大的。相对于其他守备位置来说，投手的职业生涯也短暂很多。春天的这位投手年纪不轻了，显然也没多少这种高强度比赛的经验，不过才第一局，投球质量就开始飘忽了。

不过，袁森暗暗摇头，大约还是太紧张了，垒上没人时候还能勉强镇定着，现在垒上已经有一个人了，马上又到满天星的第四棒打击了，压力肯定很大吧……

148 公里 / 时！

这个球倒是投得不错，球路也够刁钻，可惜还是被打出去了，对方毕竟是职业球队的第三棒。幸运的是，本垒到一垒的距离毕竟够远，第三棒虽然是左打击球员，跑步速度却不是很快，野手够机灵的话还是有可能接杀的。梁夏扔了面罩往前走了两步，似乎是在指导接球。

游击手和一垒手同时朝着球奔去，但是才跑了两步就停下了，显然是被喝止了，投手倒是挺机灵的，一见他们动了，马上补上了一垒手的位置。

球还没落地，原本站在一垒垒包上的王声籁已经开始冲着二垒滑垒，满天星的第三棒还在奔跑。春天准备接球的外野手跑得十分卖命，另外的防守队员慌乱了一阵后也终于按着梁夏的指示站到了指定位置。

观众席那边的嘲笑声却更大了，张小春又一次犯了十分低能的错误，惶恐之下再一次试图以血肉之躯抵挡跑垒员，没有持球却站到了王声籁的跑垒动线上！

连最后排的观众都听到了梁夏有些声嘶力竭的喊声："张小春让开！"张小春满脸通红地退开了，被滑垒溅起的泥沙，结结实实地给泼了一裤子沙。

球落地的同时，王声籁边上的裁判出声宣布："上垒！"

那边第三棒也开始了冲垒，孟小运抓起球，朝着一垒方向投去。不少球迷开始给自家第三棒加油："华哥，上垒！"

"上垒！"全场欢呼。

一人出局，一、二垒有人。黄隆沙几乎听到了自己心跳悬停的声音，比赛是有胜负的，但是……他确实没有投好，甚至比平时投得还要糟糕不少。

欢呼声中，满天星的拉拉队也终于赶到了——职业球队的拉拉队当然不像春天那么寒碜，指挥、鼓手、键盘、吉他、领唱齐全，一开场就是上一届世界棒球经典赛上被中华队当作加油歌的《逆风飞翔》。

"我相信一切自己掌握，长满茧的双手，

紧紧握着球，将命运投向胜利的那头。

十足的把握，燃起澎湃火，

打击出一场完美的一场 show！"

歌声中，满天星第四棒罗柏上场打击。“萝卜”、“二少”等昵称震天响起，“本垒打”、“三分本垒打”等呐喊声也毫不示弱。罗柏气场十足地挥着手站到了击球区，然后冲着梁夏微笑：“这次我就不客气了，3分，呵呵。”梁夏回了他一个十分和煦的笑容：“客气，能得的分别人当然拦不住。”

罗柏一边撇嘴一边警惕地看着她：“你不是想投触身球把我打残废吧，你们投手这个破球速打中了也没用哦。”梁夏看白痴一样看了他一眼，压低声音：“你哥哥出生的时候就没把智商给你留点？”

“裁判！”罗柏喊了一声，无奈梁夏那句话几乎是含在嘴里说的，确实就只有他听见了。裁判莫名其妙地看他，罗柏只能作罢。

黄隆沙擦了擦汗，然后就见梁夏打了个一切照旧的动作，眼睛余光却十分警惕地看着一垒和二垒。正犹豫着要不要盗垒的王声籁给她这么一瞥，登时就放弃了，站在跑垒指导员位置的队长张毅也摇了摇头。这么好的机会梁夏不可能不防盗垒，上场打击的又是罗柏，没必要冒险。

然后，全场人就见黄隆沙扔下滑石粉包，踏板，挥臂……朝着明显不是好球区的方向投了个慢悠悠的球。梁夏站了起来，接住这个明显的坏球。

“坏球！”主审裁判的语气还是那么淡定，在春天棒球队之外的人听来却有些刺耳。

“故意四坏啊！”柯诗新叫出了声，表情很有些狰狞。故意四坏保送，在有些国家被称为敬远，顾名思义，就是投手遇强打时一种明显的示弱战术。强打容易出本垒打，与其放任这样危险的得分手随意发挥，不如直接用四个坏球将人白送上垒包，然后再伺机让其出局。

柯诗新作为绯海第一强打，被梁夏保送的经验不可谓不丰富。这种又骄傲又憋屈的无奈感真是太太熟悉了啊。

满天星的球迷们果然开始嘘声起哄，拉拉队更是把加油歌唱得跟炮弹似的字字如刀，恨不得拿乐器捅死隔壁那个搔首弄姿的绿毛怪。就连场上的罗柏都开口嘲笑了：“我说你这样有意思吗？”梁夏将球回传，“怎么没意思，你现在得分了？”罗柏原地换了个姿势，“你拖着这群垃圾，还想输得多好看？赶紧的，打完来我们满天星当技术指导。”

“这群垃圾刚刚三振了你们满天星的第二棒吧。”梁夏不紧不慢地说着，眼睛却死盯着王声籁。王声籁被她看得心头起火，真的恨不得直接盗垒给她看。

“队长！”王声籁没胆跑，只冲张毅诉苦。张毅“嗯”了一声，然后说：“真是可惜啊。”

“是啊！”王声籁愤愤地点头，“真是太卑鄙了。”张毅刚要说“可惜是个女人”，被他这么一应和，猛然回神，十分严肃地点了点头：“罗柏被保送太可惜了。”

他的皮肤较常人黑上不少，这时不知想起了什么，脸上意外地有点潮红。王声籁又被梁夏瞥了两眼，怒火更盛：“看个屁啊，我又不是在裸奔。”张毅的脸唰的全红了，王声籁奇怪：“队长？”然后猛然反应过来，“我去！她还真见过咱们裸奔！”

“裸奔”这个事情，还是要从去年棒球协会和垒球协会联合举办的“拾贝联谊”活动说起。两个协会近年因为搞职业联赛，活动经费也宽裕不少，虽然还不能跟足协这些热门赛事比财力，搞搞内部活动的余力还是有的。

国内没有女子职业棒球队和男子职业垒球队，棒协和垒协，一个阳盛阴衰，一个阴盛阳衰，年轻的单身球员更是多如过江之鲫。棒球协会看看队里那些小青年，宿舍里贴满了女明星海报啊！光打球精力怎么发泄？肯定需要一点组织的帮助嘛。垒球协会也正担心自家姑娘们，闻言也觉得有道理。

两个协会商量来商量去，就把地点定在了张毅老家的海滨度假村。满天星老板罗松商业头脑十足，立马表示自己愿意适当出资协办，既然都是运动员，相亲，哦不，是联谊之余，打打球考察考察专业素质也是需要的嘛。至于他们满天星的要求，把这个友谊赛冠个“满天星杯”之类的名字就行。

各队教练大手一挥，队长带队，队医随行，纷纷南下度假联谊。到了度假村，当天晚上分配房间却出了点问题。度假村的房间是够的，但是房间的档次却各不相同，大家都是职业球员，姑娘们住好房间还可以接受，你一大老爷们凭什么住得比我好呢？

于是就决定抽签，并且还是打乱球队归属地抽——不然有的球队人多，有的球队人少，单单一个队长来代表，不公平啊！

黑镰之刃被打得支离破碎，肖静林抽到了飞扬之梦的姚见均，温小榕抽到了满天星的罗柏，顾远嘉抽到了蓝色帆的谷阳光……因为要打比赛，严杰还是把“魏冬”这个已婚人士捎上了，他和满天星的张毅被分配到了一个房间。

当天晚上开篝火晚会，男男女女围坐一地，气氛十分不错。让大家觉得不爽的是，那个已经结婚的“魏冬”怎么和垒球队的女队长庄妍聊得那么开心。就算你妹妹和她是高中室友，你这个禽兽不是有老婆吗？无奈两个当事人就是不自觉，亲昵得不像话，到了表演节目环节还一起对唱情歌。

满天星的王声籁尤其不开心，庄妍队长是他喜欢的型啊！王声籁于是撺掇队员打击报复一下这位明明锅里有菜却还妄图破坏其他未婚好青年幸福的恶人。罗柏第一个响应：“让咱们队长来吧，趁他洗澡的时候把所有的衣服、浴巾、床单、枕巾、窗帘都藏起来！”

第三棒华云觉得不妥：“那他再报复回来呢？”

“那就让队长也裸一回呗，都是男人，有什么大不了的。”

最后还是有人智商上线，提醒了其他人：“既然队长裸一下没什么大不了的，他一个已婚妇男，更没什么大不了的呀！”众人一时默然。

他们这边还没想好打击报复的绝招呢，隔天凌晨满天星暗地组织的“裸泳活动”就差点遭到惨无人道的围观。

裸泳活动是罗柏提议的，不少人也跃跃欲试。张毅和“魏冬”一个房间，顺嘴就把活动给泄露出去了，还非常友好地问：“你们黑镰要不要一起玩？”魏副队长听完挺严肃地点了点头：“确实挺有意思的，我问问我们肖队。”肖静林听完后沉默了好一会儿，问：“你想参加啊？”

“魏冬”呵呵直笑：“你们没结婚的小青年去就好了嘛。”肖静林于是客气地和张毅通话：“我们就不去了，你们好好玩。”

张毅隔天起了个大早，出门时候“魏冬”还窝被子里睡觉。怎奈玩到一半，浴场边突然就冲进来一大群叽叽喳喳的姑娘们：“魏副队有没有撒谎，柯诗新真的喜欢一大早裸泳？”

满天星的爷们儿凌乱了，垒球队里文静的姑娘多，彪悍的也多，万一人家没找到柯美男却发现他们，那不得堵得人上不了岸啊？一行人裸着跑进了安全通道，才跑到走廊上呢，就见“魏冬”披着浴袍，叼着烟和肖静林在那儿说话。

“魏冬！”罗柏裸着就直接冲过去了，“是你让垒球队的跑去浴场的吧？”“流氓啊罗二少！”魏冬指着裸男嘀咕。肖静林也沉下脸，把自家副队长挡到了身后。满天星这是在干什么，裸泳就裸泳，还跑走廊裸奔来了。最后，还是张毅捂着小弟弟把罗柏拉了回去：“好汉不吃眼前亏，咱们先回房间。”

事后“魏冬”也作了解释：“我就随口开个玩笑，谁知道她们会当真呀。”“你就是故意的！”罗柏愤愤地捶桌子，早上那么一折腾，他还感冒了，在姑娘们面前被迫擦了好几次鼻涕，损失惨重。

张毅毕竟是队长，宽宏大量地接受了这个解释，不过住一起就算了，“魏冬”这人太阴了。他直接找肖静林换了房间，姚见均起码不会背地使坏呢。

但是后来回忆起来，张毅却越来越觉得这绝对是个阴谋。传言不是说肖静林和梁夏是一对？肖静林真的不是刻意配合着魏冬，逼自己和他换房？张毅觉得肖静林绝对是投手中的阴险小人，阴险程度不下于他的直球球速。

怪不得那天梁夏瞅着他们这帮裸男时肖静林脸色那么难看，亏他还以为肖静林跟自己一样以队为家，严格要求队员呢。原来他妈的是吃醋了！居然还有脸吃醋，他们才是受害者好不好！

张毅看着一脸愤怒加委屈的王声籁，感慨良多。庄妍的同宿舍女同学就是梁夏本人嘛，所以才一见面就好得不行。罗柏想要让梁夏裸奔那个事情虽然没有实行，但是显然被泄露出去了——都是男人的话就是个恶作剧，但是梁夏是个女人，而且还是隐藏身份的女人，这个事情的性质和后果就变味了。

于是，他们满天星就被彻彻底底地打击报复了。

罗柏顺利上垒，王声籁等人也顺势朝前推进一个垒位：一人出局，满垒。陆还都想打哈欠了，满天星的拉拉队更是战力勃发，实力悬殊，比赛结果还会有悬念？

第五棒出局，第六棒和第七棒却靠着两个牺牲打把王声籁和华云送回了本垒。

比分 2：0，攻防互换，梁夏上来打击。张毅瞄了自家休息区一眼，主教练钱伦书冲着捕手打了个手势，也是一模一样的四坏保送。梁夏似乎早有准备，满天星捕手站起来接球的瞬间，张小春都意外地“啊”了一声，她却跟没事人似的笑了笑：“这么看得起我呀，垒上没人呢。”

垒上没人，四坏保送就是为了防止她打个全垒打出来。梁夏手上拿的是比赛专用的木质球棍，穿的是春天棒球队的球服，但是，她曾经有个身份叫“黑镰的捕手魏冬”。她今年的安打率虽然不低，击出本垒打的次数却并不多，钱伦书却不肯把罗柏当笑话说出来的“裹胸带束缚了她的打击能力”当作笑话听听就算了。

连扮男人都想得出来的女人，既然站到第四棒的位置上，谁知道会发生什么呢？

四个坏球很快扔完，梁夏扔了球棒，轻轻松松地跑到了一垒垒包上："你们记得带我回家啊！"张小春等人泪流满面，我们还幻想着你上来就本垒打拿个分呢！

崭新的场地，冷冰冰的镜头，不熟悉的木质球棍……一切的一切都成了春天的阻碍。

第五棒是张小春，他谨慎地摆好姿势，张毅和捕手的注意力显然不在他身上。张毅是右投投手，投球时候面向的是三垒方向，没办法做假动作对一垒上的梁夏进行封杀，但牵制[1]是没问题的。

梁夏站得离垒包并不远，但也不是非常近，还总是很猥琐地缓慢移动着。张毅犹豫了一下，还是进行了牵制，球飞向一垒，梁夏飞快地扑回垒包。等球再回到张毅手上，她拍拍身上的灰，又重新站到了刚才的位置上。不远不近，无赖到底。张毅叹气，捕手也很无奈，人家经验丰富，这点小算计看得穿也玩得起。

张毅踏板，合手——他又用余光扫了梁夏一眼，对方突然朝着二垒大步迈了一步。张毅一惊，前脚转向，将球投向一垒。梁夏的动作比他还快，早在他转身的瞬间就往回扑，回垒回得又快又准。

球再一次回传到张毅手上，梁夏再一次跟没事人似的移动到了原来的位置。两次牵制了，投手和捕手的主要精力都放到了她身上，张小春就跟个透明人似的被忽略了。

张小春握着球棒暗暗祈祷，继续牵制吧，最好消耗完体力完全没力气对付他。

张毅再一次踏板，躬身用暗号和捕手交流。捕手同志也很烦恼，牵制吧，人家这个态度就跟逗猫似的，不牵制吧，她肯定是敢盗的。

张毅第三次合手，梁夏果然又不紧不慢地迈了那么一小步。张毅痛苦地皱了下眉头，毫不客气地又投球将人逼了回去。

观众席里，主场的满天星球迷人数是最多的，看着自家投手这样一次次被迫牵制，真的好想嘘死梁夏那家伙。但是这时候嘘声，会不会让张队长误会啊？有人悄悄提议：不然边喊"梁夏"边嘘？刚说完话，就听边上一个女声飞快地嘘出了声，其余人马上也跟着此起彼伏嘘了起来。

1　牵制，向野手投球封杀跑者盗垒，或者迫使离垒比较远的跑者回垒。

场上的张毅等人也很郁闷。他们当然知道牵制多了是会被嘘的，可现在是在自己主场呀！春天棒球队有这么多球迷？再仔细一看，起劲嘘的居然全是自家球迷！也是，对付水平这么差的一支业余队，居然还拖这么长时间，确实很叫人失望。

观众席上的人却很快停止了嘘声——他们突然发现，带头嘘的人，竟然是春天的那个绿毛短裙！很明显，她嘘的对象是张毅，他们这么跟着，不就变成给春天助威了？

张毅郁闷地再一次投球，一半注意力都留在了梁夏身上，冷不防对面的张小春突然做出持棒触击的动作——触击牺牲打？

木质球棒传出的击球声沉闷而低调，球却还是受力反弹出去。

滚地球！梁夏一阵风似的朝着二垒跑去，张小春也飞快地奔向一垒，捕手掀了面具大喊："队长！"球离投手最近，张毅朝着球跑去，一垒手和二垒手都做好了接球触杀的准备，但是现在这个情形，要想双杀显然很困难了。张毅用手套抄起球，下意识就朝着梁夏的方向看去，她果然已经开始滑垒。来不及了，他迅速下了判断，将球传向一垒。

"上垒！"梁夏拍着裤子爬了起来，张小春虽然出局，脸上却满是笑容。梁夏成功上垒，他的任务就算完成了。

一出局，二垒有人，情况并不算坏。

第六棒是方梦，胖姑娘站到准备区时就接受了不少嘲讽眼神，走到打击区的这段路恨不得把脑袋塞进衣兜里。观众席上笑成一团，连拉拉队的加油歌都被盖了过去。这就是春天棒球队的另一个"免费"女队员啊，这身材，跑得动吗？

方梦站到了捕手的右手边，陆还嘀咕了句"是个左打"，就飞快地把 DV 镜头重新挪回到了梁夏身上。这个球队的实力他已经看出来了，纯业余，纯得让人发指！左打和右打，有什么区别？

张毅刚刚吃了亏，捕手和他都觉得应该多多留意击球员的情况，结果方梦这一上来，两人都有点懵。女球员，左打的大胖子女球员。捕手的脸在面具下扭了又扭，犹豫着打出了引导暗号：投个全速的正中直球吧。

春天的这些击球员外行到压根打不到高速球。球速一上 140 公里 / 时，再容易打的球都只能挥空。

张毅点了头，捕手却突然看了二垒的梁夏一眼——二垒跑者的位置，稍微有点特殊，是能看到捕手暗号的。不过，每个捕手的暗号都不同，未必能猜得到吧？话虽这样说，捕手同志却不大敢将手套摆到要求张毅投的位置上了。

方梦胸膛飞快地起伏着，眼睛直直地看着张毅，顺便也看到了张毅身后的梁夏。梁夏似乎有些无聊，戴着手套的手扯了扯球衣的衣襟，还懒洋洋地打了个哈欠。

这是……要盗垒？方梦看懂了暗号，握紧球棒，心跳快得像要从胸口蹦出来。

张毅合手，抬腿，投——二垒上的梁夏突然动了，捕手和张毅都吃了一惊，这家伙果然是打算盗垒的！

张毅迅速改变了原先商量好的配球，改投明显的坏球，好让捕手能够站着接到球，以最快的速度传往三垒。三垒手罗柏也十分激动："传我！传我！"梁夏带着阵风扑了过来，罗柏张开手套接球，垒包上的震动震得他眼睛发红。

晚了！果然，裁判果断地判定："上垒！"

罗柏愤愤低头，梁夏仰头冲他笑笑，脏兮兮地爬了起来："三垒手呵，了不起！"罗柏被这么一夸，更觉得讽刺。了不起，我了不起还被你占了垒包？

一出局，三垒有人，还投了个坏球，形势更坏了。捕手最终还是配了个全速的正中直球对付方梦。

面对时速高达145公里/时的球，方梦果然没敢挥棒。第二球，球速仍旧很快，方梦深吸了口气，挥棒。球高高飞起，捕手迅速掀了面具起身。张毅也对这个胖姑娘居然能打到球有些意外——至少在春天棒球队里，这是第一个能打到140公里/时以上球的选手。

球被中外野手直接接住，这是个外野高飞球，方梦被接杀。球迷们还没来得及欢呼呢，就见三垒的梁夏在野手接球的瞬间离开垒包朝着本垒冲了过去。

这居然是个高飞牺牲打！

很多人甚至都不记得她是什么时候回到三垒的，就在方梦击球的瞬间，她还站在离垒包不远不近的暧昧距离——高飞球要求跑垒员必须在球落地或者被野手接住后才能开始跑垒，不得离开原垒包。那么，应该是球被击出之后回的三垒。

"传球！"捕手徒劳地喊了一声。梁夏跑得飞快，球却还在外野，来不及了！中外野手拼命地将球扔向游击手，游击手接球转头，梁夏轻快地踩上本垒板，一边站着脸色漆黑的满天星捕手。

二人出局，一人回垒，得一分。比分2:1。场上一片寂静，已经出局的方梦朝着休息区小跑，带着哭腔喊了一声："得分了！"张小春愣了好一会儿，才大笑出声。

得分了！梁夏固然重要，但是没有他们的两个牺牲打，她也没办法跑完四个垒包。打到球，然后回垒，似乎也并不是那么可怕。

板凳队员刘辉更是激动得和身边的孟小运抱在一起，"我们居然在职业球队手里拿到一分！"

罗柏摸摸鼻子，嘀咕："不就得了一分嘛，还没赢吧？"

场内的球员很郁闷，场外的大家更加郁闷。消停了好一会儿的赵美女同志又开始跳她自创的加油舞了，那一声声"春天花会开"简直烦得要人命。

陆还感慨："带孩子不容易啊，瞧把他们高兴的。表哥，你说梁夏要是来我们蓝色帆，跟你们打有戏不？"袁森看了他一眼，"你们开的那个价格，她肯来？"

"我是说假如。"陆还强调。"没有假如，你就是在做梦！"柯诗新打断他，"你以为她是神啊，去了你们也赢不了！"陆还冷笑："心虚吧你，你们绯海今年的亚军还不是……"

"陆还！"不等柯诗新发飙，袁森先拦住自家表弟，"话那么多，想出去是吧？"

下面的比赛还真没什么好看的，第七棒黄隆沙飞快地浪费掉一个出局数，再一次攻防互换。托这次得分的福，春天众人的怯场症总算治好了。孟小运甚至还学梁夏试着盗了次二垒，虽然马上被张毅的牵制吓得扑回一垒，那个回垒速度也让满天星的一垒手吓了一跳。

这小子，跑得倒是很快，难怪打第一棒。

比赛进行到第八局，比分已经拉到了近10分。梁夏却跟没事人似的让一直在防守时当板凳的方梦去了牛棚练习投球。

所谓牛棚，其实是一小片供后援投手热身练习的区域。满天星的牛棚设置在外野，方梦和刘辉两人一走到那边，无聊了很久的记者们就把镜头挪了过来。连包厢里的职业球员们都有点惊讶，这么垃圾的一支破队伍，居然还有牛棚。

方梦战战兢兢地投了几球，刘辉也有些紧张，漏接了好几个球。黑镰包厢里的温小榕却看笑了："远嘉，那个胖妞跟你风格很像啊。"

一直安静看着的顾远嘉闻言朝牛棚那边瞄了几眼，然后看向自家队长。肖静林带了全套的摄影器材，一直就坐那调着镜头，闻言只是说了句："别说话，我在录比赛。"顾远嘉只得老实闭嘴，温小榕却没那么听话："给梁夏录？"肖静林没说话，温小榕干脆走到镜头前挥手，"嗨，魏副队，看得到我不？"

方梦换下黄隆沙之后，第一个遇到的就是左打华云。她投的这几球几乎就是那天对付柯诗新的翻版——华云的水平当然不能跟柯诗新比，毫无意外被三振了。

接着上场的是罗柏，梁夏打手势询问了意见，方梦受惊的兔子似的看了罗柏一眼，连连摇头。于是，罗柏又一次被故意四坏保送了。

满天星的第五棒还是左打，方梦连续投了两个滑球，顾远嘉看到最后直接站了起来。这种刁钻的投法和球路……他心情复杂地看着那个穿着护具的身影，有股说不清道不明的被抛弃感。他的投球风格，与其说是教练和肖静林教的，不如说是梁夏一手带出来的。

左投投手虽然克制左打击球员，国内棒协里最多的却还是右打，除非是遇上飞扬之梦这样左打球员特别多的队伍，想要当先发投手，还是没有右投投手有优势。

顾远嘉的先天条件并不算特别好，既没有肖静林那样快的速度，也没张毅那样的头脑和稳定实力。但是，他却凭着自己刁钻的球路，在黑镰这样的强队牢牢占据着首位中继投手的位置。

方梦最终还是下场了，接下来是春天棒球队的第七棒打击。不出意外的话，张毅一定又能将这几个业余选手三球三振。

比赛在九局上半场之后彻底结束，比分差距过大，满天星不需要再次进攻得分就已经赢得了比赛。

肖静林收拾器材准备离开，其余人也有些无聊地站了起来。凭良心说，这场比赛实在没多大意思。春天除了梁夏之外，最精彩的看点大约就是那个一人拉拉队了。

飞扬之梦和淮云等队的人早在方梦上场投球之前就悄悄溜走了，不少球迷甚至养成了一到非梁夏的春天队员打击就慢吞吞上厕所甚至跑去买点心的坏习惯。陆还为了门票费苦苦支撑到比赛结束，抱着 DV 嘀咕："梁夏那家伙一定是和满天星合伙骗钱来了，什么破比赛啊，一点儿水准都没有！"

张毅心情复杂地和一脸喜悦的张小春握手，你们输了比赛吧，为什么还笑得那么开心？你全场一共也就拿到两个牺牲打，上过一次垒包啊！

张小春还是很得意，板凳队员刘辉也很兴奋——梁夏最后也让他上场打击了两次，挥空五次，一次成功触击。虽然因为跑得太慢没能成功上垒……可他打到了张毅的球哎！

张毅是谁，满天星的队长兼当家投手，平时只能在电视上看到的人物啊！刘辉决定今天和明天都不洗手了！孟小运悄悄叮嘱众人："这两天都别去刘辉的面摊吃东西了，他不肯洗手。"

梁夏心情也不错，拿到分成收入之后大手一挥，吃大餐去！输了十几分的春天棒球队欢欢喜喜地从特殊通道出去了，一阵风似的上了大巴车，然后就傻眼了。

肖静林、柯诗新、温小榕、顾远嘉……还有副驾驶座那个，是罗柏吧！

张毅的表情也有些诡异，他边上的王声籁更是直接，眼睛直勾勾地盯着最前排的自家老板——罗松这人架子还是有的，今天居然会和大家一起坐大巴车，好叫人惊讶。

罗松过来和梁夏握握手，"你们难得来，一起吃个饭吧。"张小春认得罗柏，对罗松却不熟悉，悄悄凑到张毅边上问："这是谁呀？"张毅觉得自己这个队长和他这个队长还是挺有区别的，沉着脸不说话。王声籁小声解释："我们老板。"

张小春的表情瞬间变得谄媚，孟小运就淡然得多："罗老板，我也是自己做生意的，幸会幸会。"罗松早查过他们的底，当然知道孟小运那生意其实就是几片包袱皮一屋子地摊货，客客气气地微笑："幸会。"

赵美女也挤了过来，"罗老板有没有拍电视剧的打算？电影也行！"罗松继续维持笑容："暂时没有吧。"

梁夏在后排找了位置坐了下来，肖静林往她这边看了一眼，正犹豫要不要起身换座，柯诗新和温小榕几乎一齐站了起来。刚刚半撑起身的顾远嘉眨巴了下眼睛，重新坐下，扭头看向窗外。

打第四棒的，到底更加有气魄一点。柯诗新和温小榕大眼瞪小眼地对上视线，温小榕率先朝着大巴车后面走去，柯诗新也赶紧跟上。

两人的气势把坐在倒数第二排的方梦吓着了，胖姑娘哆嗦了一下，抱着包挪到了最后一排，在梁夏边上坐下来："小夏姐……"梁夏早看到他们过来了，耸耸肩拧开瓶子喝水。

柯诗新的表情扭了一扭，胖姑娘真没眼力见儿啊，坐哪儿不行，梁夏边上一共就俩座，你占走一个，温小榕那小子难道会跟我客气？

温小榕果然毫不客气地占了梁夏边上的位子。柯诗新左看右看，冲方梦努努嘴："方小妹，坐进去点。"方梦犹豫着看了梁夏一眼，往里挪了一个位子。柯诗新还没往前呢，梁夏也跟着坐了过去。

温小榕眼疾手快地跟上，也往梁夏那边坐了坐，留下靠窗两个空荡荡的座位。

故意的吧！柯诗新瞪了温小榕一眼，在方梦刚才的位子上坐下，冲梁夏道："过来，跟你说个事情。"梁夏放下矿泉水瓶，"你让过去就过去，我属狗的？"

柯诗新气得瞪眼，坐在他前面的满天星球员被他那凶狠的眼神瞪得后脑勺都火辣辣的。

"好像吵起来了。"满天星球员跟身边的队友嘀咕，队友做了个嘘声的表情。后面这几个，除了那个吨位可观的胖丫头，可都不是好惹的。

柯诗新不用说，爱砸东西爱生气，暴躁脾气跟他的脸一样出名。温小榕名气没柯诗新大，脾气也一点儿都不小，成天板着张脸，跟谁欠了他几百万似的。至于梁夏，看看黑镰之刃，现在还被禁赛呢——柯诗新和温小榕要是属于杀伤性冷兵器，她就属于大规模杀伤性热兵器了。不但范围大，还跟核辐射似的带后遗症。

温小榕看看柯诗新，小声道："魏副队，现在还这么受欢迎，真厉害。""那是。"梁夏毫不客气地接受了表扬。温小榕又问："您上次打电话给我……队长都和你说了？"梁夏看了他一眼，这青年长着张生人勿近的脸，不说话时候总像是在生气，这时侧着脸皱着眉，看起来就像要吵架一般。

她直接忽略了他的问话，扭头问方梦："今天觉得怎么样？"方梦觉得温小榕那带刺的视线瞬间扎到了自己身上，"挺、挺好的。"温小榕抿紧嘴唇，又听梁夏说："继续努力，天天向上……"

柯诗新听得不耐烦起来："哄小孩啊——你多大了？跟她混，把你卖了都不知道。"方梦难得硬气地瞪了柯诗新一眼。柯诗新还想再说什么，罗柏在前面招手，"都挤一起干吗？到地方了，下车吃饭去。"

车子果然慢慢地停了下来。

柯诗新犹豫了下，起身跟着人群往前走去。方梦跟个小尾巴似的紧挨着梁夏，温小榕却突然穿过她身侧拽了前面的梁夏肩膀一下："魏冬。"

梁夏站住了，微微侧身，示意方梦先过去。方梦有些慌乱地看了一脸阴沉的温小榕一眼，挤到了梁夏前面，然后她就听到温小榕说："你凭什么用那种眼神看我？对球队来说，你才是叛徒。我只是转会，你却让所有人的努力都白费了。"

他的声音不高，几乎压着喉咙挤出来的，不少人却也都听到了，连柯诗新都皱着眉头看了过来。黑镰内讧？似乎也不能算内讧了，一个要转会，一个连职业球员都不是了。

梁夏一脸漠然地点了点头："说得没错，你已经做了决定，何必管别人怎么看你？"温小榕捏紧了拳头，猛地撞开她，头也不回地往外面走。别人怎么看他？别人凭什么用这样的眼光看他！要不是她，黑镰就还是冠军队，他就还是耀眼的冠军队强棒。可是现在……教练、队友，甚至毫不相关的人，都拿那种看叛徒的眼光看他！

寻求更好的发展有错？真正的罪魁祸首难道不是她？冷风吹得脸颊生痛，温小榕一路挤了出来，满天星和春天的人都没拦着，顾远嘉等人也只默默地侧了侧身。

温小榕跳下车，隔着车窗正好对上肖静林的视线。失望、惋惜、遗憾……全是跟"继续努力"一样没有任何用处的情绪。年轻又怎么样，成功的滋味是会上瘾的。失败这种东西，一次都嫌太多。最好永远都赢，一场比一场赢得漂亮，一年比一年站得高！

温小榕转过身，一边走一边裹紧了身上的衣服。

第八局

黑夜的声音

饭桌上满天星的人明显都摆了副八卦脸，一个两个一个劲儿地往梁夏和黑镰众人的脸上瞧。

罗松又邀了一次梁夏，见她确实没有来满天星的想法，略略坐了会，就提前离开了。张小春在边上听得清楚，满腔喜悦没地方发泄，只好和孟小运他们一个劲儿地喝酒。

梁夏明显比平时沉默了不少，连柯诗新挤掉方梦坐到她边上都懒得去嘲讽，倒是一边的肖静林拿眼睛瞥了柯诗新好几次。柯诗新跟没看到似的，给梁夏倒了满满一杯，“以后也没多大机会场上相遇了，恩怨情仇，今晚就一笔勾销了。”

“我跟你有冤有仇是没错，哪儿来的恩情？”梁夏端起酒杯晃晃，“我对你有恩，还是你对我有情？”柯诗新举到嘴巴边的杯子放了下来，“贱不死你啊！”说完，把杯子一放，拉她起来往外边走。梁夏挣了一下没挣脱，便任由他拖着走，“说话就说话，别拉拉扯扯。”

柯诗新看看头顶的路灯又瞄瞄不远处的灯火，“你和肖静林到底什么关系？”梁夏拿眼睛看他，“什么意思？”柯诗新表情有些尴尬：“装什么傻——”

"小夏，"肖静林的声音传了过来，人不知什么时候也跟了出来，"你嫂子电话。"

梁夏一愣，迈步要往回走。柯诗新赶上一步，从后面飞快地把人搂住，凑到她耳边嘀咕："你要跟他没关系，不如就当我女朋友吧？行不行，明天给我回话！"说完，立刻松手往楼下跑。

他一直小跑到了马路上，才觉得脚步轻快起来，多日来一直积压着的那股说不清道不明的怨气也终于烟消云散。简简单单一句话，说出口了，就……就还挺容易的感觉。

他笑着往前走了两步，猛地想起来刚才太慌乱还没把最要紧的话说出口，于是掏出手机，发了条短信过去："不是敌队的话，我一向都挺喜欢你的。"

其实应该也没到爱的程度，但是总感觉不抓紧点，不说严重一点，马上就要落到下风，失去机会了。哪怕是梁夏，那也是个女人，总是需要美丽的谎言哄一哄的。何况，他这个谎言还不全是假的。先表白后恋爱，也完全没有问题嘛。

短信很快得到了回复："魅力大就是罪过呀，什么时候对我暗生情愫的？刚才那个算性骚扰吧？有记者拍到了哦。"

柯诗新心里那点粉红泡泡瞬间破碎了。记者，哪儿来的记者？他怎么没看到！

张小春觉得梁夏从外面回来之后，心情似乎非常好，一边接电话一边笑得眉眼弯弯，跟捡了钱似的开心。

肖静林则有点心不在焉，连满天星的人跑去灌梁夏酒都丝毫没有阻拦的意思。顾远嘉和韩颂劝了两句，立刻也被灌了不少酒。

梁夏来者不拒，一边喝一边还问罗柏："喝酒没问题，房间准备好了没有？我们春天好几个美女呢，你们要保障美女安……呃安全的！"妆重得媲美视觉系乐队的赵美女配合着抛了个媚眼，自认为电光十足。坐在她边上的满天星球员瞬间觉得自己被她的眼影亮瞎了，太恐怖了，那眼皮上到底涂了什么啊，看着完全吃不下去饭！

美女是这样子的吗？美女首先是要美！"女"字是排在"美"后面的吧！这位审美正常的青年鼓足勇气又四下扫荡了一下，最后还是把视线落在了梁夏身上——春天勉强和“美”扯得上关系的女人也就她了，可是她的话，他总觉得这个“女”字似乎有点残缺。“女”虽然放在“美”后面，那也是非常重要的。

罗柏比较不拘小节，都没细究梁夏这个话属实不属实，拍着桌子喊：“喝成泥都行，我把大厅包下来给你们睡！”梁夏干干脆脆地和他干了一杯，一直沉默的肖静林终于出声阻止：“小夏，少喝点。”

梁夏“唔”了一声，含含糊糊，十分敷衍，脸上的笑意却还是那么明显。

被柯诗新抱一下……就那么开心？肖静林努力让自己冷静下来，她脸上那一次次的笑容却一再地刺激他，不断地回忆起刚才那一幕。

她挂了电话之后，似乎在回味那个拥抱，笑容一点一点跟沾染了春雨的野花似的开始绽放。一不留神，就开得漫山遍野都是了。

他看到她一边和罗柏废话，一边不时摆弄着手机——玫红色的手机壳，那也是柯诗新的东西——梁夏打字速度极快，发完消息的同时把杯子里的酒喝完了。

罗柏飞快地将杯子倒满，手机又一次发出轻微的震动声，她的手指便又在手机上灵活地摁了起来。嘴角的那丝笑意也更浓了，一点戏谑，一点得意，还有一丝不易觉察的喜悦。

肖静林转开视线，落在面前的酒杯上，红色的液体倒映着自己苍白的脸，麻木而僵硬。这一天到底还是来了，是花朵终归是要开放的，不在春天和夏天吐蕊，便是在秋天和冬天开放。

他不是她热爱的季节，他等不到的花开，终于要被别人等到了。

这一晚醉倒了一大批人，连闹得最欢的罗柏也喝得晕乎乎的，叽叽呱呱地瘫在椅子上骚扰人。

梁夏被灌得最多，早早地靠着椅背昏睡过去了。罗柏拿装饰菜盘用的小番茄砸她，“装……装什么死啊……呃……装死也得喝……”

隔壁桌的王声籁哆嗦着拿了片柠檬塞进嘴巴里，味蕾上一瞬间的刺激让他清醒了一点，马上又迷迷糊糊起来。天花板在旋转吧，啊，越转越近了！他笨拙地捂住自己的眼睛……

张毅叹着气给每个人都安排了房间，再和服务生一起，把醉汉们一个个运进空房间里。

肖静林拿了房卡，抱着梁夏进了房间。路灯和过往车辆时断时续的微光从窗户透进来，照得人心也斑驳阑珊，像是长满了铁锈一般。他把人放到床上，慢慢地蹲了下来。

梁夏闭着眼睛，短短的头发上全是汗渍，凑近了闻，还有淡淡的烟味。他认认真真地嗅了嗅，鼻子擦过她烫得有些灼人的脸颊，受惊般退缩了一下。

他很快又重新挨了过去，这一次没有再犹豫，嘴唇直接碰触到了她的耳廓。

“小夏。”他轻轻唤了一声，对方如他预料的一般没有回应。他挨近了些，嘴唇几乎含住了耳垂，梁夏仍旧浑然不觉。

肖静林的视线落到了放在一边的手机上，不应该看的，但是……他到底还是把手机拿了起来，最后一条短信果然是柯诗新发来的。翻到那句“喜欢你”时，他的动作蓦地顿住了。

他扭头看向梁夏，她显然睡得不大舒服，脸半陷进松软的枕头里，眉尖微微颦着。他伸手轻轻揉了揉她头发，慢慢地沿着脸颊往下，抚着脖颈，一路摸到了锁骨的位置。

梁夏在毛衣里面穿了衬衫，束缚着领口的扣子看起来异常的单薄脆弱。他只微微往胸脯的位置探了探，扣子就自然而然地松开了一个，温热的胸脯在他有些粗糙的手指下面起伏绵延。他微微俯下身，有些颤抖的吻轻轻地落在她柔软而干燥的嘴唇上，舌头稍微往里一探，就能闻到浓重的酒味。

梁夏似有所觉，不大高兴地扭过头，避开了他那过于琐碎的吻。他执着地追了过去，睡梦中的人避无可避，不悦地皱紧了眉头。他突然就觉得这样的亲昵似乎毫无意义，身体却不由自主地发热发烫，他说服自己似的闭上了眼睛，将毛衣从她身上脱下来，解开衬衣的扣子。

昔日搭档的身体在这昏暗的房间里苍白而孱弱，像是剥去硬壳的鸡蛋，又像是失去天空庇护的失群白鸟。

罪恶感和占有欲一齐疯狂往他脑子里涌去，他忍不住又唤了一声：“小夏——”

他想起她还是个“男孩”时的模样，又想起全明星赛上时她带着妆蹲在捕手区的模样。从古到今都流传着各种女扮男装的故事，故事里的祝英台总是全心全意地爱着自己的同窗。他们应该也算同窗吧，三年来在赛场上训练场上几乎形影不离。

但是，她不爱他。他曾经以为，那是因为他的祝英台心太大了，大得太容得下爱，也完全容不下爱。可是现在，面对另一个男人明显的亲昵示好，她的反应却如同所有的女孩一样，惊喜、得意、期盼，与面对他的关怀时完全不同。

他是在第一次全明星赛后知道她的秘密的，那个时候是不敢说，同时也有点小小的自私和惊喜。她的秘密，只有他知道。他们一起训练，一起讨论球种，一起站在赛场上用只有他们才懂的手势和眼神交流。

他细心地保护着她的秘密，也将自己的小小心事细雨一样绵绵密密地融入到了生活训练的点点滴滴里。他自然如常地和她相处，若无其事地帮她挡去一些麻烦。她那么聪明，总是能理解的吧？哪怕是石头，一日一日的温柔对待，总也是能磨平棱角，圆润可亲。

他以为她需要的是这样的爱，哪怕一天一天看不到结果，总还是有着一个目标的。

可是现在，肖静林突然发现自己错了。并不是他给的爱不够，对她来说，错的或许是他这个人。

她不是不需要爱，只是，不需要他的而已。

梁夏突然动了一下，有些沙哑的声音含糊着问："老肖？"肖静林抓着她赤裸的肩膀，一时间僵持在那里。她嘟囔了一句，往他怀里缩了缩，似乎还觉得冷，摸索到身边的被子，挣扎着把半个赤裸的身体埋了进去。

屋子里一片寂静，只有她绵长的呼吸海浪一样起伏着。肖静林长长地叹了口气，拉过被子，将两个人一齐裹了进去。他抱着她躺了一会儿，终于还是没能抵挡住本性中的一些冲动，放开人爬起来，一边努力平息着呼吸一边拉开了窗户。

窗外暮色沉重，高远的夜空里悬挂着几颗星辰，稀稀落落，安静地照耀着已经逐渐宁静下来的城市。

张毅安排完一切，刚要回房间，就见黑镰的顾远嘉跟个鹌鹑似的蹲在梁夏房门口，一脸的焦虑。

"顾远嘉？"

顾远嘉闻声扭头，吓了一跳，站起来很是紧张的样子："啊，张毅队长。"

张毅冲着房门抬了抬下巴，“怎么了？魏……梁夏好像醉了吧，你找她有事？”顾远嘉的表情很诡异，扭扭捏捏的，欲言又止。

“到底怎么了？”张毅这个人还是很仗义的，毕竟这是他们满天星的地盘，总不能给人留下刻薄恶毒的印象不是？他们满天星别的没有，就是钱多、热情、有范儿啊。

顾远嘉瞥了房门一眼，吞吞吐吐的：“也没什么，这么晚了，我先回去了。”说着，就要转身。张毅却突然福至心灵，有点反应过来了：“等等……你是不是和肖静林一个房间？”

顾远嘉犹豫着点了点头，张毅的表情瞬间就变得八卦起来：“他在梁夏屋里？”顾远嘉迟疑着“嗯”了一声，张毅咬牙：“我就知道！”就知道当年是肖静林因为吃醋而阴他们！狗男女！败类！

顾远嘉当然不知道张毅在这么短时间里把新仇旧恨都在脑子里一起算了一遍，无不忧虑地说：“魏副队……啊，不是，梁姐她好像醉得挺厉害的……他们也没正经交往的样子……”

顾远嘉越说越觉得自己太猥琐了，怎么可以这样不信任自己队长呢？可人进去这么久了都没出来，大晚上的，又喝了酒……

张毅在他肩膀上拍了一下，“你比较喜欢你们队长呢，还是前副队啊？”顾远嘉是梁夏一手带出来的，张毅也是有点耳闻的。

顾远嘉纠结，他当然是比较偏心梁夏的。人家姑娘就算坑球队坑联赛坑队友，可是毕竟真有本事，对自己也是真好。

肖静林其实挺好一人，特别讲道理特别尊敬女性的感觉。当年黑镰那队长和副队长站一起，看着也挺登对的，一投一捕，一斯文一无赖，笑傲扇形球场毫无压力。

可男人都是有点兽性的吧，到了床上脱了衣服谁知道到底什么心性啊！顾远嘉觉得就今天晚上的形势来说，醉得人事不知的梁夏还是很弱势的。一日为师终身为父，不能放任梁夏吃亏。

顾远嘉于是回答说：“我觉得女孩子还是要多照顾的。”张毅点头，“是这个道理啊——不过，他们都进去好几个小时了吧。”

顾远嘉沉痛地点了点头，他问了韩颂才知道肖静林一直在梁夏屋里没出来，赶过来就已经很晚了。总有种大事已尽，回天无力的感觉。

张毅才懒得管肖静林和梁夏那档子破事呢，“没准人家两情相悦呢。”顾远嘉叹气，刚要说他们只是清清白白的搭档，房门突然就从里面被推开了。

肖静林显然没料到他们在门口，表情有一瞬间的呆滞。张毅哥俩好地搭着顾远嘉的肩膀，也有点发愣。顾远嘉反应最快：“队长，梁姐她睡了？”说完自己先暗暗庆幸，幸好大脑神经好啊，差点问成“你把梁姐睡了？”

不过这话问得也没见得多么合时宜，张毅都给他逗笑了。这个顾远嘉，会不会说话，怎么听怎么像在问“你们完事了？”肖静林的表情有点尴尬，含含糊糊应了一声，“她醉得挺厉害的，你有事找她？”

“我……想打听那个胖女孩投手的事。”顾远嘉失误一次之后精神高度集中，谎话张口就来，借口找得冠冕堂皇。

“那明天早上再说吧，他们明天下午的飞机。”

肖静林“咔嚓”一声锁上门。

张小春一早就被孟小运摇醒了，报纸几乎被塞到他鼻子上：“张哥你快看！”

张小春睁大眼睛努力分辨——晃动的报纸上，印着的似乎是个穿着毛衣的人。深蓝色的，跟梁夏昨天穿的有那么点像。那家伙又干什么了？一大早的消停点啊，让人好好睡一觉会死啊。

张小春哀嚎了一声，夺过报纸。比他想象得还要糟糕一点，照片上除了梁夏，还有搂着她的柯诗新。梁夏的脸被挡住了大半，看不清神情，但光凭两人这姿势，就大有文章可做了。

再一翻，果然还在后面做了八卦专版，专门放了一张梁夏穿着这衣服的身体正面清晰照，还把两人三年来的各种比赛资料都翻出来了，“相爱相杀”几个大字后面还跟着个巨大的问号。

这都什么时候的事情，都已经抱到一起了？他怎么不知道！

除了那张巨幅拥抱照，比赛的照片也十分夺人眼球，记者同志们此时就跟情感节目主持人似的，怎么暧昧怎么来，找的图全是粗看冲突激烈细究内涵无限的。

柯诗新冲垒被梁夏截杀时两人贴得极近的照片，梁夏被柯诗新踹飞的比赛照片，冠亚军领奖台上双方不大明显的眼神对视……柯诗新上一次接受采访提到梁夏话题时，砸记者话筒的新闻又一次被旧事重提了。那张怒砸话筒的照片底下用黑体字附注着一行小字：冲冠一怒为红颜。总之，一切的一切都昭示着，这两人关系不一般啊。

张小春也看得有点懵了，看起来还真是那么回事啊，怪不得那天柯诗新来他们那个小球场打方梦的投球。原来人不是来虐菜，是泡妞约会间隙里来和人民群众同乐一下。

不过，这两人相处起来怎么看怎么剑拔弩张，还不如和肖静林看着有夫妻档的意思呢。

到了餐厅吃早饭时，迎面就见柯诗新不顾服务生的阻拦，没餐券也硬闯了进来，四下一张望，冲着他们就过来了。

张小春颤抖了一下，背后说小话被发现了？孟小运也飞快地把嘴里的寿司吞了下去，帅哥球星看着心情不佳啊，那眉毛都皱得快连一起了。

柯诗新大步过来，“梁夏人呢？”张小春张了张嘴，“她啊……”

“我打她电话怎么不接？”

说话间，柯诗新自己的手机又响了，他只看了一眼就暴躁地挂断了，“梁夏住哪个房间？”

张小春不知道啊，他那时醉得厉害呢。他下意识地就想去找张毅他们，可是四下打量了一圈，没看到满天星的人，倒是在角落里看到肖静林和顾远嘉。

柯诗新于是又冲着肖静林去了。肖静林早瞄见他进来了，十分淡定地低头喝粥，愣是把他当空气了。柯诗新不客气地问：“梁夏呢？”

顾远嘉竖直了耳朵听两人说话，肖静林声音跟昨晚一样的淡定：“她人不大舒服，你找她有事？”顾远嘉脑子飞快地闪过不少儿童不宜的画面，心想也就几小时的时间啊，这就身体不大舒服了！真的假的！队长你果然是个禽兽啊！

柯诗新摸了手机出来，戳戳戳，弄出个新闻，递过去。肖静林只看一眼就变了脸色，顾远嘉眼尖，也瞥到了照片——那抱一起的两个人是柯诗新和梁夏吧，昨晚到底发生了什么？

顾远嘉连山药汤都不想喝了，全身上下的好奇细胞都被激发出来了。怪不得队长总是对柯诗新不冷不热的样子，怪不得上次给人喂毒饺子呢，原来这两人是情敌啊！

肖静林没胃口了，阴着脸领着柯诗新往外走。顾远嘉连忙跟上，一边走一边拿手机搜新闻，瞬间就搜到一大堆乱七八糟的狗血八卦。什么黑镰绯海是一家，明面上水火不容，背地里暗通款曲；什么黑镰前捕手与绯海柯诗新地下恋情曝光，苦恋数年一朝浮出水面……

当然了，最多的还是各种骂声。梁夏本来就够黑的了，再扯上女性粉丝多到翻天的柯诗新，简直就黑成了碳，“诗迷会”的小妹妹们把能用上的恶毒话语都抛了出来，昨天输掉的比赛更是成了她实力不济的证明，被反复提及。

顾远嘉对这个说法挺嗤之以鼻的，以春天的实力，能打成这样已经很了不起了。不说梁夏的盗垒，光说方梦那几个刁钻的投球，放在职业圈也挺惊艳的。她要是个男的，年纪再小个几岁，肯定有俱乐部来挖人了。

但是，对于那些记者爆出来的八卦，顾远嘉就有点目不暇接，越看越惊心了，是这样的吗？他怎么不知道？这么多球团秘辛他完全没有印象啊——照这么说来，肖静林绝对不是人家姑娘的正牌男友嘛，昨晚那绝对是偷袭啊！

这么多年了，就是成天一起训练吧，他都没见梁夏跟肖静林有过像跟柯诗新那样的亲密动作。都说近水楼台先得月，现在回头一看，他们队长明显没被当月亮，硬要比喻，那也是兔子窝前的青葱碧草——兔子就不爱吃窝边草。

他正想得出神呢，前面已经是梁夏的房间了。肖静林这丛窝边草十分主人风范地掏出房卡刷卡，电子锁绿光一闪，发出了锁头弹开的“咔嚓”声。

顾远嘉瞪大眼睛，柯诗新的脸也蓦然黑了下来。

梁夏是被电话声吵醒的，闹腾得她把脑袋塞枕头底下还安静不下来。她伸手摸过来眯着眼睛看了两眼，“柯诗新”几个大字刺眼得要命。

梁夏干脆把手机卡拔了，揉着脑袋爬起来。她身上的衣服还是昨天的，毛衣和外套都搭在沙发上，衬衫睡得松了好几个扣子，也不知道昨天是怎么回来的。

她去卫生间冲了澡，正擦头发呢，房门“咔嚓”一声被打开了。梁夏转过身，就见肖静林、柯诗新、顾远嘉一窝蜂全挤在门口。

她头发还湿着，身上就裹了件浴袍，人又站在床边，乍一看颇有点诱惑的味道。肖静林还没说话呢，柯诗新就先爆发了：“我打你电话怎么不接？”梁夏眨巴了下眼睛，晃了晃手机，“关机了呀。”

“放屁，早上打你那么多个，明明开机的！”

“你也知道是早上，没人告诉你早上是用来睡觉的？”

柯诗新阴着脸把自己手机递过去，梁夏一看就乐了，“我就说有人拍照嘛，信了吧？”正说着，手机又响了，上面明晃晃写着“经纪人孙宇”几个字。柯诗新飞快地摁掉，然后盯着她：“你故意的吧？”

梁夏皱眉，“我昨天没告诉你有记者？还是……昨天是我让你抱的？”柯诗新依旧愤愤不平：“那我不管，你得负责任！”

顾远嘉给他这话震到了。肖静林也很不爽，一大男人一大早跑姑娘房间里喊“负责”，这姑娘还是自己惦记了好几年的——真的好想揍人！

梁夏也一脸被吓到的表情：“你想我怎么负责？”柯诗新示威似的举着手机，“跟你传绯闻，太影响我形象了，广告公司都要和我谈违约费了。我不能这么白吃亏，你得当我女朋友！”

梁夏看傻子似的看他，“你就差那几块钱啊？”柯诗新瞪着她，梁夏又说：“还是你在借机占我便宜啊，人家追求人都是鲜花戒指下跪表白的。你想靠着记者一张照片弄假成真，我可没法答应。”

顾远嘉也觉得是这个道理，可一想柯诗新身上顶着的那一大串代言，又觉得他确实有点吃亏。人都还没追上呢，就被她的黑名声影响了。

“诗迷会”那些小姑娘，骂起人来就跟装满火药的大炮似的，射程与杀伤范围兼顾，顾远嘉作为黑镰之刃的中继投手，也不是没领教过。简直如蝗虫过境，寸草不生。

柯诗新还想再说什么，肖静林在屋里拐了个圈，拿了吹风机递给梁夏，“先把头发吹干了吧，我去给你拿点点心。”

柯诗新瞬间醒悟，对，他是来要“赔偿”的，可不是来吵架的。他暗暗劝慰自己要耐心要温柔，再要开口，梁夏摁下了吹风机的按钮。

“呼呼呼”的风声回荡在整个房间里，柯诗新一脸便秘相，眼睁睁看着肖静林出去了。

这家伙一定是故意的！对了，刚才他还拿着梁夏的房卡呢，一成年男人拿着他女朋……绯闻女友的房卡，怎么看怎么居心不良。

顾远嘉在边上憋得肚子疼，又觉得留梁夏一个人面对“绯海狗”实在太危险，四下一张望，把自己窝进沙发里。队长真是太厉害了，一个吹风机就把柯诗新的杀气给扼住了，鲜明对比下还显得特别体贴特别温柔。梁夏这人就是吃软不吃硬啊，果然知己知彼才能百战不殆。

梁夏吹了两下，见柯诗新不说话，主动催促：“你接着说呀。”风声肆虐，柯诗新没听清，只好提高嗓门问：“什么？”梁夏也提高声音：“我让你接着说！”

接着说……这么大风声，他要怎么表现温柔？而且顾远嘉那家伙还蹲边上，黑镰这几个人全不是好东西！柯诗新挫败地在床沿坐下来，“你赶紧把头发吹干！”

梁夏于是安静地转头吹头发去了，呼啦呼啦，刺猬一样的短发很快变得蓬松柔软。柯诗新赶紧站起来，梁夏又说：“我还得换个衣服，你们出去下呗。”

要温柔，要体贴……柯诗新忍耐着和顾远嘉一起走了出去。梁夏冲两人笑笑，“咔嚓”一声关上房门。顾远嘉瞅瞅柯诗新，摸出手机玩微博。柯诗新瞥了一眼，居然看到了自己的主页，再一瞥，全是那群疯狂的小女孩粉丝的留言。

头疼——

肖静林拿着点心回来时，他们俩还跟门神似的在门口站着：“怎么了？”顾远嘉收起手机说：“梁姐换衣服呢。”

肖静林“哦”了一声，柯诗新迅速挡住门，“别开门啊，她正换衣服呢。”肖静林好脾气地笑了笑，“我和小夏认识那么多年了，她不介意的。”柯诗新跟吃了苍蝇屎似的恶心：“现在不一样了吧，我和她……”

“她有答应你？”

柯诗新结巴了一下，反驳：“那你也管不着，少跟我这儿挖墙脚。”顾远嘉都有点被他的无耻惊到，挖墙脚的明明是你吧柯诗新！

房门终于开了，梁夏换了件灰色的卫衣，宽宽大大，连胸都不显，果然又是以前扮男人时候穿惯的衣服。肖静林和顾远嘉倒是很适应，一个把点心递过去，一个继续找角落窝着，只有蓄力了很久的柯诗新有点难以启齿。

刚才那样还有点女人味，现在这样，总感觉自己误闯了黑镰之刃更衣室似的。人家队友之间相亲相爱，自己单枪匹马杀进来逼良为娼……啊呸！柯诗新深深地鄙视了自己一下。

梁夏一边吃东西一边随手把东西往箱子里塞，说："柯诗新你还有什么事儿？"顾远嘉淡定地盯着手机，余光往这边扫了扫。肖静林靠在电视墙边，一手插兜，一手拿着梁夏的手机在那按着什么，不冷不热地看了柯诗新一眼。

柯诗新真真切切感觉到自己被欺负了，黑着脸想发火又觉得发不出来，憋了半天才说："我一直都挺喜欢你的，我……反正都这样了，咱们就一起试试吧。"

梁夏又咬了一口点心，点头，"行啊，试试呗。"

顾远嘉有些惊讶地抬起头，肖静林也微微挺直了背脊。柯诗新自己也愣了一下，反应过来后脸上就有了笑意："那……"他往前走了两步，一时间居然有点尴尬，脸也难得地烧了起来。

梁夏咽下嘴里的东西，十分友好地主动拥抱了他一下，"那就这么定了，你们马上要去台北了吧，比赛加油！"柯诗新被她在背上拍了那么两下，觉得后背心也热了起来，又烫又痒，想躲却又有点舍不得。鼻尖全是她身上沐浴露和洗发水的清香，他恍惚着点了下头，说："你要不要一起去？"

梁夏放开他，笑了，"我就不去了，到时候看直播。"

柯诗新也想起了她的尴尬身份，又觉得她这样轻飘飘的应答十分的草率，可再一回想自己刚才，也没什么立场指责，于是便觉得应该拿实际行动盖个章定个约。他往前迈了一步，才微微低了低头，顾远嘉非常不合时宜地干咳出声。

柯诗新愤怒地瞪了他一眼，意外地发现肖静林不知什么时候不在了。

柯诗新是要回 C 市的，两岸对抗赛即将开幕，绯海这些参赛队伍的秋训就推后了，全力为比赛做准备。

成人赛事里，两岸对抗赛、城市排名赛与棒球锦标赛一样，都是国内职业棒球形成前就已经存在的年度大型赛事。联赛的大部分运作模式还是参考国外的成功范例，如常规赛与季后赛就对应着美国 MLB 的常规赛与季后赛，MLB 的全明星赛在美联与国联的冠军队之间决出胜负，并决定世界大赛的主客场；而国内的全明星赛则由大陆棒协从所有职业球队中选出优秀球员组成代表队，与台职的代表队对决，比赛结果决定同年两岸对抗赛的主客场。

棒球项目退出奥运会之后，在全运会前举办的锦标赛也逐步消亡，城市排名赛的改制则还朦胧一片。这样一来，两岸对抗赛的分量就重了不少。柯诗新虽然有心要多发展感情，到底不能不顾及赛前训练，跟着袁森一起赶了回去。

满天星从来都是与这种大型赛事无缘的，秋训时抽个空找春天打个热身赛顺便赚点小钱也不算什么，比较耐人寻味的就是淮云了。

作为今年的冠军队，主教练季琛带着几个先发主力匆匆而来，匆匆而去，被热情的球迷们围着跑了一圈，包厢都没进就回去了。要不是有柯诗新恋情曝光这个大八卦在这儿，季琛这次肯定是要上头条的。

一样要参加比赛的其余两支球队，猎风和飞扬之梦就低调得多，猎风压根没人来凑热闹，飞扬之梦则直接走了满天星的后门，没到比赛结束就提前离场了。

春天棒球队对这次的比赛结果十分满意，孟小运更是斗志昂扬，上了飞机也不安稳，不断地打扰张小春看八卦："张哥你觉得我水平是不是进步了不少？你觉得我可能被哪家看上不？我就感觉绯海那个袁森吧，经常瞅着我看，还有满天星那个老板，一直冲我笑……"张小春嘀咕："柯诗新没跟上来？梁夏边上坐着谁呀？"

孟小运飞快地瞥了一眼，"肖静林啊，柯诗新回C市去了。"张小春"嗯"了一声，心想梁夏真的在跟柯诗新谈恋爱？可他觉得她跟肖静林更亲密啊，刚才餐车过去，她还给肖静林拿吃的。

前面的赵美女受不了了，猛地扭过头，"你们有完没完，三八兮兮的，大男人跟女人似的八卦。"她今天起晚了，没来得及折腾大浓妆，刚才上飞机时候就把大家吓了一跳，居然还真是个素颜美女！方梦还认出来，她曾经拍过一个脚气广告。

面对初次展露颜值的赵美女，张小春十分忌讳地往后靠了靠，一副好男不跟女斗的架势。孟小运倒是不忌讳："你生什么气嘛，你昨天跳了半天，有没有什么广告公司、电影导演找你呀？"

赵美女鼓着腮帮子坐了回去，答案不言而喻。

"年轻人不要着急呀，"孟小运侃侃而谈，"真的生活有困难，跟哥做生意去嘛。"

赵美女沉默了一会儿，问："什么生意。"

"食品行业啊，零售行业啊，我涉猎还是不少的。"

赵美女将信将疑地瞄了他一会儿："工资怎么算？""多劳多得啊，"孟小运十分大方，"你直接入股嘛。"赵美女陷入了沉思。张小春几次想开口，到底还是忍住了。油炸串和煎大饼确实算食品行业吧，摆地摊卖内衣内裤小饰品什么的……也算零售行业没差。跟着孟小运，不但能提高整理行李的速度，还能锻炼短跑，强身健体。

最后还是方梦不忍心，把真相告诉了赵美女。

"孟小运你就一推车卖大饼的还让我入股？你想让我买你那个车还是买你的铁锅！"

孟小运倒是一点儿不害羞："你思想干吗那么局限，入股就是把原来的东西分一分？你就不能再买一套跟我后面拓展规模？不然也可以我卖吃的你卖喝的，叫作什么来着，对，一条龙服务！"

赵美女眼神死寂死寂的，直接把眼罩戴上了。

下了飞机已经晚上快天黑了，肖静林去的时候十分土豪地把车子寄放在机场，几个姑娘都沾了光，不用和男人们一起去排出租车挤地铁。

梁夏理所当然地坐到了副驾驶座上，韩颂主动让位去打车，留下顾远嘉挤在方梦边上。方梦坐那儿嘴唇都哆嗦了，偏偏赵美女还一个劲儿跟顾远嘉套近乎，嘻嘻哈哈满车都是她的声音。

肖静林在飞机上睡了半天，这时候倒是精神了，一言不发地认真开车。

顾远嘉很想找机会跟梁夏的新徒弟套套近乎，可方梦胆子实在太小了，他冲她笑一笑都把她吓得跟炸了毛的肥猫似的。眼看就到黑镰的宿舍了，顾远嘉摸出手机和赵美女交换联系方式，又十分"随意"地也问了方梦的号码。

顾远嘉先到家，接着是方梦，最后车上就只剩下三个人了。肖静林斟酌了半天还是称呼了赵美女的英文名："Scalett，你住哪儿？"赵美女这几天都被"美女"、"美女"的快喊出阴影来了，难得听到这一声熟悉的称呼，眼泪都要掉下来了，"我房租刚到期，跟梁夏姐说好了，去她那儿蹭一晚上。"

说完，就见肖静林的眼神黯淡了下来。赵美女还是挺会察言观色的，再一想这几天发生的事情，立刻就有点明白了。

宁拆十座庙，不毁一桩婚啊。她悄悄摁开手机播了一遍铃声，装模作样地接起来，“啊，王导演啊，你找我什么事？哦哦，晚上有个酒会，要我参加，你来接我呀，那行——肖先生，你就把我在这儿放下吧，我临时有点节目。”

肖静林感激地看了她一眼，赵美女便机灵地下去了，留下一堆行李，婷婷袅袅地挎着小包走了。

车内一时安静下来，梁夏的打火机给机场收缴了，干巴巴地嚼着口香糖，手指有一搭没一搭地摁着手机。肖静林瞄了她一眼，“你和柯诗新，不是认真的吧？”

梁夏吹了个不大不小的泡泡，“算吧，反正也闲着。”肖静林又沉默了，梁夏咬破泡泡，“老肖你就别操心了，柯诗新也未必多认真。”肖静林“嗯”了一声，看着车外的街道有些发愣。

车子沿着环城线开到十字路口，再进入转盘，兜兜转转，缠缠绕绕，终于绕到了梁夏家楼下。肖静林把车子靠到了路边，“小夏，我……”梁夏的手机响了起来，她一边按下接听，一边拉开了车门。路灯的光一下子从车侧猛灌进来，把她刚刚坐过的位子照得发白，也照得肖静林眼睛一阵刺痛。

他看到她拿着电话隔着车窗跟自己摆了摆手，往后面走去。后备箱被打开，魏冬的身影出现在楼道口，行李一件件被搬空了。

肖静林默默地下了车，看着空荡荡的后备箱被关好，重新隐入黑暗之中。他觉得自己，也像被掏空了一般。

第九局

新队友

回来后第一次集中训练，梁夏给春天每个人都发了肖静林家附近那家打击馆的会员卡，连作为后勤人员的赵美女都有份儿。

孟小运十分兴奋："哎呀那地方我知道，门口拐角处经常有个大妈卖烧仙草，杯子特别大。"赵美女迅速离他远了好几步，冷不防肩膀给梁夏搭住，"要团结，怎么能这么孤僻呢？"

张小春也跟边上搭腔："就是，好好一姑娘，成天把脸画得……"他话还没说完呢，赵美女狠狠地瞪了过来——凭良心说，她今天的妆还真不算夸张，起码没有贴那吓死人的假睫毛。

梁夏扔了烟头，"先做基础训练，热身之后分组，第五局上半局的情况都还记得吧？咱们今天就把那部分比赛内容复习一遍。"

大家都应了一声，只有赵美女没答话。梁夏冲她笑笑，"看不懂也没事，尽量把球接住就好。"说完，捡起一只棒球手套扔了过来。赵美女下意识接住，叹了口气，跟在队伍的末尾慢慢跑了起来。这几天，她也看明白了，春天这个破队伍，要钱没钱，要资源没资源……

她前面的方梦很快喘着粗气落到了她后面，运动衫背上渗了大片的汗渍出来，呼哧呼哧看着吃力极了。赵美女和她一起聊过天，知道她今年23岁，平时在家接单子做设计，所以自由安排的时间特别多。尤其和满天星打完比赛之后，一有空就往梁夏家跑，黏人得可怕。

赵美女放慢了脚步，方梦冲她感激地笑了笑。赵美女嘟囔，“方方你那么喜欢棒球……可再努力也比不过梁夏姐吧？”方梦的眼神有点疑惑，赵美女接着说：“连她都被赶出来了，你再努力也打不了职业赛呀。”方梦的脚步有了一瞬间的停滞，没再看她，只是埋头继续跑步。

赵美女觉得自己挺残忍的，但还是跟了上去，“生气了？我就是实话实说，我感觉梁夏姐也挺自私的，自己想打比赛，就死命地催着你们训练。”

“我们……”方梦到底还是停下了脚步，胸口急剧起伏，语气愤怒里带了点骄傲，“我们会有自己的女子棒球队的！”赵美女的眼睛蓦然一亮：“女子球队？谁说的？梁夏姐？”

方梦点头，赵美女高兴起来——她记得罗松那天晚上还问梁夏有没有合作搞女子球队的意向，罗松那么精明的人，肯定是看到了商机才会开口的吧。

女子球队，听起来噱头倒是挺大的，不过女性竞技商机似乎不大呀，罗松打什么主意，梁夏又打什么主意？赵美女一边想一边游刃有余地超过了方梦，跑到了刘辉的后面。这支球队就3个女人，方梦太胖，梁夏过于超越性别，最闪亮的就属自己了。这么短短几分钟时间，她已经把自己放到大型比赛开幕时的开球嘉宾位置幻想起来——美国总统还给MLB开球呢，要是能拿到这种机会，也是很不错的。

赵美女的“我最闪耀梦”只来得及做满一个上午。

早上训练结束，梁夏趁着众人士气大振，带着全队人马去打击馆练习击球。经过肖静林家附近，梁夏烟瘾突然犯了。方梦还没赶得及献殷勤呢，梁夏就摇下车窗冲着一家不起眼的小超市喊了声：“小筠，给我拿包烟！”

等那“小筠”一出来，赵美女迅速发现车上的孟小运等人齐刷刷化身为狼了，连开车的张小春都看直了眼睛：“美女！”梁夏也愣了：“哎，小筠今天不上班？”

美女穿着单薄的休闲棒球衫，蹬着帆布松糕鞋，走起路来黑色长马尾跟丝绸似的在空气中“流动”，声音也清爽干脆：“我是她姐姐。”

梁夏往小超市一瞥，果然看到小筠从窗户里探出头来羞涩一笑。车里的众人又是一阵低呼：“那个也好清纯！”梁夏给了钱，美女却没马上走的意思，涂红指甲的手指搭在车窗上，“你是梁夏吧，我看了你们和满天星的比赛，好棒！”

梁夏“哦”了一声，把头半探出车窗外，“你也喜欢棒球？怎么称呼？”美女从手边的小包里掏了名片出来，梁夏接过来看了看，“朱璇，美容师？”

朱璇点点头，“我以前读书时候打过棒球，听说你们现在在招人？”

“打过什么位置？”

“第五棒，守备位置是右外野手。”第五棒，也属于强打线了。

见梁夏还一副沉思的样子，朱璇又加了句：“你们不相信的话，我把小筠喊出来作证。我经常听她说起你，所以才……我都在这儿等了好几天了！”

梁夏苦笑着摇头，“我是在想，这车怎么才能再塞下一个人。我们正要去打击馆，你要是想参加，最好就跟我们一道去看看——是吧，队长？”

张小春红着脸嗫嚅，这才是美女啊，女选手免费，主要就是针对这种情况嘛！

朱璇的眼睛亮了，“打击馆，是指附近新开的那家？”梁夏点头，朱璇笑起来，“我认识路，我自己开车过去吧。你们先走，我马上来！”说着，就要往超市跑，梁夏喊住她，把自己手机号报了过去。

一车人除了赵美女都沉浸在喜悦里，广而告之，果然就有人“慕贤而来”了呢！

朱璇的车子是辆火红的双人座跑车，人美车靓，闪着车灯蹭到张小春的车边上，甜丝丝地问梁夏：“姐，你要不要坐我这边来，好多问题想跟你请教呢。”

香车美女！还嘴甜！张小春不由自主幻想了一下她喊“小春哥哥”该是什么样的语气。方梦也羡慕地隔着车窗瞅她。她都只敢喊“小夏姐”呢，才第一次见面，就称呼得那么亲热了！好羡慕好嫉妒好佩服！

赵美女眼刀霍霍，恨不得拿眼睛瞪爆跑车的车胎。最好连人带车都被爆去外太空！

真是人怕出名猪怕壮，难得她想出这么个另辟蹊径闯出名的路子，苍蝇这么快就闻着屎味来了！

梁夏笑眯眯的，“这车不错，一辆顶得上你五六辆了吧，队长？”张小春怒踩油门。然后又听梁夏自言自语似的嘀咕：“不知道水平怎么样。”

方梦十分紧张地瞅着她，那眼神就跟怕被抛弃的流浪狗似的。赵美女嗤之以鼻，内心也有点惶恐，自己果然还是得走视觉系，这个年代就是视觉冲击抢占先机的时代。

一定不能输给这种后来者！

他们赶到打击馆，朱璇已经在门口等着了。梁夏对她是越看越满意，盘儿靓身高够，长腿长手，典型擅长长打的选手。

方梦小跑两步跟她边上，越看越觉得自卑，唯一庆幸的是朱璇不是投手，不过……万一投球也很厉害呢？

赵美女在车上稍微补了点妆，眼影浓了不少，站到朱璇面前，眼神极具杀伤力。张小春停好他那辆破破的商务车，跟孟小运等人也赶了过来。黄隆沙他们也到了，见了朱璇都一副惊艳的表情。

一直进到里面要选打击笼了，还有几个磨磨叽叽舍不得走的。梁夏瞄那几个家伙一眼：“再过去全是130公里/时以上速度的打击笼了，你们也要挑战一下？”大家这才散去。

朱璇挺熟门熟路地选了打击笼，梁夏一瞄牌子：140公里/时。赵美女和方梦都远远地站在了130公里/时的打击笼附近，张小春干咳一声，迈步走了过来。梁夏微笑：“队长练球？”

这“队长”两个字喊得一点诚意也没有，明知道他打不中还讽刺人！

张小春鼓鼓腮帮子，“我就看看。”梁夏没接腔，投球机已经开始发球了。第一球就是时速超快的正中直球，朱璇毫不犹豫地挥棒，果然击中。

张小春使劲扯了梁夏胳膊一下，梁夏盯着朱璇的动作，在张小春手背上安慰似的轻拍了一下。

第二球，击中；第三球，击中……打击笼边上不知不觉围了不少人，人美技术好，吸引力扛扛的！等人从打击笼出来，连梁夏都满脸笑容：“打得不错，玩几年了？”

朱璇笑得有点羞涩：“断断续续玩了十来年了，打过两年社会队。”

社会队，是相对于业余队里的学校队来说的。学校队能参加各种校际联赛，更有大学生联赛、青棒、青少棒的比赛可以打，社会队的比赛却少得多，当然禁忌也少。

春天棒球队其实也属于社会队，只不过是水平比较低、不大成功的社会队。一些规模较大的社会队，虽然及不上职业队伍，球队配置一般也比较完善，甚至还有专门的网站和训练计划。

丑闻事件之后，梁夏就挺关注本市的社会队的，闻言就问："哪支队伍？"

"风神翼龙。"

"冤家路窄啊！"张小春瞬间就激动了，"我们前阵子刚跟风神翼龙打过，怎么没见你？"

"我一年前退队了，"朱璇摸了摸耳垂，"工作比较忙，实在兼顾不了训练。最近有了点时间，就又想来试试。"

"那你怎么来我们这儿？"赵美女挑刺，"那个风神暴龙不好？"朱璇看了梁夏一眼，没接腔。梁夏却懂了她的意思，拍拍她肩膀，"眼光真好，你这个选择不会错的，风神翼龙早被我们爆成波斯菊了。"

肖静林从训练场回来，经过小区外面的超市，就见梁夏站一跑车边上，笑嘻嘻地和人聊着天。

他摇下车窗，喊了一声"小夏"。梁夏转过头，站她边上的两个女孩也扭头朝他看过来，一个是超市里的售货员小妹，另一个没见过，个子高挑，面容姣好，正亲密地挽着梁夏。

梁夏跟那两人说了几句，背着包朝着他这边走过来。

"你怎么来了？"

梁夏拉了拉包带子，"刚从打击馆出来。"肖静林示意她上车，"还没吃饭吧？"

梁夏拉开车门坐上来，肖静林把冰箱里剩的东西在脑海里过了一遍："菠萝炒饭行不行？"梁夏"嗯"了一声，指指后面，"看到刚才那女孩没？27岁，175公分，体重62公斤，擅长抽打，球龄14年，打过两年社会队。"

肖静林说了声"恭喜"，和她提起了元旦后便要开始资格申请的城市排名赛。

城市排名赛的赛制终于千呼万唤始出来，一如大家的预料，参赛球队不分业余队和职业队，一律按排名赛流程重新注册，球员不得少于12人也不得高于24人，至少需要一名教练，分差达到10分之后裁判团可商议决定是否终止比赛。预选赛一场定胜负，每个城市将有4个名额，进入二轮循环赛之后可适当进行人员增补，错过第一轮比赛的球队可通过官方渠道申请外卡。

梁夏瞅着肖静林，“你们参不参加？”肖静林点头，“参加。”

黑镰之刃的禁赛并不包括非职业赛事，按T城棒协的意思，甚至还希望他们能多多露面，带动一下参赛队伍的热情，也给自家球迷一点信心。和偶像一起打球，这个噱头可不是每个城市都搞得起来的。起码，要参加两岸对抗赛的绯海就搞不起来。

但是对于春天这样想在城市排名赛里打出点名气的队伍来说，这个噱头就十分蛋疼了。和黑镰打，结局只有一个字：输。

进了肖静林家里，梁夏就捧着红头文件在那琢磨漏洞了，“按地域报名，球队的地域要怎么归属？看球员的户籍？还是队长的户籍？”肖静林无奈了：“一共4个名额呢，你不是刚刚才找了个强打？”

梁夏摇头，“太冒险了，朱璇那强打是对着投球机练出来的，对付你们完全不够看，春天的训练节奏也不行，时间太短了，起码要撑到第二轮才能有起色。”

梁夏一边嘀咕一边翻文件，到最后直接翻出地图来找地方，“T城有强队，B城有强队，F城有强队……J城怎么样？”肖静林停下了削菠萝的刀，“哪里？”

“J城啊。”

“跨省了吧？”

梁夏“唔”了一声，没吭声。

米饭的香气很快在屋里飘荡，肖静林把菠萝切丁，又切了一些虾仁，梁夏一手插着兜，一手十分“顺便”地掂起菠萝块往嘴巴里塞。肖静林看得笑起来，把鸡蛋和玻璃碗塞给她，“帮我把鸡蛋打散吧，给你嫂子打过电话没？”

梁夏接过来“咔嚓”、“咔嚓”把蛋敲碎，拿筷子飞快地搅拌了几下，又掂了块菠萝。肖静林干脆拿小碗给她装了一些，还插了几根牙签上去，把蛋液和碗收了回去：“别给我添乱了，去客厅等着吧。”

梁夏定定地瞅着小碗，没接，又从砧板上拿了一块，“人就是比较贱，越麻烦反倒越想吃，都送到嘴巴边了，就没意思了。”肖静林愣了一下，梁夏已经把小碗接了过去，还顺手往他嘴巴里塞了一块，晃啊晃地出去了。

肖静林嚼了嚼，满口都是菠萝的清香，那天没能说出口的话，又一次到了嘴边。他放下玻璃碗，拉开推拉门，梁夏一手端着小碗，一手拿着电话，“台北下雨了？我们这儿晴空万里，天气不知道多好。”

他蓦然停下了脚步。

梁夏又说：“想你？想得不得了呢。”肖静林瞥了一眼窗外，还真有点希望马上能电闪雷鸣，暴雨如注。

下雨天，留客天。可惜老天爷一点儿面子也不乐意给，一直到他把炒饭做好，端上餐桌，也丝毫没有要下雨的意思。

梁夏一口气吃完一整盘，又盛了不少。肖静林对她的饮食习惯十分了解，“体重下降了？”梁夏一边吃一边点头，“掉得不多。”女运动员不比普通女孩，再爱美也要考虑身体素质对比赛的影响。捕手又是经常面对各种冲垒冲撞的位置，体重过轻就会是一个明显劣势。

“我们和淮云交换球员的事情定下来了，路明天来我们这边，小榕要走的事情现在还不敢公布，怕激起一些球迷的不满。”肖静林喝了口汤，斟酌了一下，又说，“你最近还是少和柯诗新联系吧，他那些球迷也挺疯的。”

“诗迷会”只用“挺疯”来形容的话，世界上就没有“疯癫”这个词了。他偶尔登上微博去看看，每天都能看到梁夏那主页底下的留言在三位数三位数地增长。要在那些留言里找几个好词都不大容易，要是汇编成集，估计能搞个吵架高手速成教材出来。梁夏就跟没事人似的，偶尔还发条今天天气如何的废话，专门给这些掐架狂们提供场地演练。

他这么一说，她也就很敷衍地点头，“他在台北打比赛呢，见不了面。”

“网上也少去逛吧。”

“行吧。”梁夏十分好说话，“电话是不是也得少通？”肖静林欲言又止地瞅了眼手机，话到了舌头尖，怎么也吐不出来。

要拿什么立场说？他凭什么阻止他们联系？说我一直喜欢你，你赶紧和他分手？他不知不觉晚了那么一步，却直接失去了立场。

吃完饭，梁夏自己拿了包要走。肖静林解了围裙，拿起钥匙，“我送你吧。”

梁夏摇头，肖静林却固执地跟了出来。两人一起进了电梯，梁夏无奈叹气，“你一直那么照顾我，我要拿什么还你？”

肖静林眼睛一眨不眨地看着她，暗暗握了下拳，“不都说捕手是投手老婆嘛，老公照顾老婆是应该的。”梁夏一愣，失笑，“我都不是黑镰的捕手了，你再照顾我也回不去了。”

电梯里静悄悄的，楼层不断变幻，很快就到了地下室。梁夏刚要抬脚，肖静林抬手摁下了关门按钮，铁门便又晃悠着重新合并：“你明明知道我……柯诗新可以，我就不行？”

梁夏没搭腔，肖静林有些徒劳地在电梯门上撑了一下，松开手。电梯按着程序设定自动从地下室升到了一楼，门再一次打开，又合上。

他站着没动，梁夏也陪着他站着。他等了又等，她却始终没有出声。连一句类似于“行啊”、“试试啊”的话都没有。

惨白的灯光打在身上，一丝温度也没有。肖静林自己也觉得有些可笑，目光从她平静无波的脸上挪到上方的灯罩上，努力控制着不让自己失态：“我们认识这么多年了……”

他只说了这么一句，就说不下去了，嘴唇紧紧地抿着，抓着扶手的关节发白发青。那个经常带着护具在对面冲他打出各种手势引导的少年果然已经不再是他的捕手，投捕如夫妻，却并不是真正的夫妻。就是在黑镰，也并不只有他一个投手。

梁夏低着头没敢看他，一直听到电梯再一次震动着将要升起了，才抬手摁住了开门键。肖静林的手就垂在边上，握着拳，沉默如磐石。

门慢慢滑开，她含糊地说了句“没事我就先回去了，你也早点休息吧”，就抬腿走了出去。

天色已近黑，楼道里的灯亮了起来，电梯门却缓缓合上。肖静林靠着轿厢，慢慢闭上了眼睛。他们太熟悉了，不说出口是拒绝，说出了口，一定也还是拒绝吧。

明刀子和暗刀子一样的伤人，可起码还留着一点儿希望。他终于还是不甘心，也终于要到了结果。爱不爱这种事情的原因，怎么可能有答案呢？

问到一个结果，也算不枉搭档一场。

梁夏一进门，于雨就凑了上去，“身上这么大烟味，干吗去了？”梁夏讨好地笑笑，“我哥呢？”

于雨冲书房努努嘴，“在里面呢。”梁夏放下包要往里走，于雨拉住她，“晚饭在小肖家吃的？”梁夏含糊地“嗯”了一声，于雨不依不饶，“你们到底怎么回事，你跟他……是那个关系吧？”

梁夏好笑地看着她，“哪个呀，嫂子！”“不是？”于雨狐疑地看她，梁夏摇头。

“真不是？”

梁夏揉了揉太阳穴，“新闻你不也都看到了？照片都有了，我是那种脚踏两只船，三心二意的人吗？”于雨的表情说不出的惋惜：“你跟小肖多好，柯诗新一看就不是什么好东西。”梁夏摊手：“我就喜欢坏东西呀。”

于雨瞪着她，“真话假话，你会喜欢柯诗新那种人？他打个球都那么暴力，没准会打女人的！”梁夏给她逗笑了，“不试试怎么知道合不合适——哎，我找我哥有事，嫂子我等会跟你说。”

于雨长长地叹了口气，被她拖着走了两步，苦口婆心地劝：“小肖多好，放弃了多可惜！”

梁夏实在挣脱不开，只好老老实实回答：“他太认真了，我没那份心，试不起。”于雨愣住，梁夏趁机挣脱，一溜烟进了魏冬的书房。

魏冬歪在电脑桌前，屏幕上全是各种乱七八糟的代码。梁夏把门反锁了，打开窗户，熟练地从书架底下掏出只烟灰缸，再把书桌清理出一小片空地，一屁股坐了上去。

魏冬皱着眉头瞅着她，“发什么疯，小雨在呢。”梁夏叼上烟，“啪嗒”一声拿打火机点上，“你别抽不就行了？陪我说会话吧。”

“你让我看着你抽？”

梁夏用不断升起的袅袅白烟给了他肯定的答复，魏冬瞅了眼门口，狠狠地灌了一大口水。

“有话快说，说完赶紧走，抽二手烟对身体多不好你知道吗？”

梁夏不吭声，只是一根接一根地抽。魏冬实在忍得难受，也抽了一根出来，使劲嗅了嗅，“妹啊，到底怎么了？”梁夏瞥了眼他的电脑屏幕，“你说我怎么就不喜欢肖静林呢？”魏冬捏着烟的手登时就一抖，“你不乐意喜欢，谁还能逼你啊？”

梁夏弹了弹烟灰，“我挺乐意喜欢的啊，就差逼自己去喜欢了——”她沉默了一下，凑到她哥哥面前，“哪怕靠这么近，也完全不会脸红心跳，就跟看着你似的。”

“我怎么了？”魏冬不高兴了，“我长得比他帅多了！再说了，你什么时候脸红心跳过？”

梁夏叹气，一根烟又烧到底了。

魏冬看着眼馋，到底还是把烟塞嘴里去了，一脸舒爽地眯着眼睛，“肖静林要是让你戒烟，你戒不？”梁夏点头，魏冬笃定地表示，“那你肯定对人家有意思啊，我就为你嫂子戒烟了呢。”

梁夏瞅着他叼嘴里的烟头冷笑，魏冬干咳了一声：“我是指明面上戒烟。”

“我还宁可他让我戒烟呢，我保证明面上暗地里都戒——可他从来也不提。”

魏冬赞叹：“多好一人啊。”梁夏也点头表示同意：“所以啊……要你你喜欢不？”

魏冬拿恐怖的眼神看她，“我男的！”

“假装一下嘛。”

“我又不是你。”

梁夏于是又叹气，“我要是男的就好了……”

魏冬翻了个白眼，这话从小就听她挂在嘴边，这么多年了，居然还惦记着。他努力回想了下肖静林的样子：“那你跟我说说，到底为什么不喜欢？”

他记得肖静林也就比她大个两三岁，虽然比不上柯诗新五官精致，怎么着也算斯文儒雅。

想到绯闻妹夫柯诗新，魏冬恍然了：“你就是喜欢长得漂亮的！”梁夏郁闷地跳下桌子，叼着烟走到窗户边，柯诗新她倒是真不讨厌。人家长得确实好啊……

但是想起肖静林刚才那失魂落魄的模样，她又挺不忍心的。她要是男的，那大约就没这样的苦恼了。

魏冬顶着满下巴的胡楂儿跟她边上站着。

天气越来越冷了，小区下面的榕树叶子几乎落完了，光秃秃的枝丫叉在半空，被夜风吹得不住颤动。魏冬打了个喷嚏，见梁夏一直盯着那棵树看，不知为什么就想起了父母出车祸的那个傍晚。兄妹俩背着书包，一齐在医院走廊上等待，开始时死死地盯着紧闭的手术室大门，后来就开始数医院花坛边的树丫杈。

那天之后，“家”这个概念就从 4 个人变成了 2 个人。他现在有了于雨，当然也希望妹妹能找到合适的人。

魏冬拍了拍她肩膀，“真不喜欢咱们就算了，又不欠他的。”梁夏乜了他一眼，半晌，露出个淡淡的笑容，“就等你这句话呢，我回屋了。”说完，把烟头掐灭在他手里的烟灰缸中，打开门出去了。

于雨很快跟了过来，魏冬收拾不及，给她劈头盖脸地骂了一顿：“你不是说为我和未来的宝宝戒烟的？你的决心呢？”

张小春愣愣地看着梁夏在地图上标红的地方，“换地区报名？”梁夏点头，一副理所当然的样子。张小春直觉不靠谱，连黄隆沙都不是很赞同：“上次的事情闹那么大，谁都知道我们是 T 城的球队呀。”

梁夏咋舌，“那又怎么了，只要当地肯收报名表，接受注册，就没有问题。J 城没有什么好球队，竞争压力小——还是，你们想和黑镰抢名额？”

张小春被说得心动了，梁夏四下看了看，“小运和美女哪去了？”黄隆沙笑笑，说：“卖早餐去了。”梁夏扭头，“卖早餐？”黄隆沙点头。

这两人，还真的一起干了？

春天的训练明显比以前紧了很多，按梁夏的意见，基础练习的比重增加了不少。蹲起、仰卧起坐、引体向上、4000 米慢跑等枯燥的练习比传接球练习占用的时间还多。

至于打击练习，也是全体都要参加，连刘辉这样已经没什么进步空间的板凳球员也一有空就往打击馆跑。服装、球鞋、手套也全都是要损耗的，长此以往，不但影响到大家的本职工作，经济上的负担也会越来越大。

赵美女娱乐圈才刚迈进去半只脚呢，最近又没接到什么活。跟着春天众人买完球衣买装备，钱很快花得七七八八了，不得不放下架子，想办法赚钱。

梁夏又去找方梦，方梦正在甩毛巾练习投球准确性。她忍不住皱起了眉头，“方方，你的蹲起练习做完了？”方梦擦了擦脸上的汗渍，有点不知所措：“我……我控球还不大好。”梁夏叹气：“心急吃不了热豆腐，先把蹲起做了，哑铃和背卧撑也不能偷懒。”

投手要投球，下肢力量是非常重要的，方梦球速虽然不错，却总是习惯利用上肢力道来投掷。梁夏掂了个球，把黄隆沙也喊了过来，“你们看我投一遍，注意看我怎么用力。”

黄隆沙和方梦用的都是四分之三投球法，这也是肖静林经常使用的投法。

四分之三投球法上手容易，对肩膀的损耗小，坏处就是用的人多，击球员熟悉这种投法也更适应这种投法。这种投法球路较之高压式投法变化少，对身形高大的选手水平有所限制，球速也不如高压式投法。

肖静林早期常用四分之三侧肩投法，后期因为身高原因改用四分之三高压投法。虽然牺牲了一定球速，但肩膀压力小，损耗也降低了，能保证比赛后半段的球速。

但他几乎可以算国内速球派选手中顶尖的选手了，那点牺牲下投出的球速度依然笑傲国内棒球圈，对击球员的威慑力还是非常大的。

黄隆沙徒学其形，用的虽然也是四分之三高压式投法，球速远远跟不上不说，控球能力也不足，在这次和满天星的比赛中缺点暴露无遗。

方梦因为身高的缘故，用的是肖静林早期的投法——四分之三侧肩投法，她最大的优势就是左投，平均球速也勉强及格，但对付右打就非常吃力了。

梁夏最先演示的是四分之三侧肩投法，出手角度有些类似传统的侧肩投法，站在她正前方的黄隆沙和方梦两人的直观感受也各不相同。黄隆沙和梁夏的惯用手一样，这时就觉得球简直从背后冲过来似的，一点儿办法也没有。方梦惯用左手，想象了一下自己如何拿着球棒打击，倒觉得还好。

梁夏活动了下手臂，问他们：“感觉怎么样？”黄隆沙摇头，“太刁钻了，我肯定打不到。”

方梦听他这样说，也跟着扭扭捏捏地表示：“小夏姐真厉害。”梁夏扯了下嘴角：“你不是右打，应该没那么困难吧？”

方梦“吭哧吭哧”说不出理由，梁夏便说：“这样投，是对付和你同样惯用手的击球员，左投对付左打，右投对付右打，接下来是对付相反惯用手的投法。”

仍旧是四分之三投法，也仍旧是侧肩出手角度，却是个速度不慢的变速球！

这一回，轮到方梦揪心了。球简直是从她的内侧拐到外侧的，速度要是再快一点，简直鬼魅一般可怕。

梁夏的表情却有点讪讪的，摸摸鼻子，“哈哈哈哈，没控制好，球速本来应该再快一点。”黄隆沙机灵，迅速看出这个是顾远嘉的投法……不，也不对，速度再快一些的话，应该是根据肖静林的投法改动来的。肖静林的球速实在太快了，一般难打的球到了他手里，就变成了十分难打的球。毕竟，是连续两届被选为全明星赛先发投手的明星球员。

接下来是黄隆沙习惯的高压式出手角度，黄隆沙看着很有点五味杂陈——如果说刚才是顾远嘉式的投法，现在就是肖静林的慢速复制版了。梁夏显然更加熟悉也更加了解肖静林的技巧，起手动作，蹬腿方式，乃至手臂和下肢的施力，完完全全是肖静林的翻版。

去年，T 城的大联盟棒球乐园曾经举办过“模仿最喜爱的球员”大赛，一大群球迷排着队模仿肖静林投球。要是让她去模仿，大赛奖品肯定手到擒来吧？

不过话说回来，倒是好几天没见到肖静林了。

黄隆沙正乱七八糟地想着，球场门口突然传来赵美女的一声大喝：“有没有人还没吃早餐的？”梁夏等人扭头去看，就见赵美女拎着个套了好几层的塑料袋，后面跟着脸颊肿了一圈的孟小运。

黄隆沙吃了一惊，张小春提高嗓门，“小运，你脸怎么了？”孟小运摸了摸红肿处，“没事，给狗咬了一口。”

赵美女白了他一眼，愤愤地：“我们遇到风神暴龙的队长了，他……他说我们就知道捡他们风神翼龙不要的货，还说……说朱璇是出来卖的，价格太贵，我们消费不起。”

出来卖的？！大家都是一副被雷劈了的表情。

事情要从赵美女和孟小运在学校附近遇到李霖说起。孟小运虽然不屑和城管打交道，可是职业敏感性和智慧都是扛扛的，当场就收拾东西打算撤退了。赵美女初生牛犊不怕虎，收拾起来就难免有些不情不愿，嘴巴也不干不净讽刺了几句，冲突就那么发生了。

赵美女可是一见面就能冲人甩巴掌的主儿，登时就甩了假发冲了上去，撒泼打滚无所不用其极。孟小运也是讲义气的人，眼看自己队友身陷敌营，也只能精卫填海……啊不，两肋插刀，冲了上去。

孟小运一边形容一边拿眼神瞥赵美女，她一脸傲气，丝毫不觉得自己有错。梁夏瞅着两人眨巴了下眼睛，“一共罚了多少钱？”孟小运叹气，赵美女也终于垂下了头。

“我这种层次的人，根本不适合去摆摊。”赵美女嘀咕。孟小运一把夺过她手里的塑料袋，“那就别吃我的东西！”

张小春心里荒凉极了，好不容易以为来了一正常美女呢，结果居然是个失足妇女。怪不得妹妹在小超市苦哈哈做店员，姐姐却穿名牌开跑车，拉风至极。朱璇要真的是干那行的，一切就解释得通了。

张小春悠悠然感叹了一句：“好不容易多个强打呢，这就没有了。”梁夏奇怪：“怎么没有了？”张小春怔住：“不把她踢走？”

赵美女更是添油加醋：“她没准全身上下都是病呢！”梁夏把她脑袋上那顶乱糟糟的假发扒拉了下来，“就算都是病，你别去消费不就好了？只要她球打得好，管那么多干嘛。”

孟小运转了转眼珠子，“梁姐你不介意？”梁夏拍拍假发上的尘土，“我干吗要介意？”

孟小运于是嘀咕：“我也不大介意，我觉得她不会有什么病……”话没说完，就被张小春踢了一脚。

赵美女很不甘心，继续游说：“可她肯定是有目的的吧，做……做服务行业好好的，干吗来咱们这里，企图可怕！”

梁夏乜了她一眼。“企图可怕哦。”赵美女嘟着嘴巴不出声了。

朱璇到下午才有空来球场参加合训，朱�姑娘也跟着姐姐来了，一脸兴奋地坐在观众席那边。可没看多久，她就多多少少感觉到了一丝异样。

梁夏和孟小运还好，其他人总有点情绪的，连黄隆沙都不由自主离朱璇远了那么一点儿，投球时候一脸严肃，就差赤眉瞪眼了。老黄同志是正人君子，对这种职业的女性还是有点想法的。

朱家两姐妹隐约猜到了，休息时就一起坐角落里默默不出声。朱筠帮姐姐把毛巾收拾好，眼眶渐渐就红了。朱璇拍了她脑袋一下，“哭什么？”

朱筠蚊子似的嘀咕：“他们……太过分了。”

“你以前不也不爱搭理我？”

“可你都已经改了。”

朱璇没吭声，半晌，起身说：“做过就是做过，总不能什么好事都占全了，那不是做了婊……”

“姐！”朱筠声音猛然大起来，引得方梦都扭头来看，一脸吓到的表情。

朱璇笑着挥手，“没事，我妹妹看我打球太兴奋了呢。”她话刚说完，梁夏冲她招手，“下来，让小筠也一起来。”

姐妹俩对视一眼，心里都有点忐忑，但还是一起从观众席边的水泥梯子那下去了。球场上有风，梁夏正拿着运动水杯喝水，“朱璇你等会试着打打方方的球——方方，早上那个投法，还记得吧？”

方梦点点头，瞄了朱璇一眼，很快转开了视线。梁夏又向朱筠道：“跟你打听个事，这两天见着肖静林了吗？”朱筠一愣，“见过啊，他每天都晨跑。”梁夏“哦”了一声，朱筠想了想，又补充说：“他最近还经常来店里买烟，就你常抽的那个牌子。”

梁夏点点头，拿着毛巾往洗手台那边去了。方梦瞅着梁夏的背影看了一阵，忍不住问朱筠：“他们……吵架了？”

朱筠摇头，“我哪儿知道呀。”

第十局

两岸对抗赛

两岸对抗赛终于开幕，淮云是新料冠军，绯海这样的老牌劲旅也依旧风头不减，不少球队都专门调整了训练时间以便球员观看直播。

春天棒球队本来就是球迷组成的社会队，对重大赛事的热情当然也高，梁夏就把人都给招呼到家里来了。十几个人挤进小小的客厅里，连沙发扶手上都坐满了人。于雨热情地给大家切水果倒饮料，魏冬只探头朝客厅瞄了一眼，就缩回了书房里。

孟小运激动地扯扯张小春，“队长，真正的魏冬哎！”张小春其实也很激动，面上倒是不动声色，掰开他死拽着自己胳膊的手，“丢不丢人，什么叫真正的魏冬，打球的那个才是吧。”

正说着，于雨又端了一盘哈密瓜过来。张小春默默感慨，这就是在男球迷当中人气极高的“魏嫂”啊！成功“男人”背后的女人，默默支持“魏副队”多年，风雨无阻包接送的好女人呢！

可惜“魏冬”其实是个女人假冒的，“魏嫂”包接送也是为了帮着自家小姑子隐瞒大众……还有那个真正的魏冬，居然连基本的棒球知识都不大懂。

真相就是这么残酷，现实就是这么骨感。

热闹的开幕式开始了，大家开始寻找大陆这边的四支球队。毕竟不是东道主，镜头给得不多，柯诗新的脸倒是被重点照顾了下。长得好就是占优势啊，赵美女都有点发花痴："柯诗新真是太帅了！"

淮云那边，路明天还是出场了，温小榕也并未出现在淮云的队伍里，转会要等到元旦之后。

负责这次开球的是一对双胞胎女艺人，俩姑娘特地穿了清爽的上衣和低腰裤子，不大标准的投球姿势让上衣衣摆缩起，露出纤细美丽的腰身。

男人们看得两眼放光，赵美女看得羡慕不已，悄悄跟梁夏嘀咕："我的腰比她们细多了。"

梁夏安慰般摸了摸她头发，"总有机会的。"

不过，春天几个男人的反应倒是让梁夏动起了脑筋，春天缺钱，棒球场上缺漂亮女人……女子球队要是能走商业化路线，起码能解决春天的经费问题。钱这个东西，说起来俗，用起来爽啊。

这样满脑子都铜臭味的人显然不止梁夏一个，满天星总部大楼里，罗松就指着屏幕跟罗柏念叨："女子球队要是搞起来，完全可以走这样的路线，商机还是很不错的。"

罗柏盯着那截一闪而过的美丽纤腰，脑海中闪过梁夏那张无赖的脸，不由自主颤抖了下，"她不会那么不要脸吧？"

"会吧。"罗松笃定地回答。

两岸对抗赛为期 5 天，大陆的 4 支队伍和台职的 4 支队伍各比一场后，按局数得失分率决定排名，然后依次按排名进行捉对厮杀，第一名对第一名，最后一名对最后一名，不再进行内部比赛。

第一场比赛是大陆这边职业联赛排名第 4 的飞扬之梦对决台职的月河人队，梁夏指着飞扬之梦的几个球员介绍，"联赛的几支球队打席会尽量做到锯齿排列，左打后面跟右打，右打后面跟左打。飞扬之梦不同，出色的左打过多，所以右投投手比较吃亏，相对的……"她看了方梦一眼，"对方方这样的左投来说，就比较占便宜了。"

张小春叹气，“有意思吗？便宜要能占得到才叫占便宜，我们连打满天星都输成那样，跟飞扬之梦打？找虐吧！”

梁夏但笑不语，方梦盯着屏幕上的飞扬之梦休息区，眼睛眨也不眨一下。赵美女看得直打哈欠，倒是观众区的拉拉队吸引了她的注意力。

月河人队的拉拉队其实就是全体月河人球迷，不但自备乐器和统一的服装、助威棒，一到关键时刻，嘹亮的合唱几乎要从屏幕里冲出来。加油声伴着闽南语民歌，居然还挺好听的。

赵美女跟着哼了几声，情绪也被鼓动了起来，嘀咕：“这个月河人好强啊。”

孟小运在边上得意地科普：“那当然，月河人是去年的台职冠军，去年的全明星赛上，他们队的陈冠霆可是打出了再见本垒打[1]的。要不是陈冠霆，今年的比赛主场就要改在大陆了。”

赵美女有些不可置信：“这么强？那今年排名怎么这么低？”

张小春鄙视地道：“没发现陈冠霆没上场？王牌强打受伤了，当然有影响——梁、梁夏，今天陈冠霆会上不？”

梁夏摇头，“我又不是月河人的队医。”

“你们都打过那么多场了，就没一点儿交情？”

梁夏斜眼，“我现在给他发短信，问问他胳膊废了没？”

“你有没有人性啊！”

“那你还问。”

张小春郁闷地瞪着眼。

比赛进行到了第三轮，月河人队进攻，陈冠霆依旧没有上场，飞扬之梦的捕手李仅风连要了两个滑球，击球员两次挥空，瞄了教练一眼，直接选择了触击。

“砰！”球飞出，落点却不是很好，投手小跑几步，很快就捡起了球开始传向一垒，击跑员离垒还差着很远。

“出局！”一垒附近的裁判员打着手势出声。客厅里的众人也忍不住欢呼了一声，毕竟是两岸对抗赛，就算不是自己多么喜欢的队伍，那代表的也是大陆职业圈的水准，当然希望能赢。

1　再见本垒打：在棒球比赛里，攻方球队在平手或落后的情况下，击出反败为胜且结束比赛的本垒打。

梁夏的手机震动了一下，她低头一看，是肖静林："李仅风今天表现不错。"球场上，李仅风正十分沉稳地在鼓励队友，"一出局了，大家继续稳住！"梁夏飞快地回道："是挺稳的。"

方梦看得十分认真，满脸都是旺盛的求知欲。一个好投手，除了三振之外，可以接杀击球员，可以在击球员变击跑员时帮助内野手暂守垒包，还可以牵制跑垒员防止盗垒……

无论哪个位置，只要足够出色，总是能为队伍提供很大帮助。像陈冠霆、柯诗新、肖静林这类强打强投，哪怕是外行人也看得出他们的光芒和努力。而懂点行的，则会留意捕手的配球战术，像梁夏和肖静林，就留意到了李仅风的出色表现。

飞扬之梦已经领先 1 分了，月河人队高昂的战歌仍然没有停息的意思。

"我们去打球，夏风吹过肩，

太阳暖人心，

心爱的女孩在等待……"

又一次攻防互换，飞扬之梦牛棚里有投手开始练习了，显然是打算换下首发投手了。月河人队的球迷却骚动了起来，紧接着，直播镜头忽然就转到了月河人的休息区。

陈冠霆穿着一身白色球服，拿着球棒，慢慢地走到了准备区，坐下。排山倒海般的欢呼声在观众席爆发出来，加油歌的调子也变得激越，那已经不是歌声了，只是在呼喊而已。还有球迷试图举着牌子从护栏爬进来，被好几个保安一起拽着拖了回去。

对岸的氛围确实好，球迷热情直逼各种热门赛事。

陈冠霆的上场显然给月河人注入了一剂强心剂，击球员靠着一支内野安打成功上垒。全场欢呼雷动，李仅风要了暂停，飞扬之梦的球员聚集到了投手丘上商量。

这已经是李仅风要的第 5 次暂停了，对付月河人这样的老牌强队，飞扬之梦显然也拿出了全副精神。

欢呼声变成了惊天动地的嘘声，春天的众人则不由自主地将目光投向了梁夏，这种煞风景拉仇恨的事情某人是经常做的嘛。效果也确实不错，打乱对手进攻节奏啦，稳住自家队员的心态啦。对于对手来说，则叫人咬牙切齿地无奈。

球迷的嘘声直到陈冠霆踏入击球区才消停下来，直播镜头也紧跟着陈冠霆，就连解说员也提到了他的负伤情况："陈冠霆在本季台职赛季上，仅有一支全垒打，这样的成绩，在他的职业生涯里也是第一次。"

梁夏手指如飞，"噼噼啪啪"编起了短信。朱璇瞥了一眼，只隐约看到"陈冠霆"几个字。与此同时，电视屏幕里的陈冠霆也迎来了飞扬之梦凌厉的第一球。陈冠霆一动也不动，主裁判出声："好球！"

朱璇觉得眼皮跳了一下，她也是打者，当然知道对一个击球员来说胳膊的含义，假如伤真的很严重，这样带伤上场简直就是自毁。

第二球，陈冠霆依旧没有挥棒。两好球，他被逼到了非挥棒不可的地步。

第三球，陈冠霆果然挥棒了，连赵美女这样的外行人都看得出来他的动作有多勉强，梁夏和朱璇都猛地皱紧了眉头，他的手果然有问题。

球被打到了界外，机会还有，对带伤的陈冠霆来说，却并不算是好消息。

梁夏忽然觉得衣袖被拉了拉，她转过头，方梦有些忐忑地抿了下嘴巴，"小夏姐，要是你的话，会不会同情……"她没有说下去，假如是她在投手丘上，没准已经开始犹豫放不放水的问题了。

梁夏在她脑袋上揉了一下，轻笑出声："当然同情，但是像陈冠霆这样的人可不需要你同情，给他尊重就可以了。我要是在捕手区，一定尽量让他直接被三球三振。"

方梦讶异地抬起头，又扭头看了屏幕里的陈冠霆一眼。

第四球，陈冠霆再次挥棒，挥空。加油声有了瞬间的停顿，连解说都失神了片刻，直播镜头跟着走向休息区的陈冠霆走了一会儿，才转回到下一个击球员身上。

镜头切的瞬间，陈冠霆被休息区的主教练抱住了。他低着头，看不清神情，左手却紧紧地捂在右边胳膊上。

比分最后凝固在了6：4，在列队的时候陈冠霆眼眶通红，年纪较小的队员甚至有憋不住哭出声的。

握手最终变成了拥抱，陈冠霆用他没受伤的手在李仅风背上大力捶了一下，笑得无奈而忧伤。

接下来的比赛，飞扬之梦却连接输给了台职的朝天宫和彭佳兰屿队。绯海一路高歌猛进，靠着三连胜压过了冠军淮云的势头。

淮云虽然拿了冠军，争议的声音却一直没有停过，这次比赛又输给了被绯海打败的彭佳兰屿队，觉得他们这个冠军名不副实的声音愈加激烈。更有不厚道的评论人称：淮云这个冠军还是从黑镰手里捡漏捡过来的，被质疑的应该是“亚军”资格才对。

淮云主教练季琛看得吐血，连记者发布会都懒得出席，记者于是又追问路明天是否和主教练不合，路明天厚道地没有多说，但那沉默的微笑经过记者们的笔，马上有了新含义。

季琛到底还是登上了头条，报纸上他一脸阴沉地站在休息区，身后不远处就是背向他换着内衫的路明天，超粗宋体横在他头顶：“海峡杯，淮云打线缘何哑火？”

打线哑火，胜利自然无望。排名出来后，飞扬之梦仍旧第四，淮云甚至落到了猎风的后面，绯海则高居第一，而台职那边，月河人果然落到了第四，彭佳兰屿第三，朝天宫第二，唯一赢了绯海的芦竹队排名第一。

接下来的比赛，绯海对芦竹，猎风对朝天宫，淮云对彭佳兰屿，飞扬之梦再次对决月河人。绯海能不能赢曾经输给黑镰的芦竹，猎风能不能继续异军突起，淮云是否能够逆境崛起，飞扬之梦好运气能不能继续，成了大陆媒体讨论的重点。

梁夏微博上的粗口留言数却再次创造了新高，这一次，骂声不是来自外部，而是Ｔ城本地的球迷。

在往年，10月是Ｔ城黑镰球迷最狂欢的日子，拿到职业联赛冠军需要庆祝，征战对抗赛需要组织远程应援队，五天的赛程需要日日蹲点关注。甚至，还要和那些输给黑镰的海峡两岸球迷进行各种“战斗”。赢得光彩，嘴炮自然响亮，光说不练假把式，有上来对骂的自然要真人ＰＫ。场上球员合理冲撞，场下球迷直接打进局子里……

可是今年，不但没有冠军，没有两岸对抗赛，没有远征应援，连明年的常规赛都没戏了。场上不好看，场下吵架自然也容易被嘲讽。黑镰球迷又是招摇惯了的，往年一再贴出来打人脸的漂亮数据如今被死敌当笑话一样反讽，待遇比刚刚输了球的淮云还惨。憋屈的黑镰球迷怒火无处发泄，最终就又绕回到梁夏身上。

春天棒球队的招募帖子都被人骂成了人工置顶，管理员偶尔删几个人身攻击，也迅速被打成了春天走狗。

论坛管理员愤怒了，亲自下场破口大骂："就你们是球迷是死忠，第一届职业联赛黑镰拉拉队的鼓还是我敲的好不好！管理员要公正无私你们懂不懂！"

掐红了眼的人哪里还有理智，官民大战八百回合，管理员同志也光荣下岗，最后破罐子破摔，也奔着梁夏和春天开掐了。人家骂你还可能没道理，老子为了你都丢工作了，骂一声怎么了！

就在这时，传来了绯海三连胜，淮云连连落败的消息。某一位自信心超群、情商低到底的群众嘀咕了一句："是黑镰的话，芦竹那场也未必输吧。"

不到20个字的一句话，如掉进岩浆的炸药，战火再一次扩大化。

你行你来上，说绯海不行的黑镰猪怎么不去台北？

哦，去不了？资格都没有还得意个屁呀！

黑镰球迷气得要爆衫，甚至连于雨单位的电话都被打爆了，买了他们家房车的车主意外发现车子被人刮掉了整扇车门的油漆，泪流满面地来找魏冬要求退货。

魏冬叼着烟沉思半晌："我出钱，你去给车换个颜色呗。"车主当时也是贪便宜买的车，此时能解决问题就好："什么颜色跟你们家彻底没关系？"梁夏正好从屋里出来，顺口接上去："黄色吧，我们家人都不喜欢黄色的东西。"车主于是拿了钱，开着秃门车回去了。

魏冬瞅着梁夏了一身打扮，马丁靴，牛仔裤，宽松的厚毛衣，看着不像要去训练："干吗去？"梁夏看看时间，"满天星的一个负责人找我谈事情，顺便去看看老肖的新球种。"

魏冬皱眉："你又去找肖静林？对人家没意思就别成天黏过去，做女人要矜持，要……"

梁夏侧身从他边上溜了出去，"家庭妇男虽然有个'妇'字吧，本质还是个男人，把持住啊魏冬。"

魏冬无语地抖了抖烟灰，想起于雨回来可能看到，赶紧又蹲下去拿纸巾把烟灰收拾掉了。家庭妇男当久了，还真当出职业病来了。

满天星这次派来的是项目经理，带来了一整套合作方案和运作模式。全部启用女队员的棒球队，这在国内还是首创，女孩子们长相要漂亮，身材要有料，球技倒是其次的。

梁夏敲着桌子给罗松打电话，“罗总，我们真是英雄所见略同呀。”罗松也很直白，“我只是个商人，能获利才是最重要的。”

“那春天棒球队怎么办？”

“成大事者不拘小节，凡事都需要有所取舍，你们新招的朱璇就不错，她妹妹也可以参加。Scalett 要是不化妆的话，也没有问题。”

梁夏靠在椅子上，“Scalett 也可以，方梦不行？”

“她可以先去报班参加一些塑体课程，球队的组建也需要时间，未必就赶不上。”

梁夏跷起了二郎腿，“这个主意倒是不错，罗总也看过《红粉联盟》吧？”

罗松怔了怔，随即笑了，“看过，哪怕在棒球文化发达的北美，女子球队也要靠穿短裙来吸引观众目光。美好的东西人人向往，球队想要长期经营必然要依靠商业化。”

梁夏看着坐在她对面的项目经理，笑容不变：“但是哪怕在《红粉联盟》里，也有靠着球技站上球场的女孩，那是在二战时期，现在是 21 世纪了。”

罗松叹气：“方梦我可以要，但是其他球员外形不能太差。”梁夏懒洋洋地掏出烟包，叼了一根在嘴里，“我有说要给吗？我的队友没空去上塑体课，健身房倒是经常要光顾的。”说完，挂电话，站起来跟项目经理握手，“祝你们早日得偿所愿，我们春天在球场上等你们，到时候输了不要哭的哟。”

项目经理对这样的翻转显然没有心理准备，一时间还有点反应不过来，等人走了才开始跟上级汇报。

罗松的声音听起来十分的平静：“她不同意就算了，你直接联系朱璇，再按着原计划把全国各地的招募做起来，还可以关注一下垒球队中收入较低、外形不错的女球员。”

项目经理又说：“那梁夏呢？她说在赛场上等我们，让我们……输了不要哭。”罗松沉默了几秒钟，果断挂掉了电话。

梁夏出了大门，慢腾腾溜达到路口，拨通了庄妍的号码，“妍妍，我梁夏。”庄妍的声音十分惊悚：“别这么叫我！找我什么事？”

“想不想看新球种？”

庄妍沉默了一会儿，问：“肖静林的？”

梁夏大牌地没有接腔，庄妍犹豫着追问：“真给我看？不是跟以前一样，让我们姑娘陪你们黑镰那群小子唱歌吧？”梁夏报了打击馆的地址，庄妍的语气有些松动了：“你可别骗我！”

“来不来随你，来的话给我带个披萨，多放洋葱。”

“我在队里训练呢，我们这儿鸟不拉屎的，去哪儿给你搞披萨！”

梁夏淡定地挂了电话。

庄妍是典型的刀子嘴豆腐心，电话里说得十二分绝情，到了打击馆还是拎着披萨盒子，甚至还给捎了个速溶汤。

梁夏连衣服都没换，挽着毛衣袖子在投手笼里练球，测速器上显示着球速：89英里/时。换算成公里/时，差不多也有145公里/时了。

庄妍敲敲铁网，梁夏转过头见是她，开了铁门出来。本着不浪费的原则，庄妍直接进去替上了。

这种收费投手笼里球类齐全，白球与黄球对比十分鲜明。她和梁夏一样，最早玩的也是棒球，盯着久违的白色小球看了几眼，不由自主拿了起来。

她用的是比平时用惯了的黄球尺寸小上不少的白球，姿势却还是习惯了的下手投法：80英里/时。梁夏嗤笑出声，庄妍回头瞪她，“我这下手投球呢！你刚才是四分之三侧投！”

梁夏放下东西，示意她出来。庄妍哼哼唧唧地出来，梁夏将球拿在手里抛了抛，果然也和她一样改用下手投球。

球飞出，测速器显示出数据：82英里/时。不多不少，就多了那么2英里/时。

梁夏抬头看看测速器，走到铁丝网边，手撑着铁丝网问：“1英里/时等于几公里/时来着？”庄妍咬着牙不说话，梁夏于是扳着手指头笑，“你拿1.6去乘咯，我至少也比你快了3公里/时。”

“这不是我用惯了的比赛用球！”

“我平时还都做捕手呢。”

庄妍说不过她，只好撒脾气转移话题：“你还饿吗？不吃我扔了！”梁夏这才出来。

披萨里果然很多洋葱，西红柿也放了不少，梁夏一边吃一边拧矿泉水瓶子，庄妍一把夺过来放在一边，“懒不死你！肖静林把你惯成猪了！”梁夏愣了一下，庄妍唠唠叨叨地一边拆速溶汤包装一边往饮水机那儿走。梁夏耸耸肩，继续咀嚼。

庄妍端着汤回来，梁夏已经解决两大块披萨了，嘴巴上满是番茄酱，一点儿形象都没有。庄妍没好气地嗔道：“你是饿死鬼投胎啊，干吗不吃晚饭？”梁夏接过汤，含含糊糊道：“本来以为有顿大餐可以蹭的，哪知道是鸿门宴，只好直接过来了。”

庄妍不大相信地看她一眼，坐下来，“肖静林呢？他要是不来，你消化了也得给我吐出来。”梁夏拿小勺子搅拌汤里浮着的蘑菇块，“堵车，一会儿就来。”

庄妍四下打量，“这儿够冷清的，生意一般嘛。”

“人都在打击区，哪儿来遍地的投手。”

“刚才说鸿门宴，谁做东？”

“罗松。”

“谁？”

“萝卜他哥。”

“真的假的？”庄妍吃了一惊，“这么有钱的主你都泡上了！”

“注意下用词，”梁夏嚼着蘑菇，“我需要泡人吗？我站大街上就成群结队的人来泡我了。”

“是来泼水的吧。”

梁夏斜眼，“嫉妒我人气高啊？”

“你那微博都快被刷成化粪池了，我羡慕？”庄妍掏出手机，刷开页面，一字一顿地念出来，“梁——夏——投——胎——成——人——简——直——是——上——帝——的——失——误——她——就——是——当——臭——虫——臭——虫——它——妈——也——不——答——应！”

梁夏凑过来瞄了一眼，“你成天就关注这些东西？怪不得只能投80英里/时的球。”

“这是你的主页！”

“所以呀，都不是你的，你还去看，这不是找罪受吗？”

“我……”

“庄队长，你这样活着累不累？”

“……”

“年轻人心胸要宽广。”

“……”

“成天沉迷网络，你们教练都怎么教你的？”

“……”

“运动员的素质呢？作为队长，就一点儿好的头都不带？”

“……”

“你们秋训还上网，难道明年不打球，改成刷微博赚粉丝大赛了？”

“关你屁事啊！”庄妍憋不住跳起来，“我就爱刷微博，就爱数粉丝！我就喜欢人家夸我色艺双绝、德艺双馨、巾帼不让须眉！”梁夏摊手，“我也就作为朋友劝劝你，忠言逆耳，良药苦口，你成天都沉迷在掌声里，总有一天要迷失人生道路的呀。”

“我……”差点又给绕进去！庄妍吸口气，“那你天天被人骂，一个月搬三次家，还找得到回黑镰的路吗？”说完，庄妍又觉得自己话说重了，戳到这家伙的软肋了。

梁夏却只无辜地眨巴了下眼睛，“人得往前看，春天棒球队就挺不错的，你要不要来参加？”庄妍闷声：“我是职业垒球手。”

“我们也是向着职业目标进发的棒球队，不会辱没你的。”

庄妍懒得搭理她了，埋头玩手机。梁夏一边吃一边挨到她边上，“说真的，来不来？你要是来我们队，绝对王牌，1号球衣直接从队长身上扒下来给你穿。”

“我本来就穿1号球衣，本来就是王牌，本来就是队长！”

梁夏不说话了，盯着她，慢腾腾地咬了一口披萨，把芝士丝拉得长长的。庄妍又说：“而且，棒球我已经……挺久没碰了。”梁夏把那些拉丝也吃了下去，

“那给我推荐几个好的吧，最好是投手，长相要是漂亮点就更好了。”

“推荐个屁！哪个正常的职业球员会去你们那个破球队，给满天星打得都找不着北了，还跟我这儿吹牛！”庄妍一边鄙视一边又去看手机，然后猛地抬起头，“等等……你真要组女子棒球队？”

“我像开玩笑的人吗？”梁夏放下吃的，一边擦手一边说，“罗松也有组球队的意思。”

“那不是很好，他那么有钱，还怕办不成事情？”

“记得《红粉联盟》吧？”

庄妍沉默了，也理解了“鸿门宴”三个字的含义。《红粉联盟》，那是支撑着她们学生时代做梦的一大寄托，在二战时期都有这样的奇迹发生呢，何况现在？

可事实就是这样残酷，她们一个转行打垒球，一个直接扮男人去了男子职业球队。

庄妍成为了职业垒球队的当家投手兼队长——女子垒球在国内的商业化虽然不如男子棒球，当年的中国垒球队却在国际上有过辉煌战绩的，虽然一样被奥运退赛，垒球协会的心底，还是对这群姑娘们寄予厚望的。而梁夏，如今的处境拿悲惨来说都有点太看得起她了。爬得越高摔得越惨，一切从头再来不说，连现在努力的道路终点是否真有“终点”这两个字都未知。

国内没有女子职业棒球队，连女子棒球队都没有。罗松想组球队，是因为他的身后有雄厚资金，有满天星球队的经验。他的目的也主要在于赚钱，而不是打什么比赛。像满天星球队，水平一般，更像是满天星这个牌子的活体广告。

而梁夏……庄妍摇头，“别折腾了，你现在的年纪，要后悔也来得及，你要是肯浪子回头，刻苦努力一把，垒球协会对你还是抱着一定同情态度的。”

梁夏刚要回答，就听身后一个熟悉的声音响了起来：“庄妍？”两人转过头，就见肖静林拎着包，身上穿着黑镰的球服外套，连棒球帽都端端正正戴着。

打击馆里穿黑镰的球服，还真一点儿都不显眼。

肖静林的视线在梁夏身上转了一下，看到披萨盒子时停顿了一下，微微一笑，问庄妍：“你也来这边玩？”

庄妍瞪眼，“喂，喂！我就是当了电灯泡，你也不用这么明显吧。我是专门被请来看你的新球种的。”肖静林被她说得有些尴尬，指指里面，“去我的训练室吧，外面人多。”

“有钱人哟，”庄妍吹了声口哨，又拿胳膊去捅梁夏，“他还在这租了训练室？”肖静林则问梁夏：“我上次不是给你钥匙了，怎么不先进去？”

庄妍夸张地笑出了声，梁夏愣了一下：“什么钥匙？”

“我用的是密码锁，发你短信的那串钥匙就是密码。”

梁夏这才恍然，庄妍闹着要看密码：“肖队让我也蹭着用用呗，小夏快把手机给我！”梁夏把手机递了过去。肖静林一边摁密码一边笑：“我直接报给你好了。”

庄妍已经打开了手机信箱，一眼扫去全是柯诗新的短信，有些还挺肉麻的，猛地抬头看了两人一眼。这家伙跟柯诗新的事情竟然是真的？！你有情敌啊肖静林!

肖静林已经进去了，梁夏也迈进去一只脚了，她听到其中一个说：“没吃晚饭？前几天不还说体重掉了？”庄妍捏着手机都不知道要不要进去了。这俩应该……应该交往过的吧？现在这样是和平分手了，还是梁夏那家伙脚踏两只船？

“庄妍，你在门口干吗呢？”

庄妍“哦”了一声，关了手机屏幕，连密码都忘了看。

肖静林把包放到柜子里，随手开了空调。梁夏显然也是第一次来，兴趣十足地打量着屋里的设施，哑铃、跑步机、四分割的投球练习网、测速器……一应俱全。

庄妍蹭到肖静林边上，压低声音问：“你们俩怎么回事？”

“什么？”

“你还装傻，”庄妍把梁夏的手机摁亮，示意他看那些短信。肖静林只瞥了一眼就把视线挪开，往跑步机那走去，“我先做个热身，你们随便玩。”

他竟然是知道的！庄妍用力翻了个白眼。

梁夏面对这么多设备，手就有点发痒：“妍妍，你也投几球呗。”庄妍没好气地瞪她，“我是垒球投手。”“你又不是没玩过棒球。”梁夏套上手套，做出了蹲捕的动作。

肖静林皱眉，“你把护具戴上。”

“没事，”梁夏轻拍了下手套，“庄队长控球能力那么好，不会暴投的。”庄妍直觉她在讽刺自己："护具穿起来，不然我们谁都不投。"

梁夏只得起身去拿护具，庄妍过去帮着她穿护胸，顺便小声嘀咕："你跟柯诗新玩真的？"

梁夏佯怒："感情可以玩的？"庄妍在她胳膊上轻拍了一下，又把绑好的带子解开，"这样直接穿太紧了，去把毛衣换了。"

"真的假的啊？"梁夏懒洋洋地看了她一眼。庄妍恶狠狠地看她，用口型说："不去换我们就绝交。"梁夏叹气，拿了包里的球衣和内衫进了更衣室。

庄妍迅速奔到肖静林那儿，关了跑步机，"出息啊你！这样都给人抢了，你们白认识这么多年了。"

肖静林不答腔，伸手要按开关，被她一掌打开，"肖静林，你到底会不会谈恋爱？三四年同进同出还追不到一女孩，柯诗新算哪根葱？你就说是你先认识的，你先看上的！得讲先来后到，别人不能抢！这不就得了？"

肖静林干脆从跑步机上下来，"然后呢？"

"然后？这么简单的道理，搁别人那都不需说，我是可怜你才说的——你之前拒绝我们队那女孩怎么说的？你有喜欢的人了，好多年了心里就只有那么一个人。你把那些话再去跟她说一遍不就行了？欺负我们垒球队的姑娘倒是挺能的，在她面前就变成傻子了。"

肖静林动了动嘴唇，梁夏拎着毛衣从更衣室出来了。庄妍怒其不争地瞪了他一眼，扭头冲过去拉梁夏，"我突然想去洗手间，你陪我去。"

"小学生啊你？"

"我不认识路！"庄妍硬拖着她往外走，一出大门，就咄咄逼人地问，"肯定是你出轨被捉奸了，然后肖静林不要你了吧？"梁夏无语地看着她。

庄妍往门里瞅了一眼，拉着她走出 vip 区，"梁夏，你是真傻还是假傻？我一个外人都看得出来人家对你多好，你就一点都不感动？"

梁夏把手插进裤兜里，"人家对我好，我就得喜欢？"

"那柯诗新有什么好的，就为那张脸？"

"脸是长得挺好的呀。"

"咱们能别这么肤浅行不？光长得好有什么用，能当饭吃吗，能当钱花吗？这么好的男人你不要，跑去跟柯诗新那种花蝴蝶搞不拎清，他那些粉丝的唾沫就能淹死你。你还真想这样给人骂一辈子？”

“牡丹花下死，做鬼也风流。”

庄妍简直要抓狂了：“你怎么跟那些臭男人一个毛病——你真一点儿都不喜欢肖静林？”

梁夏叹气，“当朋友的话，挺喜欢的。”

“那你还……”

“但是不想跟他上床啊。”

庄妍噎住了，梁夏接着说：“也不想给他生孩子，更不想和他结婚。”庄妍迅速往周围看了几眼，还好没什么人。

梁夏的声音却仍旧不紧不慢地响着：“我就没那个心思，他又那么认真，我是真耽误不起，也不敢耽误。”说完，也不管庄妍还想说什么，转身慢悠悠往回走去。庄妍骂了声“混球”，到底还是跟了上去，“那你跟他说清楚了？”

“说了。”

庄妍想起肖静林刚才那个反应，心里默默怜悯了一下。梁夏要是颗球，他还能努力抢一抢。但她明显不是球，是球也是颗带自主意识的混球，跟鸟一样会飞，跟蛤蟆一样会蹦。光用蛮力抢是不行了，起码得找个网兜来扑，捉到了也未必养得熟。

肖静林都兢兢业业拿着网在边上蹲了三年了，到头来还给她溜了。

庄妍感慨：“你不想跟肖静林上床，就愿意跟柯诗新上床了？”梁夏盯着她看了半天，才说：“拒绝柯诗新，柯诗新可不会哭。”庄妍瞪大眼睛，“肖静林跟你要求过？你没答应？他真哭了？”

“我就是打个比方，你思维别这么发散，思想别那么黄暴好吧。”

庄妍：“……”

第十一局
速球王

梁夏和庄妍刚离开不久，那只骚包的玫红色手机就响了起来。

“柯诗新”三个字刺眼地闪烁着，肖静林盯着看了两眼，又走回到跑步机边。铃声却没有停止的意思，一阵一阵，催命一般。他揉了揉太阳穴，拿起来扔进她开着口的包里。声音还是没能被彻底隔绝。

肖静林干脆开门出来找人，走廊里空荡荡的，一直走到快要靠近服务台的地方，才听到庄妍的声音：“你真一点儿都不喜欢肖静林？”

他蓦地顿住脚步，这才发现两人站在一丛茂盛的铁树后面，梁夏的声音比普通女孩子低沉上不少，分辨起来十分容易。

“当朋友的话，挺喜欢的。”

他苦笑一声，正要扭头，又听她说：“但是不想跟他上床啊。”

“也不想给他生孩子，更不想和他结婚。”

这一回，算是明明白白听清楚了。庄妍和她拉扯着往回走去，肖静林站着没动，脚下细碎的石头纹理绵延繁复，丝丝缕缕都纠结在一起。

直到有两个女孩围过来，忐忑地问“你是黑镰的肖队长吗？”，他才猛然回神。

女孩们掏出小巧的便签本出来要签名，求合影，他脑子里空荡荡的，机械地签上名字。快门声“咔擦咔擦”直响，他的目光穿过拍照人的肩膀，一直延伸到房间尽头。

爱情这种事情，最没有道理了。就像她可以满不在乎地说出那么多个不想一样。

肖静林回到训练室，她们已经在做投捕练习了，用的是垒球专用的黄球。

下手投球本来就影响球速，庄妍本身也不是速球派投手，控球却非常厉害。梁夏几乎不用挪动手套，球就像长了眼睛一样自动跳进黑色的手套里。见他进来，庄妍摘下手套，“你来吧，累死我了。”

肖静林接过手套戴好，换了棒球专用的白色小球，梁夏蹲那儿冲他笑。他活动了下手臂，投了两个规规矩矩的滑球。庄妍叫嚷：“喂喂，新球种呢！这么点速度还好意思叫大陆‘速球王’，行不行啊肖静林。”

行不行？肖静林抿了抿嘴唇，笑容也渐渐收敛了，球从手中投出，呼啸着朝梁夏的位置飞去。

102 英里 / 时！拿着测速枪的庄妍张大嘴巴，梁夏虽然接到了球，整个人也因为惯性往后退了好几步，差点摔倒。

102 英里 / 时，就是 164 公里 / 时！

这……破纪录了吧？大陆的官方记录是多少来着？

庄妍迅速掏出手机，对着测速枪拍照，“咔嚓咔嚓”，拍完又对着肖静林来了两张，文字框里飞快地打上两个感叹号，直接摁了发送。

转发瞬间破百，留言里全是各种长度的感叹号。

“肖队求嫁！”

“黑镰霸气！”

“大陆纪录肯定破了！亚洲纪录呢？”

亚洲官方纪录也马上被人贴了出来，台职芦竹的金志棋，目前的亚洲速球王，不多不少，正好 102 英里 / 时。不过金志棋用的是高压式投法，肖静林却是四分之三侧投，但要这样计较起来，金志棋的非官方数据也早已经破 165 公里 /

时了。

梁夏虽然带着手套，也觉得接球的那只手手心发麻，手臂麻痹。

肖静林自己也怔忪了一会儿，问梁夏："没事吧？"梁夏起身把球回传给他，"这球真不错。"肖静林接住球，想说这只是意外，想说这不是新球种……但是刚才出手的瞬间，确实是带着一股愤怒去投的。

那愤怒明明白白来自她的笑容，她的眼睛，她的嘴巴。和他的爱毫无道理一样，她的拒绝也毫无道理。

没什么道理就爱上了，没什么道理就是爱不上。

庄妍把手机拿给他看，他也只是略微瞥了一眼："那个新球种，我先投一个你们看看吧。"庄妍看过去，只觉得他扣着球缝线的手指似乎特别用力，出手时手腕几乎将球扣着出去的。

虽然不能和刚才的那球比，球速依旧很快。梁夏接球时，手套却很明显地挪动了一下。庄妍愣了一下，球的落点似乎……高了那么一点。

梁夏的表情却十分惊喜："Rising Fastball？换高压式投法试试！"

Rising Fastball，大陆这边称之为上升快速球。地球引力力道无穷，真正要让下坠的球重新回升上去，是不可能的，说是上升，其实也就是减缓了下落速度而已。可那么一点儿减缓，却能打乱球的落点，影响击球员的判断。

庄妍走到梁夏边上，看着他又投了一球。站到这个角度看，肖静林又改成了高压式投法，上升的感觉就更明显了。

梁夏盯着地面瞄了一会儿，拖了两个质地较硬的垫子过来模拟投手丘的高度。庄妍拿了球棒过来，站到梁夏身侧，"我就牺牲一下，陪你们练练。"

高压式投法本来就利于身量高大的选手发挥优势，有了垫子增加高度，肖静林的放球点又高了不少，庄妍握紧球棒，暗暗估算落点。

一、二——三！球棒挥出，球果然再一次"上浮"了。

"太难算了，"庄妍叹气，"下落速度是不是慢了很多？"梁夏点头道："因为转速够快，下坠速度减弱了不少。"

"不过，"梁夏又向他道，"这么投手臂的负担太大了吧。"肖静林点头，"我已经在加强肌耐力的训练了。"梁夏感慨，"真想在场上见识下——城市排名赛的时候用不用？"肖静林犹豫了一下："你想看？"

庄妍干咳一声，梁夏起身回传，“再来一个试试，我感觉下扣的力度还能再大一点儿。”

训练室的门却突然被敲响了，庄妍奇怪：“谁啊？”肖静林也不解：“我没带人来过这边。”

“笃笃笃！”那人还挺执着的。与此同时，肖静林的手机也响了。肖静林接起来，打击馆老板的声音兴奋地传来：“你在训练室吧？纪录是在我这儿破的吧？哈哈哈，我的打击馆扬名四海、生意兴隆就全靠你了！”

肖静林警惕地停下脚步，“什么意思？”老板呵呵直笑，“早知道给你录个像了，现在外面全是记者呢，还有一群球迷！你们先别出来，等我把外面大厅布置好了再给你电话。”

肖静林目瞪口呆地挂了电话，转头和她们一说，庄妍心虚地把手机塞回衣兜里，“我也没想到闹那么大，你这屋有没有别的出口？”

“你以为拍武侠片呢？”梁夏开始收拾东西，“联系下球队吧，庄妍也别愣着，找你们教练商量下。”庄妍犹豫了，她们教练是出了名的火爆脾气，还不得把她骂死？

“不然我们等等吧，没准一会儿就散了呢。”

那边肖静林电话又响了，严杰在各队的主教练里，年纪也算轻的，对八卦的敏感度就尤其高：“你现在在哪儿？”肖静林看了梁夏一眼，“在打击馆。”

“跟垒球队的庄妍一起？”

“小夏也在。”

严杰沉默了好一会儿才道：“俱乐部本来的意思，是让你借着这次机会向外界传达一下黑镰重新崛起的决心，我们打城市排名赛，主要也是为了鼓舞士气，安抚一下球迷……既然梁夏在……我把几个点跟你说下，你看现场形势自己定夺吧。”

肖静林“嗯”了一声，严杰在那边干巴巴地念了一串明显带着新闻发言人口吻的东西，最后又叮嘱说：“那个梁夏吧……要是可能……就让她尽量避着点镜头，对她也不是什么好事。”

肖静林没吭声，严杰也有点词穷了，拖拖拉拉挂了电话。老板的电话又来了，肖静林一边接一边走回来在椅子上坐下，“你这是落井下石。”老板的声音有点可怜："你就稍微露个面，说两句话就行。"

"你先把训练室外面的记者劝走，再找个人帮我把小夏她们送出去。"

老板连连答应，临挂电话了又问："庄妍也不能露面？她是垒球的吧，我这打击馆也可以打垒球呢。"肖静林压低声音："你出多少钱？"

"都哥们儿还这么斤斤计较！哎，明白了，你等我电话吧。"

这一等，就是一个多小时。

"不行，劝不走！你们球队的人不露面，那些记者都不信我们。"老板同志很挫败，"你今天是不是还给人签名了？有两个小姑娘在给记者传合影呢。"

肖静林"嗯"了一声，老板又说："还有人拍到庄妍和梁夏了——这可不关我的事，你们自己一直在这边瞎溜达，不然就都一起出来，坐下来聊聊呗。"

肖静林斩钉截铁地拒绝了，都出去，那恐怕就不单单聊纪录这么简单了。才刚挂掉电话，铃声又响了，这回是顾远嘉，"队长！队长你刚才投球时候录像了没？"

肖静林长长地叹了口气。

三人在垫子上坐了下来，终于体验到柯诗新被堵在医院时候的心情了。梁夏于是给柯诗新发去了求助短信："你那天怎么从医院出来的？在医院怎么消磨时间来着？"柯诗新回了她一把血淋淋的菜刀，过了几分钟，又问："怎么了？你在哪儿？"

"我在平了亚洲纪录的新速球王边上呢。"

柯诗新短信也不发了，迅速打电话回来谴责："梁夏，王宝钏还苦守寒窑十八年呢！才几天你就红杏出墙了？"

梁夏把电话挪远了点："发什么神经，我们是一起练球，庄妍也在呢。"

"庄妍跟你们一伙的！"柯诗新骂骂咧咧的，"我明天比赛，你别忘了给我加油！"

"幼稚吧，我喊了你听得到？"

"那你也得喊，我是你男朋友，你有点当人女朋友的自觉好不好？"

柯诗新的声音那么大，大家显然都听到了。庄妍一脸诡异，肖静林抿着嘴巴不说话，梁夏淡定地挂了电话，"我们还是继续练球吧？"

庄妍撇嘴："我今天的训练量已经满了，本来约了医生做保健的呢。"

“那斗地主？”

“怎么斗？又没牌。”

梁夏从包里摸了个本子出来，撕了几页：“庄妍过来一起撕，老肖你写牌面吧。”

……

时间一分一秒过去，外面已经有记者开始抱着相机蹲到地上打盹了。庄妍哈欠连天地出错了好几次牌，终于受不了了：“困死我了，你们继续，我去边上猫一会儿。”说着，起身拖了个垫子铺到角落里，躺上去休息。

肖静林把空调温度调高了些，对梁夏说：“你也去睡会吧。”梁夏摇头，肖静林把牌放到一边，“你跟柯诗新处得怎么样？”

“就那样呗，你刚才也听到了。”

“你真心喜欢他？”

梁夏往墙上一靠：“喜欢啊。”

“喜欢到愿意和他上床，愿意给他生孩子？”

梁夏难得尴尬起来：“你都听到了？”

肖静林点头，然后忽然说：“那天晚上，你醒了吧？”梁夏一震，猛地抬头，肖静林的声音轻而温柔：“要是我真的不停手，你怎么办？”

梁夏想要起身，肖静林拉住她，“我吓到你了？可我……可我也只是害怕。”他的手指紧紧地箍在她手腕上，像是要陷进肉里去一般，声音却轻得在颤抖，一阵风就会吹散似的。

梁夏叹了口气，起身回抱住他。他把头埋进她颈项间，“这是在安慰我吗？”

“是啊——”

肖静林叹气，忍不住感慨：“你要是男人就好了。”梁夏笑着松开他：“是男人你就不稀罕了？”“稀罕，但是柯诗新就不稀罕了吧。”肖静林说得自己也笑起来，“你就是块石头，我也稀罕。”

梁夏怔了一怔，重新靠回墙边，“那我下辈子就投胎做块石头，最好是什么贵重金属或者坚硬质地的宝石，又重又值钱，让你捡了卖钱，报答你这辈子的照顾。”

肖静林却直摇头，“最普通的石头就好了，越普通越好，我知道是你就行了。”梁夏失笑，“肖静林，你太自私了，哪有希望别人越过越差的。”

两人有一搭没一搭地扯了半天，最后还是装睡的庄妍受不了爬起来，“我说你们有劲没劲！老太太老头闹离婚都比你们火爆呢，就不能来个吻别什么的？再不济肖静林你给我抽她一巴掌啊，那家伙一看就是特花心、特不要脸还特喜欢玩弄人家感情的类型！”

记者们迟迟不肯散去，最后还是黑镰那边派人把三人接了出去。

庄妍瘪瘪地坐在车里，脑袋歪在梁夏肩膀上，“到了喊我。”梁夏精神挺好的，坐那一个劲儿地玩手机小游戏。

肖静林也没睡觉的意思，就瞅着她把那些鱼一条一条打成闪亮亮的金币银币。严杰坐在副驾驶座上，不时往后座瞥两眼，越看越是揪心。傻子都看得出来那小子什么意思，至于梁夏……严杰承认，他看来看去也就觉得她在玩游戏。

能坐上黑镰教练的位子，严杰内心是有些得意的。他今年才刚到 37 岁，比绯海的捕手袁森还要年轻上一岁，业内人士见了他，夸得最多的一句话就是：“年轻有为。”

严杰从不后悔自己那么早退役，他当年是从 T 城省队退下来的正式球员，之后下海经商浮沉了几年，再然后遇上年过半百却想要组球队征战四方的老教练毕闻骏，才又重新回到了棒球圈里。

那时的毕闻骏五十岁出头，肘关节病变，头发花白，一半时间在医院，一半时间四处奔波拉人拉钱。肖静林也是毕闻骏他亲眼看中的，三顾茅庐才把人终于招揽进来。而梁夏，虽然是黑镰最早的球员，虽然也足够优秀，严杰对她的感情却还是有点复杂的。

有人曾经质疑严杰，相处多年为什么没有发现梁夏到底是男是女？严杰除了叹气还真找不出什么话来反驳，这样的女孩子，他真的是没有见过。

不知道她变声期到底是怎么度过的，那嗓子真的一点儿没有女孩子的清脆悦耳。穿个套头衫，戴个棒球帽，有时候还蹬一双明显过大的鞋子，跑起来倒是挺快的，打击不错，投球也凑合，但年纪实在是太小了，他们要的是能够和成年球员对战的成熟球员，并不是要搞青训。

而且，对于捕手这样重要的位置，毕闻骏其实是有内定人选的。省队的韩颂就是毕闻骏看好的捕手，严杰也对这位后辈青睐有加。“魏冬”那么小的少年要当捕手，实在叫人放心不下。

她也不知道从哪儿听说了他们要组球队的事情，成天跟狗尾巴草似的撵上来，甚至要求：“你们就不能先看我打一场，再做决定？”严杰对此嗤之以鼻，毕闻骏倒是挺感兴趣的，还真去她学校看了一场乱七八糟的校际比赛。

那场比赛确实叫人惊艳，小个子捕手虽然因为身高和体重的限制，每次都被跑垒的球员直接冲翻出去，传杀牵制却十分凶狠。也就是这场比赛，毕闻骏决定签下梁夏。

谁也没想到，黑镰让人闻之变色的当家捕手，曾经只是韩颂的替补。韩颂并不是没有实力，只是有人比他更有实力罢了。

严杰虽然替韩颂不平，但梁夏在赛场上的表现却让他无话可说。连韩颂自己都承认：“魏冬天生就是干捕手的料，给他当替补我没有任何意见。”也是因为这样，毕闻骏因为病痛退役之后，严杰也并没有换掉梁夏。没想到，她竟然还藏着这么逆天的秘密，埋了这么大的地雷。

严杰每每回想，都懊悔不已。自己要是再坚持一点，别让这家伙进黑镰呢？自己要是再强势一点，不让毕老去看那场比赛呢？自己要是再独断专行一点，担任教练之后就直接将她从捕手席上换下来呢？

世界上没有后悔药，严杰也只能在半夜想得呕心时爆几句粗发泄一下心中不满。但他也不得不承认，自己还真想象不出，没有梁夏的黑镰，到底能不能有今天的地位。

梁夏退出之后，黑镰和飞扬之梦打了场友谊赛，严杰将韩颂重新放在了首发捕手的位置上，韩颂的表现却让他大跌眼镜。

他在替补席上待得太久了，连配球之类都在刻意地模仿比他年轻不少的梁夏。严杰说不好到底是黑镰耽误了他，还是他耽误了自己。总之，要拉这样的队伍去打比赛，严杰心里没底。

肖静林提议要飞扬之梦的李仅风，他也认真考虑了。情谊是情谊，能力是能力，韩颂目前的情况确实不容乐观。他已经不再是什么都不懂的年轻球员了，三十岁出头，居然在最不可或缺的“经验”上输给了年轻球员。

他往后瞥了一眼，问：“梁夏，毕老那……最近有去过吗？”

梁夏僵了一下，表情十分精彩。毕老大约是唯一一个能让她露出这样表情的人吧，据肖静林说，丑闻之后她去探望毕老，直接被老教练举着椅子打出来，椅子腿都砸断了两根。

毕闻骏还真是老当益壮，腰上挂着导尿袋还能打这么狠。

肖静林有些不忍：“过段时间再去吧，毕老气性大。”

发生这种事情，不可能没脾气的吧？泥人也要给烧出火气来呀！严杰带点恶意地又加了句：“我前阵子去看毕老，他也看了你们跟满天星比赛的新闻。”

“哪个新闻？”比赛的？搞绯闻的？

严杰打破了她的幻想：“全都看了吧。”梁夏不淡定地换了个坐姿：“他什么反应？”

“砸了个茶杯。”

梁夏哀叹了一声。

庄妍被她动来动去吵得受不了，眯着眼睛伸手在她胳膊上掐了一下，梁夏连看都不看她一眼，全身心都在回味那把砸在身上的椅子。

庄妍先到家，接着就到了梁夏家。眼看肖静林也跟着下车，严杰眉头狠狠地纠结在了一起，“你去干吗？”肖静林隔着车窗弯下腰，“她嫂子请我去吃宵夜。”

“不许去！”

肖静林叹气，然后猛地拉开车门，伸手来拉他，“一起去吧，就是吃个点心。”梁夏在边上怂恿似的微笑。严杰给他拉着上了电梯，十分地懊恼。梁夏看着他笑，“又不是没来过，那时候你不是还夸我嫂子漂亮贤惠？”

你也知道她是你嫂子，不是你老婆啊！严杰扯了扯衣服下摆，努力让自己精神一点。

于雨果然做了不少点心，屋里居然还有好几个吃白食的，孟小运、赵美女，甚至朱璇、方梦都在。大家最近这段时间球星见多了，再看到主教练倒都挺平静的。

于雨从厨房出来，一眼就看到了严杰：“严教练！”严杰感慨万千，上次见面你还是你小姑子的媳妇呢。然后，就见另一个“梁夏”顶着黑眼圈从于雨身后冒了出来。魏冬，对了，这个才是魏冬。

严杰瞅着这夫妻俩就心痛，甜粥喝进嘴里完全尝不出味道。

坐他对面的梁夏跟于雨嘀咕："嫂子，去年十一你帮我买的那个燕窝，是什么牌子？"

于雨奇怪："怎么了？""毕老不是挺喜欢的嘛，"梁夏掂着勺子在那幻想，"我过几天看看他去，带点东西……应该能让他消消气吧？"

她被毕老打的事情连新闻都上了，于雨当然不可能不知道。温柔的嫂子于是出主意："不然让你哥去吧，他大男人，不怕揍。"

严杰听得眼睛都直了，你还敢玩这招！这是要把自己丈夫往火坑里推？还是想把老头逼疯？

那魏冬也真挺有好哥哥的潜质的，十分义气地说："我先进去挨他几下，你再拎着东西去呗。"

孟小运终于听懂他们在说什么了，直接把粥喷在了地上，"我去拿拖把！嫂子你别动！我自己去！"朱璇起身帮着一起收拾，赵美女在边上问方梦："毕老是谁？"方梦小声跟她解释："黑镰以前的主教练。"赵美女于是大胆揣测："哦，严教练的爸爸呀。"

爸爸……严杰无语地看着她，正想解释呢，肖静林帮着代劳了："毕老姓毕，不姓严。"

解释就解释清楚点好吧，看赵美女那神情，比刚才还八卦了，明显按着梁夏和魏冬的姓氏思路展开联想，给他和毕闻骏编织起狗血往事了。

"他不是我爸，"严杰觉得还是尽早澄清的好，"他是我半个老师，也是梁夏他们的。"梁夏刚才不说她也是棒球队的吗？春天棒球队虽然烂，不至于烂到连这点常识都没有了吧。

教练又不是世袭的！有几个主教练是老子传儿子的？这么好的事情他怎么完全没有听说过？

好不容易吃完宵夜，严杰飞也似地拉着肖静林跑了。吃人嘴短，严杰也不好才擦干净嘴巴就说人坏话，但是上了车之后还是忍不住叮嘱肖静林："你私人生活我也不会干涉，可凡事都要有个度，追女孩这种事情，不能……不能急，你得循序渐进，你这样成天往人家那儿贴，急哄哄的，显得多不值钱。"

严杰无端觉得肖静林的眼神有点鄙视，打了个饱嗝又说："我别的经验没有，追你嫂子的经验还是很可以借鉴的，你嫂子那个人，练长跑的，什么样的死缠烂打没见过？就是靠着我润物细无声的关怀才攻破的。当运动员的女人，心都太大了，我们做男人的就稍微细腻温柔点，百炼钢成绕指柔嘛……”

肖静林听着听着就闭上了眼睛，然后突然听严杰说：“陈冠霆退役了！”他睁开眼睛，有些茫然地问：“什么？”

严杰把手机递过来，他低头去看，就见新闻上一行明显的红字。

“台职强打陈冠霆洒泪退役！”

两岸对抗赛的总决赛在细雨中开打，大陆绯海对决台职芦竹。

在此之前，黑马猎风险胜朝天宫，淮云再一次落败，月河人却意外地在大将陈冠霆伤退的形势下打败了左打成群的飞扬之梦。

春天棒球队众人仍旧聚在梁夏家里看决赛，于雨这几天加班，便给老公下达了好好招待客人的命令。魏东臭着脸端着他的烟灰缸端坐在客厅中央，一口烟一口水果狂吃，比客人还要客人，比上帝还要上帝。

张小春总算知道梁夏为什么那么雌雄莫辨了，她的各种小动作都跟眼前的魏冬如出一辙，简直像是照着模子拓印下来的。带点慵懒的点烟姿势，抽烟时眯眼的神情，邋邋遢遢的走路姿势，难看而又大大咧咧的坐姿，甚至包括那种有意无意的嘴欠——完全白瞎了那么漂亮的长相。

难怪差不多同时入选漂亮球员，柯诗新的女人缘比梁夏好那么多。

秋雨下得时断时续，绯海和芦竹都拼了命地跑垒抢分，天气预报说雨势很可能会增大，他们不得不考虑因为大雨而不得不提前终止比赛的可能性。

这场比赛未必能打满九局，但是一定要决出胜负。芦竹的金志棋是经常被拿来和肖静林比较的球员，或者说，肖静林被拿来和金志棋比较。同样都是豪门球队的王牌投手，同样是全明星赛场上的先发投手常客，同样是靠着惊人的球速三振击球员的速球派投手。

所不同的是，金志棋已经过了黄金年龄，虽然光环仍在，状态却在逐步下滑；肖静林正值球技成熟，风头日趋登顶的年岁，虽然也有过于“听话”又过于“不稳定”的传言。

哪怕黑镰禁赛，他还是凭借一个非官方纪录在职棒圈狠狠地刷了一把存在感，T 城本地的体育记者更是偏袒十足地将头条贡献出来给他。

金志棋虽然年纪大了些，性格却和球速一样的霸道，柯诗新上了打席之后，他已经连续摇了三次头了。捕手纠结不说，连柯诗新都有点不耐烦起来了。

这个投手简直比梁夏还难缠，明明体力已经消耗掉大半了，还是不肯完全专注于投球，比场上的捕手还关注整体局势。

屏幕外的梁夏一边嚼地瓜干一边指着金志棋摇头，“这家伙，啧啧！”语气十分嫌弃。

方梦看得心惊胆战，捕手果然都不喜欢投手太过自作主张，幸好自己一直很乖巧！黄隆沙却看得十分专注，相对于方梦来说，他也是个爱摇头的投手。

他的体力太差，张小春总是忘了这一点；他对自己的决胜球信心不足，张小春本身又是个容易盲目自大的人……

雨中的金志棋犹如战场上服役多年的老马，战意仍存，又因为清楚自己的软肋，故而每一步都走得十分谨慎。

绯海今年照例输给了黑镰，柯诗新也曾在肖静林和梁夏的合作下被三振出局。这本来并不算什么，可有关“亚洲速球王”的讨论正如火如荼着，金志棋还是受到了影响。

其实，各大联赛都没有将最高球速列入评选优秀投手的标准，球速虽然重要，却不是评价一个投手的全部标准。但是，最高球速这个东西，就像本垒打一样，太过耀眼，太过吸引人目光。三支安打和一支三分本垒打可以带来一样的得分，却带不来一样的荣耀。

金志棋也不知道自己从什么时候开始在乎起这样的虚名和光环，捕手考虑到他的状态，想要保送柯诗新，他却始终不肯同意。

他想证明自己仍在顶峰，并不畏惧肖静林畏惧过的四棒强打。

柯诗新挥出了一个长打，在雨中踏着泥水狂奔，冲垒时面目狰狞，一脚铲上垒包时飞溅起来的泥水犹如颗颗断线的圆珠。

芦竹这一仗败得结结实实，柯诗新和金志棋的大幅彩照频频见报，一个张扬得意，一个落寞萧索。

梁夏也收到了柯诗新热情洋溢的短信：“开完庆功会来找你！”梁夏摸摸鼻子，觉得背上的汗毛孔纷纷张开，又麻又痒，说不出是什么滋味。柯诗新最近似乎有无穷无尽的热情向她发散，甜得腻牙；但他雨中抹着泥水的模样也确实让人印象深刻。

梁夏从来不骑马，偶尔看到日历上姿态俊逸的奔马，也会忍不住注目欣赏。

春天棒球队的训练逐渐上了轨道，资金短缺的困难还是没能彻底解决。

方梦的减肥终于开始有效果了，也算是也向着合格投手的目标前进了好几步。孟小运的盗垒技术也突飞猛进，黄隆沙开始学着如何在尽量保持体力的前提下提高控球能力。

比较让人意外的是赵美女，她打击不行，投球不行，跑垒不行，唯一厉害的就是接球——简直像是接飞盘的狗转世。

她的能力这样欠缺，想要在比赛时派上用场就只能拼命进行各种基础训练。赵美女觉得发明这些训练方法的人都是自虐狂，对那么拼命的黄隆沙和方梦完全不能理解。她去找梁夏哭诉，“我不能只当个拉拉队员吗？”

梁夏盯着她看了几眼，然后问：“你看过《红粉联盟》吗？”赵美女茫然不知，梁夏就说：“汤 x 汉克斯和麦 x 娜都参演了。”赵美女满腔热情地去看了，果然被姑娘们因为打球而频频上报的桥段吸引，兴奋地回来练球。

满天星的“星探”们也好好地将春天的女队员们筛查了一番，意外发现，唯一符合罗松要求的朱璇竟然曾经跟罗家老爹有过数次不大光彩的“生意往来”。

罗松再一次深深地鄙视了梁夏的人品，这人……他还真没办法往自己公司里招。

第十二局

分手快乐

柯诗新来那天，T市正好降温。

梁夏训练完正慢吞吞地从公交站出来，就见自家小区门口站着哆嗦得跟抽筋一样的某美男。

柯诗新人美爱靓丽，穿得又单薄又风骚，哪知道一下飞机就遭遇寒流，嘴唇都冻得跟墨镜一样发黑了。梁夏被他的样子逗得合不拢嘴，笑得差不多了才带他上楼。

于雨一打开门就刷拉一下变脸了，倒是魏冬，瞅了一眼就让他进来了。柯诗新实在冷得太厉害了，梁夏抛过来什么就赶紧裹上，坐沙发上抱着热水袋发抖。

这时候抖其实只是生理反应，屋子里空调打得挺高的，又裹得那么严实，全身很快就回暖了。

饱暖思淫欲，吃饱回暖之后，柯诗新就有点蠢蠢欲动起来。但是于雨就在边上，魏冬不知为什么也不回房间了，疯狂地嚼着口香糖在屋里进进出出，跟发疯了的公狗似的。

梁夏一边看电视，一边也不住地吹泡泡。于雨十分淡定地冷笑，“饭后一支烟，快乐似神仙对吧？”梁夏和魏冬十分果断地摇头，异口同声地说：“我们早戒了！”

柯诗新都觉得假，于雨理所当然不会相信他们，假惺惺地表扬：“浪子回头金不换，你们两兄妹都是好样的，一定要继续坚持，争取做到我在与不在一个样。”

到了睡觉的时候，柯诗新犹豫地去看梁夏。梁夏完全没自觉，打了个哈欠就往自己屋走了，倒是于雨一把拉住她，“你晚上跟我睡吧——柯先生，家里地方小，委屈你跟冬子挤一挤了。”

柯诗新眨巴了下眼睛，一时间还有点回不过神，让他跟魏冬睡？

魏冬，真真正正是男人的那个魏冬。

柯诗新对这个长得跟梁夏几乎一模一样的男人还是十分好奇的，刚才吃饭时候就忍不住打量好几回了。兄妹俩吃饭就跟照镜子似的，连拿筷子的习惯都一样。

柯诗新洗了澡，披着短了不少的浴袍坐在床头——真是太诡异了，穿成这样等女朋友他哥一起回来睡觉！

魏冬在外面磨蹭了半天才进来，鬼鬼祟祟地拎着个小包，进来后第一件事是把门给锁了。

柯诗新浑身肌肉都绷紧了，什么意思，要打架吗？

魏冬锁好门之后直奔阳台，柯诗新好奇跟过去，就见他从小包里摸出便携烟灰缸和一盒薄荷糖，再从里面掏出烟来，塞进嘴里惬意地吁了口气，然后才掏出打火机点燃。

柯诗新彻底无语了，回到卧室却突然灵光一闪，掏出手机给梁夏发了条消息：“要不要过来抽烟？”

魏冬在外面过够了烟瘾，穿着拖鞋“踢踢踏踏”地进来，嘴上叼着的香烟一闪一闪，嘴角还带着点笑意。他就这样潇洒任性地叼着烟爬上了床。

真的太像了，可惜啊——柯诗新忧郁地靠着床头叹了口气，魏冬嘴里的烟一抖一抖，也十分遗憾地瞥了他一眼。自己老婆要是肯让自己在床上抽烟就好了。

“喂，你看上我妹什么了？”

柯诗新怔了一下：“看上就看上了，能为什么啊？”

魏冬夹着烟眯起眼睛，正要说话呢，门上的喇叭锁“咔嚓咔嚓”两声之后，突然就转动起来。魏冬掀开被子就把便携烟灰缸和没熄灭的烟头塞了进去。

柯诗新“嗷”一声从被子里蹿了起来，把刚刚推门进来的于雨都吓了一跳。

魏冬飞快地把被他掀开的被子拉了回去，柯诗新被烫得眼泪都出来了，一脸愤怒地瞪着魏冬。

于雨很想直接问自己老公这满屋子的烟是怎么回事，但是柯诗新毕竟是客人，而且现在还衣衫不整地捂着大腿眼眶通红，不得不慰问一下：“柯先生，怎么了？”

魏冬狠狠地冲柯诗新甩了两个眼刀，柯诗新完全不畏强权，声音又大又愤慨：“他用烟头烫我大腿！”

于雨的脸迅速黑了，魏冬故作淡定地坐在床上，“他骗人的，我哪儿来的烟头啊。”于雨过去掀开被子，白烟袅袅，烟头烟灰落了一床。

梁夏早听到声音过来了，柯诗新理所当然地捂着大腿过去求安慰：“你大哥用烟头烫我！”梁夏用无声的唇语回答他：“他不是要烫你，他就是怕我嫂子。”

柯诗新回头，果然见魏冬跟那一床的烟头、烟灰一起，十分落寞地坐在床上，大约是碍着他这个外人在，于雨只拿眼神凌迟他。

梁夏找了医药箱，给柯诗新光荣负伤的大腿抹了点烫伤药，然后说：“你还是睡我屋吧。”柯诗新求之不得，于雨却再一次探出头来，“小夏，你把房间让给柯先生睡吧，你睡书房行吗？”

书房其实就是魏冬经常用来悄悄抽烟的地方，光藏烟地点就N个，梁夏马上顺水推舟地答应了。柯诗新失望地叹了口气。

梁夏的房间乱糟糟的，也没个女孩样，被褥倒都算干净。柯诗新翻来覆去半天，终于跳了起来。

山不来就我，我就去就山！他抓着门把用力一拧，门锁就跟冻住了一般，纹丝不动。

门，似乎被谁反锁了。

梁夏早锻炼结束，意外发现自己的卧室门仍旧紧闭着。

堂堂强队第四棒，居然还睡懒觉！她伸手就去拉门，意外发现居然反锁了。

“柯诗新你是大姑娘吗？”梁夏嘟囔着转动钥匙，“睡觉还兴锁门。”锁头“咔擦”一声松开的同时，门被猛地推开，柯诗新就跟一阵风似的狂奔入对面的厕所。

没多久，就响起惊天动地的冲水声。

梁夏愣了好一会儿回过神，抱着肚子笑蹲在地上。

“你还真当自己是大明星呀？”梁夏无奈地看着围巾、帽子、墨镜全副武装的柯诗新。

柯诗新闷哼一声，拉高风衣领子。

“哎呦，还挺记仇的。”梁夏捅捅他胳膊，“不就憋一晚上尿嘛，至于吗？”

“被关的人又不是你，你当然无所谓。”

梁夏闷笑，半晌才说：“你可以给我打电话嘛。”柯诗新隔着墨镜白了她一眼，“我怎么知道不是你锁的？”

“哈哈哈哈，”梁夏抬手揽住他脖子，踮脚在他带着口罩的脸上用力亲了下，“我跟上帝保证，不是我锁的——陪我去趟球场？”

“干、干什么？”柯诗新的眼睛在墨镜后面瞪得极大，声音也难得有了一丝慌乱。

“方方，就那个左投，你再给指导指导。”

柯诗新张大嘴巴，刚软化的心脏瞬间又揪紧了。就知道她不怀好意！他是来约会的，可不是来当免费陪练的！

梁夏招手拦下一辆出租，拉开车门就要上车，柯诗新拉住她，“在这儿等着我呢！”

“是啊。”梁夏回头，眉毛眼睛里全是笑意，看得柯诗新一愣。

他不由自主就跟着坐了上去，车子发动了，才暗暗叹息：情人眼里似乎真的能出西施，就在刚才，他竟然觉得那眼睛笑得挺阳光挺有暖意的，心跳还微微加速了那么一点儿。

T 城的行道木多阔叶乔木，这时就颇有点落木萧萧的味道，车子穿行其间，像驶过了整个秋季。

柯诗新伸手过去，握住梁夏的手，不出所料摸到一手的老茧，忍不住感慨：

“真想跟你再打一场。”梁夏任由她握着，“行啊，来打城市排名赛嘛。”

柯诗新“哼”了一声，明显有些不屑：“现在这个比赛，名字叫城市排名赛，其实就跟选秀赛差不多了吧。”

大陆并没有类似于MLB和台职的正式选秀会，还在学校念书的业余球员能参加大学生联赛来博取职业球队的关注，社会队的业余球员受到的重视就要小得多，最无奈的事情就是没有合适的大型比赛来打。

城市排名赛的改制，其实也是不得不为之的举动——随着职业联赛的发展，城市排名赛在职业圈的影响力逐渐减少，部分球队甚至觉得这种比赛占用了球队训练时间，经常派非首发球员参加，另一部分则将之变成了新球员的试水比赛。与其看着比赛的可看性这样削弱下去，不如直接改制，将一直被边缘化的社会队的热情调动起来。

黑镰之刃这次提出的“和偶像一起打球”的口号，效果就意外地不错，调动了社会队的热情不说，不少球迷都自发组织球迷队伍，要开进球场与偶像亲密接触那么一次。

任何竞技项目，都是需要群众基础的，尤其像棒球垒球这样遭到奥运退赛的体育项目，对群众基础的希冀更是剧烈。

梁夏原先做好的“全队移籍”打算也就暂时搁置了——T城这样高的关注度，不利用实在可惜。满天星那边动作飞快，庄妍的队伍里就有好几个年轻漂亮的女孩子接到邀请了。

张小春疑虑重重，对抽签分组的赛制简直深恶痛绝：“一共就4个名额啊，要是跟黑镰抽到一组，不是直接被淘汰了？”

梁夏点头，然后拍他肩膀，“所以啊，抽签这个重大任务就交给队长你了。”赵美女迅速瞪住他，“敢抽到黑镰，直接灭了你。”“这又不是我能决定的！”张小春愤怒了，“换不换城市，谁来抽签，大家投票决定！全队公投！”

今天，本来就是全队投票的日子。大家都有点心神不宁，梁夏带着柯诗新一出现，就被张小春吼了：“你看看几点了？我们等了你差不多半小时！”

梁夏笑嘻嘻的：“堵车嘛。”柯诗新无聊地打了个哈欠，拉下口罩，伸手揽住梁夏肩膀。

张小春一句脏话到了嘴边，愣是给他这张突然出现的脸给吓了回去。总有种眼前其实是两个男人，冲破世俗搂一起公开示爱的错觉。

梁夏伸手在他面前晃了晃："没事儿吧？"张小春很想说"色字头上一把刀"，把你身边那个花蝴蝶赶远一点。可柯诗新一点自觉没有，十分自然地黏在梁夏身边，"我跟你说，我只陪那胖妞一个人练，最多不能超过3个打席。"梁夏哄小孩一般在他后背轻拍了两下："知道，知道。"

张小春努力忽略他，干咳两声，"下个月就开放球员和球队注册了，我们总人数是够了，但是还缺个教练。你有什么合适的人选？"

"交给我吧，"梁夏刚摸出烟包，迅速被柯诗新收缴了，嘟囔着继续道，"我明天去看毕老。"柯诗新侧目，"毕老？毕闻骏？"梁夏伸手要抢烟，被他躲开，"毕教练不打死你已经很客气了吧，你想让他把导尿袋砸你脸上啊。"

梁夏叹气，"总得试试不是——美女，你那拉拉队找得怎么样了？服装都定好了吗？"

"人是有，"赵美女嘟囔着，"但是都要钱……还有啊，什么时候咱们球队的队服能改成裙子呀？"这话一出，全部人都震惊了。无论职业联赛还是城市排名赛，对球队服装都是有统一要求的，一人穿短裙，那所有人就都得穿短裙。

赵美女是夺目了，他们这些人怎么办？一群大老爷们穿裙子去打比赛，这是滑稽戏吧！不是大老爷们的方梦也十分激动，都想跳起来逃跑了。她这么胖，穿短裙，简直要人命！

梁夏乜了赵美女一眼，"谁说我们要改球服了，是满天星要改球服。"

这下轮到柯诗新惊讶了："满天星改球服？满天星穿裙子打比赛？"罗松终于不满满天星的不温不火，打算下猛药了？这是要把球迷雷死的节奏啊！

朱璇见梁夏完全没解释的意思，有点看不过眼："不是张毅队长那个满天星球队，是……是满天星集团新注资打算筹建的满天星女子棒球队。"

柯诗新呆了呆，直接向梁夏道："那你还折腾什么，直接去那边不就得了？"张小春的脸色瞬间就黑了，黄隆沙等人也看向梁夏，方梦更是连眼眶都红了。梁夏推了柯诗新一把，"别在这儿乱传谣言啊——我不去满天星，你们谁想去自己去。"

赵美女的表情有了那么点不安定："满天星招人的要求是什么呀？"

"你想干吗？"孟小运迅速瞪向她。"问问而已。"赵美女嘟囔着把接下来的话咽了下去。

方梦小老鼠似的挨到梁夏边上，“小夏姐，明天……要不要我陪你去？”梁夏伸手揉了揉她脑袋，“行啊，穿漂亮点，震死老头子。”

柯诗新觉得光梁夏那个脸就够震死毕闻骏的了。

“那胖妞进步挺大的，你真不考虑去满天星？”从球场出来，柯诗新又一次裹紧了自己。

梁夏摇头，招手拦车，意外地沉默。柯诗新可从没见梁夏这么安静过，“你不是在怕明天的事儿吧？要不要我给你当保镖？”

“你？”梁夏白了他一眼，“绯海狗还是省省吧。”柯诗新一口气噎住，一直进了电梯才缓过劲儿来。

“你在黑镰的时候也这样？”柯诗新嘟囔，“跟不会说人话似的。”

“那能一样？”梁夏掏钥匙开门，“那可是我战友。”“怎么不一样，”柯诗新手“啪”地合上门，将她整个人都抵在了门上，“我们现在也是战友呀。”

梁夏瞥了空荡荡的鞋架，有些心不在焉。柯诗新见她不推拒，干脆吻了上来，舌头灵活地扫过她半合着的牙齿，嘀咕了句“张嘴”，更加用力地吸吮她薄得有些过分的下嘴唇。

听说薄唇的人薄情，他微微睁眼，就见她果然没彻底闭上眼睛，探究似的眯眼打量着他。对上他的视线，她弯了弯眼睛，配合地闭上。

柯诗新把手从她衣摆下伸了进去，有些粗糙的手掌抚在纤细的腰线上，催促似的轻掐了一下，重复：“张嘴。”梁夏不为所动，他便直接凭着经验靠着舌头和嘴唇硬撬了进去，手探到后背微微凹陷下去的脊椎骨上，一节一节探上去。

内衣带子像是锁链一样束缚在紧绷的背脊上，背上的皮肤还出了点汗，摸上去有些潮热。柯诗新愣了一下，微微松开她，“很紧张？”

梁夏靠着门板喘气，“是啊，第一次遇到你这么禽兽的人。”柯诗新刚刚冒出来的那点怜惜迅速就消散了，重重地在她唇瓣上狠咬了一下，“我禽兽？你以为我千里迢迢来干吗的？总不至于是初吻吧？”

“属狗的吧你。”梁夏偏过头，舌头在嘴唇上舔了一下，又咸又甜，果然咬出血了。

说话的瞬间，就觉得他的手掌继续往上，抚上了翅膀一般凸起的肩胛骨上。她身上的衣服也因为这样的动作而高高悬起，露出白皙而健美的腰部。

“我记得你们黑镰宿舍条件挺好的，全是双人间，”柯诗新拿下巴蹭着左边的脸颊，声音也低沉得挠在人心底上，“你住过没？跟谁一屋？”梁夏皱了皱眉，按住他往前挪动的双手，“住过又怎么了？”柯诗新有点不高兴了：“和谁，肖静林？顾远嘉？”

梁夏将他的手从衣服里抽出来，边往屋里走边问：“你下午几点的飞机？”

“心虚了？”柯诗新紧追不放。梁夏不答，伸手进裤兜里去掏烟，柯诗新一把夺过来，揉成一团扔进垃圾桶里，“一起训练一起比赛，没可能一点都没觉察吧？”

梁夏的手还维持着拿烟的动作，侧头看着他。柯诗新被那种赤裸裸的眼神看得有些发毛：“干吗这样看我？”

梁夏垂下眼皮，又去看垃圾桶，最后才抬头看他，“你以前也这样谈恋爱？”柯诗新没接腔，梁夏坐到了沙发上，想了一会儿说，“有缘分的话，以后再一起打比赛吧。”

柯诗新盯着她：“什么意思？”梁夏坦然地看向他，“我以为卖相好的东西也一定好吃，现在尝了两口，觉得也不大合胃口——”

柯诗新的表情精彩极了：“所以你想吃了不付钱？”

“我都没咽下去。”

“你咬了！”

梁夏舔了舔出血的嘴唇，“是你咬的吧？”

“那你也没拒绝。”

“我现在拒绝了呀。”

“你这是在玩弄感情！”

“因为你付出 5 分我付出 4 分，然后我先收回那 4 分要求你也收回那 5 分，我就是玩弄感情？你的感情也太容易被玩弄了！”

“你有付出 4 分？”

“我要是没有 4 分你肯定也没有 5 分。”

……

"总之，你不能不负责！"吵到最后，柯诗新斩钉截铁地表示。

"负什么责任？"梁夏起身，拽着他胳膊往玄关走，"就这么亲一下，你还能怀孕啊？"柯诗新一把甩开她，从牙缝里挤出话来："我不会怀孕，但是我会伤心。"

梁夏无奈地拉开门："婚检不合格还能退货呢，你就当自己验货通不过好了。"

"退货？"柯诗新简直气疯了，"你凭什么退我的货，我哪儿不好了？我个高人帅钱多器大活好还是第四棒……"

梁夏面无表情地将人推出去，再"啪"一声关上门，世界清净了。

肖静林老远就看到梁夏和方梦，一人一个大篮子，装满了鲜花和水果。

方梦最近确实瘦了不少，双下巴都开始消退了。肖静林冲她笑笑，方梦自发自觉地坐到了后座，梁夏则一屁股坐进了副驾驶座。

肖静林发动车子，瞄了她明显肿了一小块的嘴唇一眼，"嘴巴怎么了？"梁夏闷闷地回答："吃东西咬到了。"肖静林狐疑地看了她一眼，踩下油门，车子朝着医院驶去。

毕闻骏做完手术后恢复得一直不好，便一直都在医院静养。肖静林经常去探望，医生和护士也都记得他，但是印象更深的，显然还是不大出现的梁夏。

被病人举着椅子打出来的探望者，谁能不印象深刻呢？

梁夏瞅着病房门有点发憷，拽着肖静林的袖子说："要不然你先进去，探查下情况？"方梦惊讶地看着她，肖静林安慰似的拍了拍她手背。

身后蓦然响起一个声音："你们怎么来了？"

三人都吓了一跳，赶紧转过身。就见一老头拎着吊瓶，瞪着眼睛看着梁夏。老头边上还站着一男人，反戴着棒球帽，手插着运动裤的裤兜，看到她们俩也一脸惊讶。

陈……陈冠霆！

方梦张大嘴巴，梁夏只瞥了陈冠霆一眼，就老老实实地冲老头喊了声："教练。"毕闻骏瞪着她，"又来干吗？"梁夏笑笑，"来看看您。"

"看个屁！"毕闻骏把吊瓶举高了点，示意她们让开。肖静林连忙接住毕闻骏手上的吊瓶，“教练，我来吧。”毕闻骏躲开他的手，执意自己举着瓶子往病房里走。

陈冠霆无奈地耸耸肩，跟着梁夏他们一起进屋。梁夏小声问：“你来这儿干吗？手没事了？”陈冠霆皱皱眉，“这里是医院。”

“台北没有好医院？”

“我主要是来探病啦，”陈冠霆瞅瞅她又看看肖静林，“我们3个……今年一样衰嗳。”

毕闻骏被他那慢悠悠的腔调刺激到，扭头瞪他们，“知道自己衰还来这里气我？全都给我滚蛋！”

“教练——”

连语气都一样的“衰”！毕闻骏把吊瓶挂回到架子上，气哼哼地爬回床上，挂在腰上的导尿袋发出窸窸窣窣的声音。

肖静林把水果和鲜花摆好，拉了几把椅子过来。陈冠霆就在打量梁夏——她今天穿了件休闲款的风衣，里面套着松垮的毛衣，胸前完全就是一马平川。

他忍不住小声问：“喂，你真是女生？”梁夏注意到他的视线：“你往哪儿看啊？”

陈冠霆脸上一红，干咳着退开两步。

毕闻骏躺好之后就盯着梁夏瞪，简直要在她身上瞪出个洞来，梁夏嘴唇上那点小伤也变得显眼起来。

一看就不像什么正经伤口！

“你跟绯海那个小子怎么回事？在搞对象？”

梁夏没敢说刚分手，只好含糊着点头。毕闻骏飞快地瞥了一眼肖静林，“什么时候好上的？”梁夏“哎”了一声：“就……打比赛的时候。”毕闻骏看着似乎很想打人，余光扫到边上站着的方梦，愣一下：“这是那个左投？”

春天和满天星那场比赛毕闻骏是看了，对这个体型巨大的左投，印象还是有点深刻的。

梁夏赶紧把方梦拉到自己身前，“方方，喊毕教练。”方梦蚊子叫似的喊了一声。

毕闻骏对她倒是挺和蔼的，这个胖丫头，还是挺灵的。球路很像顾远嘉，就是实在胖了点。方梦被看得脸红脖子粗，低着头一声也不敢吭。梁夏趁机说："我们组了个队伍，想参加今年的城市排名赛……人倒是够了，就缺个教练。"

毕闻骏不轻不重地"哼"了一声。梁夏给他这一声"哼"得舌尖发痒，要是搁在平时就直接接腔，可毕闻骏上次砸身上的椅子还记忆犹新呢，实在不敢再多嘴了。

肖静林早习惯了她和毕闻骏的相处方式，方梦和陈冠霆可不习惯。方梦还因为羞涩不敢朝她张望，陈冠霆就又一次大大方方瞅着她上下打量了。

刚才只顾着看胸，现在仔细一看，其实脸还是挺正的，这么认真听训的样子，还是有点女人的样子……他正想得出神，无意中对上肖静林的视线，冷不防被冷冷地剜了一眼。

陈冠霆冤枉极了——他可是有正牌女朋友的，而且还是36D胸翘屁股的超级大正妹！肖静林你这样瞪我是什么意思？我只是好奇好吗！然后就听毕闻骏说："反正就是挂名，让冠霆挂你们队上好了。"陈冠霆吓了一跳，连忙拒绝："我过几天就要回去，没时间的。"

"挂个名字而已，要你什么时间？"

"那……那万一要是……要怎么办？"

毕闻骏最不耐烦的就是他黏黏糊糊的讲话方式："什么怎么办，那你要我拎着导尿袋去？你不是要转去做体育主持？"

"是啊，所以还要回去念书。"

"跟着我不就行了，棒球的东西哪个学校老师能比我懂得多？"

这些陈冠霆当然是知道的，不然他也不会千里迢迢跑来求教了，可是……陈冠霆辩解："当挂名教练对我加强播音技巧好像没什么帮助嗳。"

"你成天跟我屁股后面瞎转悠就能加强播音技巧了？躲人到我这儿来，一点儿志气都没有！"毕闻骏嗓门震天。

陈冠霆低着头瞅着地面，他来大陆一来是探病，二来确实就是想躲一躲人。他的手废了，半月板有问题，韧带有问题，新伤叠旧伤，再多的复健都挽回不了。伤退的决定也是在医生再三通牒之下才公布的，队友没有责怪，球迷喊着理解，教练也心疼惋惜。

可惜同情再多，也没办法让他再上球场。自从宣布退役之后，家里人怕他有压力，一个劲儿劝他好好静养，球迷们也动不动就热情探望，连上个公共厕所都能遇到小男孩跟他喊“加油”。简直连个舔舐伤口的私密空间都找不到。

毕闻骏当年在台职时候带过他，这几年也断断续续一直有联系，他便直接赶来投奔了。

梁夏进了业余队伍的消息他也有所耳闻，听说和两岸对抗赛的门都没摸过的满天星打都输得惨不忍睹，她现在的名声又那么糟糕……陈冠霆忍不住又瞥了梁夏一眼，对方也正看过来，对毕闻骏的安排似乎还挺满意的。

他可是拿过台职银棒奖的，而梁夏虽然也拿过大陆职业联赛颁发的金手套奖……估计早就全部回收了吧。挂这个名，完全是在修理他呀！

毕闻骏发表完观点了，就懒洋洋靠在床头上，见肖静林拿了几个水果要去洗，便出声指挥梁夏，“让她去洗，你跟我说说转会的事。”梁夏老老实实地接过水果，小跟班方梦帮着拿了几个，率先进了洗漱间。

肖静林等梁夏进去了才开口：“也没什么，小榕换路明天过来，李仅风接触得差不多了，老韩……”他的声音顿了顿，“老韩我这两天会找他谈谈的。”

毕闻骏长叹了口气：“你要是想当老好人，就让小严跟他谈。”

肖静林的“好人”形象是很深入人心的，哪怕不少黑镰球员反复强调自家队长在训练时是多么的严肃苛刻，严杰好几次表明自己很尊重这位队长的意见，大家还是牢牢地记住了他面对镜头时温和礼貌的笑容。

副队长“魏冬”有时候还噎记者几句，肖静林可不会，遇到不想答的问题，他就冲你笑，和和气气地把话题带过去。唯一强势的就是他的球速了，可投球再猛，也是对着捕手、击球员投的，记者和球迷们是没有这个体验的。

毕闻骏却知道他骨子里的固执，就像水流遇到了阻拦，表面上看是绕道远行了，弯弯曲曲奔流数百公里，最终还是朝着海的方向留去。

肖静林这个人，不像磐石一般坚硬，却有股另类的偏执——当年为了说服他加入黑镰，毕闻骏简直无所不用其极。电话劝说不成，就蹲学校门口等人，连肖爸肖妈都动摇了，肖静林也不为所动。

至于三年后他进入黑镰，毕闻骏将之归纳为时势待人。肖静林虽然固执，却不傻，他看到了职棒在大陆的发展，也了解自己身上的优势。

毕闻骏对韩颂不是不同情不内疚，却也无能为力——体育竞技就是这样残酷，技不如人，无论你有多委屈也只能让贤。

一个首发阵容9个位置，哪一个能随便分派呢？不努力必定没有机会，努力了也未必就能成功。

严杰一提肖静林想弄个新捕手进来的事情，毕闻骏就知道韩颂可能要保不住了，黑镰除了梁夏，最有资格坐正捕手位子的就是他了。现在梁夏出事，黑镰却直接从外队挖人……

肖静林笑了笑，点头，“老韩他要是有意转会，俱乐部不会为难他的，其实，这对他也是个机会。”

梁夏把水果在水龙头底下冲了两遍就算完事了，湿哒哒地捧出来，“教练，要不要给你切成块？”肖静林接过去擦干，再拿水果刀削皮。梁夏嘀咕：“还削皮？那我不白洗了？”

跟在后面的方梦拿着洗好擦干的两个苹果一阵无措，毕闻骏微笑：“发什么呆，自己找个凳子坐坐。”

肖静林削皮技术绝佳，长长的红色果皮缎带一样从白色果肉上面滑落，然后几刀把果子分割成块，插上竹签给毕闻骏递过去。接着是陈冠霆和方梦，梁夏也拿到一个。

毕闻骏的滔天怒火似乎在上次发泄尽了，虽然还是骂骂咧咧凶巴巴的，倒没有再动手的意思，甚至还叮嘱梁夏：“做女人要有女人的样子，搞对象么要专一，想结婚就早点结了，想要孩子现在也可以要了。”

对于女运动员来说，结婚生子是和各种比赛的时间紧密相连的。拿4年一度的奥运会来举例，刚结束奥运会后休养生息的那年就是不错的好时机，不少女运动员扎堆怀孕。棒球已经退奥，对国内选手来说，最重要的比赛就是职业联赛。现在梁夏名声又那么坏，在毕闻骏看来，城市排名赛什么其实都不重要，退隐了生个孩子，也是个不错的选择。

陈冠霆想象不出怀孕的黑镰前捕手是什么样子，只好继续保持沉默，方梦担心地看向她，似乎怕她真的一咬牙就直接结婚生孩子去了。肖静林倒是了解梁夏，人家连上床都不考虑呢，生孩子，跟空气生去啊。

但是毕闻骏那个苦口婆心劝她的口气，怎么听怎么把人往柯诗新那推的感觉，还是让人很不爽。

教练你看到新闻的时候不是很生气很失望的吗，怎么转口就劝她给人家生孩子去了啊！

毕闻骏哪知道他们心里各自的小九九，嚼着水果瞅着垂着头安静听他说话的梁夏。这么看着倒挺乖巧懂事的，可腮帮子不时因为咀嚼而一鼓一鼓的，显然左耳进右耳多出了。

他这辈子带的男运动员里，有脾气火爆的，有私生活混乱的，有懦弱畏缩的，有赌球被开除的……就是没想到唯一带到的一个女球员，竟然也这么让他操心。

当年是怎么恳求自己来着，简直小棉袄一样贴着他心说话，人又机灵……毕闻骏瞅着她又往嘴里塞了块苹果，“咔嚓”一声咬成两块。

唏嘘惋叹吧，好像也叹不起来；暴跳如雷吧，他也跳过了。还能怎么办？

毕竟是自己手把手带上来的人，毕闻骏想起自己当年让她专心练球少跟庄妍、于雨什么的女娃娃纠缠不清，还规定她每次集训都要住宿舍……就觉得一口血憋在胸口上下不得。

住宿舍，那才是真正男女混合，危机重重。

后来回想起肖静林经常将自己和她安排在一个屋，还以为这两人要有点什么，没想到严杰这就八卦兮兮地捧了她和绯海柯诗新搂一起的报纸过来了。找谁谈恋爱不行，非得找绯海人气最高，最吸引黑镰仇恨的那一个，生怕别人忘了讨厌她似的。

黑镰男人都死哪儿去了，唯一的女球员都能被绯海给泡走？今天再看肖静林这副模样，毕闻骏觉得脑壳又疼起来了。

城市排名赛注册尚未开始，休赛期的补强转会业已悄然拉开序幕。

各大俱乐部的球员交易名单也逐渐浮出水面，T城球迷的担忧成为了现实，黑镰之刃最耀眼的年轻强打温小榕转投淮云，救援捕手韩颂合约到期，飞扬之梦用一份价值400万人民币的一年期合同将其收入旗下。

消息一出，黑镰的门口就开始有球迷举牌子抗议——不是说“和偶像一起打球”吗？人全走了，还打个屁啊！

球迷的怒火还没发泄完全，另外两条消息也紧随而来，淮云路明天穿上了曾经属于温小榕的黑镰15号球衣，原飞扬之梦正捕手李仅风以1200万竞标转会费高价转入黑镰，球衣号码10号，正是韩颂曾经的号码。

前后脚消息一对比，温小榕和韩颂的离去就显得有那么点微不足道了。1200万的转会费，还是人民币，要是在MLB，那是没什么好震惊的，但是在大陆职业圈，却已经足够吸引眼球。一个肯花上千万竞标球员的俱乐部，还有什么好担心的？

在两岸对抗赛上载誉而归的猎风和绯海却没有什么大动作，自由球员和培训合同也签，竞标适当参加，却都适可而止。颇有点上早市捡便宜的意思，合算就买，不合算就拉倒。

梁夏把这个话说给肖静林听，肖静林沉默了半晌说："猎风私下找过我。"梁夏"嘿"了一声："你合同没到期呀，他私下找你也没用，是直接私下跟俱乐部开价了吧，多少？"

"没上亿。"

梁夏哈哈哈哈直笑，"让他们竞标嘛，竞标没准就能上了！"肖静林笑笑，"要是可以选择，他们可能更愿意买你，满天星现在也未必不愿意。"

满天星每年的补强工作基本就是炫富的过程，今年却破例低调了，竞标不见他们家出价，自由球员也没几个接到他们家伸过来的橄榄枝，倒是不痛不痒地签了几份培训合同。

大陆的培训合同和日职的培育养成合同类似，一般针对球队认为有潜力、还处在上升期的新人球员，每月领取固定月薪，成绩优异会逐渐转为正式的球员合同，发展要是不好，也可能直接被放弃。

梁夏初进黑镰时，签的就是月薪不到两千的培训合同，运动员的饮食、训练、置装费又贵，很是吃了一阵子苦。

正在猜测四起的时候，满天星宣布成立名为"繁星"的女子棒球队，五名身材火辣的女球员身穿粉蓝棒球短裙美照和球员招募信息同步曝光，还特地做了个身量高挑，拿着捕手手套的女子剪影，据说是高薪聘请的"退役选手"。

退役了的，还是女的，还是捕手——群众们恍然了，除了那个真名梁夏的"魏冬"，还能有谁啊！再仔细一看，又有眼尖的在五名女球员里找到了几张熟悉面孔——出道不久的嫩模汪欣欣，职业垒球联赛的新人投手蓝绮。

“汪欣欣不是模特吗？她会打棒球？”

“那个蓝绮，去年是不是参加了垒球联赛？”

“你看那个招募条件，到底是选美还是选球员啊。”

“女人懂个屁的棒球，当然要看脸。”

“‘魏冬’也不懂棒球？”

“梁夏垃圾梁夏滚出棒球圈满天星垃圾满天星滚出棒球圈！”

“梁夏不能算女人吧？”

“不算女人黑镰怎么被罚得那么惨……”

这剪影弄得春天上上下下都不得安宁，张小春更是悲愤地打电话来指责梁夏：“你个骗子！你不是说不去的？人家海报都印出来了！”

赵美女和眼眶通红的方梦干脆直接跑她家来了，一个抱着她喊，“要走也带我一起走”，另一个坐下来就哭。梁夏感慨：“太有魅力就是不行啊，我简直是天生的活广告，一不留神就被坏人阴险地利用了。”

满天星这一次的队员招募可谓准备充分，多线并行，官方网站和官方微博、各大报纸同步登出消息。五名亮相的美女队员和已公布的优渥待遇是直观吸引，剪影海报则想借梁夏那黑漆漆的名声炒作一番。

黑红，那也是红。放出消息后，报名咨询电话就没停过，报名表也纸片一样从各地飞来，项目经理正满腔大志呢，负责网络的年轻小妹突然就慌慌张张抱着个笔记本冲了过来。

“黄经理，你看！”

黄经理推推眼镜看过去，登时就想骂娘了。笔记本上是梁夏的微博主页，第一条就是他们那个招募消息的转发：“也可以把报名表寄到我个人邮箱上哦。”下面的评论数和转发数都已经超过了满天星官方主页的，点进去一看，全是脏话和诅咒。

这家伙，给攻击成马蜂窝了还不忘混水摸鱼坑他们一把！肯定有不少年轻美眉误会他们是一伙儿的，然后直接把报名表投给梁夏了吧！

黄经理努力克制愤怒，抿紧嘴巴思考对策。

小妹又调出棒球论坛的帖子。主题帖里是和满天星官网一样的招募信息，第三楼就出现了春天棒球队的账号："满天星真是以貌取人，招个女球员还要求那么多，你们打算拿脸抽球啊？我们春天没要求，男人女人都要的哟！"

黄经理禁不住磨牙，拿梁夏炒话题是他的主意，罗松也赞同，没想到被反着利用。利用就算了，居然还故作清高鄙视他们。以貌取人，不以貌取人谁来看啊！就你们春天棒球队那个垃圾队伍，哪个傻子会去？

话是这样说，张小春还是收到了不少站内消息，平均50条里有1个报名的，其中竟然还有连"繁星棒球队负责人："这样的抬头都没改掉的自荐信。

就算你们是被挑剩的，也不要这么自暴自弃啊！稍微有点节操，认真一点好不好！

张小春又是憋屈又是高兴，淘金一样淘了几条比较像样的报名信息出来。打电话过去一了解，4个一听待遇直接挂掉了电话，最后一个口齿不清地表示："我长得不是很好看，你们介意吗？"

张小春听到这话都高兴得快哭了："不介意！完全不介意！"对方也很兴奋，马上和张小春约了时间，结果见了面一看，张小春也吓到了。这姑娘可真不谦虚，这哪儿是"不是很好看"，那脸就跟被陨石砸完又摔进岩浆里涮过了似的。

本着"好榴莲不嫌味道重"的原则，张小春维持着笑容问："你是什么守备位置？左打右打？"丑姑娘茫然地看着他："啊？"

张小春心里真的烦死了，都长成这样了，难道耳朵也不行？

还是陪他一起来面试新队友的黄隆沙看不过眼，接腔问："他是问你什么守备位置。"丑姑娘憨厚地摇了摇头，"我听不懂，我就是听说你们不嫌弃人丑，可以培养普通人当明星。"

当明星！他们不是棒球队吗？怎么就变成娱乐公司了！满天星你们的宣传绝对出了问题了！这儿有个人都被拒绝了还不知道你们是干吗的！

张小春铩羽而归，抱着电话大骂梁夏出了个馊主意。梁夏淡定回答："这才几天？满天星淘了那么久也才淘到五六个，我们是捡他们挑剩下的淘，希望当然更渺茫。"

肖静林对梁夏的做法也是哭笑不得，但也没多劝她，倒是"前男友"柯诗新十分关心，打了无数个电话都被拒接，又实在抽不出空跑T市来骚扰，最后只好直接打去罗柏那里发泄："你是不是勾引我女朋友了？你给多少钱啊，她就肯来你们满天星了？”

罗柏一听就来气了：“我需要勾引女人？女人见了我就跟蜜蜂见了蜜一样！”

“就凭你？”柯诗新不屑。罗柏冷笑：“你以为全世界都喜欢你那个娘娘腔脸？”

“你才娘娘腔，是男人的话赛场上赢我！”

“我赢不了你？”

“你赢过？”……

两人吵了一圈之后才想起来最早的话题。

“你说谁来满天星了？”

“梁夏！”

“……她没来啊。”

“那你们还打广告？”

“烟幕弹，借着炒作一下而已。”

柯诗新郁闷，更加觉得口干舌燥：“那她还转你们消息？”罗柏也很不高兴，没好气地说：“那你得问她去，大约也是浑水摸鱼吧。”

见柯诗新不吭声了，罗柏连忙阻止：“哎哎，先别挂，她真是你女朋友？”柯诗新不耐烦：“新闻上不都写了？”“新闻上还说你一天换两个女朋友呢。”罗柏不屑一顾，“你真的一天换两个？”

“……”

罗柏怕他真挂电话，赶紧把炸弹丢出去好报复梁夏：“这也不能怪我吧。她上次来我们B市还跟肖静林一屋睡，我哪知道你们是不是真在交往啊。”

第十三局

开幕式

虽然被梁夏胡搅了一场，满天星的招募仍旧如火如荼，春天蹲在他们下游，也零零碎碎捡到不少他们抛出来的“弃子”。

梁夏猜得不错，大部分被淘汰的人还真没什么球技可言。在没有女棒职业联赛的情况下，长得漂亮球技好的姑娘少，长相一般球技出色的姑娘也并没有多到满街乱走的程度。水平稍微好点的，几乎全是从垒球队跨界过来的。

张小春现在看到下手投球就觉得眼皮跳。梁夏倒是挺欢迎她们的，可惜跨界选手们大多还有着赚大钱或成大名的梦想。满天星她们愿意去，要钱没钱要前途没前途的春天，就实在不是什么好选择了。

整整一个星期，春天一共就招到一个新人。这队员还不是满天星那儿漏出来的，是自己悄悄跑来的。这姑娘叫孔佳宜，梁夏也认识，是庄妍队里的中继投手，还曾经羞答答地托梁夏给肖静林带过礼物。

老肖粉丝啊，梁夏叼着烟瞅着她笑，“你来我这儿，你们队长知道吗？”孔佳宜抿着嘴巴说：“我又不参加你们的训练，就比赛时候来，不影响的。”

“那就是没说？”

“不行吗？”

“当然行了，我就喜欢你这样有魄力的女孩子，”梁夏把报名表递过去，“不过，你不参加我们的训练，怎么跟我们配合？”孔佳宜冷笑，“跟那些业余队打，还需要特训？”梁夏皱眉道：“我们也可能会抽到黑镰。”

孔佳宜不说话了，梁夏把报名表收回来拿开，凑近她，“你不会就是冲着黑镰来的吧，还是冲着老肖来的？抱着遇到黑镰就输的心思来加入我的球队？”

孔佳宜抿嘴，“遇到黑镰，你们难道能赢？”梁夏摇头，叼着烟坐回到椅子上，“你这态度不对呀，你们队长平时就这么教育人的？”孔佳宜沉默，梗着脖子瞪着她。张小春悄悄扯梁夏衣角，“答应了呗，这个不错啊。”

梁夏乜了他一眼，“看上了？”张小春点头，点完脸“唰”的红了：“谁看上了！我是为球队着想！”“说得也是，我们现在确实没什么资格挑三拣四。”梁夏起身让座，让张小春招呼她，“咱们队长都同意了，那就填表吧。”

孔佳宜这才接过表，龙飞凤舞地把表格填上。梁夏嘀咕：“回头可别说是我引诱你来的。”庄妍那家伙骂人时的嗓门实在太尖了，跟刀子刮玻璃似的。

孔佳宜哼了一声，一脸傲气地走了。

到了晚上，庄妍果然来电话谴责：“梁夏你这个混蛋，哄我们队里姑娘去参加你那个破球队！人家是职业选手，你这是毁她前途你知道吗？”

“真不是我，我哪儿有那么大魅力。”梁夏吐掉烟头，“人家姑娘冲着老肖来的。”

庄妍咬牙切齿，“那肯定也是你怂恿的！肖静林只是参加城市排名赛，又不是来你们春天，她怎么就要跑你那儿去了？”梁夏笑了，“女孩子的心思我哪儿知道。”

“既然你不想要她，赶紧拒了。”

“谁说我不想要？我求贤若渴呢。”天上掉下来馅饼，哪有放着不要的。

“天下就没有白吃的午餐！我告诉你，人家喜欢肖静林好几年了，现在当你是头号情敌。你以为人家真心要帮你赢比赛？”庄妍充分发挥她八卦女的特质，深入挖掘自家孩子潜在的阴暗心底，“她恨不得你第一轮就被淘汰，你让她进春天，就是自己作死。”

梁夏淡定地挂了电话，才刷完牙，电话又响了。肖静林劈头就问："你和柯诗新分手了？"梁夏愣了一下，迅速否认："没有的事，谁又传谣言了？我们挺好的。"

"柯诗新自己跟我说的。"

梁夏噎了一下，狡辩道："情侣吵架嘛，常有的事情，他那个人就喜欢说气话。"

"我说气话？"柯诗新的声音蓦然插了进来，"你跟他那点破事别以为我不知道，罗柏全都告诉我了！你们这对狗男女……"电话里"哗啦"一声巨响，接着就重物落地的声音。

"肖静林你敢打我！"

"砰！"

"疯狗……"

梁夏喊了一声"老肖"，压根没人理她，只好抓起外套往外狂冲。

等她赶到肖静林家，两人已经打完架了。地上全是砸碎的摆件，还跌破了支长颈玻璃瓶，流了满地的水。柯诗新整张脸都青青紫紫的，肖静林腮帮子肿起老大一块，正拿冰块敷着脸。

梁夏无语地看着他们："我说，至于吗？"柯诗新抬头狠狠地瞪她，肖静林防备地站起来。柯诗新愤然："贱不贱啊！这我女朋友！就分手了也是前女友，你急个屁！护个屁！"

肖静林丝毫不为所动，拿着冷敷包，冷飕飕地看着他。柯诗新一屁股坐回到沙发上，"世界上怎么会有你们这种人，真晦气。"

梁夏自觉应该做点什么，肖静林便十分自然地像往常一样撩起衣摆露出背上的青紫让她帮忙喷药雾。这情形柯诗新见过好多次了，赛场上有个撞伤浮肿都是经常的，肖静林作为投手自然是跑垒员努力"合理冲撞"的对象。队医忙不过来的情况，队员之间互相帮助一下，也是常有的事情。

可今天见了就尤其不爽。打人不打脸，肖静林那家伙绝对是故意的！

柯诗新拿着药膏，冲梁夏大吼："喂，过来帮忙！"梁夏瞥向他，肖静林接过她手里的喷雾要过来。柯诗新郁闷死了："谁要你帮忙啊，你是我女朋友不要的备胎，有点做情敌的自觉行不行？"

肖静林停下脚步，表情说不出是愤怒还是悲伤。梁夏叹气，接过药膏，狠狠地在柯诗新脸颊上挤了一大坨。她自从丑闻事件之后就没剪过头发，柔顺的短发勉强没过耳朵，带了点女性的柔美。

柯诗新被软绵绵的棉签触碰着伤口，不知怎么竟然有点紧张。早知道她跟肖静林什么也没发生，就不跑来找他打架了，这么把自己的底牌一亮，登时连立场都丧失了。

他还觉得自己是处于“男友”和“前男友”的转换期，肖静林可是直接把他归类为被抛弃的“前男友”了。柯诗新越想越郁闷，才一动脸上的肌肉，就疼得太阳穴直跳。梁夏换了根棉签，“我就奇怪了，你就这么闲？”

柯诗新当然不会告诉她自己是听信了罗柏的谣言专程赶来找情敌决斗的，含糊着表示：“我是来拍广告的，顺路过来。”“顺路跑我家来拍广告？”肖静林毫不客气地揭穿，“怕主人不在，还提前一小时打电话预约？”

柯诗新觉得全身的血液又沸腾了，虎落平阳被犬欺啊！自从听说他被甩，肖静林那家伙护短的姿态就摆出来了，知道的明白他是在护食，不知道的还以为他是正统娘家人。

护食，那也得是你们家食盆里的东西好吧！

柯诗新脑子转了一圈，坚决果断地表示：“上次那个分手，不能算的啊，你自己也说了，情侣吵架嘛。”

肖静林冷冷地看着他，梁夏拿棉签在他额头的肿包上狠狠地压了一压，“有道理，分手这么郑重的事情，不能这么随便——老肖给做个见证，我们就在这儿正式分手好了。”

柯诗新愣住，梁夏接着又问：“要不要写个字据什么的？”

肖静林禁不住笑了出声，柯诗新推开她的手，坐了一会儿，也自顾自笑了起来。笑点这种东西，似乎是会传染的，三人笑了半天，最后连看地上的碎玻璃都挺滑稽的了。

都奔三的人了，还跟早恋的高中生似的，为争风吃醋大打出手。

柯诗新戴着墨镜裹上围巾出门的时候，走路都有点不大利索——肖静林打架是典型的阴狠型，专门挑他重要的部位袭击。击球员要跑垒，他就使劲踹他膝盖，人气球员兼着好几个广告和形象大使，攻击上半身时候就完全照着脸打。

柯诗新扭头见梁夏还没走的意思，凶巴巴地问："还不走？"梁夏拿起墙边的扫把，"你把他家弄成这样，我总得帮着打扫下吧？"

柯诗新又一次提高了声音："那花瓶是他自己撞翻的！"

这一年的除夕来得分外的早，连带着把梁夏和魏冬的生日也拖到了大年三十。于雨领着两人吃饱喝足，又看了场电影，接着非要带两人去买生日礼物。

除夕夜啊，满大街的人。于雨精力旺盛地拉着他们俩往人堆里挤，还尽挑特别淑女的衣服往梁夏身上套。裙子倒还好，梁夏比较承受不住的是那个十几厘米的高跟鞋："嫂子，我穿这么高都快赶上老肖了。"

于雨侧目，"你又不想嫁给他，比他高有什么关系？"

她拎起这件觉得好，再瞧瞧另一件也不错，还指挥魏冬给梁夏拍照："看看，好好的妹妹被你养成什么样了，还得我出马才行。"魏冬含糊地"嗯"了一声，于雨夺回手机，越看越是喜欢，随手就发到了朋友圈里。

于雨的朋友圈，加的人可多了——梁夏在棒球圈里的好友，几乎全和她有联系。

八卦的传播速度，向来都是以秒计算的。照片很快被转了出去，八卦小天后庄妍更是把众人的反应描绘得绘声绘色，梁夏想也知道肯定又少不了挨骂，坚定冷酷地不上网。

好好过年最要紧，谁还管那些吃饱了撑得慌的八卦党。

城市排名赛开始接受注册申请之后，不少因为各种原因没法独立建队的球员开始寻觅良队加入。一支参赛队伍的名额上限是 24 人，春天原来就有 14 人，加上新加入的孔佳宜，一个从满天星那捡漏捡过来的女大学生，也只有 16 个人，足足还有 8 个名额。

张小春满怀希望地等着良禽来择，一个多月了也没什么消息。倒是今天除夕夜，来了不少报名电话——全是爷们儿不说，还直接开口就问："梁夏是你们队的吧？"

张小春心里狐疑，春晚也不想看了，握着手机四处打听。到底给他找到了"始作俑者"——梁夏那张被转了几万次的照片。

高个子女孩穿长裙确实显身材，她又穿了高跟鞋，更显得颀长高挑。黑色上衣衬得脸如白玉，红色的长裙因为走动而微微扬起裙摆，像黑夜里漠然半阖的鲜艳玫瑰。

红与黑，那是黑镰的颜色啊——

还有人翻出她当年上杂志拍的那一张香水代言硬照对比——黑色的西服，后梳的黑发，身后是层层叠叠的红色玫瑰。

张小春都看得一阵恍惚，他记得这期杂志还是她第一次拿金手套时候拍的，那时和于雨的婚讯也没爆出，T城有不少小姑娘激动地追着喊男神。身高172厘米也没拦住女球迷花痴的心，硬是质疑官方是不是弄错了身高，直到有人截了“魏冬”和队长肖静林站在一起的照片出来对比……

那时候张小春自己的书店也还没开起来，偶尔还和孟小运一起去摆夜市，最热衷的话题就是黑镰的几个当家球员。黑镰的2号，投手丘对面的指挥塔，靠着自己实力从培训球员直升为当家捕手的励志典范。

而今天……张小春瞅着屏幕看了良久，翻了她的主页出来，注册小号，干巴巴地在那留言数已经突破4位数的招募发言下敲字：“生日快乐！”

他反复刷新了几遍，这条留言始终浮在最上面，过了好几个小时，才终于有人发了条没什么营养的脏话。

寒冬已至，旧岁将逝，新的一年也马上要开始了。

3月19日，城市排名赛开幕。

对比其他城市的开幕仪式，T城的开幕式现场简直可以用星光璀璨来形容。

球队按区来排，春天排在风神翼龙边上，张小春和李霖肩膀挨着肩膀站着，站在梁夏边上的是上次被她压着粘打的投手，不时偷瞄她。

赵美女一个眼刀飞过去：“你看什么呢？没见过美女啊！”梁夏赞赏地拍拍赵美女肩膀，这家伙就这点特讨人喜欢，攻击别人还能记着先夸奖一下己方。风神翼龙的投手没吭气，又用余光瞥了不远处的朱璇一眼——这个春天棒球队，真是极品集中营啊！

黑镰排在各代表队的中央，黑色镰刀标志十分显眼，夺走了大部分媒体的关注度。

这次请来的开球嘉宾是在贺岁片市场上大力揽金的影后金玫，三十多岁的年纪，保养得非常好，穿着低腰牛仔裤，青春得像18岁少女。影后投球投得虽然没什么力道，场外的粉丝却疯了一样在那儿喊叫。

赵美女不屑地嘀咕：“有什么了不起，我要是也有嘉盛天娱老板做靠山，肯定比她红多了。”方梦小声安慰她：“你比她年轻多了，还有好多机会呢。”

赵美女登时热泪盈眶，果然还是自家队友好啊！多贴心！

张小春一边敌视着隔壁的风神翼龙，一边四处瞅来瞅去，果然看到不少社会队里的强将，至于学校队就更不用说了——T城大学生联赛的冠亚军队伍全部来了。

张小春暗暗给自己鼓劲，他们队也是有强人的啊，朱璇先不提，梁夏一个就能顶别人好几个了，这还没算缺席的孔佳宜和陈冠霆。

张小春挺起胸膛，觉得运动员进行曲都不那么老土了。

开幕式结束之后是各队的分组抽签，张小春洗了三四次手，才哆哆嗦嗦地进去。各队队长中，就数黑镰之刃的肖静林最显眼了。昔日大球星如今近在咫尺，还真是名副其实的“和偶像一起打球”。

T城这次共有24支队伍，第一轮直接抽签进行淘汰赛——这也就意味着，第一轮抽到黑镰的那支队伍，几乎百分百会直接被淘汰掉。

肖静林拿了牌子，工作人员报了一声“23”，排在肖静林前面的几个队长立刻兴奋了。

“我是10号！”

“我是8号！”

“我是15！哈哈哈哈哈！”

几个人笑了半天，才猛然发现其中有一对是你死我活的敌对。按照，1号对战24号的排序原则，10号的对手正好是搭着他肩膀哈哈大笑的15号。两人对视半晌，10号尴尬地收回了自己的爪子，讪讪地笑笑。

接下来抽签的队长们个个神情紧绷，张小春仿佛能听到他们的心声：不要2号，不要抽到2号！因为，他自己也是这样深深期盼的。偶像归偶像，比赛归比赛，谁也不想第一轮就被淘汰出去。

李霖还是排在他前面抽签——自从知道那天的“煤球”是梁夏之后，李霖对张小春就差不多完全采取无视态度，有点类似于球迷之间对“叛徒”的冷漠旁观和忽视。

谁叫春天收留了黑镰的大罪人梁夏呢？但是话说回来，这位大罪人要是一边认错一边积极地加入风神翼龙，李霖倒未必会舍得拒绝。毕竟，浪女回头，千金不换嘛。

张小春等在后面，突然就觉得前面的李霖身体震了一下，然后就听到工作人员喊："2号，风神翼龙。"

张小春一颗心"噔"地落到了实地上。屋里的其他人也全都松了一口气，大家都同情地看向了呆若木鸡的李霖，彷佛看一具心跳骤停的尸体。

张小春见他一直不动，便伸手拍了拍他后背，"想开点吧，多难得的运气，跟'魏冬'打完，又可以和肖静林打了。"他这话不说还好，这一说，李霖彻底悲从中来，眼眶都红了，鬼魂一样晃悠着出去了。

张小春自觉危险已过，十分轻松地从箱子里掏了一个号码牌出来：4号。

张小春眨巴了下眼睛，然后就见边上一个多事的探头去看电子屏，"4号春天棒球队，对战21号T城大学队。"

张小春脑子里嗡的一声，T城大学队？是他知道的那个出过肖静林出过梁夏出过顾远嘉出过庄妍的学校队？！

身后有人说："让让啊，我还要抽呢。"又有人说："发什么愣啊？"

张小春也跟李霖一样气瘪了，晃悠了半天才回到梁夏他们边上。大家一窝蜂把他围了起来，孟小运心眼最坏，故意冲着隔壁集体缄默的风神翼龙吼："队长好样的，听说咱们没有抽到黑镰啊！"

张小春点头，孟小运夸张地大笑出声。梁夏见张小春神色不对，伸手搭住他肩膀，"抽到哪支队伍了？"张小春张张嘴，还没出声呢，就见两个穿着校服外套的T大学生冲着这边挥手，"梁夏学姐，下周我们一决胜负咯！"

孟小运的笑声戛然而止，连乌云笼罩的风神翼龙都往这边瞥了几眼。

T城大学队，可是有"黑镰训练营"外号的队伍啊！

梁夏愣了一下，笑了，冲那俩学生回喊："尽管来，输了别哭！"方梦刚才已经被吓蒙了，这时又因为盲目的个人崇拜而燃起了希望，小声问梁夏："小夏姐，我们已经……已经比他们强了？"

梁夏笑容依旧，嘴唇几乎完全没动，从喉咙里逼出一点儿声音："输人不输阵嘛，晚上开始急训。”刚竖直了耳朵的张小春又想哭了，恨不得自己是个天生聋哑的。

T 城的第一场比赛可谓人山人海，万众瞩目。

新加入的当家捕手李仅风，四棒强打路明天，大陆速球王肖静林……以至于风神翼龙的队伍出场好半天了，现场的记者才勉强记起他们：“啊，黑镰今天的对手是风神……翼龙，风神翼龙队。”

然后，然后就没有然后了。

电视机前的解说嘉宾也有点小尴尬：“这位是风神翼龙队的投手，右投左打，决胜球应该是……指叉球……哦，这个指叉球问题挺大的。太紧张了吧，毕竟对手是黑镰……路明天挥棒了，全垒打！之前在两岸对抗赛哑火多日的路明天一到新俱乐部，第一棒就是全垒打！不知淮云的主教练有没有在看比赛，非常精彩！”

第一局，第二局……一直到第三局，肖静林都没出场。

李霖瞅着电子屏上那可怜的“0”，欲哭无泪。虐菜是什么意思呢？虐菜的意思就是：你躺盘子上，我拿着筷子，夹一口，吃一口，夹一口，吃一口。

黑镰之前憋屈太久，这场比赛明知实力悬殊，硬生生没控制好力道，在主力球员没上齐的情况下就给风神翼龙来了个漂亮的15:0。裁判团开始商量着要不要直接中止比赛了，结局已经注定，再打也就是刷刷数据。职业圈里的豪门球队啊，对着一小小社会队，胜之不武啊。

第四局开始，黑镰的主力球员开始被替换了。顾远嘉也上去热了身，三球三振，下场时候连汗都没一丝。他四下寻找，没看到人，于是跑去和肖静林嘀咕：“队长，梁姐没来呀？”

“集训呢，”肖静林看着场内的队员，“他们抽到了T城大学队。”

顾远嘉“啊”了一声，心想什么人品啊，转悠了一圈说：“我感觉那个方梦，挺不错的。”肖静林“嗯”了一声，顾远嘉又说：“人虽然胖了点，挺有灵气的。”

肖静林终于抬头，“你有话就直说。”顾远嘉尴尬笑笑：“下次去春天，带我一起去呗，我单独约她，总约不出来。”肖静林终于明白他那句“挺不错”的意思了，不是球技挺不错，是人挺不错，臭小子发春想泡妞了。

比赛终止在第五局，比分 31:0，风神翼龙成为了 T 城第一支被淘汰的队伍。

肖静林带着顾远嘉驱车前往球场，顾远嘉就跟麻雀似的嘀咕个不停："哎呀队长，我都还没换衣服，鞋子挺脏的，身上还有汗臭……"

肖静林心不在焉地安慰他："没问题的，这样比较有男人味。"顾远嘉的眼神立马变得十分膜拜了，有道理啊，都是玩棒球的，运动员的荷尔蒙不就是在汗水中发散的嘛。

到了春天那个训练用的球场，老远就看到梁夏在教孟小运冲本垒。

张小春蹲在那儿，梁夏跑得飞快，临冲到本垒了往本垒板后一拐，避开他的触杀，一掌"啪"的拍在本垒板上，干脆利落极了。

顾远嘉赞叹，赞叹完又对肖静林刚才的话产生了疑虑——队长一副对女人很了解的样子，可是追女友完全不行嘛！

梁夏拍拍手爬起来，冲他们喊："赢了？"肖静林笑了笑，顾远嘉也跟着下车。

春天和 T 城的比赛排在第 3 天上午，这也就意味着，他们只有一天半时间来调整状态了。要是搁以前，孟小运很想八卦一下风神翼龙的倒霉败绩，可是自家对手这么强，他也实在放心不下。

梁夏一起身，他就照着冲了一次垒。张小春上了梁夏一次当，这次经验丰富了，封垒时候也注意到了身后的空隙，直接将孟小运封杀在本垒。

孟小运泄气："他都知道我下个动作了。"梁夏再一次站到三垒垒包上，离垒，冲刺，跟上次一样的动作。张小春瞪大眼睛，眼睁睁看着她开始滑垒，沙土飞扬，足尖都朝着他屁股踹过来了，临到本垒板前却突然改变了方向，整个人侧滑向前，这回，换成左手拍在本垒板上了。

"漂亮！"顾远嘉都想鼓掌了。梁夏边拍裤子上的灰边向孟小运道："他有防备，你就更应该有防备，多动动脑子。"孟小运无话可说。

肖静林找了个地方坐下来看梁夏手把手教人，顾远嘉蹲另一边看方梦甩毛巾去了。方梦被他看得满脸通红，放下毛巾找刘辉做投捕练习。

顾远嘉赶紧起来，"我来接你的球吧——击球员也得多练习跑垒吧，梁姐那儿在教跑垒，你去看看呗。"刘辉受宠若惊，他只是个弱队里的大板凳啊，这辈子都没打出过一支安打呢，被顾远嘉这样的人物一口一个击球员的喊，整颗心都荡漾了。

春寒料峭，方梦的脸却越来越红，都快烧成火炭了。刘辉屁颠屁颠地跑梁夏那儿去了，方梦捏着球，尴尴尬尬地看着顾远嘉戴上护具，蹲下。

就当……就当他是小夏姐吧！方梦咬咬嘴唇，踏板，投出。顾远嘉稳稳地接住来球，“好球！尾劲不错！”

方梦勉勉强强投了几个，实在扛不住他那明眼人都看得出来的热情，小跑着也往梁夏那边去了。顾远嘉叹了口气，摘下面罩，不都说投捕是夫妻，看来也不能尽信啊。再往肖静林那儿看，就见他正一眨不眨地盯着那边不时摔倒又爬起来的身影。

孔佳宜板着脸背着包过来时，看到的就是这么个扎眼的情景。

她可没从肖静林身上得到过这么热切的视线，偏偏这个得到黑镰队长关注的命运宠儿还不自知，浑身脏兮兮的，扯着破锣嗓子喊：“重心放低！注意保护手臂！”

这人全身上下到底哪里像女人了？孔佳宜愤愤地删掉那条通知集训的短信，又是后悔又是庆幸。要是不来，就不用看到这么讨厌的场景；可要是不来，也看不到肖静林了。

她脱了外套，拎着包慢腾腾走到肖静林边上，他不知是刻意忽略还是看得太专注，居然一直都没注意到她过来。

“肖队长。”孔佳宜咬咬嘴唇，主动打了个招呼。肖静林意外地转过头，见到她，明显有些意外，扯扯嘴角笑了笑，说了声“你好”，就又把头转了过去。

看个屁啊！孔佳宜都想吼了，你们一起打球那么多年，还没看够？！她郁闷地在肖静林身边站了一会，认命去换了衣服，往梁夏那边走去，“不是说要练配合度？你陪我练，我要练投球。”

梁夏把脏兮兮的球帽摘下来，“你迟到了整整两个小时。”孔佳宜冷哼一声：“你配教训我吗？”她的声音不大，确信肖静林是听不到的。

梁夏倒是挺干脆的：“既然这样，你就回去吧，替我给庄妍带个好。”

孔佳宜愣住了，肖静林还在后面看着呢，要她现在走人？

梁夏说完，又开始跟孟小运讲解动作：“刚才那次不错，但身体重心……”

孔佳宜有些慌乱地转过头，果然见肖静林奇怪地看着她。

“我……”孔佳宜犹豫了半分钟，暗暗握拳，“梁……梁姐。”梁夏一副“你还有什么事”的表情，孔佳宜指关节都要握碎了，“迟到的事，对不起。”

“光说有什么用？绕场跑完 20 圈再归队。”

孔佳宜瞪大眼睛：“梁夏你……”

“怎么了？”肖静林不知何时踱了过来。孔佳宜迅速收声，牙齿差点咬到舌头。梁夏摊手：“老规矩，迟到绕圈跑呗。”肖静林没什么劝阻的意思，只是十分理解地点点头。

孔佳宜可怜兮兮地看了他一会儿，慢腾腾地挪向场外。

20 圈，20 圈！

第十四局

投手的心思

对于棒垒运动的选手来说，跑步是基础中的基础。尤其是投手，没有体力，如何面对如狼似虎的击球员?

孔佳宜虽然不甘心，但还是老老实实跑完，满头大汗地回到了场内。其他人都在休息了，梁夏和方梦、肖静林等人坐成一圈，正嘻嘻哈哈说着什么，见她过来，全都沉默了。

分明就是在说她的坏话！一定是在告小状！

孔佳宜心里惊涛骇浪，脸上表情就更加脆弱无助。

顾远嘉小声跟梁夏嘀咕："她没事吧？好像快哭了。"梁夏不答，反而向肖静林说："帮忙指导下呗，我估计她一时还适应不了棒球比赛的强度，不过底子是不错。"

肖静林"嗯"了一声，起身冲孔佳宜挥了下手。顾远嘉暗暗感慨，队长真是太贤惠了。尤其跟前副队在一起的时候，简直是无底线纵容和溺爱。

孔佳宜的风格和庄妍一样，下手投球，连球速都不怎么快。肖静林示范了几球，球速惊人，孔佳宜脸红扑扑的，满目都是崇拜。

肖静林把球抛回给她，冷冷淡淡地回到了自己原来的位子上。孔佳宜紧跟在他身后，拧开矿泉水送到他嘴边。他摇摇头，自顾自拿了梁夏放在一边的运动水杯喝水。

孔佳宜黯然，装着弯腰整理鞋带，眼泪大颗大颗落到草地上，鞋带都勒进肉里了。

梁夏轻推了肖静林一下，“怜香惜玉一点儿啊，肖……”肖静林转头凝视她，那眼神一反往常的温柔安静，锋利异常。梁夏心虚地摸摸鼻子，跳起来几步走开：“接下来做模拟练习，二出局情况下一、三垒有人，老黄来投球，朱璇上打席，孟小运去一垒。”

被分到游击手位置的张小春满怀悲愤，怎么一来模拟对抗他就被分到弱的那方？！但是想想 T 城大学队的实力，又闭嘴了。

孔佳宜心理素质好，掉完眼泪也凑了过去：“我排哪个位置？”梁夏对她的自愈能力还是很佩服的，四下张望了下，把一垒上的人换了下来。

棒球与垒球不同，一垒上并没有另设安全垒，冲撞也激烈得多。孔佳宜太久没接触棒球，身为投手自我保护意识又强，登时就有点跟不上节奏。

黄隆沙踏板，突然朝着孔佳宜这边投球牵制，离垒不远的孟小运迅速回垒，回扑时扬起的黄土让孔佳宜恍惚了一下，接丢了黄隆沙的传球。

黄隆沙和孟小运看她的眼神都有点奇怪——你不是职业运动员？这反应，跟个门外汉差不多呀！

球回到黄隆沙手里，再次踏板，还没开投呢，孟小运突然开跑。黄隆沙想要牵制已经来不及了，孔佳宜整个人都被震了一下。

孟小运垒那么远，刚才黄隆沙都牵制过一次了，她居然还没有回过神——是了，这是棒球，不是垒球，跑垒员可以盗垒，可以在投球之前离垒直接开跑！

孔佳宜觉得自己简直像是掉进蛋花汤的水煮蛋，明明都是蛋，她就是跟别人不一样！

也是这个时候，她发现梁夏没跟她约定暗号——梁夏这回的引导范围极大，手不时扶个面罩拍个肩膀，除了自己和作为进攻方打席的朱璇，黄隆沙等人全往她那儿看。刚才那次牵制和盗垒，明显是她故意引导的。

孔佳宜都想摔手套了，这分明是在孤立她！而且，她是投手，凭什么把她换成一垒手！

黄隆沙那个垃圾球速，也配当首发？孔佳宜本来就心有不满，发现自己被欺负了，迅速就要捍卫权益。

“我是投手，凭什么让我站一垒？”而且，一垒都已经有人了，除非牵制传杀，不然她就只能眼睁睁看着孟小运冲二垒而已。

梁夏站起身，拿下面罩，“你要上投手丘？”

“废话！”

梁夏看向黄隆沙，“老黄……”黄隆沙好脾气地点点头，说：“我没问题，我去一垒吧。”

棒球场比垒球场大多了，孔佳宜戴好手套，再一次站上学生时代站过的投手丘，遥遥看向对面蹲捕的梁夏。

梁夏的头发长了不少，用皮筋在脑后扎了个麻雀尾巴，戴上面罩之后，脑后那一簇头发就尤其明显。孔佳宜在学生时代也曾留过这样长度的头发，踏板投球时，因为头发不够长，经常有较短的头发从皮绳里漏出来。那个时候，她最擅长的就是模仿肖静林的投球，投球姿势惟妙惟肖，连他扔滑石粉包的手势都学。

假如有女子职业球队，她应该会一直投下去，一直霸住属于自己的投手丘吧。

和仰慕的偶像在同一片蓝天下，站他站过的投手丘，投他投过的球种……春日午后的阳光照在身上，晒得她脸颊都有些发烫。

孔佳宜眯起眼睛，估算着自己出手点到梁夏的距离——朱璇身量颀长，应该是典型的长打型选手……她微微俯身，目光落在了梁夏垂着的手指上：握拳，食指弹出……位置偏低的曲球，并没有要求全速投球。对于控球派的孔佳宜来说，这个球的难度并不算大。

她慢慢直起身，下手投球的出手点本身就低，往低了投，自然是她的拿手好戏。朱璇打击能力虽然不错，对垒球投手常使用的低抛球却不熟悉——起码正式对战的经验是没有的。

面对全然陌生的球，朱璇选择了观察，没有挥棒。球却意外地偏离了好球带，梁夏手套往下一探，稳稳地接住来球，起身回传，“适应得不错，再投一个试试。”

孔佳宜出手的时候就隐约猜到自己这球的计算点有误了——距离和球体大小确实有差距，她没想到的是朱璇居然完全不挥棒。只要能引得朱璇挥棒，这一球就能算好球了。

孔佳宜正要接球，眼看就要回传的梁夏却突然将球传往一垒，孟小运惊呼一声，回垒回得摔了个狗啃泥。黄隆沙哈哈大笑，孟小运抹了一把脸上的泥，“搞什么，你不是在跟投手说话吗？”

梁夏给了他一个“你还太嫩”的眼神，孔佳宜再接到球，犹豫一下，突然说：“我想试试四分之三侧投。”

梁夏点头，“行啊，这也方便你牵制。”孔佳宜握着球，轻轻地吁了口气。这个女人，似乎也没有那么讨厌。这个念头才冒出来，就听梁夏又问：“最近有练习过侧投？没有的话，先下去练几球吧。”

孔佳宜缓和的脸色迅速又绷紧了：“不需要！”

白色的小球飞出，以一种把蓝色的苍穹一分为二的力量划出弧线，上升、滑行，然后坠落。

孔佳宜看着梁夏张开手套把球接住，眼睛里带着那点笑意，暖得她自己也振奋不少。

并没有完全忘记啊！

这次城市排名赛，除了T城，最引人注目的就要属B城。

满天星虽然没有参赛，广告却在赛场周边贴得到处都是——罗柏等人作为外援，也注册报名，参加了繁星的队伍。

那位“退役女选手”的身份也正式曝光了——当年曾经随国家队征战各国的垒球队投手袁敏。袁敏因为嫁入豪门而低调退役后，几乎很少在公众面前出现，垒球又不是国民度很高的运动。因而，几乎可以用销声匿迹来形容她。这一露面，打什么位置还是其次的，最被人热议的就是她跟富豪老公离婚的传闻。

繁星本来话题度就高，虽然一直被攻击“卖肉”、“卖脸”，但球员也是真“要身材有身材，要脸蛋有脸蛋”。有了男队强力外援的加入后，还新加入了“卖球技”的特点。

无数球迷在那儿嘀咕，外援上场的话，穿什么球服？繁星现在公开的球服，可全都是裙子！罗柏就算长得不错吧，穿裙子打球真的没问题？

梁夏也很好奇，但是更关注这次首战的对手。魏冬已经几天没和妹妹好好说上几句话了——梁夏不是在球场，就是在去球场的路上，再不然就是和毕老打电话。T 城大学队各场比赛的录像都被她翻烂了，光记录就做了好几本。

柯诗新中间也电话骚扰过几次，内容无非是“听说你们抽到大学生队伍，什么人品啊，要不要我来给你当外援啊”之类的废话。

于雨对此十分不屑一顾：“就知道说风凉话的男人，千万不能要！”

城市排名赛第三天，T 城中心体育馆，春天棒球队对阵 T 城大学生队。

于雨特地请了假来观战，观众席上密密麻麻全是大学生，扛校旗的，吃瓜子的，拿助威棒的，小团体负责后勤服务的。体育老师兼教练带着学生球员出场时，全场都跟狂欢似的躁动了起来。

请那些收费的拉拉队实在太贵了，春天唯一的拉拉队还是孔佳宜自带的粉丝，几个姑娘拿着写了“孔佳宜”的牌子，都没敢举高，心灵脆弱的那个干脆连眼眶都红了。

这些棒球迷本来就暴力，平时在网上掐来骂去，一言不合大打出手的新闻也出过好几起了。不低调，她们几个绝对要被打残的吧！

只有来为姐姐加油的朱筠昂首挺胸坐着，还带着手持的 DV 准备录像。

赵美女也作为参赛队员穿上了春天那身绿球服，不化浓妆不穿奇装异服的情况下，她还是算得上美女的。她进场之后瞅了瞅被那边欢呼声包围的朱筠和孔佳宜的粉丝，忍不住冲朱璇和孔佳宜嘀咕：“朱小妹和那几个小丫头完全不行啊，太不自信了。”

朱璇好脾气没应声，孔佳宜火了：“你自信，你怎么不去？”赵美女“哼”了一声：“我是球员。”“不会打击也能叫球员？”孔佳宜鄙视。赵美女不为所动：“这不是垒球比赛，可不能用铝制球棒，你等会可别丢人——还职业球员呢！”

孔佳宜瞪圆了眼睛，却反驳不了了——铝棒和木棒的差异，她当然很清楚，之前几天的训练她就已经深刻体会到区别了。

人这么多的地方，挂名教练陈冠霆当然不乐意露脸，只在电话里敷衍地说了句“干巴爹”，就算完成身为教练的任务了。张小春被黄隆沙死命捂住嘴巴，才没问候他远在台北的老爸。

梁夏进场之后四下张望了一会儿，目光突然就停顿了一下，然后弯弯嘴角，露出了个不大明显的笑容。朱璇顺着她的目光看过去，正瞄到一个摇晃的身影被人扶着进了包厢。

扶人的那个高个似乎有些像肖静林，被扶的那个，朱璇却没认出来。方梦小声嘀咕：“小夏姐，那是毕教练？”

梁夏“嗯”了一声：“老头来一趟不容易，咱们好好打。”

T 城大学队一水的红白色队服，队长赵期身高体壮，长眉大眼，在学生中人气极高。

他已经预签了球队，明年一毕业，就将披上猎风的战袍了，张小春站他边上都觉得压力极大。

赵期面无表情地看了张小春一眼，将手伸向了边上正准备朝副队长厉原杰伸手的梁夏，“魏学姐，好久不见了。”梁夏愣一下，握住厉原杰正打算缩回的右手，“是好久不见了，听说你签了猎风，恭喜了——原杰也好久不见了哟。”

厉原杰嗖的涨红了脸，匆匆一握迅速缩回了手，“好久……不见。”

赵期没握到手，便改抓着张小春的手晃了晃，甩什么不干净的东西一样飞快甩开，“学姐还真是天生当副队长的料，在黑镰的时候当副队长，到了业余队还是副队长。”

梁夏笑笑，“你比我强，天生当队长的料，祝你早日当上猎风的队长。”

猎风的队长兼捕手林成殊正是当打之年，对赵期还有伯乐之恩，是整支队伍的核心。赵期当然不希望林成殊离开，林成殊不离开，他自然不可能当队长。

梁夏这个祝福一点都不美妙，简直像诅咒。你们队长才马上转会或退役呢！不对，张小春这种队长，别说不可能转会，真转了能有什么损失？压根没人会稀罕，跟林成殊完全没有可比性。

赵期在心里冷笑：你梁夏再厉害，总不能把垃圾变黄金吧？春天这破队伍的配置他们早调查过了，压根没几个能打的，稍微有点看头的投手还是个打垒球的。

等会打得你们哭爹喊娘！赵期一边往自家捕手那走，一边握了下拳。

跟他后面的厉原杰只觉得学长表情一抽一抽的，跟犯了毒瘾一样。

出乎大家的意料，春天的首发投手居然还是黄隆沙。

赵期瞅着春天的休息区哼了一声："看不起我们的第一棒？"T城大学生队的第一棒是大一新生侯敏，年纪虽然轻，个子也不高，打击率却不低。

梁夏瞥了他一眼，快速地打完暗号。黄隆沙微微点头，投球。十分平稳的一个正中直球，测速器显示出了148公里/时的球速。侯敏没有挥棒，连眼睛都没眨一下。

第二球，梁夏要了个指叉球，侯敏在球出手后突然改握棒姿势，触击。

砰！球向一垒滚去，黄隆沙冲过去捡起了球，扔向充当一垒手的孟小运。但是侯敏显然更快，球还在半空，他已经开始滑垒了。

"上垒！"裁判出声，孟小运郁闷地甩了甩满头的黄沙。

场外的学生观众们疯狂了，打了鸡血一样呐喊，助威棒敲得栏杆都震动了。

T城大学生队的第二棒笑意盈盈地从准备区上来，站到了梁夏的右侧——这是个左打。

对于黄隆沙这样的右投投手来说，左打球员显然是不受欢迎的。梁夏回传完，慢慢地蹲回到原位，余光瞥了一眼侯敏离垒的距离，十分自然地按了下面罩。

会盗垒？黄隆沙有些狐疑地拿余光往一垒方向扫了扫，并不敢和一垒附近的侯敏对视，这也是梁夏之前千叮咛万嘱咐的。

牵制球讲究的就是出奇制胜，黄隆沙等对方第二棒准备好了才开始上板，一副完全不懂牵制的懵懂模样。梁夏满意地扯了扯嘴角。T城大学队的休息区，教练也高兴地揉了揉脖子。那个中年投手果然是门外汉，眼睛瞧都不瞧一垒跑垒员一眼。

侯敏接收到了自家老师的暗号，按原计划，盗垒。侧投的右投投手，左打的击球员……盗垒的机会与风险并存，成败就看攻防双方谁更棋高一着了。

黄隆沙右脚踏上投手板的瞬间，侯敏状似无意地微微弯了弯腰——黄隆沙合手，侯敏突然朝着二垒飞速冲刺！

这个时机，是他认真计算过的。要是等他开始投球时再盗，黄隆沙必然直接暴投传球给梁夏。虽然有直接被传球牵制的危险，但是，球在一个不大懂牵制的业余投手手上，肯定比在老奸巨猾的梁夏手里安全。而且，投手上板后不能退板，黄隆沙要传二垒，整个身体得转过去面向二垒垒包……侯敏偷跑的瞬间，观众席就开始骚动，助威棒“哗啦哗啦”响，甚至有人喊出了“盗垒王侯敏”的口号。

然后，就见那个长得一般，小腹微凸的中年投手跟跳芭蕾似的以踏着投手板的轴心脚为中心，快速地转身，左足猛然朝后大跨步踏出，挥臂传出！

危险！T 城大学队主教练心里“咯噔”一下，就见豪迈转身的黄隆沙把球直接传到了跑得飞快的游击手张小春手里。

这种情况，不该直接传二垒？二垒手眨巴了下眼睛，正想问张小春要不要把球给他呢，侯敏一看机会逝去，及时止损，已经迅速转身往一垒跑去。

盗垒不成，自然要快速回垒。张小春这次没犯傻，知道自己跑不过人家，大喊着孟小运的名字挥臂传球。梁夏也甩了面罩跳起来大喊：“一垒手！触杀！”

触杀，顾名思义，就是防守方要用持球的手接触到跑垒员的身体某一部位使得跑垒员出局。手套啊裤子啊衣服啊，只要在他回垒前碰到，那就算成功触杀。

孟小运边跑边张开手套接球——球飞得总是比人跑得快的，小球落入手套的瞬间，侯敏紧急刹车似的停顿了一下，再次转身跑向二垒。

孟小垒一边再次把球传向离侯敏最近的张小春，一边大喊：“张哥，球！”张小春还没接到球呢，侯敏再一次改变了方向，冲向外野。

没完没了了！张小春咆哮着紧跟在后面，梁夏冲着赵美女喊：“左外野手傻了？围上去堵人啊！”赵美女这才清醒，连忙也小跑了起来。三人半包围着将侯敏驱赶向了网墙，学生们瞪大眼睛，纷纷给侯敏鼓劲：逃啊！快逃啊！

球在张小春等三人之间传来传去，包围圈越缩越小，侯敏最后背都抵上墙了。张小春狞笑着拿着球冲上去，化身为苍蝇拍，将 T 城大学这位小弟弟毫不留情地拍死在铁丝网上。

裁判“出局”的腔调都有点扭曲了。简直一点儿风度都没有啊，梁夏感慨着捡回了面罩。

张小春一脸狂喜，没抢到触杀的孟小运和赵美女都一脸遗憾。这可比模拟训练的时候刺激多了！

梁夏鼓励一样向他们宣布："配合得不错，一出局了，大家继续保持。"

场外一片哀嚎，有学生愤愤大骂："好无耻啊！"一直沉默的朱筠忍不住扭头，声音细细地反驳："盗垒本来就会被触杀，又没犯规。"那几个学生狠狠瞪了她两眼，干脆跳起来大喊自己喜欢的球员的名字。朱筠涨红了脸，把 DV 往前挪了挪，嘀咕了两声"春天加油"。

学生们的心思也很单纯，场上要赢，场外的应援也一定不能输。听到她喊，立刻卯足了力气吼，瞬间就把朱筠她们的喊声淹没了。

朱筠想到视频里很可能全程都是敌队的加油声，眼眶都红了。孔佳宜的那几个粉丝你看我我看你，其中一个犹豫着拉了拉朱筠的胳膊，"不然，用赵小姐的办法吧。"

赵小姐的办法？朱筠疑惑了一下，那位粉丝从包里掏出赵美女的那套一人拉拉队装备，红着脸环顾了下四周，摁下了播放键："春天花会开，鸟儿们自由自在……"

T 城大学队的第二棒杜丰宇并没有选择触击，第一棒挥空，第二棒界外，第三棒再一次挥空。他皱着眉头下场，跟从准备区站起来的第三棒厉原杰嘀咕："每个球角度都好刁钻。"

厉原杰拍拍他肩膀，站到了梁夏身边。梁夏抬头冲他笑笑，"很紧张啊？"厉原杰憨憨地笑笑，梁夏接着说，"不要紧，我尽量快点送你下去。"

好脾气如厉原杰，也闷闷地收起了笑容。

黄隆沙看过赛前梁夏整理的资料，知道厉原杰打击能力其实很不错，只是因为身高的限制，才一直排在第三棒，第四棒的赵期最可怕的是长打，厉原杰则是那夸张的上垒率。

梁夏果然没再配球速虽快却容易被打出的正中直球，厉原杰眯着眼睛，没有挥棒。

球的角度果然很刁钻，这轮已经二出局了，假如他再不上垒，就要攻防互换了。当然，假如他成功上垒，赵期队长必然上场打击。即使有梁夏的配球，黄隆沙想要压制住赵期，还是太有点不自量力了。

第二球呼啸而至，厉原杰跨出一步，挥棒。

砰！球撞上球棒之后急速飞出，厉原杰扔了球棒就跑。

一支漂亮的内野安打。

二出局，一垒有人，T 城大学队第四棒击球员上场打击。梁夏也十分自然地举起了手：“春天换人！”赵期不可置信地扭头看她，牛棚压根没有投手在练习，居然直接换？！

换谁？孔佳宜？

从休息区出来的却是装备齐全的方梦，场外场内都一片哗然。这个胖妞是谁？！她能压制赵期？

梁夏陪方梦不紧不慢地做了几个回合投捕练习，赵期站在击球区，拿球棒去敲鞋底，泥巴扑扑扑落在地面上：“学姐，瞧不起我啊？”

赵期是看过春天和满天星的比赛的，这个胖妞，连黄隆沙都不如吧，唯一的优势就是左投。

对，赵期确实是左打，和大部分棒球队一样，T 城大学队也是锯齿形打席。第一棒是右打，第二棒左打，第三棒右打，第四棒左打……

梁夏干咳一声，把球回传给方梦，“年轻人，不要妄自菲薄，也不要狂妄自大。”赵期冷哼了一声，举着球棒活动了下手腕。

方梦在休息区里已经做过简单的热身了，身体前倾，认真地看着梁夏的暗号。有了侯敏的被触杀在前，一垒的厉原杰明显安分很多。但是，方梦还是在上板前郑重其事地多看了他两眼。厉原杰无语，我知道你在防着我，但是不需要用这种眼神看这么久吧，我又不是贼！

第一球投出，速度不错的外角滑球。赵期在看清球路之后，呼吸有一瞬间的停滞。这个球的角度……赵期舔了舔嘴唇，这是黑镰顾远嘉的投法！

他没有挥棒。

第二球，仍旧是一模一样的外角滑球。赵期紧了紧球棒，挥出。

球进入手套的声音沉闷而黯哑，他挥空了。

两好球，零坏球，才两个球就到决胜局了！梁夏一边起身回传，一边瞅着一垒的厉原杰笑，“很不错！两个好球了，马上就能结束这局了！”

方梦接了球，理所当然地又瞥了厉原杰一眼。厉原杰郁闷地往一垒方向回站了一点儿，他是一垒跑者，不是在三垒啊。你们有必要这样吗？

有种就投个牵制球，一直看是怎么回事……正这么想着，球居然真的飞了过来！

厉原杰飞速扑回一垒，手拍在垒包上，又麻又疼。他记得那个胖投手已经开始做投球动作了啊，这么拼命，不是想看死他，分明是想直接把他踢出局。

赵期却已经无暇顾及这位投手的牵制是不是有些用力过猛，他反复回味着刚才的那两个外角滑球，球是从身体外侧开始滑入的，他要成功击到球的话，手臂应该……

他在心里反复演练，手臂的动作始终别扭僵硬。作为左打，当然知道黑镰的中继投手顾远嘉——专克左打的中继投手。可无论看过多少次比赛，都没有一次真正的临场对决冲击大。

决胜球，还会是外角滑球？

梁夏仿佛看透了他的想法一般，声音不大地提醒："这个决胜球，你肯定打不到的哦。"

打不打得到，我自己不知道吗？赵期盯着投手丘，梁夏在废话的时候已然打完手势了，方梦整了下帽子，再一次踏板投球。

果然还是外角滑球！赵期握紧球棍，屏住呼吸……白色球越来越近，在靠近本垒板之后，突然有了一个小幅度的"飘动"——伸卡球！

赵期硬着头皮挥出了球棍，理所当然地挥空了。

"击球员出局！"

场外的学生观众们一时都忘了出声，寂静的观众席上只有朱锜手里的小音箱絮絮叨叨地唱着"春天花会开，鸟儿们自由自在……"

上半局结束，T 城大学队竟然被压着一分没得！

"干得不错！"梁夏那沙哑的声音在场上回荡，"下半局好好打！"游击手张小春同志的笑声更大，简直有点张牙舞爪了。

孟小运瞅着自己边上站着的厉原杰，他还在垒上呢，但是半局结束，这就算残垒了，下局开始时会直接清除。孟小运怜悯地拍拍他肩膀，"你是副队长吧，刚才要是喊个'带我回家'什么的，没准能激发一下你们队长的斗志呢。"

小人得志！厉原杰涨红了脸瞪他，孟小运被他恼怒的眼神看得十分开心。

对于春天这边慢悠悠的动作，裁判团十分不满，梁夏连忙招呼他们，“别磨蹭了，赶紧下来，换场了！”

方梦迈着小内八从投手丘上下来，梁夏拍了拍她后背，方梦觉得整颗心都酥软酥软的，甜甜地喊了声：“小夏姐。”

“嗯，投得不错。”

方梦轻轻“嗯”了一声，脚步都轻快了不少。她不由自主又喊了一声：“小夏姐……”却见梁夏冲着场外某处挥了挥手，她也随着梁夏的目光看去，遥遥看到了毕闻骏和肖静林的身影。肖静林边上坐着的顾远嘉，对上她的视线，特地摘了墨镜朝她挥手。

方梦赶紧低头，梁夏道：“下半局应该轮不到你打击，你好好看看我给你的那些资料，第二局第一个上场的是对方第五棒，是个擅长抽打的右打……我会在适当的时候换佳宜上场。”方梦点头。

她们回到休息区，孟小运已经飞快地换下一垒手手套，拿好球棒了。

梁夏叮嘱：“记得啊，直接触击打。”孟小运点头，“知道了。”说完，扭头去看方梦，“方方，赶紧抱我一下，给我一点你的好运。”赵美女一把拉过方梦，“运气？人家那是苦练的成果！”方梦的小胖脸“唰”一声红了。

张小春忍不住催促：“孟小运你磨蹭什么呢！赶紧上场！”孟小运挤眉弄眼地跑出去了。

梁夏一边皱眉一边跟出，这家伙跑都跑成S线了，其实……很紧张吧。朱璇也是跑垒指导员，跟她并排走着，“别担心，上半局他们也没拿分。”梁夏摇头，“方方是左投，我不可能用中继投手打满全场。”

下半局开始，学生观众们收拾好情绪，重振旗鼓，这边助威棒“哗啦哗啦”响，那边有音乐社的带了架子鼓电吉他来助阵，唱的还是那首《逆风飞翔》：

“我相信一切自己掌握。

长满茧的双手，紧紧握着球，

将命运投向胜利的那头……”

梁夏站在跑垒指导区，也轻轻握了握拳，手掌上的厚茧密密麻麻，像是一路走来的绵延脚步。

他们春天的终点，当然也是胜利。

“哎——”毕闻骏已经不知是第几次发出感叹了，肖静林岿然不动地坐着，顾远嘉就忍不住要悄悄打哈欠了。

“这几个丫头可惜了，要是男人……哎——”毕闻骏拍了拍扶手，一脸惋惜。

这话顾远嘉就不爱听了，队长介不介意梁夏的性别问题他不知道，他还是很介意小胖妞的性别的。要都变成男人，那他怎么办啊？毕闻骏却已经全身心沉浸在比赛里了。

T 城大学队的首发投手叫卓悦，今年大四，189 厘米的身高，球速很快，学的肖静林的打法。严杰对他挺有好感的，但那小子也奇怪，明明一个劲儿模仿了，却对外界评价他“像”肖静林十分反感。对于黑镰递过来的橄榄枝，既不拒绝，也不接受。

顾远嘉在 T 城大学队当救援投手时，才刚大二的卓悦就已经是先发投手了，当年头顶黑镰当家捕手光环的梁夏来当大学生联赛 T 城赛区的评委，连 T 城大学队的老师都向她推荐了风格鲜明球速凶猛的卓悦，梁夏最后相中的却是马上就要毕业离队的顾远嘉。

毕闻骏是知道梁夏的考量的——卓悦几乎就是肖静林的翻版，肖静林压制不了柯诗新这样的左打，卓悦这么个毛头小子自然更不行。

而顾远嘉，这个在学校队时并不算显眼的左投到了黑镰之后焕发出来的神采简直叫原来的队友羡慕嫉妒。这位中继投手投球的局数并不算多，却次次给人印象深刻。甚至有人称呼他为“左打的克星”，左打成群的飞扬之梦更是闻“顾”色变。

卓悦对顾远嘉当然是嫉妒的，哪怕拿年龄当了无数次理由，黑镰当年选择的确实是顾远嘉，而不是他卓悦。两年过去，他也已经面临毕业，也接到了黑镰的邀请。但是，卓悦心里明白，哪怕他去了黑镰，顾远嘉的地位也远非他所能企及的。

黑镰已经有了黄金年龄的肖静林，他再想要冒头并不容易。即便他的球速越来越快，外界给予他的评价，也不过是一个“小肖静林”的外号。对比顾远嘉，这个称呼太寒碜了。

顾远嘉可不知道这位学弟这么努力在和自己较劲，他全身心都在关注梁夏和方梦。

卓悦的第一球飞出，孟小运就知道为什么梁夏叮嘱他一定要触击短打了。球速太快，凭他现在的技术，抽打风险实在太大了。

“好球！”

孟小运握紧球棒，挪了挪脚，第二球了，会是什么球呢？

第二球的球速又一次飙上了154公里/时，孟小运一手握住球棒上方，触击。

“砰！”球朝着投手丘方向滚去，孟小运扔了球棒飞快跑去。

上垒！上垒！孟小运咬紧牙关死命往前冲刺，风擦着脸颊呼呼作响，垒包越来越近，可以开始滑垒了，身体重心要放低，哪怕是击球员也是要保护好胳膊的……一垒手在他开始滑行的前几秒钟接到了球，左手持球，干脆利落地踏着垒包弯腰，球和手一齐碰到了孟小运结实有力的小腿上。

“出局！”孟小运一时没动，等裁判又提醒了一声“击跑员孟小运出局”，才有些茫然地爬了起来。他回过头，正见卓悦往投手丘走，一垒手伸着脖子冲他喊：“传得好！”球果然是卓悦捡到了。捕手也很开心，声音洪亮地宣布：“一出局了！魏冬的队伍也没什么可怕的！”

孟小运想要反驳，声音却卡在喉咙里，有些呆呆地走回到了休息区。

赵美女很快过来唧唧呱呱了：“什么水平啊你！”黄隆沙倒是很厚道地试图安慰他：“放松点，连柯诗新也不能保证次次上垒呢。”

孟小运“嗯”了一声，去看第二棒的张小春打击。孔佳宜排在第三棒，跟他们又不大熟悉，见他下来，拿了球棒就打算往外走。

孟小运忍不住提醒：“他球速很快，球路……球路跟肖静林很像。”孔佳宜瞥了他一眼，独自拿着球棒去了准备区，嘟囔：“不过就是个冒牌货，嚣张个屁！”

张小春这次神威发作，在观察一球、挥空一次之后，连续打出了两个界外球，最后被一记让黄隆沙汗颜的高速指叉球三振出局。

二人出局，垒上无人。孔佳宜站到了左打击区，卓悦深深地看了她一眼，坚定地对捕手的暗号摇了摇头。投手并不是提线木偶，孔佳宜自己也经常对着不能领会自己意思的搭档摇头，可这个后辈做起这个动作来，却让她觉得不舒服。

那种带点独断专行的蛮横表情，出现在一个投手脸上，实在是太叫人倒胃口了。投手固然重要，罔顾队友的意愿，可不是什么好兆头。卓悦在连续摇了三次头之后，投了个 158 公里 / 时的正中直球。

158 公里 / 时的球速一经显示屏显出，全场掌声雷动，那么多投手模仿肖静林，却少有能模仿到卓悦这个水平的。

孔佳宜郁闷地叹了口气。跑垒指导区的梁夏也笑了，“还真挺快的。”卓悦冲着孔佳宜抬了抬下巴，“孔学姐，你不好好待垒球队，跑这儿来凑什么热闹？棒球场可没有安全垒……”

孔佳宜握紧了球棒，不耐烦地打断他：“投你的球吧！”

第二球，孔佳宜终于挥棒了，球高高飞起，在外野落下，被飞速奔来的外野手顺利接到——外野高飞球，孔佳宜被接杀。第一局结束，比分 0:0。

刚从跑垒指挥区下来的朱璇才刚进准备区，就又跟着回跑换装了。

第十五局

方梦的投手丘

方梦再一次站到了投手丘上，T 城大学队的大三男生郭海洋上场打击。

这个球员身材高大，站姿又有点大开大阖的架势，好球区都比别人大上不少。梁夏看了他一眼，冲方梦打了个手势，方梦愣了一下，点头。

郭海洋侧头看了昔日只能仰望的“魏学长”一眼，梁夏回了他一个和蔼的笑容。郭海洋被她这一笑弄得五味杂陈，说不出自己心里到底是厌恶多一点，还是崇拜多一点。他跟赵期、卓悦不同，他没什么在棒球上出人头地的大梦想，来打棒球纯粹出于爱好。他首先是一个黑镰球迷，其次，才是 T 城大学队的队员。

对于当年在黑镰呼风唤雨的“魏冬”，他是打心底里热爱崇拜的，对于现在这个害得黑镰停赛丢奖杯的梁夏……郭海洋握紧球棒，看向投手丘的方梦。

垒上无人，方梦也就不用那么露骨地去用眼神“牵制”了，踏板、合手，投出……

球投出的瞬间，梁夏突然站了起来。郭海洋一脚已经迈出了，连忙稳住球棒，这才没有空挥那么一下。球轻轻松松地进入梁夏手套，观众席的加油声都停顿了一下。

故意四坏保送！这在当年，可是柯诗新级别的击球员才有的待遇。

那边休息区的赵期脸都涨红了——他才是那个幻想过被保送上垒的人，没想到梁夏宁可保送郭海洋！而他自己，却结结实实被方梦三振出局。

坏球一个接一个地投出，郭海洋有些无奈，T 城大学队教练也眼神沉沉地看着场上的情况。

第六棒自然又是个左打。

方梦认认真真地投了一个牵制球，再一脸严肃地三振了这位左打。

第六棒倒是有心来个牺牲打的，可是投手球路这么刁钻，居然连触击短打都失败了。

第七棒上场前，梁夏要了暂停。她身上穿的是春天的球服，戴的护具却是自己的，黑色的手套、黑色的面罩，走上投手丘的姿势也仍旧是那么懒懒散散的。

她揽着方梦肩膀，拿手套半挡着嘴，“还行吗？”方梦“嗯”了一声，梁夏于是笑了，“第七棒是个小个子，80% 会用触击牺牲打，你随便投，让郭海洋上二垒。第八棒是卓悦那小子，第九棒是捕手，都没什么可怕的。郭海洋是个乖宝宝，盗垒一定会咨询他们教练的意见，只要防住盗垒，他们这局基本拿不到分了，有信心没有？”

方梦的脑袋挨在她肩膀边，一个劲儿地点头。

第七棒观察了一球，第二球果然用了牺牲短打，二人出局，郭海洋单枪匹马推进到了二垒。二垒是个比较敏感的位置，和左打一样，捕手要是不调整姿势，打出的暗号很可能被二垒的跑者看到。每个球队甚至每个捕手不同比赛的暗号都是不同的，但是总是有规律可循的，捕手和教练的暗号被破解，也并不是没有发生过。

郭海洋显然很想窥探一下春天投捕之间的秘密交流，死命地盯着梁夏。卓悦见郭海洋那愣小子那么露骨地偷窥暗号，便想帮着分散下梁夏的注意力。“学……”话出了口，他却又卡壳了。T 城大学队里，再没有人比他更想得到梁夏的认可了。就是她，否认了自己，成就了顾远嘉。

那个“姐”字，卓悦无论如何都吐不出来，最后还是含含糊糊地挤出个类似于“长”的发音。一鼓作气，再而衰，三而竭。卓悦出师不利，下面的话全成了茶壶里的饺子，闷闷地泡成了一壶面疙瘩。

梁夏倒是很淡定地应了一声，还随口加了句："乖啊，好好打。"站在捕手区后面的主裁判严肃地咳嗽了一声，这算什么交流啊，口水仗也没有这样的打法呀。

卓悦第一球就挥空了，他是典型的强投弱打，T 大这边本来也没指望他上垒拿分，只期望他能来个牺牲打或者给郭海洋弄个盗垒的机会出来。

但现在已经二出局了，卓悦和郭海洋都咬紧了牙关想拿下 1 分。方梦连着牵制了两次，郭海洋离垒的距离才又回去了不少。

梁夏微微皱起了眉头，方梦的优点是认真，缺点也是认真。她的投球质量并没有下降，牵制也还是那么卖力，但是体力也正在被快速消耗。梁夏原先计划在第四局换她下来，按现在这种消耗，方梦未必能撑满第三局。

一场棒球赛九局，而垒球比赛一般却只有七局，孔佳宜连投满七局垒球赛的经验都不多，让她来投七个满局，对她的压力太大了。

按城市排名赛的规则，已经换下去的投手在这场比赛是不能再次上场了的，春天的牛棚已经没有多余的投手来更替了。

第二局比赛最终结束在卓悦的出局上，郭海洋止步二垒，比分仍旧是 0:0。

回到休息区，梁夏随手一摸，就发现方梦里衫全部湿透了："去里面换个衣服，喝点水，好好休息一下。"孔佳宜有点看不下去："下一局让我上吧，我这局肯定不用上打席了，我跟刘辉去牛棚热身，行不行？"

梁夏深看她一眼，点头，"你先去热身，时候到了我自然就换你上去了。"手套戴到一半，又走回到她身边，"你是我们最后一个投手了，别让我们失望啊。"孔佳宜脸上一僵，拿了手套，拖着刘辉就走。赵美女惊奇："她是不是害羞了啊？"

梁夏拿起球棒，和朱璇一前一后往场内走去。朱璇一上场，场外观众有了点小小的轰动。

美女啊！还是那种身材凹凸有致，五官明艳，一眼就能看到的美！繁星那几个美女球员，也就这个水平了吧——连投手丘上的卓悦都意外了一下，开赛前他们是注意到朱璇这个名字的，但怎么也没跟这个站在队尾的美女对上号。能在有梁夏的队伍打第四棒的美女球员，居然没被满天星给捞走？他们还以为是个纯粹的花瓶呢。

朱璇摆出了娴熟的打击准备动作，居然还是个左打！春天上次跟满天星的录像里，没有这号人啊。捕手也很郁闷，刚才和教练商量了半天，在国内的垒球选手里压根找不到这个叫朱璇的左打强棒的资料，连她擅长什么球路都不知道。

他思忖着看了休息区的教练一眼，按着约定配了个快速指叉球。卓悦皱眉，似乎想要摇头，犹豫着点了点头。

一球飞出，朱璇没挥棒。不擅长指叉球？还仅只是观察？捕手于是尝试着配了个坏球，朱璇仍旧不为所动。

应该是看穿了是坏球吧，不然不会连试图挥棒的动作都没有。准备区传来了一声沉闷的笑声，捕手先生瞬间觉得背脊凉飕飕的。那边发笑的人他倒是很了解——那是梁夏，T 城棒球圈曾经的神捕手、场上指挥塔、扇形区教练、金手套得主、全明星首发捕手……捕手先生再一次要了快速指叉球。

卓悦又一次果断摇头，捕手也很郁闷，任性的学长不肯投这么消耗体力的球了。可是，这是你最擅长的球了，你又不会伸卡球，对方毕竟是第四棒，难道要投正中直球？

正中直球也被否决了，投手的第六感最没道理，没什么原因，就是直觉这个球会被打中。

但是卓悦自作主张的次数实在太多了，捕手扭头去求助教练。

这场比赛打得太忧郁了，两局下半了，到现在还一分没得，教练也要求投指叉球。卓悦虽然蛮横，也不想违逆教练，不大情愿地点了点头。

球飞出，朱璇挥棒，挥空。

教练的眼睛亮了，捕手也有点小激动，指叉球果然不是她擅长的球种！接下来已经到了最后一个决胜球了，理所当然还是快速指叉球。

卓悦这一次没有异议了，信心满满地投出了球速达到 150 公里 / 时以上的指叉球。

朱璇跨出一步，挥棒。球被稳稳地击中，朱璇扔了球棒向着一垒冲去。

卓悦一愣，看着飞出的白色小球下意识要跟着跑动，被赵期喝止：“投手去补二垒！”二垒跑者已经冲着落在内野的球冲去了，朱璇身材健美，漂亮的大长腿跑起来十分有力，滑垒时帽子脱落，一头秀发跟洗发水广告似的在风中飞扬。

这一下确实精彩，司垒裁判声音都有点小激扬：“上垒！”

春天的休息区猛然爆发出一声清脆的喝彩："好样的！加油啊！春天加油！"赵美女这么一嚎，场外的朱筠也激动了，红着脸站起来喊了一声："姐姐好棒！"

T 城大学队要了暂停，梁夏懒洋洋地从准备区拄着球棒站了起来。朱璇害怕的球，正是卓悦不会的伸卡球。

T 城大学队的暂停是以争吵结束的，卓悦的心情显然很不好，投出的球都带着怒气。

梁夏没挥棒，捕手有些诧异地看了她一眼，打了第二个球的暗号。

朱璇试图盗垒，卓悦连牵制球都投得气势汹汹，接球的一垒手也一脸无奈。刚才，捕手提出了保送梁夏，教练居然也考虑了。卓悦显然觉得自己被看轻了，梁夏再厉害，那也是个捕手！还是个女捕手！

第二球投出，梁夏还是没动，准备区的黄隆沙眼皮跳了一下——这个情形，似乎有点熟悉。当然，很可能是他想多了。风神翼龙和 T 城大学队，又没有可比性。

卓悦虽然疑惑，心里到底还是有点兴奋的。捕手和教练怀疑他的能力，而现实是，他压制了梁夏。一球是为了观察，连续两个好球不挥棒，答案只能是没把握击出。她能接肖静林的高速投球，并不她表示能打得了这样的球。

体育馆包厢里，毕闻骏靠在椅子上笑得导尿袋都在颤抖，"那小王八蛋，一肚子坏水！"说完，还十分大力地拍了拍他身边的肖静林几下。

顾远嘉真的好想提醒一下，教练你小心你腰上那袋子啊！万一漏了……

卓悦的第三球投出，梁夏不紧不慢地跨出一步，挥棒。

球"砰"的一声砸到了护栏网上，界外球！这一下，别说卓悦抑制不住得意，连捕手都忍不住微微弯了弯嘴角，刚才不挥棒，果然是因为没把握。

她在黑镰的打席一直排得很靠后，但是因为安打率和上垒率还好，一直被认为黑镰保护捕手的战术安排。现在看来的话，传言也并不完全可信。

黄隆沙微微张了张嘴，没说出话来，心里想的却是：这位捕手姑娘在黑镰时极少用这种战术消耗投手，难道是出于保持体力的需要？可是他们春天，比黑镰更需要她啊！

第四球果然又被击成了界外球，接着是第五球，第六球，第七球……

场外的加油歌都稀落了不少，一个界外球会有人觉得是意外，这么多个，只能是刻意的了。猎风就有击球员擅长这样的界外球，被媒体称为“粘打机器”，让不少被他适应了球路的职业投手不得不暂时改变投球方式甚至保送他。

T 城大学队的教练坐不住了，什么完全压制，这是自家投手被压着“粘打”消耗体力了！这比直接一个全垒打拿分还要糟糕！

毕闻骏指着场上站着的人影问：“你陪她练过不少吧？每个球时机都抓得那么好。”肖静林笑笑，“那是她真有本事，否则光有陪练也成不了。”顾远嘉突然道：“那投手……哎，暴投了！”

球从捕手头顶飞过的瞬间，一垒的朱璇就冲着二垒飞奔而去。捕手大骂了一声掀了面罩起身捡球，差点撞到梁夏还高举着的球棒上，这么一避一耽搁，朱璇已经踏上二垒往三垒冲了。孟小运喊得嗓子都哑了：“还有机会，跑！跑啊！”

捕手终于捡到球时，三垒的赵期也已经急出火了——球终于再一次被传出，朱璇咬牙开始冲刺，滑垒时掀起的泥沙溅得赵期都流泪了。

“上垒！”这边的司垒裁判声音比较温柔，说出的结果却依旧让 T 城大学队忧伤不已。

朱璇冲着还站在打击区的梁夏大喊：“梁姐，带我回家！”梁夏回了她一个灿烂到有些张扬的笑容。T 城大学队的捕手还在投手丘上跟卓悦沟通，两人闻声都侧了侧头，随即又低声交谈起来。

比赛继续，卓悦的情绪显然稳定了不少，眼神却仍旧火辣辣的满是战意。他放弃了擅长的指叉球，投了个角度偏高的变化球。

球还未到本垒板前，肖静林先站了起来。练习了那么多次，流了那么多汗，只能在赛场上得到回报。他想起她一次次换了汗湿的内衫跟他喊“再来”，想起她把短短的几秒录像反复回播，再用红笔在白纸上清晰地作下记录。

人人都看得到他们黑镰捧着冠军奖杯的光鲜时刻，却未必知道他们到底流过多少汗水，身上有多少旧伤。哪怕是弃黑镰而去的温小榕和被温和放弃的韩颂，手上的老茧也并不比别人少——谁能随随便便就成功？付出未必能成功，不付出，却注定失败。

木质球棒狠狠地抽中了白色小球，球高高飞起，梁夏长吁了口气，汗水顺着脸颊往下流淌，眼睛却和场内外的所有人一样，牢牢地盯着那个承载希望的白色小球。

外野手奔跑着张开了手套，场外不少有经验的观众也开始争夺接球的最佳位置。击到观众席的球，是可以直接带回家的。那一瞬间，不少年轻的学生似乎忘记了她那尴尬的身份，眼中只剩下越来越近的白色小球。

球越来越近，几乎擦着护栏飞了出来。时间似乎凝固了，朱璇最先回神，冲垒一般直接冲向三垒。

两分本垒打！

梁夏这才抹了一把脸上的汗，扔了球棒，开始跑垒。这个扇形赛场要是夜空，四个垒包便如星子一般显眼，星与星靠着跑垒员的跑动连接成形，最终闭合成完整的菱形。

无人出局，比分 2:0。

黄隆沙站上打席时，心跳还“怦怦怦”地慢不下来。这已经是他第二次看到了梁夏的本垒打了，在击出那么多界外球之后，球简直就像长了翅膀一般飞出场外。

他不知道的是，本来还为收视率同步转播着繁星的比赛和这场球赛的不少地方台直接将画面切到了这边，那几个界外球和最后那支两分全垒打正如职业赛事里的精彩花絮一般被反复回放。导播只恨使用的摄像机不够，不能再多切几个镜头。

比赛继续，卓悦再一次暴投，T 城大学队的牛棚也有投手开始热身。

观众席上的歌声再一次高高扬起，学生们当然知道球队失利时候激励的重要性，个个憋足了力气大吼。朱筠忍不住看了一眼接到球的那个学生，球已经被放进背包里了，那学生抱孩子一样抱着包，正一脸兴奋地拿着电话说着什么。

黄隆沙出局，接下来上场的是方梦。方梦打击之前，卓悦被换了下去。

新投手个子消瘦，人倒是乖巧，捕手配什么他就投什么，仍旧是“小肖静林”的做派。在 T 城棒球圈，黑镰带来的影响远远超过了其他球队，这种影响也如双刃剑一般影响着这些业余球队本身的发展。顾远嘉这样的异端，毕竟是少数。

方梦觉得心里揣着一团火，她也想要燃烧，想要像那球一样跨越障碍，迎风疾驰……一直到第二局结束，换场站到了投手丘上，那簇火焰仍旧包围着她。

梁夏也换过了衣服，蹲在那儿不紧不慢地打着暗号，眼睛飞快地瞥着上场的第九棒。

捕手先生对这位刚刚大展神威的前辈还是很钦佩的，看她的眼神都有点热切。梁夏对他印象也挺深刻的，打出的第一个暗号就是方梦已经投到手熟的外角滑球。

捕手似乎也猜到了这球，选择了触击短打。两好球之后，他打出了个不算漂亮的滚地球，虽然未能上垒，却也算破除了方梦对左打的严密压制。

接下来的击球员是第一棒侯敏，方梦在第一局时就没能防住这位灵活的右打，三球之后被他成功上垒。

侯敏的灵活机动并不单单体现在打击上，盗垒时颇有点柯诗新那种无赖难缠的劲头，方梦不得不分出大量的精力用于牵制。

梁夏开始频繁暂停，几乎每一球都上投手丘上来与方梦“沟通”。只有方梦知道，梁夏压根什么都没说——争取来的时间全部用来给她做短暂的休息和调整了。

她的衣服又一次全湿了，照在身上的阳光逐渐变得炽热。侯敏因为她的一次失误，已经推进到了二垒，杜丰宇虽然出局，厉原杰却还有两次挥棒机会。

暂停时间太长，裁判过来提醒，梁夏拍拍她肩膀，蹲回了原处。

T 城大学队显然也看出了方梦的疲惫，厉原杰现在每棒必挥，连着打了两个界外球，才用一个外野高飞将侯敏送到了三垒。他虽然出局了，却也逼得梁夏不能保送赵期。

三垒跑者，这四个字像压垮方梦的最后一根稻草，连暂停都没法挽救她的状态了。

春天更换投手，孔佳宜在三局下半，二人出局，三垒有人，第四棒强打进攻的情况下，站上了投手丘。

孔佳宜已经数年没有碰过棒球，T 城大学队研究她时，拿到的只是几年前的一盘校际比赛录影带。

赵期站到了击球区，孔佳宜背手持球，弓着腰看向这边。赵期是左打，梁夏打暗号的姿势自然是调整过的，孔佳宜上板前瞥了三垒的侯敏一眼，合手准备投出。

她用的是自己早年的投球习惯，四分之三侧投，球速稳健，姿势标准，球投出的瞬间手腕微微下沉，以保证球的尾劲……赵期在录影带里看过她投球，只觉得录像带里的孔佳宜更加年轻，笑容更加飞扬，动作却没有什么大变化。

他奋力挥棒，球高高飞起，护栏外的观众席再次沸腾了。是外野高飞，还会是一个两分本垒打？孔佳宜扭头去看球，侯敏也盯着球看，赵期握着球棍，觉得手腕上的血液在灼热燃烧。

白色的小点达到最高处之后，开始坠落——一直昂着脖子的赵美女慢慢垂落下戴着手套的手，观众席欢呼声震天价响起。

“逆风飞翔，梦在前方，我不会哭更不怕苦……”歌声一高再高，侯敏张开双臂跑向一垒，赵期扔了球棒，挑衅地看了已经掀了面罩的梁夏一眼，转身跑向一垒。

慢慢从外野跑回的张小春愤愤地盯着轻松踏垒的赵期，狠狠地诅咒：漏踏垒包就好，上垒崴脚就好了……

T 城大学队稳稳地将两分收入囊中，梁夏拍拍孔佳宜的肩膀，“换下手投球吧。”郭海洋再一次站上击球区，梁夏平平淡淡地打了个好球的暗号。孔佳宜深吸口气，踏板后果然换了投球姿势。

下手投球，又称下勾投球、低肩投球，出手点相对其他投法低了很多，对投手的消耗也大，在棒球比赛里并不常见。哪怕有，大多数也不是先发投手。孔佳宜被当作庄妍的接班人，对这种投法当然驾轻就熟。棒球与垒球的大小差别虽然大，她报名参赛之后就悄悄开始练习，这几天的集训也不是没有效果，一球投出，果然像是擦着投手丘投出的。

郭海洋当然看过垒球赛，可这一球气汹汹地投来，一时间竟然不知要怎么挥棒。孔佳宜的出手点太低，球路诡异，球速也不是他打习惯的。在国际上，这种投法被称为“潜水艇”式投法，球几乎贴着草皮飞出，最后竟然能够安全穿过好球区，三振击球员。

郭海洋下场的时候，心里隐约有些不安。这种不安很快传染到了全场。比赛一局接着一局打下来，比分却仿佛凝固了一般，偶尔才勉强动那么一动。梁夏已经换到第五件内衫了，方梦看着都有些心惊，只觉得她眼睛亮得仿佛藏了火焰在里面，衬得脸颊上的汗都又烫又汹涌。

孔佳宜拿毛巾擦脸，漂亮的五官被摩挲得鲜红仿佛新生的婴儿，下场后动不动就往梁夏身边挨着，似乎靠近了就能安心一点。投捕如夫妻，这样的比喻并不是随便说说的，方梦自己也知道那种依赖感——投手丘是整个赛场的最高点，高处不胜寒，而对面的捕手便真如指挥塔一样指引着方向。

方梦忍不住自责，要是自己能再坚持一局，他们就不会打得那么累了。黄隆沙也是一样的情绪，要是自己能够……

T 城大学的学生们因为学校出了几位棒球明星，校队的水平又高，对棒球赛的热情远高于其他高校。既然关注，就对国内外各大赛事也十分了解，七局下半一开打，学生们就开始自发地组织起唱“七局半之歌”。

Take me out to the ball game，

Take me out with the crowd。

Buy me some peanuts and Cracke Jack，

I don't care if I never get back，

Let me root，root，root for the home team。

……

简单轻快的歌词被学生们满怀豪气地吼叫出来，有种怪异的热血感。梁夏跟着“root，root”哼了两声，穿好护具，向着场中走去。

比分 4∶3，还剩下两局，只差了 1 分。还有机会赢，当然也很可能输。

孔佳宜并不是每一个球都用投垒球的习惯来投的，那些侧投的球显然比较好打，T 城大学队的击球员几乎都瞄紧了她每一个侧投，效果却并不是特别明显。

赵期在又一次被三振之后，隐约觉察到了自己的轻敌。

她的下手投球，他在适应了几局之后原本是抓到一点儿门路了。可自从发现她间或也会用侧投之后，不由自主就开始等待这种球了。击球员等待自己擅长的球种挥棒，并不能算错。但是这种等待要是成为了惯性，就不能说是种好习惯了。

比赛胶着到让人难受的程度，一分一分慢吞吞地往上跳着，一直到第九局，比分仍旧是叫人心焦的5：6。

一人出局，朱璇上到二垒，梁夏被保送到一垒，黄隆沙握着球棒，深深地吸了口气。捕手打完暗号，投手上板，合手踏出一脚的瞬间，朱璇突然冲向三垒。

朱璇一动，梁夏也跟着跑向二垒。动作这么快，显然是之前就商量好的双盗垒。投手已经失去了直接传杀的机会，只好直接暴投向捕手。球从黄隆沙完全不可能打到的位置飞过，被已经掀了面罩站起的捕手接到——接球的瞬间，他有了瞬间的犹豫，杀哪个？

两人离垒的距离差不多，他咬咬牙，将球投向二垒——黄隆沙上垒率和安打率都不高，本垒不是谁都能盗的，朱璇上三垒，他有把握在本垒截杀她。要是换成梁夏，捕手心里没底。

球被传出，梁夏开始滑垒，二垒手一脚踏上垒包，高举起手臂接球，球入手套的瞬间，他感受到了垒包被人猛踹的冲击。两声“上垒”一前一后响起，梁夏一手捂着眼睛，一边高举起另一只手。黄隆沙觉得自己的心跳都漏了半拍，准备区的方梦也站了起来，怎么了？受伤了？！

二垒手也有点紧张，刚才他可什么都没做，三垒手赵期跟着裁判一起走了过来。梁夏捂着眼睛摆手，“没什么大事，眼睛进了沙子。”朱璇帮着掀开眼皮吹了吹，梁夏似乎有些紧张，手抓着她胳膊，嘴唇无声地张合了两下。

二垒手站在一旁耸肩，女人果然麻烦。

朱璇却注意到了她的口型，一时间都不知道说什么好了，估计所谓的眼睛进沙子也是假的，她随便吹了几下作罢，梁夏果然一副“我终于又重见光明了”的表情。

外野高飞吗？朱璇满腹心事地回了自己的位置。

比赛继续，黄隆沙整了整帽子，握着球棍的手微微有些颤抖。最后一局了，好不容易走到这里，一定要赢啊！

第一球挥空。

投手弯着腰在那看捕手做引导暗号，身后的梁夏冲着黄隆沙挥手高喊：“老黄，别紧张，带我和朱璇回家啊！”

捕手皱了皱眉，黄隆沙却注意到了梁夏挥手的小动作。下一球是……偏高的直球？她看到暗号了？破解了？！黄隆沙没那么多时间多想，球已经被投出了，他紧了紧球棒，奋力击出！

球高高飞起，白色的小点像鸟儿一样在半空滑翔。外野手和游击手都跟着球跑了起来，“白鸟”在到达最高点之后，开始下落。

球落入野手手套的瞬间，朱璇和梁夏就开始跑了，裁判的那一声“打者出局”飞快地在风中消逝。捕手眼看着朱璇越跑越近，却没有任何办法，球还在外野呢！

“上垒！”朱璇轻松踏过本垒板，梁夏踏上三垒的时候，孟小运瞄了一眼外野，豪迈地喊了一声：“继续跑！”

梁夏便继续保持着速度朝着本垒冲了过来。球已经到了内野，游击手大喊了一声，向着捕手传球。捕手站起身来接球，接到球的瞬间梁夏已经直扑过来了，他甚至来不及将球换手，直接俯身触杀。

梁夏扑垒的姿势十分标准，眼看就要碰到球了，突然往边上一让，手在他身后拍上本垒板，肩膀撞到他大腿上，差点将人撞翻。

主裁判迟疑了好一会儿，才宣布：“上垒。”

比分 6:7，春天成功反超。

第十六局

温柔夜色

接下来的比赛，顺利到乏善可陈的地步。

方梦还记得自己上场时赵美女那尖锐到吓人的欢呼声，也还记得裁判冲自己做出的“上垒”手势，更记得梁夏喊自己的声音：“别跑了方方，换场了！”

换场之后的情况，T 城大学队的学生记者用了类似于“无力回天”、“惜败一分”、“正常发挥”这样的字眼。而在他们春天，只能用两个字来形容，那就是——胜利胜利胜利胜利胜利……

比赛结束后不少记者冲杀过来，经验丰富的梁夏早借着换衣服的时候溜了，张小春作为一队之长尴尬地对着镜头僵硬表态：“谢谢，我们会继续努力的。”

他也很开心，连记者到底问了什么都没听清，想着表个态总是没错的。拿着话筒的记者们都快翻白眼了，我们问了“梁夏去哪儿了？”“观众席包厢里的是不是毕闻骏？”“挂了教练名字的陈冠霆为什么没来？”……就是没请你们更加努力啊！

张小春自动过滤了那些将翻未翻的白眼，跟每一个凑上来的记者握手，握完便十分自觉地准备跟上其他人庆祝去了。

梁夏一摸进副驾驶座里就被后座的毕闻骏狠敲了下脑袋，她忍不住嘀咕：“哎哟，小心您那袋子！”毕闻骏哼哼唧唧地坐回去，嘴角却带着笑，“小王八蛋！”

孟小运他们在另外的车上，隔着车窗跟他们打招呼：“肖队，我们前面带路哈，别跟丢了！”

肖静林给逗笑了，发动车子跟了上去。不想刚提了点车速，冷不防从巷子里窜出辆车，直冲过来。距离太近，要完全躲开已经来不及了，他下意识瞥了身侧的梁夏和后面的毕闻骏一眼，猛地把方向盘打了过去。

车玻璃破碎发出剧烈的声响，梁夏只来得及瞥见那一晃而过的车影，就被肖静林扑住按在座椅上。

那车擦着驾驶座的车门斜冲出去，将车门都撞凹了，碎玻璃淋了肖静林一头一脸，也不知撞到了哪里，闷哼一声之后就没了反应。

梁夏只觉压在身上的身体沉得吓人，肩膀被死死扣住，像是要被钉死在椅子上一般。有温热的液体顺着她的脖子往衣服里流了进去，她坐在原处，没敢挣扎更没敢将人推开，是流血了？

她哑着嗓子叫了一声：“老肖？”肖静林垂着头伏在她身上，一动也不动，颈项处的温热液体却越流越多。

车内车外都是一片喧嚣，灯光刺得她几乎睁不开眼睛。肖静林这个姿势也没法让她看清他的脸，只有紧挨着她脸颊的脖颈处还能感受到脉搏的跳动。

一下又一下，震得她的呼吸也跟着急促起来。

她隐约听到顾远嘉报了警，救护车来时肖静林才被从她身上挪开。他的手扣着她肩膀，晕过去了力道也还那么大，被搬走时扯落了她不少头发，纷纷扬扬飘落在车灯照耀的车座上。

车座变形，留着摊还没完全干涸的血。

梁夏到了医院才发现自己身上全是血，脖项处更是血迹斑斑，沿着锁骨流进的血渗透了墨绿的内衫，再从白色的球服前襟透出来，看着十分吓人。

护士连忙要拉她去做检查，她被拖到半路了才猛然惊醒：“我没受伤，都是别人的血。”

到了洗手间，镜子里的她脸上也都是血，一张脸又红又白，简直有些狰狞。她茫然地看着镜子里的自己，手摸了摸脖子——血已经凝固了，像是在皮肤外面又包了一层皮肤，又干又硬，陌生而又粗糙。

急症室的灯一直亮着，黑镰的不少队员都赶来了，顾远嘉来找她，见她神色茫然地站在走廊尽头，声音有些惊讶："梁姐，队长醒了，你去看看他吧。"梁夏点头，走了两步又被顾远嘉拖住，"要不然……先去换个衣服？"梁夏摇头。

早有记者闻风而动，肖静林的病房被单独安置着，他们赶到时门口围了一堆人，张小春等人都在，护士几乎是将他们两个揪进去的。

肖静林脑袋上缠满了纱布，右手也缠了，床头被调得高高翘起，看到他们进来就虚弱地笑了笑。他流了不少的血，这时正输着液，脸色苍白得像身后的白墙。

毕闻骏虽然老当益壮，还是给吓到了，血压血脂血糖凡是能高的数据全飙上来了，已经被送回自己病房去了。孔佳宜也在一边站着，眼眶通红，脸上还有泪痕。

严杰看梁夏颇有点红颜祸水的意思。梁夏自己倒是没什么自觉，注意力全在肖静林被包扎的右手上，"手没事吧？"

投手的手，就是命。肖静林笑笑，"没问题，只是要静养。"见她衣服上全是血迹，忍不住问，"你哪里受伤了？"梁夏含糊地"嗯"了一声，摇头，一时间竟然说不出话来。刚才那一幕太过吃惊，现在想来还有些后怕。

她刚才喊他，他那时……完全像死去一样没有回应。

梁夏自认为是天不怕地不怕的，被揭穿身份后面对那么多镜头和责问时都没现在紧张，舌头发直，眼睛生涩，整颗心被勒得发疼，像是习惯了自由呼吸的人，突然被扯进水里，眼睛仍旧把岸上的风景看得清清楚楚，鼻子嘴巴却再无法呼吸到新鲜空气。

先是慌乱，再是窒息，胸口发疼，眼前阵阵发黑。

顾远嘉觉察到了她的不对劲，暗暗扯了她袖子两下。梁夏回神，向肖静林道："你还没吃饭吧，我去给你买点夜宵。"说完，转身就往外走，那逃离的身影简直有些狼狈。

顾远嘉目瞪口呆地看着床头柜上的那一大袋水果和吃的，她刚才是神游到哪儿去了？夜宵不都买来了？

严杰懒得理会她，皱着眉头去关心自家队长，“手真的没事？”肖静林正有些失落地看着门口，心不在焉地“嗯”了一声。

梁夏在外面游荡了一圈，瞅着灯火通明的医院有些迟疑不敢迈步。人说近乡情更怯，她这样大约也算吧。

偏偏柯诗新赶着这个点打电话过来，一开腔就是：“哎呀，没想到你们真能赢！”

梁夏拿着电话没吭声，听他在电话里唧唧歪歪又扯了一会儿，突然问：“柯诗新，喜欢一个人是什么感觉？”柯诗新猛地噎住，半晌才答：“就是你对我的感觉嘛。”

梁夏直接挂了他电话，拨了庄妍的。庄妍在电话里声音激动：“可算回电话了，人没事吧？”梁夏“嗯”了一下，然后说：“庄妍，我刚以为肖静林死了。”庄妍沉默了，梁夏转头看着灯火通明的医院大楼。

还好，他醒了过来。

十方三世，诸佛保佑。

“我好像……”梁夏张了张嘴，声音干涩，“好像真挺喜欢他的。”庄妍哑了半晌，接着猛地提高声音：“那就上啊！别忘了做安全措施……等等，你说的喜欢，是我理解的那个喜欢吧？”

喜欢，还能分成多少种？想要他健康快乐，想要他温柔陪伴……梁夏慢腾腾往前走着，经过便利店时拿了两盒安全套，塞进裤兜，一路晃荡着回了医院。

严杰在电梯口遇见她，冷淡地打了个招呼。梁夏笑着喊了声“严教练”，拎着夜宵进去了，那神情跟刚羽化飞升似的，惹得严杰走远了还忍不住频频回头。

笑得那么诡异，吃错药了？

病房里已经只剩下顾远嘉、孔佳宜和陪护阿姨了。

顾远嘉捏着手机靠窗坐着，护理阿姨在收拾东西，孔佳宜拉了椅子坐病床边，正拿着水果刀低头削水果。肖静林劝阻：“不用削了，我吃不下。”孔佳宜本来就红的眼眶登时都快充血了，肖静林又说：“时间不早了——远嘉，你送小孔回去吧。”

孔佳宜磨磨蹭蹭不肯走，转头看到梁夏拎着东西进来，一时间百感交集——白天还是好队友呢，现在就又成敌人了。要是以前，她肯定要狠狠瞪上梁夏两眼以示鄙视，可今天刚合作完，眼刀有点甩不出去，只好闷闷地说：“梁夏姐送我回去吧。”

她心里暗暗打响小算盘，要走就都走，凭毛留她不留我！

梁夏愣了一下，随即一本正经地摇头，“我也是女人呀，我一会儿还要人来接呢。”孔佳宜张口结舌地瞪着她，站她后面的顾远嘉“噗嗤”一声笑了出来。

梁夏一脸坦荡荡，孔佳宜愤愤地剜了她一眼，气冲冲出去了。顾远嘉努努嘴，笑得嘴角都收不住，也跟着走了出去。

梁夏关上门，迈着外八字走到床边，把那一大袋东西放到床头柜上，“饿不饿？”肖静林摇头，半阖上眼睛，“你也回去休息吧。”

梁夏拉过椅子坐下来，“你睡吧，晚上我陪你。”肖静林原本闭上的眼睛又睁开了，定定地看了她一会儿，笑得有些疲倦，“那也别傻坐着，去要个加床。”说完，大约真累了，眼睛渐渐又闭上了。

梁夏应了一声，拿起孔佳宜削了一半的苹果，轻轻咬了一口，眼睛却盯着肖静林沉静的脸直看。明明是平时看惯了的脸，这时就觉得尤其脆弱，十分需要呵护的感觉。

梁夏拉开柜子，把裤兜里的东西随手塞了进去。

阿姨见梁夏主动要陪夜，收拾完房间，乐颠颠地走了。梁夏把灯调到最暗，裹着毯子靠倒在陪护椅上。白天打了一天比赛，她其实也疲惫到了极点，但一闭上眼睛，就想起车撞过来时那血淋淋的一幕。虽然睁着眼睛也看不清人影，只隐约瞄见病床上拱起的一个大包，但不知为什么就是觉得安心。

她侧着头看了一会儿，睡意渐渐袭来，再睁开眼睛，天已经亮了。对面床上的肖静林不见了，陪护阿姨正在整理床铺。

梁夏一个激灵醒来：“阿姨，他人呢？”陪护阿姨还没开口，顾远嘉扶着人进来了，“梁姐醒了？我带肖队做检查去了。”梁夏赶紧起来扶人，“怎么不喊我？”

“我让他别喊的，”肖静林慢腾腾在床沿坐下，“又不是什么大事。”顾远嘉开柜子去拿一次性水杯，“咱们队长多好……咦——”他的声音低了下去，掏了个纸盒出来，看清模样之后，飞快地扭头看向已经坐上床的肖静林。

“怎么了？”肖静林也回过头，看到盒子之后，表情也凝固了。

顾远嘉接着掏了掏，又掏出一盒草莓味的，尴尬地笑笑，一股脑又塞了进去，“这医院东西倒是挺全的，呵呵。”梁夏眨巴了两下眼睛，冷静地分析：“大约是上个病人忘了带走吧。”陪护阿姨耳朵尖，听到后赶紧凑过来，“上个病人也是我陪护的，忘了什么东西，我去联系！”

顾远嘉便把东西全掏了出来，阿姨显然是见过世面的，哪怕盒子上全是英文字，光看图案就认出是什么东西了：“哎呀，那老先生七十多了，居然还有这种心思！”

顾远嘉悄悄观察肖静林脸色，一点儿心虚的感觉都没有，再去看梁夏，也很困惑的样子。陪护阿姨一边唠叨一边接了过去，嘀咕着往外走，“哎哟，老不正经啊——”

梁夏在心里断定阿姨肯定是要私吞——专门打电话问一七十多岁老头有没有落了两盒安全套，这得多么神经啊——于是十分放松地打着哈欠去洗漱。

顾远嘉帮她带了几件换洗的衣服过来，她在卫生间边吹口哨边简单冲洗了下，再出来，却见阿姨一脸苦恼地带着那俩盒子又来了。梁夏心头一跳，阿姨果然开口：“人家说不是他们老爷子的，这——”阿姨一副要物归原主的模样，顾远嘉又去看肖静林了，肖静林被他看得都无语了。

梁夏干咳一声：“又不是什么值钱的东西，人家当然不好意思要回去啦，阿姨你留着用呗。”阿姨脸唰一下全红了，大步上前，把东西往顾远嘉手里一塞，“我留着干吗？你们年轻人用得着！”

顾远嘉也脸红，关我屁事啊！我脸上写着“淫荡”两个字吗？！阿姨气呼呼地走了，顾远嘉把东西往柜子上一扔，也一溜烟逃了。

肖静林盯着那柜子有点发愣，梁夏呵呵干笑，“我去买早饭。”

一出医院大门，梁夏就拨通了庄妍的号码，劈头盖脸一顿大骂。庄妍也不是吃素的，立马反驳：“你一大早被疯狗咬了，还是叫野猫挠了，冲我吼什么？！”

电话“嘟嘟嘟”被挂断了，庄妍再打，梁夏直接给掐了。

庄妍气得来回在球场上走来走去，孔佳宜小声问：“队长，怎么了？”

“那个男人婆！”庄妍咬着牙发狠，“一大早突然抽风骂我！让我改行去当安全套推销员，我什么时候推销……”话说到一半，她猛然醒悟，推开孔佳宜找了个角落发短信过去：“禽兽啊你！人出车祸了你都下得了手？”

梁夏在那边正买粥呢，简短地回复了她一个字：“滚。”庄妍一颗八卦魂熊熊燃烧，把训练计划往孔佳宜手里一扔，亮着眼睛就往医院跑。孔佳宜本来也想请假去探病去的，这回哪儿也去不了了，憋着气狠踢草皮。

庄妍赶到时，肖静林正费力地左手拿勺子喝粥，梁夏一边啃苹果一边看着他笑，“哎，我觉得偶尔练练左打其实也有用的，你看你左手就比普通人灵便多了。”

庄妍眼皮直跳，这什么女人哇，给人喂个饭会死喔！她的视线在肖静林完全给石膏固定的手臂上一顿，又挪到了他裹着纱布的脑袋上……禽兽啊！女禽兽！

梁夏则上下打量她，“你来探病什么都不带的？”庄妍狠狠瞪了她一眼，转头去看肖静林，“肖队想吃什么，我现在给你买去！”肖静林摇摇头，“别听她胡扯——小夏，给庄妍搬个凳子。”梁夏懒洋洋地要起身，庄妍自己拉了凳子拖到床边。

肖静林人缘还是很不错的，庄妍才坐下来没多久呢，探病的就刷刷刷来了好几批。什么球迷代表啊，队友啊，老同学啊，球队老板啊……认识肖静林的大部分其实也认识梁夏，顾远嘉带来的衣服是于雨准备的，收腰西服配女人味十足的雪纺白衬衫，看得大家都一愣一愣的。

果然是女人啊——黑镰老板最感慨了，出了门跟边上的严杰叹气，“你说我怎么能把一大姑娘认错成男人好几年呢？”严杰：“……”

庄妍找机会跟梁夏打探昨晚的事情，梁夏一脸不屑：“你怎么满脑子黄色思想？”庄妍一腔怒火无处发泄，只好上网找骂春天骂梁夏的帖子看。

但春天刚赢了 T 城大学队，球迷们的攻击减弱了不少。庄妍找到的全是之前的旧帖，一点儿成就感都没有。

被愤怒夺去理智的人是很恐怖的，庄妍在网上溜达了一圈，一腔怨愤无处发泄，再抬头一瞅梁夏——人正在那儿慢腾腾地剥着香蕉。

庄妍于是憋不住匿名发了个帖子：“T 城大学队虽败犹荣，春天赢也枉然胜也无耻！”

打完标题实在想不出别的什么话来，随手摁了个省略号，就那么发出去了。过了几分钟，果然就有人回帖了。帖子只有标题也不影响人气，刷刷刷出来不少帮着 T 城大学队说话的球迷。

庄妍舒坦了，伸手要抢梁夏刚剥好的香蕉，梁夏迅速咬了一口，递给她，“喏。”庄妍伸到一半的手顿住了，黑着脸缩了回来。贱不贱啊！庄妍愤愤地又摸出手机，那帖子已经翻了两页。庄妍仔细一看，傻眼了——竟然有人在夸梁夏！

梁夏见她一直盯着手机，脸色还跟霓虹灯似的变来变去，探头过来，念道：“楼主睁眼说瞎话，春天棒球队这场比赛打得精彩极了，满分 10 分，起码能打 9 分！”

梁夏眼睛亮了，“我们春天也有粉丝了嘛！”庄妍要把手机往兜里揣，她硬凑过来，“别这么见不得人好，快给我看看。”庄妍瞪她，“谁见不得你好？你好过吗？你对我好过吗？”

梁夏揽住她，“我对你不好吗？”一边说一边又把咬过的香蕉递了过来，“想当年读书的时候，咱们吃什么不是你一口我一口的，才几年啊就学了那么多坏毛病，来，尝一口——”

庄妍赶紧避开，才一侧头，手机就给梁夏摸走了。她笑嘻嘻地照着帖子的内容继续念起来：“先说第一局，黄隆沙那一次牵制……还有那个模仿顾远嘉的胖左投，球种丰富，球路刁钻……”

梁夏于是下了定论：“这个人眼光很准，很有内涵。”肖静林给她那一本正经的样子逗笑了。庄妍偷鸡不成反蚀把米，十分刻薄地说：“人家夸的是球队，又没夸你，你激动什么？”

梁夏乜了她一眼，继续念下去：“不管她叫魏冬，还是叫梁夏；不管她是女人，还是男人——都是我心里永远的黑镰 2 号……”

庄妍闭嘴了，梁夏又说：“这样的人才，一定要好好认识一下才行。”

帖子全是匿名的，连私下发信息都办不到，梁夏手指头在屏幕上戳了几下，一副胸有成竹的样子。庄妍怀疑地把手机抢回来，瞬间就瞪大了眼睛，“你居然留我的手机号！”

话音刚落，手机响了。庄妍果断给掐了。梁夏说了声小气，把号码抄了过去，一边拨号一边往阳台走去。庄妍指着她背影向肖静林告状，“你看看她！”肖静林早习惯了这两人的相处方式。

梁夏这电话足足打了半个多小时，回来时一脸的满足：“遇到粉丝了。”

“就你这样还有粉丝啊？”

“不然你打回去问问她？”

庄妍“哼”了一声，天下之大无奇不有，她又不是傻子，干吗帮着证明？

临要回去，庄妍扯着梁夏小声叮嘱：“女追男，隔层纱，你抓紧把老肖拿下啊。”梁夏狐疑地看她：“你这么热心干吗？”

庄妍狠狠用肘子撞了她一下，“你们俩成了，我们队那傻丫头才肯死心！”

夜里照样还是梁夏陪夜，阿姨有点过意不去：“今晚就让我来吧，你回去好好休息休息。”

梁夏嚼着口香糖，“我昨晚睡得也挺好的。”阿姨讷讷无言，确实啊，人都检查回来了，她才起床呢。

等人都走空了，梁夏便搬了椅子凑到病床前，“老肖——”肖静林侧头来看她，梁夏这两天确实有点不大对劲，热情得叫他有点无法招架。就现在，坐得那么近，眼睛直直地看过来，似乎还烧着小火苗。

梁夏舔舔嘴唇，难得有点紧张：“累不累？”肖静林一脸茫然，累？他差不多一整天都在床上躺着，累什么？梁夏也不等他回答，伸手把遮到眼睛的头发往后拨了拨，一手按在床沿，整个上半身探了过来。肖静林眼睁睁看着她越靠越近，一直到嘴唇贴上嘴唇了，才猛然回神，一把把人推开。

他这一下用力过大，梁夏“咚”一声跌回地上，勉强抓着椅子才站稳。

“怎么了？”梁夏一脸震惊地看他，这么快就变心了，还是——送上门的果然不值钱？肖静林单手撑着爬了起来，人靠在床头，表情也十分的……悲伤。

“你回去吧。”

“……”

肖静林叹了口气，“我没残废，还不到……被这样可怜的程度吧？”梁夏哭笑不得：“你想哪儿去了，你自己也都说了，我们认识这么多年了……”

肖静林打断她："认识这么多年你都没那个意思，我一出车祸你就动心了？"

梁夏头一次被他噎到，一时间百感交集。她伸手在兜里摸了摸，空的，又去开柜子，只翻到那两盒没拆封的套子。她把东西扔回去，起身，"我去买个烟。"

肖静林看着她开了门出去，柜子没关严实，隐约可见里面的东西。

医院附近的便利店生意总是很好，梁夏买了烟，站门口连抽了好几根，这才拍拍衣服往回走。

回到病房，肖静林已经睡下了。梁夏瞅着那鼓起的被子看了好一会儿，轻手轻脚关好门，把陪护椅搬到病床边，脱了鞋子爬上去。盖毯子，关灯，睡下。

病房里一片寂静，却连呼吸声都没有。梁夏睁着眼睛躺了半天，正想摸去阳台抽几根，肖静林翻了个身，"小夏，"声音温柔而无奈，"你过来。"

梁夏起身挪到他边上，伸手要去开灯，却被他拦住了。他的手掌粗糙而温柔，催促似的拉了她胳膊一下。梁夏瞬间会意，三两下就老鼠似的爬进了还带着他体温的被窝里。

默契这种东西，果然不是一时半会改得了的。

肖静林用没受伤的左手揽着她，嘴唇羽毛似的在她脸颊上蹭了一下，"柜子里的东西是你买的？"梁夏"嗯"了一声，抬头想要回吻他，被他侧头避开。"我的手没事，连骨头都没断，只是韧带拉伤。"

梁夏忍不住又叹气："我是这么有同情心的人吗？"

"……"

"谁拉我一把，我就得陪谁上床？"

肖静林闷笑出声，却也没把她的话当真。两人这么挨着躺了会儿，梁夏突然说："这样多好，比你血淋淋趴那儿一动不动好多了。"

肖静林紧了紧胳膊，过了一会儿，有些吃力地侧过头来吻她。

嘴唇挨上嘴唇的时候梁夏往后仰了仰脖子，"刚不是还不稀罕吗？我也不接受同情啊……"下面的话都被他吞了下去，嘴唇被亲昵地吸吮，舌尖顺着牙缝探进来——肖静林微微退开，"满嘴是烟味，刚才抽了多少？"

梁夏一副死猪不怕开水烫的样子："没办法，这辈子第一次被人拒绝呢，伤心啊——不然，我去漱个口？"回答她的是又热又凶的吻，简直像他在球场上投出的高速直球，身体也覆了上来。肖静林平时看着不壮，每天那么大的训练量下来，体重却是实实在在的。

梁夏被压得几乎喘不过气来，火热的嘴唇沿着她的下巴往下，吻过颈项，蹭着锁骨，一路往下噬咬。梁夏没敢抓他脑袋上那一簇簇在纱布间隙里漏出的头发，牙齿咬在身上又痛又痒，那股骚痒抓心挠肺一般难忍，避又避不开，只好看着天花板试图转移注意力。

肖静林放轻了力道咬在她肩膀上，“小夏，你喜欢我吗？真心喜欢我吗？”

“喜欢啊。”梁夏应了一声，衬衫被解开了好几颗扣子，病号服摩擦在皮肤上，带起一串麻痒。

“你们下场比赛什么时候？”

梁夏转过头来亲他汗津津的鼻梁，“还早着，多担心担心你们自己申请外卡的事情吧。”

肖静林没再说话，放轻力道吻她的额头、脸颊、眉毛。

哪怕在黑暗里，他也清楚得记得这张脸。薄而淡的嘴唇，高高的鼻梁，长长的眉毛，眼睛其实并不小，却总爱懒洋洋地阖起一点儿，额头光洁，靠近太阳穴的位置有一颗小得几乎看不到的黑痣……

梁夏脸贴着柔软的被子，目之所及全是暗暗沉沉的白。那白色被不够浓厚的夜色所浸润，非但没有完全沉入黑暗，反倒愈加显得纯粹。

这才是她认识的肖静林吧，明明是不死不休的性格，却总要反反复复地问：你愿不愿意，你高不高兴？她咬着牙不吭声，那股微弱的疼痛终于在他反复的试探和摩挲下变得圆润而无害，彷佛被从树上截下的新嫩柳枝，在经历痛楚之后插迁入土中，浇注雨水，临春而发。

她翻过身，抱住多年搭档焦躁的身体，两人热切地接吻，笨拙到几次都咬到了舌头，却还是觉得不够用力，不够贴近。

他仿佛也和她一样在被征伐，谨慎而坚定，一分一毫都不敢放松。吻随着身体的晃动而改变着落点，彷佛他身上坠下的汗珠，落在她身上，再渗入身下的被褥中。

上帝造人的时候真是充满了恶意，明明是因为爱要互相贴近，却要让一方的身体生出利刺，温柔的拥抱里夹杂最原始的伤害。

爱到了一定程度，非得要用疼痛来证明。肖静林听着她喘息声里难耐的不适，觉得整颗心都被绞紧了，更大的则是满足感，彷佛将这么多年深埋心底的痛楚都发泄了出来，内疚里又生出报复的快感。

身体犹如已经离开指尖的白球，直奔着本垒板后张开的手套而去……

阿姨一早开门进来，房间里一股明显的情欲气息。衣服裤子扔了一地，陪护椅上空无一人，病床上的被子倒是高高隆起。

现在的年轻人啊！

开门声惊醒了肖静林，他一扭头就看到枕在自己打着石膏的手臂上的梁夏。他总算知道睡梦里那隐约的痛楚是哪里来的了，他费力地把梁夏从自己胳膊上搬开，轻轻晃她，“小夏，天亮了，醒醒。”

梁夏“嗯”了一声，裹着被子往陪护椅的方向一滚，整个人就“砰”地掉了下去。

这下算是醒了，可她醒了也没用——裤子还好，上衣没法穿了。她拎着衣服上下左右看了一番，扭过头来打量肖静林，“禽兽啊。”肖静林尴尬地咳嗽一声：“柜子里好像还有衣服。”

柜子里确实还有，但那是他的换洗衣服。梁夏急匆匆换上，领口耷拉着，露出一大截青青紫紫的脖子和锁骨。

梁夏一边帮着他把手臂用保鲜膜包起来洗澡，一边啧啧感叹：“衣冠禽兽噢，肖队长——”肖静林扯了扯她衣服的领口，眉头深深皱了起来，已经这个点儿了，顾远嘉恐怕快来了。

洗完澡接着要收拾被褥和地板，肖静林的右边胳膊被她当了大半夜枕头，明显恶化了。梁夏一边打扫一边嘀咕：“你怎么也不提醒我，伤口被压到都没感觉呀？”

一点儿旖旎气氛都没有了。

顾远嘉打开门的时候，正看到医生一脸严肃地手插着兜站在病房里，护士在给肖静林裹手臂。梁夏披着外套，打着哈欠靠墙坐着，两个黑眼圈又大又明显。顾远嘉一愣，“队长，你胳膊怎么了？”

肖静林没吭声，医生瞥了顾远嘉一眼，声音有些严厉：“说了不能负重，不能剧烈运动……我最不耐烦你们这些不听医嘱的病人。自己都不能为自己负责，还指望我们？”唠唠叨叨说了一通，这才带着人离开。

他们前脚刚走，梁夏后脚就起来了，“远嘉，带了什么吃的？”说着，就来接顾远嘉手里的保温桶。也不知她哪儿搞来的运动外套，标签都没剪，拉链都快拉到下巴了，只露着两截白净的手腕。顾远嘉觉得奇怪：“梁姐，你很冷啊？”

梁夏表情有了瞬间的扭曲，声音干涩地表示：“感冒了。”

她这么一说，顾远嘉真觉得她那嗓子比平时好像沙哑了点。保温桶里装的是两人份的粥，餐具却只有一套，肖静林自己尝了一口，第二勺就直接舀给梁夏了。

梁夏偏头吃了，摩挲着手里的烟盒说：“好像淡了点。”肖静林摇头，“你口味太重了，太咸了对身体不好。”

顾远嘉看得目瞪口呆，趁着梁夏出去洗手的时候赶紧凑到床前，“队长！你们……”肖静林瞪得他把接下来的话咽了回去：“没事就早点回去训练。”

顾远嘉心里有些愤愤然，过河拆桥啊，刚吃完他送来的粥呢！

梁夏听到动静，从卫生间探出头来，“远嘉今天有训练？什么时候有空，跟我们方方切磋切磋球技嘛。”顾远嘉眼睛放光，同时也瞄到了她高高挽起的袖子下带着明显暧昧痕迹的手臂。咬痕东一块红西一个红的，超级明显！

顾远嘉迅速去看肖静林，肖静林正低着头看手机——这手机也不对，似乎是梁夏的吧！顾远嘉瞬间就想打开柜子找找那两盒安全套还在不在，这是医院啊，队长你还是伤员吧！

梁夏洗了苹果，一人分一个，自己也“咔嚓”一声咬了下去，笑嘻嘻地问肖静林：“看够了没？手机给我，我给嫂子打个电话。”

肖静林把手机递回去，很是平淡地问：“你跟柯诗新还在聊呢。”

“大家都是朋友嘛，”梁夏很自然地接过来，“你吃醋啊？”

顾远嘉真觉得有点坐不住了，不要这么明目张胆地打情骂俏好不好，说了声自己要回队里训练，火急火燎地起来往外走。

人一出门，梁夏电话也打得差不多了，单手就要把外套给脱了，“热死我了。”

肖静林看着她胳膊上脖子上的点点痕迹，忍不住揉了揉太阳穴。梁夏也很无奈："你那什么表情，搞得像是我自己咬的似的。"肖静林给她说地笑起来，手指落在她小臂的吻痕上，"还疼不疼？"梁夏弯腰在他嘴唇上啄了，"疼啊——我得回家一趟，晚上想吃什么？"

肖静林不答，眼角眉梢全是笑意。梁夏被他的情绪感染，也弯着嘴角笑起来，唇舌交缠。吻着吻着两人都有点上火，梁夏伸手推人，"我真得走了，严杰要是知道，非愁死不可。"

肖静林揽着人不放，梁夏刚一侧头，就听他说："别动，衣服上的标签还没剪呢。"梁夏果然不动，肖静林便把后衣领上露出一大半的吊牌从领子里拉出来，也不找剪刀，探身过来，脸颊蹭着她下巴，张口把半透明的吊绳咬断了。

四月是属于花的季节，球迷们送来的百合和香槟玫瑰摆了一窗台，窗外还有高大的泡桐树，树上开满了成串成串的紫色花簇。风送花香，空气里全是甜腻的芬芳。

喜欢的人正好也喜欢自己，真是再美好不过的事情。

第十七局

神秘投资商

第一轮淘汰赛持续了大约两周时间，T 城的 24 支球队瞬间就只剩下一半。张小春嘴上不说，内心还是十分雀跃的，拿着新出来的分组名单，乐呵呵地给大家传阅。

让他意外的是，这场比赛打完，来春天报名的人居然多了不少——还全都是女孩子。张小春求贤若渴，不管三七二十一全部给收进来了，这么一数，才发现人数超标了。

黄隆沙于是说："咱们也学那些大球团大俱乐部的搞法，弄个什么正式球员啊，一队二队什么的嘛。"张小春于是给梁夏打电话，梁夏正陪嫂子去检查呢，也挺高兴的，顺口又说："明天带你们见个人。"

张小春以为是什么身怀绝技的新球员，事实却大大出乎他的意料。这位"新朋友"排场巨大，司机专门送过来，要两个大汉帮忙才从车上下来，然后再坐着椅子骨碌骨碌进了球场。

一点儿不错，竟然是个半身瘫痪的残疾女孩。

梁夏手搭着轮椅扶手跟大家介绍："这位是简清，简小姐——这是咱们队长张小春，副队黄隆沙，投手方梦……”她一气说了一串，简清就那么安安静静听着，黑白分明的大眼睛清澈美丽，倒映着春天众人的反应。

张小春有点丈二和尚摸不着头脑，他倒不是歧视，可都瘫痪了，还能打球？

梁夏暗暗踢他一脚，然后说：“简小姐从小在国外长大，对棒球十分热爱，对咱们春天呢，也十分关注。大家都是热爱棒球的人，爱好无国界，什么身高啊年龄啊疾病啊都不是问题，她以后就是咱们的技术顾问了。大家都没意见吧？”

孟小运举起了手，“凭什么？她会打球吗？”简清自己先笑了：“就凭我爸爸是嘉盛天娱的股东，不行吗？”孟小运噎住，张小春等人也惊呆了，这是大金主啊！春天的资金问题，能解决了？！

赵美女听到“嘉盛天娱”几个字之后，整个人都飘起来了，结结巴巴地问：“天娱的股东，难道你爸爸是简仲霖？”

简清点头。赵美女扶住方梦的肩膀，“方方，赶紧掐我一把，我是不是还没醒呢？”

“没出息！”梁夏失笑，“简小姐虽然身体不好，对棒球的研究却很深，大家以后可以多向她请教。当然了，冠霆还是咱们的主教练。”

张小春暗暗惊讶，找了个机会悄声问她：“就算她肯砸钱，也不用让她来当什么技术顾问吧？”

“谁说她有钱了，她手上可没多少钱，但人是桥梁。桥梁懂吗？就是引路人。”梁夏揽住他肩膀，“至于够不够格嘛——你去周刊搜个体育专栏，叫‘清心谈棒垒’，哦，对了，网上也有电子刊，还有个论坛帖子，叫‘T 城大学队虽败犹荣，春天赢也枉然胜也无耻！’。”

张小春涨红了脸：“她发的？这么敌视咱们！”

“庄妍发的，她可给咱们挣脸了。”说完，拍拍他肩膀，小跑着往球场去了。张小春转头，见简清正坐在阴凉处，歪着头看着场内做投接练习的赵美女和孟小运。

这么年轻的女孩，居然是残疾人，真是可惜。

鉴于春天的突然壮大，张小春决定在二轮比赛开始前进行一次全队人员参加的动员大会。梁夏懒洋洋地表示：“有什么好动员的，弄个测试赛吧。”

简清也开始天天乘专车来这边报道，坐轮椅上撑个小阳伞，戴个蛤蟆镜，春天各位队友有种自己不是在打球，而是穿了戏服上场演出的错觉。

梁夏每天奔波在球场、医院和家里，居然还有空弄到了剩下的12支球队的资料，坐简清边上拿笔划拉着，“哎呀，这支队伍的先发投手是女孩啊……这队投捕都垃圾，打线倒是可以……”

简清瞄一会儿场上，又看一眼她，最后还是定力不足，主动说：“明天早上有空吧，南山路那边去过没有？”梁夏停下笔，仰起头看她，“真能行？”

简清努努嘴，“应该是可以的，Miriam脾气很好的，就是实在太忙——要不是因为我哥哥的缘故，我可以直接引荐你和她认识。不过……她是很乐意结交朋友的。”

梁夏点头，简清犹豫了一下，又说：“……她对长得漂亮的男孩子，总是很心软的。”听起来，很有故事嘛。梁夏眨了眨眼睛，又眨了眨，然后扭头去看球场上跑得欢的队员们。

“你还真的什么主意都打啊！”简清声音高了一些，“凭她的地位，什么样的人弄不到？你不要乱来啊！”

梁夏显然不以为意：“这你就不懂了，我们这儿全是纯天然的，而且个个都是纯爷们儿。你别看他们肌肉没那么明显，我们运动员啊，重点在于肌肉的力量。就说肖静林吧，看着是不胖，可手臂啊、大腿啊、小腿啊……”

“咳咳！”梁夏仰头，就见孔佳宜拿着毛巾，瞪着眼睛看着她，“有人找！”说完，转身大步走开了。梁夏站起身，球场入口处站着柯诗新和一个挺漂亮的女学生。

梁夏嘀咕了句“这就长得够漂亮了，果然船到桥头自然直嘛”，热情洋溢地小跑了过去。简清思考了半天她那句“船到桥头自然直”，等人走近，蓦然就明白意思了。

柯诗新出马的话，果然是够漂亮了！

可是……简清只恨自己嘴贱，可又觉得其实也未必全是坏事。像梁夏说的，健健康康的运动员总比那些娘娘腔小白脸强一些。

柯诗新不知梁夏正想着要靠他的美色吸引投资商青睐，见前女友这么热情地冲着自己小跑过来，也是满心欢喜，还扭头跟边上站着的侄女说：“嘴巴甜点，喊‘婶婶’知道吧。”

侄女翻了个白眼，“知道。”

“什么态度啊你！”

侄女迅速又翻了个白眼给他，然后换上如花笑靥，“婶婶！”梁夏给她喊得差点一个趔趄，站定了回头看了看，球场那边的队员也都伸着脖子来看他们。梁夏瞥一眼柯诗新，“喊我呢？我怎么成你婶婶了？”

侄女拉拉柯诗新衣袖，声音甜腻腻的：“我叔叔是你男朋友呀，你当然就是我婶婶。”

梁夏冷笑，“你叔叔大约忘了跟你说了，我跟他已经分手了。”柯诗新整张脸都黑了。

侄女叫柯朝朝，今年高二,五官跟柯诗新有点相像，嘴巴却又毒又辣，全身上下都长满了反骨。坐下来第一件事就是表示：“我要是你啊，直接就去变性，看那些老顽固怎么办！”

梁夏拿起玻璃杯又放下，“我怎么就得变性了？”

“那你当年为什么装男人？”柯朝朝侃侃而谈，“女人的世界已经不适合你了——当然也不适合我——我最欣赏你的就是在知悉这一点之后敢于抛弃性别闯入男人的世界。可惜你抛弃得不够彻底，这么多年时间，这么多个休赛期，你要是早点把握住机会，把手术做了，那就一点儿事情都没有了。”

柯诗新一副见怪不怪的样子，冷笑着在一边听着。梁夏又想拿那半杯冰水了，斟酌着解释：“可我不想变性啊，我觉得当女人挺好的。”柯诗新翻了个大大的白眼。

柯朝朝一副小大人样：“做大事者不拘小节嘛，性别既然成为了阻碍，那就应该抛弃掉！”

梁夏：“……”

“你看看你，现在沦落成什么样了？跑去玩什么城市排名赛，还跟一群垃圾一起玩！你那场比赛我和我叔都看了，啧啧，累得够呛吧？你要是男人，现在还依旧在黑镰猪圈……黑镰俱乐部待着呢。”

梁夏感慨：“科技有那么发达么？我也变不成真男人啊，谁愿意嫁给我？”

“我啊！”柯朝朝不顾柯诗新警告的眼神，“我可以嫁给你啊！”

梁夏一口水喷了出来。

柯诗新躲不及，给喷了一头一脸，一边擦一边恶狠狠地站起来，“柯朝朝你哪儿来滚哪儿去，赶紧给我走！”柯朝朝知道要坏菜了：“你答应我的，答应让我采访的！”梁夏又想喷水了：“你还是记者啊！”

“校报的记者——刚才那些不算哈，那些就是闲聊，咱们现在可以开始不？”

“……”

“那我就开始问了啊！”

“……”

“您真跟我叔叔谈过恋爱？他不是吹牛吧？”

“柯朝朝！”梁夏还没出声呢，柯诗新先火了。柯朝朝泄气，改了个问题：“您跟我叔叔以外的人也谈过恋爱吗？”这个事情柯诗新倒是挺关心的，也扭头看向梁夏。

梁夏对着那两双睁得极大的眼睛笑了笑，“我没答应接受采访吧？”

“你这么点面子都没有呢！”

“这点儿面子都不给啊！”

柯诗新和柯朝朝几乎一齐出声的，两人怒目金刚似的对视了几分钟，柯诗新先妥协：“给点面子，小姑娘来一趟不容易。”梁夏“唔”了一声：“那总得等价交换吧，侄女的债叔叔还，你明天陪我去见个人，咱们就算交换了。”

“什么人？”柯诗新狐疑地看着她。“哎呀你一大男人还怕她把你卖了啊！”柯朝朝嫌弃自己叔叔，“啰啰嗦嗦一点儿都不干脆！”

“我……”

“行了这就开始吧，您跟我叔叔以外的人也谈过恋爱吗？”

“谈过。”

“哦哦！”柯朝朝迅速摸出笔记本和笔。柯诗新脸色难看地瞅着她们，自己的意见似乎已经完全被忽略了。这家伙居然还真跟人谈过恋爱，这么男人婆，谁愿意要啊！

“能不能说说是谁呀？”柯朝朝一脸八卦，“肖静林？严杰？毕闻骏？”梁夏的回答就三个字：“肖静林。”“我就说你们两个不清不楚的！”柯诗新瞪着她。

“之前确实没有嘛。”

"我不信。"

"我相信！"柯朝朝刷刷刷记下，"谈多久了？到哪个程度了？"梁夏严肃地看着她："白天一般二垒，晚上一般本垒。"

"……"

"前婶婶你真是太可爱了！你要是男人我一定嫁给你！"

南山路，顾名思义就是T城南山附近的一段傍山步行道，沿道全是高大的梧桐，绿冠如荫伞，碧得像要把天空都遮蔽了。

梁夏一早就拉着柯诗新过来了，运动衫运动鞋，一副要参加早锻炼的模样。柯诗新斜眼看她，"到底干吗？"

"跑步呀，没准就能偶遇到什么大财团的继承人了。"梁夏简单热了下身，还真小跑起来。

继承人？柯诗新一头雾水地跟着她，满耳都是啾啾的鸟鸣声。

南山地处幽静，林木森森，只在南侧有一条不大平整的山道，蜿蜒着深入山中。梁夏眼尖，早看到山道上有人一前一后小跑下来，迅速就停步拉住柯诗新，"看到那边的两个人了没？前面那个就是嘉盛老板的独生女——交给你了啊！"

柯诗新瞪大眼睛，"什么叫交给我了？什么意思你？"

"不都说好了嘛！搭讪都不会？"梁夏叹气，"我昨天可是倒豆子一样接受了采访呢，个人隐私都没有了……"

谁让你倒豆子了！谁要听你那么详细的个人隐私！柯诗新腹诽了半天，想想柯朝朝那个折腾人的白眼，咬咬牙朝着两人小跑过去。梁夏把左腿架到护栏上，装着压腿。眼看柯诗新越跑越近，山道上的人却跟没看到似的，下到拐弯处顺手擦了擦汗，朝着路的另一头跑去了。

柯诗新跟后面跑了一阵，慢慢提速，终于越过后面的那位，跟前面的女孩并肩了，似乎还交谈了几句。

道边的迎春花还没有完全开败，黄灿灿的，在一片绿意里十分惹眼。

梁夏等三人一过转弯处看不到了，马上跟着追上去。好不容易跑到拐弯处了，就见柯诗新一个人坐在不远处的道边，一脸的郁闷。梁夏意外："你坐着干吗？人呢？"柯诗新翻了个白眼，跟柯朝朝的表情如出一辙："你确定她没得恐男症？”

“……”

“我才跑到她边上，她就一脸戒备——还差点喊保镖揍我！”

“保镖？”梁夏左右一看，哪儿来的保镖啊？

“就那穿黑卫衣的！”柯诗新把已经挽起衣袖的胳膊递给她看，一圈明显的红痕，“手劲大得跟铁钳一样，简直不是女人。”

梁夏凑近了瞄了几眼，一副沉思的模样。柯诗新眼皮直跳，“你又动什么歪脑筋？”

梁夏没吭声，一片落叶随着清晨的微风飘落下来，晃晃悠悠地落在她头发上。

柯诗新的心也似缠住落叶的发丝一般微微颤动了一下，手不由自主伸了过去。梁夏似有所觉，稍微一甩头，叶子从头上滑落，悠悠然地飘落到路面上。柯诗新讪讪地收回手，一时也不知该说什么好。

梁夏整理了下头发，拿手机照了照自己的脸，“既然她不喜欢男人，那会不会喜欢女人？”

“我说你还要不要脸？”柯诗新提高声音，“你不是跟肖静林在谈恋爱？”

“是啊。”

“那你还去傍富婆。”

“我这是交朋友，”梁夏瞥了他一眼，“你满脑子都什么龌龊思想啊，怪不得被人保镖当流氓……”梁夏蓦然住口了，柯诗新压着火顺着她目光方向看去，“富婆”和保镖不紧不慢地又跑了一圈。

梁夏慢悠悠地跟了上去，柯诗新本来也想跟上，被那位女保镖瞪了一眼之后，只好停下来，郁闷地瞅着三个女人越跑越近。

梁夏没多久就跟那保镖跑并排了，柯诗新幸灾乐祸地等着她超越然后被甩下来。然而出乎他意料，她们俩居然真的聊了起来。

眼看又到了要拐弯的地方，柯诗新正犹豫要不要跟上呢，冷不防梁夏和那保镖一起扭头看向他。柯诗新僵硬了一下，站原地没动。

两人便跟着那位疑似有恐男症的嘉盛女继承人跑过弯道，消失不见了。

柯诗新愤然，原地走了个圈，把梁夏泡富婆的事儿添油加醋编辑成消息发给了肖静林。他还真就不信了，肖静林那个小气鬼，愿意放梁夏出来泡妹子。

电话很快响了起来，肖静林的声音听起来没什么情绪："小夏和你一起？"

"是啊。"柯诗新得意。

"你也参加他们的队务会议？"

"屁个队务会议！"柯诗新出卖起人来毫不手软，"她平时就这么骗人的？太不真诚了！"电话那边沉默片刻，然后直接挂断了。

柯诗新拿着电话破口大骂，什么人啊这是，还男朋友，有这样的男朋友吗？这地位待遇还不如老子当年呢！

梁夏那时候可不敢哄他！

不过……隔那么远，真哄了，他恐怕也不知道。

梁夏离开之后，就迟迟没再回来。

柯诗新绕着南山路转了整整大半圈，才在靠山一侧的小湖边找到了人。

女保镖远远就瞧见他了，侧头跟梁夏还有自家小老板嘀咕。那小老板年纪不大，坐在梁夏身边，一脸的温柔恬静。

柯诗新对她可没什么好印象，怒气冲冲地过去，"梁夏你玩我呢？"小老板不笑了，女保镖十分配合地站了起来，表情严肃，大有柯诗新再靠近就武力对付的架势。

柯诗新瞪着眼睛站定了，把她们几个左右打量全了，漂亮的眉头皱成了麻花，大手一挥，"行了，我不打扰，我走！"说完，转身就走。

"柯诗新！"梁夏还算有点人性，小跑着追了过来。柯诗新转头，"干吗？"

梁夏拽住他胳膊，"你刚给老肖通风报信了？太不地道了。"

"……"

柯诗新抬手拦下一辆车，"啪"的一声摔上车门，冲着司机喊："师傅开车！"

梁夏嘟囔："生什么气嘛？发现自己的美色完全不顶用也不用恼羞成怒嘛。"

谁恼羞成怒了啊！柯诗新都想咆哮了，再想到酒店里还有一个更难缠的侄女柯朝朝，登时就有点生无可恋了。

他这回到底干吗来了，简直吃饱了撑的找不自在！

护理阿姨才刚拎着垃圾从病房出来，就见那叫梁夏的姑娘抱了一大捧玫瑰花，一颠一颠地从走廊那边走过来。

“哎哟姑娘，”阿姨乐呵呵地走上前去，“谁送的呀！”梁夏脸上也洋溢着喜气：“我给老肖买的。”护理阿姨惊叹：“你们感情真好。”梁夏眨巴下眼睛，捧着花束进去了。

肖静林正在输液，见她进来，就跟没看到那花似的：“队务会议开完了？”梁夏干笑了一声，把花放到窗台上，转移话题道：“医生说什么时候能出院？”

肖静林也不较真：“后天吧。”“那我到时候来接你。”梁夏殷勤地拿了个梨，拿起水果刀慢慢削起来。肖静林默默地看了一会儿，说：“我爸妈今天早上的飞机回美国。”

梁夏手顿了一下，马上又继续：“不是前天晚上才到的？”

“我让他们回去的，在这儿也帮不上什么忙，我妈念得我头疼。”

梁夏失笑，把梨切成小块，“阿姨也是关心你。”肖静林看着递到眼前的果肉，张嘴吃进去，满口清甜。梁夏又说：“你家里没人不方便，我陪你住一阵子好了。”肖静林弯了弯嘴角，“我家离市中心可不近。”梁夏立刻改口说：“那你搬我家来吧。”

“那还是去我家吧，太打扰你嫂子他们了——跟那位孟小老板谈得怎么样？”

他口中的孟小姐，也就是简清口中的“Miriam”，嘉盛集团老板的独生女，嘉盛天娱的第二股东，嘉盛天宜的实际掌权人。芳龄 27 的孟小姐虽然还未进入天娱这个最核心的“娱乐帝国”，嘉盛嫡系“公主”的大名却早已经名扬大江南北。要是能得到她的支持，春天不要说对抗“繁星”，就是直接对上“满天星”也不可能在财力上落败。

梁夏瞅着他笑，“你猜？”那笑容张扬得似要灼伤人，肖静林忍不住想要抬手去触摸，手一动，悬在手背和吊瓶之间的软管就颤动了起来。他只好作罢：“答应了？”

梁夏搂住他的肩膀，把脸凑到他面前，“老肖你怎么这么聪明呢——不祝贺我？”

肖静林在她嘴唇上轻啄了一下，“她没有提任何条件？”

柯诗新那一句“傍富婆”显然让他对这位身价非凡的孟小姐十分忌惮。嘉盛的总部设在T城，肖静林当然听说过她的大名，只是……确实没听到她和异性有过什么绯闻消息，偶尔在公众面前露面，跟在身边的助理也几乎清一色都是女性。

梁夏回吻他，“有啊，城市排名赛的胜率，球员素质……”她顿了一下，眼睛亮亮地看他，“还有，带姑娘们赢你们一场。”

肖静林愣了一下，没回神。梁夏哈哈大笑，“也不一定非要赢黑镰，绯海、淮云、飞扬之梦、猎风……哪怕是满天星和蓝色帆都行。”

肖静林终于算是听懂了，这位孟小姐愿意出资的对象，是足够和男棒职业球队相匹敌的女棒球队，而不是现在的春天。

肖静林养伤的这段时间，黑镰一路横扫千军，场场必胜。

春天险胜T城大学队后，上场球员里出现了好几名新面孔，紧随而来的却是接连两场的失利和一场赢得险之又险的胜利。

不少T大球迷扬眉叫好，大批特批春天的各种软肋，连方梦的“胖”都被一再抨击。

四月下旬，职业球队的热身赛也打得差不多了，各家都开始为“五一”之后开幕的常规赛做准备。孔佳宜自己训练任务也重，自从垒球队热身赛开打之后来队里的时间就少了很多，倒是新上来的两个女投手，技术虽然不如她，那股拼劲却十分难得。

年纪稍长的文倩灵是T城大学棒球社的后备投手，第一次出场就被T大不少学生骂成叛徒。

另一个叫王瑜的年纪太小，还未满18周岁，球速不错，可惜身体都还没发育结束，梁夏也不敢让她在场上待太久。

柯诗新带柯朝朝回去之后，还真寄回来一份花花绿绿的校报，梁夏那句“本垒”、“二垒”的玩笑话被学校老师用春秋笔法和谐了。柯朝朝自觉无冕之王的尊严受到了侵犯，特地做了完整无删节的电子版放到网上，被人嘲笑高中生不学好造谣长不高。

柯朝朝又去找柯诗新要求帮忙作证，柯诗新当然不会搭理她。万般无奈之下，柯小妹妹把电话打到了梁夏这里。梁夏当时正在洗澡，肖静林一看“柯诗新他侄”几个字眼皮就跳起来了，接起来还没出声呢，小姑娘就叽里呱啦嚷嚷开了。嚷嚷完发现电话那边没动静，才有些谨慎地问：“梁夏婶婶，你还在吗？”

肖静林深吸口气，“她洗澡去了，你把网址报给我。”柯朝朝惊叫一声，“你是魏冬？还是肖静林？”肖静林报了名字，柯朝朝兴奋地差点把手机给摔了，“你们同居了？”

肖静林“嗯”了一声，挂了电话。柯朝朝那帖子又臭又长，关键点还是很好抓的，肖静林几眼扫完，心里的喜悦却一点点积蓄起来，几乎要沿着经脉血管一寸寸开出花来。

他的祝英台，终于可以算是……属于他的了吧？

春天的第四场比赛来得不早不晚，正好是淮云对上飞扬之梦的那天。比赛打了三个多小时，结束时天下起蒙蒙细雨，淮云和飞扬之梦的比赛正进行到激烈的第七局。

大家一边擦头发换衣服，一边围在朱筠的手提电脑前看直播。

温小榕比去年更加成熟了，一举一动都已经有了成熟强打的范儿。捕手席上的韩颂的指挥明显乱了，走上投手丘时，嘴唇抿得发白。

朱璇看得摇头，“韩颂是老球员了，对方又是温小榕，知根知底的情况下怎么会犯这种错误？”赵美女更加歹毒：“飞扬之梦花了好几百万呢，捞了这么个白瞎的家伙。”

韩颂是自由转会，签的是一年期合同，这一年要是如这场比赛一般，连这么明显的盗垒都防不住，要续约简直是白日做梦。

梁夏盯着屏幕没吭声，镜头里的韩颂微微低下头，手套半遮着脸，看不清表情。

回到家，肖静林正在厨房单手下面条，满屋子都是鲜香。梁夏一开门，肖静林就喊她：“回来了，来帮忙装碗——比赛怎么样？”

梁夏把包扔沙发上，一边走一边唠叨：“险胜1分——哇，虾蛄面啊！”肖静林用左手不大灵便地夹了只虾蛄递过来，梁夏张嘴咬住尾巴，含含糊糊地问：

“怎么想到做这个，你能吃海鲜了？”

“医生说稍微能吃点。”

梁夏把长满尖刺的虾蛄屁股咬断，再把满是硬甲的身体也一截截咬开。肖静林皱着眉头把筷子递了过来，“当心割破嘴巴。”

梁夏挑了只肥壮的放砧板上，用一支筷子从虾蛄尾部捅进去，直插到底，再往上一撬，整条虾蛄肉就被“起”了出来。肖静林正看得出神，冷不防被她把串着虾蛄肉的筷子送到嘴边，下意识张嘴咬住。梁夏把筷子收回去，十分自然地吃掉剩下的一半虾蛄肉。

肖静林揽着她腰享受这难得的放松时刻，梁夏又剥了一只虾蛄，不经意似的问：“淮云和飞扬之梦的比赛看了吗？”肖静林“嗯”了一声。

梁夏叹了口气，“老韩可惜了。”肖静林没吭声，过了一会儿说：“比赛就是这样，总不可能人人都拿冠军，人人都当首发。”

梁夏手指在筷子上摩挲了下，“要不是我，他不至于在黑镰坐3年板凳。”肖静林愣了一下，又听她说：“不过也没办法，这种事情大家各凭本事。”

肖静林失笑。

吃完饭，梁夏扎了围裙乒乒乓乓地洗碗。

肖静林靠着玻璃门看她忙碌，“你们下一场是和我们黑镰？”

“是啊，”梁夏把水淋淋的碗放到架子上，“幸好你上不了场。”肖静林“喂”了一声，梁夏又说：“你们申请外卡的事情怎么样了？”

“八九不离十吧，到时候会参考城市排名赛的成绩。”

梁夏愣了一下，蓦然想到春天棒球队连申请外卡的资格都没有。

那微颦着眉头的侧影，意外地有些单薄和寂寥。肖静林看着她把最后一只勺子从清水里捞出来，走过来帮她解围裙。梁夏落得省力，张着手臂任由他动作。

围裙解开之后，手却没停住，顺着腰线一路往上。梁夏失笑，“我身上都是汗。”

肖静林“嗯”了一声，抱得更紧，落在她耳侧的吻，又烫又急。梁夏由着他把腰带解开，再把衬衫拉出来。身后是火热的拥抱，前方的自来水细细地流着，不锈钢水龙头上的人影逐渐纠缠在一起。梁夏有些费劲地躲开他热情的吻，“窗户没关呢。”

肖静林停顿了一下，扳过她肩膀，单手将人抱起来，才走到门口，就不得不停下来休息。

梁夏嘲笑：“抱不动了？”肖静林不答，抵着厨房的门就要继续脱衣服。那不依不饶的架势终于逼得梁夏不得不妥协：“我错了我错了，咱们回房间吧，这儿……没套子啊。”

肖静林学着她的语气说：“太远了，我没劲了，走不动。”梁夏叹气，推着他往房间里走。

窗外夜色未央，路灯正次第亮起。

梁夏趁着他去洗澡的时候，有些苦恼有些甜蜜地打电话给庄妍，半是抱怨半是炫耀：“庄妍，你说老肖怎么越来越不要脸了呢？”

庄妍刚训完队员，顺嘴就回骂她：“我看你比他还不要脸！”两人有一句没一句地闲扯，肖静林拿着水杯进来，遥遥就听到庄妍的吼声。

“庄妍怎么了？”

庄妍听到，隔着电话大吼：“肖静林你好好教育一下这个女流氓！德言容功懂不懂啊！”

梁夏还真不知道什么叫“德言容功”，一脸茫然地问：“什么得什么言？”

肖静林伸手在她脑袋上揉了一下，摸到一手湿冷，顺手抽了干毛巾来给她擦。梁夏果断地重色轻友了，挂了庄妍电话，舒舒服服地躺他大腿上，“老肖你下辈子做女的吧，我一定娶你。”

肖静林不紧不慢地应了声“好”，擦完左边擦右边，“那这辈子，我先娶你吧。”梁夏半阖着眼睛，敷衍似的“嗯”了一声。肖静林的手顿住，“小夏，我认真的。”

“我也认真的啊。”梁夏爬起来回抱住他，“不然你以为这么多天都白给你睡的？”

肖静林被逗笑了，揽着人又滚倒在床上。可到了临门一脚，梁夏却还是催他：“等等……先拿套子。”肖静林深吸口气，语气突然就变得坚定：“我会负责的。”

梁夏眼睛睁大了点，再要开口，却被身下瞬间侵入的饱胀感打断。终于彻底都是自己的了，肖静林长出一口气，享受那一瞬间的温柔接纳。

梁夏刚才那眼神里的震惊却刺得他如针扎一般难受，他把脸埋进她颈侧，再伸手把床头灯关了。房间里只余下急促的呼吸声，身体与身体紧挨在一起，明明探到了最深处，却好像还隔着千里万里。

那一声拒绝之后，她没再挣扎也没抗拒，他却仿佛还被那样尖锐地凝视着。这近一个月的时间都像是在做梦，美好得他有时候深夜醒来，都忍不住伸手去触碰身侧人的睡颜。

得到越多，危机感也越巨大。肖静林也说不清自己的恐慌从什么时候开始产生，拥抱也不顶用，做爱也安慰不了。他持续地索求着，把脸贴在她额头上，呢喃般喘息。

梁夏侧了侧脸，避开他的亲昵，喘息声低低的，分不清是舒服还是愤怒："老肖，我还比赛呢，最近不能吃药……"比赛期间不能服用避孕药，他当然知道。他在黑暗里居高临下地看着她，那么多话压在舌尖，一个字也吐不出来。身体热得要发狂，心却越来越冷，沉甸甸地开始下坠。

他再一次凑近，沿着她脸颊往下亲吻，临到了嘴唇旁，再一次被她侧脸躲开了。肖静林整个人都僵直了一下，然后更加用力地抱住她，噬咬那薄得叫人担忧的嘴唇。

一直温柔回应的嘴唇这时却如珠蚌一样狠狠地闭合，牙齿咬在舌头上，用力地咬出血来，满嘴都是血腥味。温热的液体倾注在体内的瞬间，梁夏突然奋力挣扎起来，肖静林连伤手都用上了也没能抱住她，两人一起从床沿摔下去，哗啦啦撞翻了台灯和电话。

梁夏额头撞在柜子尖角上，鲜血汩汩流出。肖静林抓起床单要给她捂住，被她一把推开。她捂着额头扶着柜子站起来，赤裸着就往外走。

肖静林只好拿床单裹住她，紧跟着她不放。梁夏嘟嘟囔囔骂着往浴室走，当着他面把门狠狠地关上了，过了几分钟，又把那条沾了血迹的床单扔了出来。

天堂地狱一念间，简直成了场闹剧。

他其实一直都知道的，她现在压根不想要孩子。不单单是他的，谁的孩子都不想要。隐藏在心底深处的不安却一日一日折磨着他，魔鬼一般反复地诱惑着他：试试吧，试试吧！

她决定了的事情，谁能改变得了呢？

她这一个多月来的予取予求，与其说是爱，大约更加类似于补偿安慰一类的情感吧。

他有些呆滞地看着紧闭的房间，里面传来清晰的水声，心里空落落的，说不清是释然还是后悔。

只是搭档的时候，他想要成为朋友，成为朋友之后，他想要成为恋人，成为恋人之后，他希望她能像自己一样地爱，希望她永远留在自己身边……人心不足蛇吞象。

他慢慢抬起已经逐渐开始恢复的手臂，这么长时间的美梦，依靠的就是它吧。他走回到卧室，穿上衣服——地上还残留着她的血渍，床铺凌乱得像是战场。

他拿起枕头，把脸埋进去，熟悉的味道，窒息感扑面而来，却还是忽略不了噬心般的痛苦。只要人躺在身边就好，为什么非得要深究呢？他以为只要是她给的感情，自己总是能满足的。

可等爱到了面前，才发现自己原来是这样较真的人——他饥饿得想要将她整个人都吃进肚子里。

第十八局

往昔今朝

“投牵制球不给队友暗号，你当别人都是你肚子里的蛔虫？”梁夏一把掀了面罩，冲着投手丘上的王瑜大喊。

小姑娘被她吼得小脸刷白，犹豫不决地站那儿没动，拿眼角余光扫着梁夏额头上的纱布。

嘴唇也咬破了，脖子上贴了好几个创口贴，怎么看怎么像刚被家暴过。

一垒的方梦轻声细语地表示：“没事的，再来一次……”

王瑜小声地说了句“对不起”，又向梁夏说：“梁副队，我下次会注意的。”张小春也拉了梁夏一把，“吃枪药了你，这么大火气？”

梁夏深吸口气，把护具脱下来交给他，“你先顶会。”张小春接过去，眼睛也往她额头和脖子那儿瞟，试探着问：“跟肖队吵架了？还是……担心下一场比赛？”

梁夏斜眼看他，露出个浅得几乎看不出来的笑容，“是啊，下一场对手可是黑镰呢。”

走到场外，简清正坐阴凉处喝堆得小山一样高的冰沙，见她过来劈头就问：

“有没有把握赢呀？赢了就能争取到 Miriam 的支持了吧。”

梁夏拿了水杯喝了一大口，“我都尊称你一声顾问了，就别问这么门外汉的话——你想被人说你这个头衔是钱权交易拿到的？”

“说就说呗，本来就是。”

“……”

简清见她不吭声，拿手边的小扇子在她胳膊上轻敲了一下，“喂，昨晚到底干吗去了？打架了？还是玩 SM 啊？”梁夏白了她一眼，起身朝着场内走去。

孔佳宜今天也来了，梁夏住肖静林家的事情她是早知道的，目光犹犹豫豫地不停往她身上瞥，却又不肯上前去问。

训练完了，还是要回家休息的。梁夏对着球场卫生间的镜子看了半天，找方梦蹭了一晚上——隔天就是比赛了，她实在不愿意再闹，也不想被于雨和魏冬看到。

方梦原先只是猜测，这时就料定事情跟肖静林有关了，气鼓鼓地问她：“小夏姐，他打你了？”梁夏愣了一下：“什么？”方梦指着她额头，“我听他们说……说你和肖队吵架了？”

梁夏翻着名单，“谁说的？”方梦结结巴巴的：“中午的时候肖队来过了，见你在忙，也没进来就走了……小运就说，你们准是吵架了。”

梁夏抬头，“老肖来过？”方梦点头。

梁夏掏出手机来，犹豫片刻，又塞了回去。

第二天的比赛是在上午，一开赛，就断断续续下起了小雨。观众席的上座率却很高，媒体也来了不少。毕竟是曾经的“魏副队”和黑镰打比赛，光冲这个噱头就有不少球迷挤破头要抢这场比赛的票。

柯诗新在下半局开始时打电话过来，大约是在看直播：“你脑袋怎么了？被谁套麻袋揍了？”梁夏直接就给挂断了，戴上帽子就出去了。

肖静林受伤，场上投手是程放，见她出来，表情复杂地露齿笑了笑。

程放在黑镰的位置其实挺重要的，但是知名度却远没有肖静林和顾远嘉高，就像是日日伴随身边的空气，一不小心就忽略了。可到了关键时刻，譬如肖静林负伤，他的重要性又凸显出来了。

哪怕当年他孩子气地跟梁夏表白说“只要是魏副队的暗号，手臂残废了我也要投出去”，球迷们也还是没能记住他的名字。

梁夏站到了等候区，程放球速虽然不及肖静林，控球却很稳，李仅风指东他绝不打西。

孔佳宜来参加比赛，一大半就是为了和黑镰打一场，虽然怎么也预料不到肖静林会受伤住院。但是人毕竟还在休息区看着呢，她整个人斗志还是很昂扬的。

梁夏皱着眉头看着她的背影，心浮气躁、想出风头，全是大忌。程放是不会轻易露破绽给对手的投手，哪怕当年在二队的时候，也一心向上老找她请教。

他投出来的球果然难打，孔佳宜挥空了两次，才勉强擦棒，很快就被三振出局。

二出局，只有孟小运孤零零地站在一垒。

梁夏站起来，带着球棍走到捕手身侧，李仅风冲她笑，“魏副队多多指教。”

梁夏瞥了他一眼，“别乱喊啊，谁姓魏了？”李仅风从善如流地改了称呼，起身接住程放投出的坏球。

果然要保送她，梁夏瞥了眼休息区，严杰抱臂站着，一脸公事公办的模样。肖静林也来了，坐得比较靠里面，遥遥的看不清表情。昔日同袍，如今全是“敌人”了。

程放的进步显而易见，缺点也还是那些，但是要压制现在的春天，并不困难。梁夏跑向一垒时，一垒手那身标志性的黑红球服看得她一阵恍惚。

雨渐渐有越下越大的趋势，大部分球员都用尽了备用内衫，最后只能穿着湿透的衣服继续比赛。顾远嘉在第五局把程放换了下去，主审裁判看看天气，和其他人商量要不要提前结束比赛。

比分差距并没有大到很夸张，3分，一个本垒打就可能把分拉回来。但是，想要在黑镰手上打出三分本垒打，难度也是相当大的。

雨势加大到比赛不得不暂停，露天的观众席上伞花开成一片，两边的球队隔着休息区遥遥相望，朱筠打车去买了批内衫，送到休息区来。

赵美女裹着大毛巾，一边喝热水一边嘀咕：“以前觉得冒雨打比赛帅死了，没想到这么受罪，我刚才还摔了一跤。”孟小运嘲笑她：“谁叫你笨手笨脚的。”

梁夏听着他们有一句没一句地在那儿唠嗑，突然见对面有人冒雨小跑过来，迅速站了起来。方梦见她起来，也马上跳起来，顺着她的目光往外看去。

黑红双色的球服，跑得近了，可以看到上面明显的“16”号数字。

黑镰的 16 号，程放。

有记者留意到这边，举起相机“咔嚓咔嚓”拍照。程放一点没管，“噼噼啪啪”踩着湿漉漉的泥巴继续往这边跑，一扎头冲了进来。

大家都有些无措，梁夏倒是见怪不怪，抓了干毛巾扔过去。程放接过来，一边擦头发一边眼睛锃亮地看着她，“我刚才投得怎么样？”

梁夏瞪着他，“你就不能打电话？”程放摇头，“我没你新号码，远嘉和队长不给我。”

“那不能等比赛结束？”

“等不及呀，到底怎么样？”

梁夏给了他个高高竖起的大拇指，程放笑得脸颊上绽开两个大酒窝，然后就听到对面严杰咆哮着喊他名字。程放缩缩脖子，把毛巾还给梁夏，“哎，倒霉，我们教练回来了——我得走了。”说完，扭头就跑，跑了两步又回转头来看梁夏。

那眼神极度复杂，过了足足有半分钟，才痛痛快快跑远。

张小春嘀咕：“他不是有病吧？我以前怎么都没注意到，黑镰还有这么个神经病？”

梁夏笑了笑，“疯子一个，我们都习惯了。”

“一直都这样？”张小春狐疑，“以前看采访啊比赛啊，都挺正经的啊。”在媒体和公众面前，程放岂止是正经，简直要消失在黑镰的光芒里，就跟背景板一样没存在感。

“那是因为没人跟他聊球，你跟他聊棒球，他就来劲了。”

程放这个人，谈恋爱一年分三次手，三次全是因为对方不认识他喜欢的棒球选手。

梁夏出事那时，他反应也激烈，一个劲儿说棒协是官僚主义弄错了，非得跟着工作人员一起去给她验明正身。后来还是魏冬憋不住，挣脱众人揍了他两拳，他这才讪讪地安静下来。

程放回到黑镰休息区，给严杰劈头盖脸骂了一顿。肖静林就跟听不到一般，看着雨幕中的扇形球场发呆。

雨势在一小时后缓和了下来，比赛继续。观众席上有人唱歌，很快有人应和起来。许是下雨的缘故，球迷们看着场上跑得满身泥水的球员，心情也都有点阴郁。

春天的实力确实不强，但也针对黑镰做了大量准备，队伍核心梁夏又是曾经的黑镰捕手，对黑镰各个球员的情况几乎了如指掌。看着曾经的“场上指挥塔”利用球种和战术将曾经的队友坑出局，哪怕比分遥遥领先，也让人无端觉得伤感。

第三棒姚越性子急躁，下场就直接开骂：“黑心的烂货！”骂完，突然觉得身边人的视线都聚了过来。他有些莫名其妙地抬头，正对上面沉如水的肖静林。

其他人也都有些尴尬，对于梁夏，大家的态度都有些暧昧和复杂，愤怒埋怨甚至痛恨都是有的，但是要拿“黑心烂货”来形容，又都觉得过了。

这要是在当年，谁敢这么骂他们的“魏副队”？别说他们，就是外面那些球迷都能把人打出血来。而如今，他们的队友说出了这样的话。似乎没什么好反驳的，却又没办法赞同。

最后还是程放嘴贱打破沉默：“人家就是烂货，也压得你死死的，还拿别人黑心给自己找借口，没劲。”姚越还想说什么，被大家哄笑着打断了。

是啊，他就是出局了，就是被她的配球逼得一棒也没挥出来。这一点，连作为外人的路明天都觉得没什么好反驳的。

技不如人，无话可说。

比赛输得没有什么悬念，两队在雨中握手，然后背向离开。

梁夏面上一派轻松，脸上全是雨水，张小春扭头看了一眼那些头也不回的黑镰球员，作为老球迷的心狠狠地拧了一下。

他干咳一声，走到梁夏边上，抬起胳膊搭着她肩膀，“输了就输了，咱们这个胜率也可以了，T城前四绝对没问题。”

梁夏“嗯”了一声，然后说：“队长你说话就说话，别动手动脚的，这么多人看着呢。”张小春悚然一惊，连忙把胳膊放下来，四下转头，雨幕中看不到是不是有人盯着他们拍照，眼皮一个劲儿狂跳。

换好了衣服，朱筠拎出准备好的雨伞各人发了一把。因为在本市，并没有准备专门接送的车子，张小春和朱璇自己开了车来，打算把女孩们分批送走。

孔佳宜这几天一直别别扭扭的，临上车了，突然探出头来，“喂！”梁夏扭头看她，“我叫‘喂’吗？”

孔佳宜迅速变脸，脑袋却固执地没缩回去。梁夏撑着伞走近两步，“什么事情？”

孔佳宜抿着嘴唇瞪着她，半晌才说：“你这样混下去没什么意思，不如来打垒球。”

梁夏咧开嘴笑了，“庄妍找你当说客？”“不来拉倒！”孔佳宜一把摇上车窗。驾驶座的朱璇瞥了她一眼，淡定地说：“一个个报地址，我按最短路线来送。”

一个个全是怪胎！孔佳宜气闷地靠在座椅上，对上后视镜里王瑜小妹妹投过来的目光，没好气地问：“看我干吗？”

王瑜移开视线，隔了一会儿，小声说：“过了今年生日，我爸妈就不让我玩棒球了。”

除了充当司机的朱璇，大家都看向她。王瑜的声音细细的，还带着点委屈：“他们也觉得打业余队没前途。是男孩，还能往职业球员的路子发展，而我……就是努力奋斗到梁副队这样的水平，也压根没地方可去……”

“那就来打垒球啊！”孔佳宜恶声恶气地打断她，“你投球不错，现在跟着我开始练习下手投球，以后就来我们队，我跟我们队长说。”

王瑜低着头不答话，孔佳宜憋不住又问：“你什么时候生日？”

“……6月4号。”

“不会这么巧吧？”孔佳宜气闷地摇下车窗，“我那时候也要打职业赛，那她不真成光杆司令了？”一直没吭声的朱璇冷笑了一声：“都觉得自己能耐死了，谁缺了你们就活不下去了？不想玩就滚蛋。”

孔佳宜立马就要继续呛声，冷不防朱璇一个急转弯，差点把她甩出去。

车里一片寂静，只有带雨的风从没关紧的车窗斜飘进来。

朱璇等人一走，魏冬就来电话了："你额头怎么了？到底是打球还是跟人打架啊？"

梁夏支吾："训练时候摔了一跤。"魏冬"哼"了一声，"今天回家住吧，你嫂子给你做了好吃的。"

梁夏"嗯"了一声，却见熟悉的车子无声无息地停在了不远处路肩上。车窗被摇下来，果然是顾远嘉："梁姐，上车！"

梁夏犹豫了下，隐约看到副驾驶座的人影，跟队友挥挥手，拉开车门坐了上来。

顾远嘉今天精神气倒是不错，一路上叽叽咕咕说个不停，生怕冷场一样。车子到了十字路口，梁夏说："今天我得回家住，刚我哥来电话了。"

顾远嘉那欢快的小嗓门瞬间就给掐断了，肖静林隔着后视镜看了她一眼，说："那先送你回去吧。"顾远嘉迟疑着"哦"了一声，雨打在车窗上，发出"哔啪哔啪"的声响。

到了梁夏家楼下，正到吃午饭的点儿。梁夏问："你们下午还有什么事？"顾远嘉摇头，梁夏便撑着伞站在车外邀请："那在我家吃饭吧。"

顾远嘉十分不想接受这个提议——要不是不能扔着肖静林不管，他还想送他的方梦妹妹回家呢。肖静林却已经打开车门下去了，回头还问他："有事？"顾远嘉只得熄火下车。

魏冬在电话里说于雨做了午饭，其实也不尽然。自从小家庭有再添人口的打算之后，魏冬就开始男子汉气概十足地分担了不少家务。

梁夏打开门时，魏冬正穿着自己媳妇的花围裙，抱着一大盆面糊在搅拌。顾远嘉对男版梁夏的各种懒惰习性已经习以为常了，突然看到他这么良家妇男的一面还是有点接受不来。

于雨下午还要上班，中午是急着赶回来的，一边在厨房烧水一边催促："冬子你好了没有！我水都要开了！"魏冬赶紧又抱着盆进去了。

小夫妻俩做的是麦虾，炒好了菜加上水煮开做汤底，面糊搅拌够劲道了，再拿筷子一条条撇下去。条状的面糊遇到沸水迅速被烫熟、成型，像是一只只拱起背脊的明虾。

客厅放着电视剧，顾远嘉跟肖静林一道坐沙发上——他总觉得肖静林这两天不大对劲，以前话虽然不多，换了球服之后也没那么严肃瘆人，这两天就跟没放气嘴的高压锅一样，闷着肚子发呆。

梁夏端了水果过来，很自然地坐到另一侧沙发上，顾远嘉夹在两人中间，只觉得水深火热，急匆匆蹦起来去厕所了。

电视里正播着搞笑节目，梁夏看得津津有味，还笑出了声。肖静林犹豫着想要开口，视线落在她还裹着纱布的额头上，又噎住了。只怕这一出口，自己就要成为另一个柯诗新了。

他不想被“退货”，更不想分开。

麦虾很快上桌，五个人团团围坐下来，看人都隔着热乎乎的水蒸气。魏冬拿起筷子就要吃，被于雨踩了一脚，“小肖身体好多了吧？”

肖静林客气地点头，梁夏紧跟着加了句：“是啊，好得差不多了，我这几天就搬回来住。”

肖静林愣了一下，觉得手里的筷子不知沉重了多少，勉强挤出笑意，“最近多亏了小夏照顾。”梁夏埋头喝汤，于雨笑了下，温温柔柔道：“都是一家人，有什么好客气的嘛。要我说，你跟小夏在一起那么久了，早点把喜酒办了也挺好的。”

梁夏一口汤全喷在旁边的魏冬裤子上，魏冬给烫得跳起来。兄妹俩一个捂着裤子，一个抓起抹布，迅速往卫生间跑。

于雨笑容不变：“这俩兄妹一个德行，咋咋呼呼的，我呀，不但是妻子、嫂子，还得跟老妈子似的天天跟他们屁股后面念叨。”

肖静林被这意外之喜冲击得有点发懵，顾远嘉刚才一激动直接把一大口热汤直吞肚子里去了，满肚子火烧火燎的，还不好意思吭声，挤着一脸傻笑在那儿陪坐着。

这是女方在提亲了吧！

队长不错啊，虽然没有丈母娘垂青，人说长嫂如母，好歹得到家人支持了。

那边两人进了厕所，梁夏关了门就问：“嫂子什么意思？怎么不跟我商量！”魏冬大腿被烫红了一大片，苦着脸拿湿毛巾捂住伤口。

“什么意思？就刚说的那个意思——难道你打算给人白睡啊？”

梁夏盯着他不说话，魏冬在马桶上坐下来，“是我没把你教好，但是现在亡羊补牢，为时未晚。我看他人也不错，你赶紧收收心，就这么定了吧。"

"……"

"你那球队的事情我看还挺悬乎的，不是我不支持你，只是你也看到了，这是完全没有未来的事情。没准过几年国内形势好起来，这个项目又回奥运会了，或者棒协有办女职的意思了，你再回去，哪怕年纪上去了打不了比赛，做个教练啊技术指导总是可以的。这几年嘛，收收心，把婚结了，生个孩子养养性子。之前不是有那么多家找你作顾问什么的嘛，你就随便挑一家，怎么都比现在这样强……"

梁夏先是靠门站着，很快从兜里掏了烟出来，一口一口抽着。

魏冬一口气把话说完了，摸摸大腿，"去卧室给我拿条裤子。"梁夏瞥了他一眼，叼着烟拎起那条脏裤子，和毛巾、浴巾什么一起扔进洗衣机里，哗啦啦倒上洗衣液，最后把烟屁股往垃圾桶一扔，一把拉开门出去了。

魏冬提着那条湿漉漉的毛巾站起来，"喂！别忘了我的裤子！"

梁夏走到外面时，于雨还在絮絮叨叨地跟肖静林他们说话。她勉强冲他们笑了下，"我去买包烟。"也不管厕所里的魏冬了，顺手抄了把伞就大步往外走。

这边的小区比较老旧，一直要走好几百米才有家破旧的小超市。

她兜里其实还有半包烟，但刚才一路过来，一路走一路抽，只觉得不够，直到把没开封的烟揣进兜里了，才觉得舒服安稳。

雨淅淅沥沥下着，梁夏站在店门边的雨檐下，一根接一根地抽。手指上的老茧和细软的烟身摩擦，熟悉而亲昵，像是多年的老朋友一般。

明明是魏冬的爱好，起初只是尽力地模仿和学习，渐渐地就摆脱不了了。她陡然想起肖静林，嘴唇一弯，露出点笑意——那也算是……不知不觉就习惯了的存在吧。

她还记得肖静林初来黑镰时，谨慎地跟每一个人打招呼，笑容又轻又浅，什么都点到即止。毕闻骏拍着他肩膀冲着自己和韩颂说："这就是咱们黑镰之刃的新投手，你们是捕手，捕手就是投手的老婆，老婆要照顾好丈夫，要夫唱妇随——丈夫要是喝醉了，你就是私下抽他几巴掌都可以。但是在球场上，你们得帮他，不能让他丢人！"

一席话说得大家都笑了，难得开玩笑的肖静林也说："教练，我不爱喝酒。"

那个时候，她是拿培训合同的新人小捕手；而他，是毕闻骏三顾茅庐请来的前青棒冠军队王牌投手。

时间过得太快，甚至都忘了从什么时候开始产生的感情。记忆却清晰可辨，连初见时从楼梯上下来的那个消瘦侧影都还牢牢记得……

一直把这一包半烟都抽完了，梁夏才撑着伞慢吞吞往回走。还没走到楼道里，就看到肖静林站在她家那个单元门口。

他的手已经恢复得差不多了，也不用再靠外物固定，藏在风衣口袋里，一点儿看不出受过伤。见她回来，他紧绷的脸流露出一丝轻松。

"我以为……"他的声音有些干涩，"以为你不回来了。"梁夏愣了一下："不回来我去哪儿？"

肖静林没回答，就那么安安静静站着，神色里那点失而复得的轻松却看得她一阵难受。

"我就是犯烟瘾了，"她干巴巴地解释，从雨中踏入楼道口，留下一排清晰的湿脚印，一直铺到肖静林面前，"想抽个烟。"肖静林"嗯"了一声，明显不信的样子。

两人并排站在扶梯边，偶尔有雨斜斜地从外面飘进来，打得衣摆都有些潮湿。梁夏又想摸烟了，手伸进兜里，手腕却被肖静林握住。

"那天的事……对不起。"

梁夏摸上烟盒的手慢慢松开，手指在口袋里痉挛似的张合了两下，"咱们谁跟谁啊。"说完，往他身边靠了靠，"我嫂子说得挺对的，找个时间，咱们去把证领了。"

肖静林侧头看了她一眼，"我以为你不高兴这样。"梁夏抬头看他，"为什么不高兴？"

肖静林苦笑，"我不知道……我不知道你为什么不高兴……或许我知道……我宁可还是不知道的好。我能够等的，一年两年三年，都能等……可我不能等一辈子，不能明知道没有希望还一直这样等下去。"他看着外面蒙蒙的雨雾，"那样，也太可怜了。"

梁夏回握住他的手，肖静林终于还是说出了考虑许久的话："我从来都排在棒球后面，对不对？”

“……”

“你想过放弃我，也没想过放弃棒球，对不对？”

梁夏无奈：“我明明可以两个都不放弃吧？我们以前不就天天一起打棒球？我从八岁开始打球，从没想过不打，等我老了，还想组个老年队玩玩——我现在27岁，你们就这么急着要我去生孩子？”

肖静林沉默，梁夏捏了捏口袋里干瘪的烟盒，“等我打完这一年，好不好？

“只要能赢职业球队一场，飞扬之梦也好，淮云也好，满天星也好，只要赢了，我就能把球队组起来了。”

“然后呢？”肖静林握紧了拳头，“然后你退出球队回家相夫教子？”

“休赛期……”

“休赛期只有几个月。”

梁夏有些愕然地看着他：“老肖？”

肖静林仍旧盯着外面的雨，“我不是要你牺牲事业，而是……你自己也知道的，哪怕组了球队，那样的队伍，就是你想要的？一年真的足够了吗？国内没有女职，不是你努力就可以解决的。你要朝着一个目标去跑，去奋斗，我都能理解，能支持。可是，小夏……这个目标它根本不存在。你要去哪里？你要我等到什么时候？”

梁夏有些艰难地舔了下嘴唇，“你怎么知道它不存在，连试都不试就说这个目标是不存在的？”

“那好，咱们就打业余赛，就以一年为期——什么时候登记，什么时候摆婚宴，什么时候要孩子？”

“我……”

“小夏，我要的不是孩子，我要的是看得到摸得着的承诺。”

雨仍旧不紧不慢地下着，风拨弄着雨丝，不时改变一下方向。

“好，”梁夏把已经被她捏扁的烟盒掏出来，扔进垃圾桶里，“下午去登记，打完了城市排名赛发请帖，过年前结婚，孩子……”她抓了抓头发，“孩子能不能再等等？”

肖静林终于扭过头来看她，梁夏无奈地摊手，“怀孕得八九个月吧，生了还得调养，婴儿要照顾，幼儿……10年后我还能生孩子，但在球场上却不一定有现在的状态了。”

肖静林张了张嘴巴，似乎想说什么，最终却只是慢慢地伸手抱住她。梁夏失笑：“这是同意的意思吧？”回答她的，是热切而熟悉的吻。

电梯还是那么破旧，得用力拍几下才有回应，轿厢里的广告换成了阳光沙滩背景的汽车广告，看得人心情也好起来。肖静林一直牵着她手，看着身侧的广告，挂在嘴角的盈盈笑意也跟海报里的阳光一样持续着。梁夏忍不住拽他，“有这么高兴吗？”

肖静林不回答，只看着十指相扣的两只手掌笑——她当然不知道，当然不懂这喜悦。

先爱的人先输了，幸好输给了也肯为自己让步的人，哪怕这一步让出并不能让空间变得宽阔，但也叫人欣喜。你也在乎我，也在乎我的等待——

回到屋里，于雨正自责，见两人一起回来了，眨巴了下眼睛，暗暗拉了一把忙着喝汤的魏冬。顾远嘉瞄瞄自家队长脸上那神色，心口的石头也落了下去。

魏冬被老婆催着喊了声：“妹妹啊——”梁夏给他喊得一激灵，鸡皮疙瘩掉了一地：“别那么肉麻。”魏冬噎住。顾远嘉没撑住笑，连忙低头，失手打翻了只杯子，登时汁水横流。

于雨也笑着起来帮忙擦桌子，气氛终于又融洽起来了。

梁夏于是拉着肖静林重新坐了下来，“我跟老肖商量了下，下午先把证给领了吧。”

魏冬的笑容僵硬了，顾远嘉刚扶起那只杯子呢，“砰”的一声又打翻了，这下砸得狠，直接碎了。

最有主见的于雨脑子也有点转不过来，结结巴巴地说：“下、下午……是不是，快了点？”

T 城的队伍排名终于出来了，第一名毫无疑问是“黑镰之刃”，紧随之后的就是争议不断的“春天棒球队”，然后是“铁昆仑”和“嘉鱼”。

“铁昆仑”和“嘉鱼”这两支队伍，并不能算 T 城水平最拔尖的业余队，能够脱颖，靠的是 T 城大学队的那些学生球员的疯狂加盟。

厉原杰跟侯敏进了“嘉鱼”，郭海洋和陆丰宇等人则去了“铁昆仑”。“铁昆仑”的队长其实就是本地茶商“铁昆仑茶厂”的小东家，这样的小企业虽然不能跟满天星比，但组个业余队还是可以的，难得招揽到这样的人才，居然还要代表T城去参赛了，激动得几天没睡好，远征B城那天，一路睡到酒店，梦里全是长出手脚的白色小球。

城市内部竞赛之后，就到了城际比赛阶段。赛制与两岸对抗赛相仿，不同的是不再决出冠亚军队伍，每个城市的四支队伍的积分总和代表参赛城市的总水平，总决赛将选出的是冠亚军城市。

梁夏翻着各个城市的名单，不出意外果然找到了“飞扬之梦”和“繁星”，淮云今年和猎风、绯海一样，压根没有参加城市排名赛。

满天星虽然没有参赛，主力球员却有混入繁星的，梁夏看着手里的录像——袁敏不愧是职业垒球投手出身的，这两年虽然有所荒废，底子还是在的，又有罗柏等强打的支援，俨然一副要扭转繁星花瓶形象的架势。

繁星的胜率甚至比他们春天还高上一些，排到了B城的第二名，第一名赫然就是飞扬之梦。而T城四支球队首轮征战的城市，恰巧就是B城。

办理入住登记时，B城分赛区的接待员已经早早地等在酒店大厅了。张小春代表球队签完到，还领到一小叠个人资料表。

分发到个人手里时，赵美女忍不住嘀咕：“还要写身高、户籍、婚姻状况……查户口啊。”孟小运一边奋笔疾书一边不耐烦地打断她：“你管那么多，赶紧填完去吃饭，饿死了！”

梁夏也掏了只笔，趴张小春身边的桌子上认真地填着。

张小春刷刷刷写完，顺便打算帮她一起交掉，接过表格后瞥了一眼，手猛然顿住了，“喂！填错了！‘婚姻’这个勾打到‘已婚’去了，没睡好吧你。”

梁夏已经弯腰去拎包了，“没错啊，我已经结婚了，就这个月刚登记的。”

她的声音不大，听在周围人耳朵里却隆隆有声。离得最近的方梦眼睛瞪得跟铜铃一般；王瑜正写到年龄，那个阿拉伯数字的“1”直接把纸给划破了；孟小运嗓门最大：“结婚？你跟谁结婚了？”

梁夏把包背到背上，“还能跟谁结？我老公咯。”说完，捏着房卡带头往电梯那儿走去。

方梦连忙小跑着跟过去，赵美女使劲掐了自己一下，“我刚一定听错了吧？她说自己结婚了，什么时候结的？我怎么不知道？结婚不要请客喝喜酒的？”

朱璇也一脸迷惑，还是边上的文倩灵接受度比较高：“梁副队做事情效率真高，连结婚都这么快，真厉害啊。”

黄隆沙无语地看着她，这到底有什么好厉害的？

现在的小姑娘脑子里都装了什么东西啊！

吃过晚饭，张小春还得代表春天去开会。他急匆匆赶到会场时，肖静林和飞扬之梦的队长宋飞正站在一边聊天，见他进来，肖静林友好地冲他笑了笑。

张小春也立马扯出笑容，心里想到的却是梁夏那句“跟我老公结婚”。他怎么也想象不出梁夏喊肖静林“老公”的语气。

宋飞显然也认出了他，一边大步走过来一边笑，“你是春天的张队长吧？欢迎来到B城，晚饭还习惯吗？”张小春心里感慨顿生，就在一年前，他可连跟这些队长合个照都得激动很久，没想到，现在自己也成为了这些“传说中的队长”之一。

虽然“队长”的含金量有点少，可春天棒球队的成长却是叫人惊讶的。

其他队伍的代表也陆续来了，繁星的队长袁敏在一大群男人中间特别的扎眼——不愧是嫁过豪门的美女队长，举手投足间都是优雅，漂亮的眼睛在人群里那么一瞥，就让不少人心跳加速。

坐张小春身边的铁昆仑队长小声嘀咕：“繁星那个，刚才是不是冲我们抛媚眼了？”

张小春无语，那个叫媚眼吗？不就拿余光往这边瞄了一眼？漂亮女人的话，我们春天也有啊！而且品种齐全！

袁敏却真的往这边探过身，“你是T城春天棒球队的队长？”张小春下意识挺起了胸膛，袁敏主动伸手过来握住，晃了晃，“你们副队住哪个房间？”

“你是指……哪个副队？”

袁敏一愣，随即反应过来，春天的副队长原来不止一个：“就是梁夏，梁副队。”

张小春四下瞅了瞅，压低声音报了给她，“你找她有事？”袁敏笑得挺美丽的："女人跟女人的事情，呵呵。"张小春脸僵了一下，好不容易才维持住笑容。

袁敏问到了房间号，散会后舒舒服服地洗了澡，这才领着自家小投手蓝绮施施然往梁夏那屋走去。蓝绮毕竟也曾是职业垒球队的，有点不大乐意地嘀咕："队长，有这个必要吗？"袁敏看她一眼，"怎么没必要？知己知彼，才……"

"才能百战百胜。"蓝绮打断她，"可她那个队伍的人，也就孔佳宜有点意思吧。"

"我给你的比赛录像带都没看？"

蓝绮撇了撇嘴，"这几天都忙死了。"袁敏叹气，嘴巴张了两下想说什么，一个熟悉的声音从不远处半掩的房门内传来了出来："你结婚了？怎么结的？什么时候结的？跟谁啊？"

蓝绮加快脚步，"好像是罗柏。"袁敏也听出来了，推门进去，里面黑压压都是人。罗柏坐在玻璃茶几上，一边咬着苹果一边大声嚷嚷。张毅在他边上站着，表情诡异。

梁夏坐床头边，边上挨着抱着笔记本的方梦和一个年轻小丫头，袁敏记得这个女孩叫王瑜，似乎也是个投手。

蓝绮的注意力全被沙发上坐着的孔佳宜吸引去了，这么多人在呢，居然还开公放看电视剧，没公德心！讨人厌的女人！孔佳宜抬头对上她视线，哼了一声，继续低头看视频。

什么态度！手下败将拽个屁啊！蓝绮十分不爽。

那边罗柏还在嚷："谁会娶你啊！肯定是你偷了人家户口本逼婚——是吧，老张，肖队，宋傻子，你们怎么都不说话？"张毅没吭气，宋飞被喊了外号有点不高兴，一直靠窗站着的肖静林却道："她没开玩笑，我们一起去的。"

罗柏愣了，"等……等等，什么意思，你们俩结婚了？"

屋里突然就安静了下来，肖静林并不辩解，梁夏拿了个李子吃了起来，应该……好像……是默认了的意思。孔佳宜嘀咕了声什么，猛地提高了视频音量，闹哄哄的非中文台词登时充斥着整个房间。

还是宋飞先打破了僵局："哈哈哈，结婚是喜事啊。肖队、梁夏记得要请客，喜酒不能赖的！"肖静林点头："年底休赛期的时候一定请大家喝喜酒。"

"休赛期应该都抽得出时间吧？"梁夏也挺热情的，兴致勃勃地跟他后面补充，“都记得带红包啊。”罗柏大叫：“我去，就冲这句话死都不给你红包！”……

吵吵闹闹好半天，才有人注意到在门口站了好一会儿的袁敏和蓝绮。梁夏出声招呼：“袁队长来了！怎么光站那不吭声，赶紧进来赶紧进来！”

袁敏往里走了两步，就有点不好意思挤了。床上是人，沙发上是人，电视柜、茶几、落地窗前也全都是人。她们俩要是再往里挤，那就是360度被围观的节奏。

梁夏也觉察了她们的尴尬处境，主动站起来往外挤，终于跟袁敏在卫生间门口成功会师：“人太多了。”

袁敏握住她的手晃了晃，“热闹点好，”说完微一侧身，露出身后的蓝绮，“我们队里的小丫头。”梁夏眼睛亮了下：“美女啊！”蓝绮心里挺满足的，刚要开口呢，挨着孔佳宜坐着的赵美女站了起来，“叫我，怎么了？”

什么怎么了？蓝绮不解，袁敏也有些发愣，孔佳宜一把把人重新拉回到椅子上，“自作多情，没喊你，在拍繁星那些花瓶的马屁呢。”

花瓶、马屁……蓝绮笑不出来了，袁敏表情也有点尴尬。梁夏打圆场：“小丫头直脾气，说话老得罪人。”你还不如不打圆场呢！一直旁观的罗柏在心里嚎叫。

袁敏十分有素养地点头，“小孔在年轻一辈里很出色。”蓝绮不客气地哼了一声：“出不出色得打了才知道。”

孔佳宜直直地抬起头，眼神凌厉：“那就等打了再说。”

春天和繁星的比赛安排在隔天下午，第一场比赛是黑镰和飞扬之梦的比赛。

肖静林的胳膊恢复得不错，虽然没打先发，也上去投了一局，球速彪悍依旧，出场的瞬间整个观众席都是欢呼声。

能在客场把主场球迷的气势压下去的，也就黑镰这样的豪门球队了。

飞扬之梦的捕手还是韩颂，比赛一局接一局地打下去，他的状态还算平稳，没出什么错，但也没有什么对付黑镰的绝招。

对于这位老球员，场外的黑镰球迷也显得十分的宽容——在黑镰，韩颂确实没有多少可以发挥的余地。他一路从省队走到职业联赛，也并不轻松。

反应激烈的是飞扬之梦的球迷。李仪风一上场，嘘声就断断续续地开始了。到肖静林三振宋飞之后，这个嘘声就更加刺耳了，“叛徒”、“垃圾”等各种叫喊声此起彼伏。

李仪风表情尴尬，还算镇定地打完了比赛。

黑镰以 4 分优势大胜飞扬之梦，全场欢呼雷动。黑镰之刃的这一次复出，至今为止还没有败绩，用势如破竹来形容都不为过。

季后赛的名单虽然还没有确定，大众眼里，外卡球队的名额却已经板上钉钉属于黑镰了。甚至是全明星赛首发投手的位置，大家也都暗暗认定为肖静林。

有哪一年，他不是首发，他没有进全明星赛？

争议最大的反而是今年的金手套和全明星赛首发捕手的人选，魏冬之后，会是谁呢？

猎风的林成殊？绯海的袁森？又或者是刚刚转会黑镰，正处上升期的李仪风？

与黑镰在城市排名赛里耀武扬威不同，绯海和猎风是实打实地在和职业圈里的各大队伍厮杀——没了黑镰的例行赛，到底还是少了一些看头。

往年热议的黑红之争没有了，让人揪心的黑猎对峙也没得看了。

绯海和猎风今年也都拼了老命在打，绯海的袁森年龄一年比一年大了，猎风对冠军的渴求也明白地写在脸上。

背后的主办方毕竟都是棒协，城市排名赛的赛程安排向来都是和职业联赛错开的，这种错开不仅考虑了参赛队伍的情况，也充分服务观众，毕竟在大陆，棒球的群众基础比不上其他体育项目。城市排名赛刻意把主客场比赛安排得像巡回赛一样，让同城的四支球队一股脑儿飞往主场分赛区也是出于这样的目的。在保证原有观众的同时，还希望借着比赛的热潮，做做普及，扩大影响力。

飞扬之梦这些要参加职业联赛的队伍，肯在今年这样的形势下牺牲精力参加城市排名赛，一方面是想要扩大影响多赚点门票钱，另一方面也是担心常规赛失利——城市排名赛的成绩，是球队申请外卡的一大参考因素。

而繁星和春天这样的非职业球队，就没有这方面烦恼了。袁敏披上繁星的战袍之后，并没有专心在投球上，除了最开始的几场比赛，她的位置已经逐渐转移到了捕手上面。

她今年已经32岁了，相对于其他位置来说，投手的运动生涯总是比较短暂的。袁敏的外形依旧靓丽，身体却已经逐渐跟不上这么长时间的高强度比赛了。

她当年在垒球场上就不是靠打击出名的，要转击球员的位置显然有些勉强，对于投手这个位置的深切理解倒是让她在转捕手的过程中少了不少麻烦。

一个好捕手，除了对敌人的了解，对自己队友尤其是投手状态的把握也是十分重要的。

罗松组建繁星，并不是真正要建一支媲美职业球队的女子棒球队，这在他选择球员时就看得出来了。

蓝绮在垒球新人中，水平并不是顶尖的，外形才是最大的优势。队里的汪欣欣更是模特出身，对棒球的了解靠的是短时间的恶补……

这也是为什么这一次城市排名赛，要把罗柏、王声籁等人拉进繁星。也因为这样，甚至不得不临时更改了繁星的队服。

让繁星的女队员们穿上裤子，好歹还算美丽干练。要让罗柏他们穿上短裙，满天星自己的球迷就能把俱乐部骂到倒闭。

作为繁星的第一次城际比赛，又是B城主场，满天星的准备不可谓不丰富。梁夏等人一来到球场，就看到那一队声势惊人的拉拉队。

男人，全部都是男人的拉拉队！队服整齐划一不说，居然还印着火辣辣的爱心的标志。再往观众席一扫，还真有不少穿着一样衣服的，男女老少都有，甚至还有年轻妈妈带着孩子穿了亲子装来加油。

孟小运感慨："美女效应居然这么大。"

赵美女在这方面十分机敏："男的是冲着女的来的，女的是冲着罗柏他们来的，异性相吸嘛。"

孟小运恍然，然后忍不住嘀咕："那咱们队也有帅哥有美女啊，怎么就没个粉丝呢？"

正巧梁夏拎着包走过来，"怎么没有，倩灵和王瑜就是我粉丝嘛。"跟在她后面的方梦迅速加了一句："我也是啊。"

孔佳宜在后面哼了一声，方梦赶紧说："佳宜也有自己的粉丝团呢，看——"

那几个姑娘果然又跟来了，正坐角落里有些惶然地四下张望，跟不远处那豪迈的男子拉拉队一比，就更显得渺小了。

春天这一次终于有了自己的客场球衣，墨绿色的球服衬着黑色的手套、护具，看着还挺那么回事的。繁星的主场球服自然是白色的，只在背号上方有着浅浅的条纹，球服上最显眼的队徽也是满天星的 LOGO。

比赛开场，繁星这边，首发投手果然是蓝绮，袁敏戴上护具，蹲到了捕手区。春天的第一棒理所当然还是孟小运，孔佳宜瞪着眼看着投手丘上的蓝绮。

文倩灵忍不住小声问："你们俩……以前好像是一个队的吧？"

"废话！"

文倩灵又问："死敌啊？"

孔佳宜不屑一顾："死敌？就凭她，配吗？"配不配这个事情文倩灵不知道，但是看场上孟小运的模样，压力显然并不小，差了那么一点，出局了。

第二棒是队里的新人，叫作王志扬，母亲是台湾人，她在台湾做过几年交换生，玩过几年校队。王志扬的打击并不十分出色，身体条件也一般，年龄也已经 28 了，但是性格胜在稳重，冷静自持。

蓝绮的投球跟孔佳宜其实有几分相似，下手投球，出手点低。最大的不同点是，她的投球更加华丽。踏板、合手、跨步、挥臂……每一步的动作都像是在表演，甚至还露出了纤细美丽的一小截腰线。

镁光灯"咔嚓咔嚓"响个不停，那支雄壮得有些吓人的拉拉队更是跟疯了一般，歌声震天，带得不少赶来凑热闹的满天星球迷也一起跟着瞎吼。

一点儿没错，繁星这支冲着钱来的年轻队伍，不但有了专门的加油口号、吉祥物、应援色，甚至还有了队歌。

蓝绮在嘹亮的"天际繁星如你一般美丽"的歌声中投出了她的第五个球，王志扬在球即将穿过好球区的瞬间改变了握棒姿势。

触击短打，球滚向投手丘的方向，王志扬也扔了棍子飞奔向一垒。

蓝绮直接从投手丘上奔下来，边跑边把手套给脱了，一垒手是王声籁，已经踏着垒包做好了接球的准备。

王志扬帽子下露出的几缕发丝在阳光下折射出酒红色，随着跑动轻轻飞扬。开始滑垒的瞬间，白色小球划着弧线从头顶飞过。人总是不可能跑得过球的，王志扬以仰着身子滑铲的姿势看着小球落入手套，沙土飞扬，她在惯性驱使下继续前进，心里却知道已经失败了。

司垒裁判那果断的“出局”手势仿佛在她心里打了个大大的叉。

第三棒是孔佳宜，早在准备区她就已经开始给蓝绮甩眼刀了，站上打击区，脸更是黑得跟碳似的。蓝绮的投球姿势还是那么妩媚动人，孔佳宜忍不住讥讽：“这是卖肉还是投球呢，不知道的还以为哪家夜总会的‘公主’走错地儿了。”

击球区后面就站着主审裁判，迅速就给了她个警告，并表示再犯就直接取消她的比赛资格！

孔佳宜抿紧了嘴巴，蓝绮一副“你活该”的表情，投球时腰线露得比之前几次都夸张，连张小春都看得一愣一愣的。

梁夏忍不住赞叹：“看看人家这专业素质，色艺双绝啊。”听到这话，一直在那翻资料的方梦小脸刷的白了，文倩灵和王瑜悄悄瞄了瞄自己的腰，连黄隆沙都有点不自在起来。

张小春忍不住斜眼看他：“你紧张什么，你就是露也白露啊！”黄隆沙涨红了脸。

蓝绮连投两个好球，孔佳宜一挥空一界外。方梦紧张起来，不住地拿余光去瞥梁夏。张小春也着急了，暴躁地嘟囔：“不是说好了打触击球嘛，她干吗呢？”

梁夏没吭声，只盯着场上的两个女孩来回看。

第三球，孔佳宜终于用了触击短打。

砰！球滚向投手丘与三垒之间，位置稍微偏向了投手丘，蓝绮再一次毫不犹豫地抢先冲了出来。

张小春松了口气，梁夏仍旧是那副表情，捕手席上的袁敏却微微皱起了眉。

春天的比赛她看了这么多场了，似乎……有什么地方不对。

这一次，蓝绮没有那么幸运，虽然赶在孔佳宜上垒前捡到球，却没能阻止她上垒。充当游击手的罗柏忍不住碎碎念：“这年头的姑娘都跟猛虎似的，投手这么猛要我们其他人怎么混？”

王声籁给他说得笑起来，孔佳宜不远不近地离垒站着，杀气凛凛，不像打球，倒像是来打群架的。

王声籁才扯开的那一点儿嘴角，迅速也就收拢了。孔佳宜，他当然是认识的，庄妍的得意弟子么，据说还暗恋肖静林。也不知梁夏用了什么办法，居然能让情敌给自己当投手。

他正想得出神，蓝绮突然给了个暗号，牵制。

这一个牵制球来得十分突然，王声籁都差点没反应过来，孔佳宜倒似一直等着，回垒回得轻松极了，跟只兔子似的一扭身就扑回垒包。

漂亮！春天的休息区爆出一阵欢呼，场外观众席上，朱筠和那几个来加油的姑娘也兴冲冲地喊了几嗓子。

蓝绮挤挤鼻子，很有些不屑的意思，把目光投向袁敏身边的朱璇。

朱璇是左打，本来离一垒就近，身体条件又好，站那就挺有威慑力的。蓝绮嘴上说得不在乎，春天的比赛其实还是看过几场的，这个朱璇，长打实力确实不错。

这是可能打出本垒打的选手，袁敏找满天星的捕手分析了一晚上朱璇可能不擅长的球种，至今没有什么头绪。

全能型选手？感觉不大可能，春天一路走来，除了黑镰和 T 城大学队，并没有遇到多少强队，朱璇……硬要形容的话，这位强打被春天保护得挺好的。

袁敏做了引导，全速的滑球。蓝绮犹豫着摇了下头，袁敏皱了皱眉，改成了她擅长的伸卡球。

伸卡球的投法与直球类似，但有经验的击球员，还是很容易辨认出来的。

朱璇没有挥棒，眼睁睁看着球落入手套。已经在准备区的梁夏拄着球棒，轻轻咋了咋舌。

第二球，还是伸卡球。朱璇有了一丝犹豫，梁夏突然起身，理了理帽子，一垒上的孔佳宜一怔，咬牙冲向二垒。

打带跑！朱璇猛然惊醒，迅速改为了短打的握法。砰！球被击出，又是滚地球！

朱璇也扔了球棒朝着一垒跑去，蓝绮瞅着球离自己并不很远，正要迈步，被袁敏凶狠地吼了一声："投手去补一垒！阳阳注意力集中点！"

袁敏口中的阳阳，是繁星的二垒手纪阳阳。王声籁已经冲着球飞奔去了，蓝绮只好去补已经空掉的一垒。

打带跑这种积极推进的战术，是很容易给经验不足的队伍造成干扰的。球投出的瞬间，垒上跑者提前起跑，防守方既不能牵制也不能触杀。此时的击球员也会奋力挥棒，尽量打成滚地球，免得被防守方直接双杀。

朱璇这个触击，打得十分合情合理。第一次的未挥棒，看起来也完全像是在观察球路。

场外的黄隆沙却觉得背上都是冷汗。别人可能不知道，他作为投手，自然知道朱璇的弱点是不会打伸卡球。蓝绮这位垒球赛出来的新秀投手，因为下手投球的缘故，比孔佳宜还擅长伸卡球。

能藏多久呢？能不能在秘密被发现前将她换下去呢？

“上垒！”朱璇拍着土爬起时，被充当临时一垒手的蓝绮狠瞪了一眼。

与此同时，梁夏站到了袁敏身边。袁敏笑笑，“梁副队，手下留情。”梁夏一点儿也不客气：“怕我打出本垒打？那就直接保送我嘛。”

在二出局，一二垒都有人的情况下保送第五棒？正常人是不会做这种蠢事。袁敏是正常人，当然不会听她的，快速地给蓝绮打了暗号——蓝绮这一次没有摇头，对付梁夏，繁星显然也有不少准备。

梁夏也如往常一样，观察，观察，然后就是界外球。

袁敏有些愤然，却又没办法，只要是坏球，梁夏一定是不挥棒的，这么断断续续积累下来，蓝绮也已经投了3个坏球了。

两好三坏，其余全是界外球。

不能白白送她上垒，但想要再投一个好球，却也没那么容易。

更可恶的是垒上的孔佳宜和朱璇，阴魂不散地一步步离垒，逼得蓝绮不得不一次次牵制。投手的精力是有限的，向本垒这边投球需要消耗体力，牵制球也一样费精神费体力。

球终于被梁夏击出的瞬间，袁敏甚至都有点庆幸。谢天谢地，结束了！

蓝绮内衫全湿了，脸上也都是汗，呼吸都带着点喘。梁夏上垒的瞬间，球传到了三垒手罗柏的手上，孔佳宜被触杀。

三出局，攻防互换。春天一分未得，繁星这边却也并不轻松。蓝绮跟在袁敏身后小跑，有些自得地说：“进了垃圾队，梁夏水平也就那样。”

袁敏瞥了她一眼，脚步不停，“你还不服气？按这样的消耗法，你还能再投几局？”

蓝绮怔住：“我……”“我原本还指望你能投满半场的”袁敏叹气，“我跟你说过多少遍了，知道保护自己的投手才是好投手。你以前的教练没有叮嘱过你？还是你觉得，把孔佳宜和梁夏的风头压过去更要紧？”

蓝绮抿嘴不答，脑海里却禁不住开始回忆起那些阴魂不散的界外球。上场之前，自己就被反复叮嘱过要小心梁夏的“粘打”战术。

这位昔日的黑镰捕手，似乎对这种消耗投手的“粘打”十分热衷，大有要跟猎风的“粘打机器”杜靖宇一争“粘打王”的架势。

所谓的“粘打”，其实就是利用两好球之后界外球不算好球数的规则，连续击出非触击界外球，用以拖垮守备方投手。但是，对于击球员来说，也未尝不是个负担。

杜靖宇在猎风的守备位置是左外野手，并不像捕手一样需要时刻引导投手乃至统筹全场，梁夏作为捕手担当“粘打”的角色，总还是有些吃亏的。

蓝绮进了休息区，一边拿毛巾擦汗，一边不大服气地给自己的冲动辩解：“她消耗我，我也一样消耗了她。伤敌一千，自损八百，她脑筋也不是那么好。”

袁敏没再接腔，反倒是罗柏凑过来，“小蓝你太单纯了，你是姑娘，皮薄肉嫩，怎么能跟梁夏那种人拼体力？那家伙脸皮那么厚，身上的皮肯定比脸上的还厚……”

袁敏扭头看向教练：“教练，您觉得呢？”

繁星的教练，原先是在满天星做战术指导的副教练，对梁夏自然是熟悉的：“蓝绮说得不错，罗柏说的……其实也不算全错……”

繁星的第一棒，依旧是任劳任怨的王声籁。黄隆沙投出的，也依旧是他最讨厌的内角球。梁夏蹲那嘀咕：“哎呀，上次比赛完你就该发现自己的弱点了吧，怎么到现在都没及时调整呢？”

王声籁握着球棒，黑着脸不吭声。谁知道又会遇到你！老子进步没那么快不行？我们今年压根不参加城市排名赛，谁知道老板竟然这么狠心，把老子下放到繁星来！都被职业赛除名了还能遇到，简直跟踩了狗屎一样倒霉！

梁夏不知道自己被人嫌弃成狗屎，心情愉悦地又要了个内角球。已经两个好球了，王声籁不得不挥棒。

砰！球这一下飞得有点高，几个外野手迅速仰起了脖子，游击手张小春仰着头举着手套快速奔跑着，小球越飞越低，终于和他一起摔倒在草地上。

司垒裁判跑了过去，球没有被摔掉，牢牢地握在张小春的手套里。

王声籁有些失落地带着球棒往休息区走去，被接杀了啊——

第十九局

蓝绮的短暂单恋

繁星的第二棒是个矮矮瘦瘦的女孩子，化了点淡妆，护帽也没完全遮住她那俏皮的卷发，出场的瞬间，观众席上就是一阵骚动。

“小悦！”、“周心悦！”呼声又深情又绵长，周心悦自己倒是挺不受干扰的，一上来就摆出了触击的姿势。

黄隆沙持球弯腰，注意着梁夏的手势——这姑娘的打法他们春天早分析过了，最擅长的就是触击，滑球、伸卡球、指叉球都完全不行。

梁夏配了个坏球，黄隆沙投球，周心悦犹豫了一下，没动。

“坏球！”

周心悦心态不错，眼光也可以，就是技术不咋地。第二球，周心悦仍旧没动，一直坚持到黄隆沙投出正中直球，才突然动了。

球被击出，周心悦扔了棍子跑向一垒，她身后的梁夏也掀了面罩站了起来，“小运！投手补一垒！”

一垒手孟小运已经冲着球跑了过去，黄隆沙临时补上了一垒。周心悦的跑步速度明显不能跟孟小运比，她要是算在跑，孟小运简直就是在飞。球从她头顶飞过，还没等她开始滑垒，就落进了黄隆沙的手套。

繁星连续两人出局，第三棒仍旧是满天星球迷熟悉的老面孔——左打华云。

华云跟王声籁不同，上一次比赛，他几乎被左投的方梦完全压制，这一次来繁星，完全是他主动申请的。

击球前，华云飞快地瞄了瞄休息区的方向，蓝绮正侧着头，听教练说着什么。梁夏“喂”了一声：“来打球还是来泡妞的？”华云涨红了脸，干咳一声，挥了挥手里的球棒。

都说爱的力量伟大而坚韧，虽然蓝绮压根没留意场内，华云的斗志还是很高昂的，黄隆沙又是右打，第二球就被他找到机会，挥出了一记漂亮的内野安打。

二出局，一垒有人。

第四棒是罗柏，一上来就打趣道：“是不是又要保送我啊？”梁夏一副客随主便的样子：“你想被保送？那肯定不能让你失望。”黄隆沙球出手的瞬间，她果然站了起来。

一坏球，二坏球，三坏球，四坏球。罗柏张了嘴又闭上，最后只好干巴巴地扔了球棒，尽量潇洒地奔向一垒。华云也推进到了二垒。

第五棒是繁星自己的女球员纪阳阳，华云慢吞吞地往三垒方向挪了一小步，黄隆沙似乎没有留意，倒是很重视地瞄了一眼一垒的罗柏，然后上板，合手……

球即将离手的瞬间，华云陡然发难盗垒，冲向三垒，罗柏也向着二垒跑去。黄隆沙的自由脚已经踏出，只得奋力将球扔向梁夏。纪阳阳试图帮助队友，向着这个明显的坏球挥棒，球高高飞起，被已经站起的梁夏接住，然后掷向三垒。

三垒这边的司垒裁判喊出“出局”的瞬间，罗柏刚刚成功进到二垒。

三人出局，攻防互换。华云有些挫败地爬起来，被教练劈头盖脸骂了一顿。

“你打了几年球了？二出局的情况，在魏冬眼皮底下玩双盗垒，你以为她是傻子？”教练愤愤地拍着凳子，“你就这么确定阳阳打不出安打？你到底瞧不起谁？”

华云脸色铁青，抿紧了嘴巴不说话。

“哪儿还有魏冬啊，”罗柏在插嘴，“人家现在叫梁夏。”

教练不好意思吼他这个皇亲国戚，只好更加凶狠地给华云甩眼刀。

蓝绮休息了半局，自觉身体状态不错，戴好帽子套上手套，又站到了投手丘上。

春天的第五棒是黄隆沙，投球之后直接上打席，张小春有点担心："老黄你行吗？"黄隆沙打了个放心的手势，梁夏扭头看向孔佳宜，"佳宜，可以去热身准备了。"

方梦眨巴了下眼睛，欲言又止的样子。孔佳宜自从梁夏"结婚"的消息出来后，看人都杀气腾腾的，听了她的话也不答应，拿了东西，踢了刘辉的凳子一脚，径直走向牛棚。

刘辉如今已经从半条板凳沦为了彻彻底底的板凳，但有比赛还是很积极地参加的。见孔佳宜这么不给副队长面子，有些歉然地冲梁夏笑笑，拿着手套追了出去。

梁夏也回了他一个灿烂的笑容，把注意力投向场内。

蓝绮的疲惫在把黄隆沙逼出局之后开始显露，此时上场的是春天的第七棒文倩灵。文倩灵论打击能力并不逊色于黄隆沙，排到这么后面，更多是出于锯齿形打线的考量。

第五棒的梁夏是右打，第六棒再放右打的文倩灵，自然不如放左打的黄隆沙来得合适。

袁敏看到文倩灵，也是一阵惋惜。这是个能力不错的女孩子，虽然没有什么特别突出的才能，但是胜在均衡。她在 T 城大学队之所以常年稳坐板凳，很大的原因也是太均衡。

能打，但是不是特别能打；能投，但也不是特别能投。甚至繁星在组建的时候，还接到过她的报名表——这个均衡的女孩子，长相也十分的均衡。

五官过得去，身材过得去，但也只是过得去而已。她被剔除出最终名单的理由，就是不够显眼。而现在她穿上了春天的球服，站到了她身侧，观察、挥棒，一举一动都是那么的镇定、理智。这样的选手，放在救援投手的位置，放在第七棒，太让人放心了。

伸卡球，观察；正中直球，挥棒。

文倩灵踏踏实实地完成着自己的分内职责，在蓝绮投出第二个伸卡球之后自觉选择了触击，打出了个不远不近的滚地球，然后按部就班地冲向一垒。

蓝绮终于不再把自己当万金油了，发现球离自己还有段距离就直接选择了放弃，还分了点注意力给在牛棚里热身的孔佳宜。终于要上了吗？

她跟孔佳宜的仇怨，其实是在青垒选拔赛结下的。蓝绮自从高中之后，成绩就游离在差和很差之间，她能上大学，完全就是靠了垒球项目的加分特招。那一年青垒赛，她跟着领队来到T城大学队，教练的第一句赞扬就送给了对方先发投手。

“看到那个女孩没有？练垒球才半年多，水平已经跟你不相伯仲了——人家可是半路出家，从棒球项目转过来的。”

蓝绮听过就算，并没有当真，接下来的比赛，却让她彻底记住了“孔佳宜”这三个字。

垒球比赛一共七局，T城大学的垒球队自始至终都保持者两分的领先，轻轻松松将她们这支“客队”打得颜面全无。比赛总是有输有赢的，要只是输，她记住的也只是“孔佳宜”和“T城大学”这几个字。

赛后，T城大学校方秉着友谊第一的原则，邀请两校的参赛选手参加隔日的校庆。

校庆么，除了开会、演出，最重头的就是成名校友的返校之旅了。T城大学队迎来的校友里，有几个人最受垒球队的姑娘们关注。现役的职业垒球投手庄妍、黑镰的投捕组合肖静林和“魏冬”。

蓝绮和队友一起捧着本子要了一圈签名，叽叽咕咕讨论起肖静林和魏冬。

论球技，两人各有所长，至少在各自的领域都是很拔尖的，各打90分。论身高，肖静林能拿95分，魏冬就只有及格线了。论长相，肖静林还是能上90的，魏冬……蓝绮认认真真观察了大半天，最后给打了个99.8分。

那个0.2分扣在节操上，魏副队居然直接从庄妍的水杯里喝水，太不讲究了！

大学时代，课业本来就不像高中那么紧，像蓝绮这样的体育生，就更加有大把大把的时间来消耗。蓝绮颠来倒去地想了几天，收拾了行囊，独自一人赶回了T城。

在黑镰之刃的训练场外，蓝绮意外地遇到了一样打扮的婷婷袅袅的孔佳宜。

恋爱中的女人是敏感的，也是充满战斗力的。蓝绮甚至都记不起来两人是怎么开始搭上话的，话题从肖魏两人的球技到长相到身高，一路聊下去，最后以激烈的斗殴收尾。

孔佳宜是被T城大学的教导主任带回去的。而她，脸也肿了，发型也乱了，只得先放弃告白回学校养伤。

爱情来得快也去得急，那一场真人PK把蓝绮刚刚开始萌芽的爱情彻底掐灭了，对T城乃至魏冬都有了点小小的意见。去年的职棒联赛之后，蓝绮自然更加讨厌T城了。当然，见证过她这段短暂暗恋的孔佳宜，无疑更是眼中钉、肉中刺。

至于孔佳宜为什么讨厌自己，蓝绮可不知道。

春天壮大之后，最大的变化就是最后几个打席不再是单纯充数的，第八棒和第九棒分别是张小春和方梦，虽然算不上强打，好歹是有板有眼知道如何配合战术的球员。

蓝绮的伸卡球并不只有朱璇害怕，张小春也悚，好在梁夏拉着孔佳宜给他们全部人都做过特训。朱璇对伸卡球的不擅长被隐藏起来，张小春等人就没那么幸运了，幸好蓝绮在一局之后体力消耗严重，投球质量大大下降。

繁星教练的担心成为了事实，蓝绮在第三局再次被压着粘打，第四局压根没体力继续上场了。春天用孔佳宜换下黄隆沙后不久，蓝绮也坐到了休息区。孔佳宜整整帽子狠狠瞪了繁星的休息区几眼，哼，便宜你了！

比赛继续，梁夏借着暂停凑到投手丘上提醒，“没事盯着休息区干什么？用心点。”孔佳宜闷哼了一声，熬到换场，终于忍不住跟梁夏说：“你检点一点，既然结婚了，就别老勾三搭四的！”

梁夏愣了一下，反问：“我什么时候男女不忌了？”这一声不算低，大家几乎都听到了，张小春眼皮抽搐，赵美女神情紧张，孟小运挤过来，“谁男女不忌了？”

孔佳宜撇嘴，“你跟繁星那个蓝绮眉来眼去干什么？她可是大学时候就说过的，你是男是女她都喜欢，非泡上不可。”

休息区里一群人都呆滞了，视线“刷刷刷”往梁夏身上落。梁夏倒是很镇定：“都这样紧张干吗，魅力大是好事呀！”完了又问孔佳宜，“你怎么知道的？”

“她亲口告诉我的！”

孔佳宜回答得异常笃定，蓝绮说这话时，脸颊都被她抓出血来了，还一口一个“要是没有魏冬，肖静林就是个废”。要不然，她也不会下那么重的狠手。骂过肖静林的人，她可是能记恨一辈子的。谁说肖静林是个废的？梁夏被赶出职棒了，人肖静林还好端端当着队长，打着首发呢！

其他人不知道她心里那么多弯弯道道，只觉得孔佳宜这股愤怒来得诡异。就算咱们梁副队魅力大过天，男女通杀，那也不干你的事情啊，你那么激动干什么？

孟小运嘴巴快：“那就让她来泡呗，咱们梁副队又不是感冒冲剂，哪儿那么容易被攻陷。”说罢扭头去看梁夏，“是吧？”

梁夏露出高深莫测的笑容：“你泡泡看不就知道了？”

到了第六局，比分还是缠缠绵绵的3:3。

繁星的喻燕被换下去，春天这边，孔佳宜也被换成方梦，最后又换成了年纪最小的王瑜。

简清拉住梁夏，“让王瑜上，不如选倩灵吧？”梁夏安慰似地拍拍她肩膀，“倩灵打加时赛。”

简清嘀咕：“你怎么知道他们这局拿不到分？就是加时赛，两局比赛倩灵还是撑得住的呀。”梁夏翻出名单，弯下腰，问她：“三出局，比赛就结束了，你觉得这几个人里，哪个能拿分？”

简清不吭声了，繁星这几个球员确实技术糟糕，但是春天这边……她盯着梁夏还带着汗渍的脸颊沉默了。梁夏似乎完全没留意到她的视线，反而看了埋头整理鞋子的王瑜一眼，压低声音：“再说了，下一场可是跟飞扬之梦，现在不让她适应适应，到时候怎么办？”

王瑜的上场经验确实不多，可是……简清到底也没能把心底的担忧说出来，眼看着她们换好了手套、护具，小跑着出去了。

九局下半，平分，这样关键的时候，繁星果然临场换将，即将上场打击的投手卢丽被换成了满天星的击球员沈彬彬。

沈彬彬一上来，梁夏那表情就有意思了："哟，养好伤了？能上场了？"沈彬彬微微一笑，整理了下帽子——春天和满天星的那场比赛，他是唯一缺席的首发球员。

"你们教练也太不厚道了，才刚归队呢，就把你发配到女队来了。"梁夏的语气就跟一起喝茶聊天似的，"残忍吧？"沈彬彬当然知道俱乐部这样的安排有让他调整状态的意思，并不受她挑拨，摆好姿势准备击球。

梁夏嘴巴不停，手上引导动作也没停，很快就打完了暗号。

沈彬彬是比较全面的选手，王瑜要压制他显然是有困难的，第二球就被他击出，成功上垒。

王瑜咬紧了牙关，梁夏却若无其事的样子，下一打席是繁星的汪欣欣。汪欣欣是典型的"偶像派球员"，进繁星之前是模特，连棒球棍都没摸过，在繁星那群奇特的球迷当中，人气却不低。

连罗柏都对这种奇特的"美女球员养成心理"惊奇不已："那些球迷是真傻还是假傻啊，还美女球员养成，光看脸就能看出潜力来了？"

但汪欣欣的"训练"特辑确实点击率奇高，漂亮的女孩子满头大汗的样子也是吸引人的。哪怕摔倒了，头发凌乱了，那也有种歇斯底里的坚韧美。比赛输了，美女黯然失神了，那就更是忧郁美了。

罗柏不能理解大众对这种"花瓶"的喜爱，很多资深球迷也对这样的"悲情牌"不感冒，可架不住繁星球迷的狂热推崇——哪怕比赛到了决定局，汪欣欣还是不能被换下来的。

教练也压根没指望她能拿分，只叮嘱她尽力把球打出就好了。外野高飞也好，触击牺牲打也好，总之能给垒上的沈彬彬创造点条件就好了。但是，汪欣欣连这一点都没做好。

王瑜在沈彬彬那儿没讨到便宜，在汪欣欣面前赫然就是一座大山，三球三振，一点儿不带含糊的。沈彬彬连盗垒的机会都还没捞到，汪欣欣就"悲情"下场了。

休息区的大板凳刘辉趴在护栏上嘀咕："那个卢丽水平也不咋样啊，繁星怎么不换掉她？"

简清正低头喝茶，闻言抬头，"把卢丽换下去，谁投球？沈彬彬？"刘辉哑然，过了几分钟，才猛然回神："等等，投球……要是加时赛——繁星场上已经没有投手了吧？！"

简清微微点头，仍旧是那副担忧的表情。梁夏的计划是很好的，从头到尾也一直尽力地消耗着对方投手……可是前提是要先撑过这个半局，进入加时赛才行吧。

一出局，二出局……时间一分一秒过去，投手丘上的王瑜汗如雨下，扔下滑石粉包，再一次上板。

最后一个了……梁夏这时打出的暗号却不是给她的。这个动作……要二垒手和三垒手注意？牵制二垒跑者？

这个牵制球来得十分突然，沈彬彬心有余悸地回垒，一垒跑者也迅速跑回一垒。击球区的繁星打者并不强力，一旦出局，比赛必定要进入加时赛。

繁星比较强的几个女投手都已经被换下了，板凳投手当然是有的，要一口气让春天的第二、三、四棒出局，难度却不是一般的大。

教练犹豫着想要再换满天星的投手上去，却被俱乐部经理直接制止了："罗总的意思，比赛可以输，但不能让繁星丢掉最根本的招牌。"

教练无奈，繁星的招牌是什么？漂亮，在球场上一点用处都没有的漂亮！

两支队伍最终以平分进入加时赛，繁星守备，春天先攻。

梁夏盯着投手丘笑，沈彬彬近乎全能，当然只是近乎，譬如投球，他就不擅长。缩头缩脑的纪阳阳被换到了投手丘上，沈彬彬换到了二垒，孔佳宜闷着头上场，轻轻松松地上了一垒。

第四棒是朱璇，第五棒是梁夏……难解难分缠斗了好几个小时的比赛突然就没有什么悬念了，最终比分凝固的时候，张小春有种恍惚梦中的感觉。

赢了！他们已经不是第一次赢得比赛了，明明不过半年时间，张小春却觉得仿佛已经过去了半个世纪。

如何牵制，如何盗垒，如何牺牲自己帮助队友推进垒位，如何在滑垒时避开触杀……他书店里的新书海报还没换过几茬，棒球手套已经磨断了细绳。

他迫不及待地上网搜索相关信息，仍旧到处都是骂声——大约是因为这次比赛代表了 T 城的关系，骂声里稍微多了那么点中立的表态：还算上道，没有丢咱们 T 城的脸。

车厢里闹哄哄的，孔佳宜扶着椅子背走到了张小春座位边，"张队长。"

张小春抬头，冲她笑，“怎么了？”孔佳宜往他前面的位子看了一眼，犹豫了一下：“我已经订好回 T 城的机票了，晚上就走——下周我有比赛。”

张小春一愣：“下周星期几啊？”孔佳宜半垂下眼睛，“周二。”张小春连忙去翻赛程，周一，周二……春天没有比赛！他舒了口气，还没开口道别呢，孔佳宜又加了句：“6 月 4 号早上和飞扬之梦的比赛我也来不了了，赛程太紧，也没订到机票。”

车厢里陡然安静下来，孔佳宜又去看那微微有些倾斜的椅子。

方梦已经扭过头来了，靠窗的那边位子却始终没有声音发出，只在椅子的缝隙间露着一截衣料。

张小春也奇怪了，一直不出声是怎么了，一边唤了一声“梁夏”，一边站起身。他这才发现梁夏歪在椅子上，额头抵着车窗，不知什么时候已经睡过去了。

梁夏醒来时候天已经全黑了，车窗外停车场的灯光星星点点，不远处的马路上车流滚滚，霓虹闪烁。

她坐起身，才发现身上披着外套，再一扭头，就见肖静林正坐在一边看她，眼神清明，显然坐了很久了。梁夏揉了揉有些酸胀的脖子，“我睡多久了，你怎么也不喊我？”

“看你睡那么香，就没吵你。”肖静林说着站起来，伸手拉她，“走吧，吃饭去。”

初夏的夜风还有些寒意，道边的喷水池汩汩地涌着细泉，在灯光下变化着颜色。被大厅有些晃眼的灯光一照，梁夏才猛然回神：“哎呀，说好了要庆祝的，我给他们扫兴了。”

“他们也都累了，闹不动。”肖静林拉着她往自助餐厅走。梁夏任由他拉着往里走，坐到位子上，看他拿了碗碟，去料理台那边要了热粥，又拿了些点心，一并用餐盘端着过来。

餐厅里还有其他客人在用餐，不乏一样因为比赛而下榻在这边的球员，都拿余光瞄着他们的一举一动。原来，这俩人还真是一对，传言真的不假。

梁夏小声问：“咱们是不是太高调了，记者乱写怎么办？”肖静林把勺子递过来，“这里没记者——这点事情都做不好，满天星可以关门大吉了。”声音又轻又柔，比碗里的甜粥还要糯上几分。

梁夏一边吃一边眼神乱飘，不经意撞上一脸蔑视的蓝绮——想起孔佳宜说的那些话，不由自主地冲她弯眉一笑。

蓝绮“呼”地站起来，搁下还没吃完的东西大步往外走去，把同桌的袁敏搞得一愣一愣的。

回到房间，梁夏意外发现方梦的行李都不在了。跟在她后面的肖静林把背上的包解下来，往床头柜一放，“我跟方方换了房间——不欢迎？”

梁夏靠着电视柜打了个哈欠，“欢迎啊，我们方方呢？”

“她和美女一屋住了。”

梁夏皱眉，“美女不是和佳宜一个屋……”她的声音低了下去，摸出电话开始拨号，转身朝着卧室走去。

肖静林关了门，自顾自开始整理东西。梁夏的声音断断续续传来，声调起伏不大，也没什么过于激动的反应，最后说了句“好运”，挂了电话。

肖静林进去，梁夏瞥了他一眼：“他们派你来安慰我？”肖静林抱住她，“有安慰到吗？”

梁夏不答，回抱住他，吻他温热而干燥的唇角，“那你得以身相许才行，要热情一点，全世界非我不可那种热情才够。”

肖静林果然热情地回吻她，唇舌交缠，一边吻一边把人抱起来，进了浴室。他也不开灯，就着没关紧的房门把喷头开成喷雾状态。

雨雾一样的温柔水流很快湿润了脸颊和衣服，衣服和裤子很轻松地就褪了下来，脸上、身上的水却擦不净，黑暗里看不清对方的表情，塑料包装被拆开的声音也变得混沌。

彻底进入的时候，肖静林听到了一声压抑的抽泣，他紧紧地抱着她，吻她脸上不知是水还是泪的液体。

她把脸埋在他赤裸的胸膛上，理所当然地颤栗，落泪，仿佛完全沉浸在了情欲之中。

隔天一早，肖静林醒来，梁夏已经把早餐叫到房间里来了。

肖静林披上衣服坐起来，梁夏凑过来摸他额头，“有没有感冒？身体没事吧？”肖静林哭笑不得，抓着她手拉下来，“说什么呢，我又不是林黛玉。”

梁夏却还是一本正经：“马上全明星赛了，你直接搬过来，严杰没意见？”肖静林瞅着她，“他太古板了，赛前适度性生活对比赛没什么影响。”

梁夏“咦”了一声，坐下来，“挺有经验的嘛。”肖静林仰起脖子吻她略带疲态的脸颊，手也从她衣摆下伸进去，沿着背脊上明显的凹陷往上摩挲。

梁夏嘀咕：“适度啊，刚才严杰可是来过电话了的。全明星赛的首发名单差不多全出来了，你今年是怎么了？这么没斗志。”

肖静林不答，撒娇似的抱着她靠在床头。梁夏换了个舒服点的姿势，拿脑袋顶他肩膀，“说话。”肖静林又去揉她头发，手指插进发丝里，指腹贴着头皮，轻轻揉按：“你不在了，一个人不习惯。”

梁夏没接腔，隔了一会说：“便宜老林了，他还有脸说自己是实至名归。”她口中的老林，就是猎风的队长林成殊，也是棒协里数一数二的老牌捕手。

肖静林听了直笑，猎风这支队伍，行事一向低调，林成殊更是闷嘴葫芦一个，这次对着媒体说什么“实至名归”，也实在是被记者惹烦了。

那些记者也是，挖掘新闻就不会找点新切入点，动不动就问：“假如‘魏冬’还在，您觉得今年全明星赛的先发捕手会是谁？”一边装好奇宝宝，一边花里藏刀。看，连林成殊都被迫表态“老子很强，老子当首发毫无压力”了！

肖静林当然不会当着记者的面说什么“魏冬不在了，我不习惯”，面对公众，他能说的只有“虽然遗憾，但是我们黑镰仍旧要继续前进”之类的场面话。

可是私底下，他却忍不住要抱着自己昔日的搭档，示弱一般地说：“我不习惯。”

肖静林换房间的事情，严杰当然是知道的。作为一个有理想、有抱负、有进取心的教练，严杰非常不鼓励这种行为，但也不好那么明目张胆地去阻止。

太阳都晒屁股了，肖静林居然还没起来，电话也不接！色字头上一把刀啊！严杰骡子似的拿着餐盘在餐厅转了两圈，满脑门的官司。他吩咐程放：“再给你们队长打个电话，太不像话了！”

程放眨巴了下眼睛，有些吃力地咽下嘴里的炒饭，“还……早呢。”

“早什么！”严杰四下瞄了瞄，“快吃，吃完了你去他们房间找他！”程放迅速就放慢了进食速度，脸也诡异地红了起来。“吃个饭你还得把米粒数清楚啊！”严杰火了。

“炒饭太干了，”程放捏着筷子狡辩，“我噎着了。”严杰怒其不争地瞪了他一眼，转头去看顾远嘉，顾远嘉欲哭无泪，只想把脸泡进面汤里。严杰果然开口：“远嘉，你跟静林私交不错，你去吧。”

顾远嘉垮下脸“教练，您饶了我吧。”其他黑镰队员嗅到风声了，纷纷脚底抹油开溜。

严杰三两口吃完饭，拉上想跑路的程放和顾远嘉，大步往梁夏房间走去。

在走廊里，他们撞见了打着哈欠的张小春——这种素质的队伍就是这样，连队长都不能以身作则早起！严杰默默批判，批判完想起肖静林也还没起来呢，脸就更黑了。

张小春打招呼：“严教练早！”严杰理也不理，在梁夏房门口站定，指挥程放去敲门。张小春变了脸色了，赶紧上去阻止：“你们找我们春天的梁副队有什么事？”

他刻意把“春天的梁副队”几个字咬重，老母鸡保护小鸡崽似的。

严杰觉得头更疼了，还你们春天的梁副队，这就是我们黑镰不能要才被你捡宝捡到的烫手山芋：“我找静林有点事情。”

张小春当然没权利阻止人家教练找自己球队的队长，但是他可以装傻：“啊，那你走错了吧，这是我们春天的屋，住着女孩呢。”

放屁！严杰在心里大骂，嘴上认真地解释：“这个我知道……昨天静林不是搬你们这儿来了？”

张小春“噢”了一声：“还有这个事情？那等我打电话问问。”

说着，慢悠悠掏出手机，随便拨了个号，对着忙音装模作样地说：“梁夏，你起来没？哦哦，在餐厅吃饭了呀，没事，我就随口问问……”不等严杰反应，迅速挂了电话，摊手，“人不在，已经去吃饭了。”

人姑娘累了一天呢，说什么也不能被打扰了。严杰也无奈了，明知道他撒谎，却也无可奈何。张小春露出胜利的笑容，目送严杰和程放转身，在心里比了个帅气的 v 字剪刀手。

身后的房门却突然传来清脆的“咔嚓”声，然后就听梁夏疑惑地问：“老张，一早上站我门口当门神啊。”

张小春脸色尴尬，严杰迅速转头，狠狠地白了他一眼，赤裸裸全是鄙视。

梁夏自然也很快看到了他，“严教练，找老肖？”严杰很想长长地叹一口气，把这半年多来的郁闷纠结全都当她面吐还给她。肖静林拉了她一把，背着包从门里挤出来，“教练找我？”

他球衣球裤穿戴整齐，一副要去球场训练的架势，严杰咽下嘴里的话：“先去吃饭吧。”

“已经吃过了，走吧。”肖静林拍拍他肩膀，还抽空回头冲梁夏眨了下眼睛。

张小春这时候没空计较梁夏拆他台的事了，留意着她的神色：“你吃饭了没？”肖静林都跟你说了吧？说了吧？伤心不？难过不？笑得这么假到底什么意思？张小春实在猜不透女人心。

梁夏哪里猜得到这么多隐藏的台词，有什么回什么：“吃过了。”一边说一边还把手搭到了他肩膀上，“咱们也训练去。”

张小春默默搬开她搭在自己肩膀上的爪子，“我还没吃呢。”

今年的全明星赛安排在距离B城不远的N城，是去年两岸对抗赛冠军猎风的主场。

今年的常规赛虽然少了些看头，全明星赛却依旧牵动着广大球迷的心，而这其中呼声最大的，就是告别职业赛场半年之久的黑镰当家投手肖静林的回归。

台职这次的代表队里，亚洲速球王金志棋仍旧在首发阵容里，新旧速球派顶尖选手的交锋在所难免。大陆这边的捕手人选最终敲定了林成殊，柯诗新、罗柏、温小榕、路明天、杜靖宇等人也不出意外地出现在首发名单里。

赛期将近，各种新闻、揣测也开始越来越多。而对春天来说，眼前最要紧的，当然是打好和飞扬之梦的这场比赛。

除了明确表示自己没办法参加比赛的孔佳宜，做王瑜家长的思想工作也成了队里的一大要紧事情。王瑜今年高二,九月份就要进入高三了，现在又是期末考试临近的时候。在家长眼中，为了比赛到处奔波，跟追明星看演唱会其实也没多大差别。

要是换成别的运动项目，还能争取点加分或者干脆考特招，可王瑜玩的偏偏是没有女子职业球队的棒球。

按王瑜跟家人的约定，打完飞扬之梦的比赛之后，她就该乖乖回家了。

俗话说：人心不足蛇吞象。眼看日子越来越近，王瑜忍不住又跟妈妈讨价还价："高三前最后一个暑假了，就不能让我痛痛快快打完整个城市排名赛？"

王妈妈一气之下直接赶来B城，当天就要带人回家，王瑜这下着急了，把自己关在房间卫生间里死活不出来，一副非暴力不合作的态度。王妈妈也是吃软不吃硬的脾气，女儿锁卫生间门，她就锁房门，反正别想从她眼皮底下出去。

张小春急得都要掉头发了，贴着房门劝："王瑜妈妈，咱们有话好好说，不要冲动啊！"

和王瑜同屋的文倩灵也挺着急的，房卡都刷没磁了也没把房间门弄开。王妈妈似乎在里面拿重物把门堵死了，一点儿缝隙都没有。

梁夏知道消息赶来时，已经快僵持一个小时了："阿姨，您先把门打开，王瑜我帮您劝，行不行？"王妈妈隔着门哭："都是你们撺掇的！我就这么一个女儿，她马上就高三了，打什么棒球赛？她不是你们女儿，你们当然不在乎她的未来。"

梁夏没吭声，隔了一会儿，又说："那你把自己和她一起锁在屋里，对未来也没什么好处吧？"

王妈妈沉默了，梁夏的声音低哑而又清晰地从门的缝隙间传来："我是春天的副队长，队长也在边上，春天的事情，我们能做主——王瑜从今天起就不是春天的球员了，您看合适吗？"

卫生间门仍然紧闭着，王妈妈却觉得心跳漏了一拍。

过一会儿，一份薄薄的文件从门缝里探出了头——房门的正前方被沉重的实木茶几占据，柔软的白纸自然抗争不过，只好挨挨蹭蹭挪到角落，皱皱巴巴地挤了进来。

王妈妈有些迟疑地拿了起来，白纸黑字，"春天棒球"的字样和自己女儿"王瑜"的名字尤其显眼。女儿对棒球运动的喜爱她不是不知道，这次这么狠下心要带人回去，也正是由于这种喜欢过度消耗了她的精力。

年轻人一旦喜欢上什么，总有股歇斯底里的狂热劲。这种狂热当然真诚，却未必理智，甚至有可能是盲目的。王妈妈也年少轻狂过，理所当然地认为应当要帮助女儿走上正确的人生道路。可春天棒球队突然这样轻松地把王瑜开除了，她潜意识里又有些不甘。

哪怕她不懂棒球，也知道女儿的球技是非常不错的。早在几年前，带女儿去棒球大联盟主题乐园玩耍时，就有工作人员摸着女儿的脑袋笑着说可惜是个女孩子。

不过，也想不出更好的办法了。王妈妈隔着门把这封“开除信”念给卫生间里的王瑜听，王瑜没等她念完就开门出来了，哭得全身都在发抖，哽咽着拿控诉的眼神去看张小春和梁夏。

张小春也没办法，天大地大，未成年人的监护人最大，人家父母不同意，总不能硬扣着人不放。

梁夏微微俯下身，扶住王瑜的肩膀，“别哭了，好好学习，总有机会回来的。全中国这么多优秀的大学生球员，也没见谁辍学打球。”

王瑜哭得更厉害了，“那……那4号的比赛怎么办？”梁夏抬头去看王妈妈，其他人也殷切地看向王妈妈：“阿姨，不能让王瑜打完这场比赛吗？”

王妈妈被这么多双恳求的眼睛盯着，也有些无措，尴尬地咳了一声：“……那就打完最后一场吧。”

“你也太大胆了！”张小春嘀咕，“女球员一共就这么多个，佳宜又走了，假如人家妈妈不答应呢？”

“就是，”孟小运附和，“打肿脸硬充胖子。”

梁夏停下整理球员资料的手，“你们以为我刚才是假客气？”张小春和孟小运一脸“你得了吧”的反应，“不是假客气，难道还真想让王瑜走？”

“佳宜走了，王瑜再走，还打个屁的飞扬之梦啊！”

梁夏低头，拿笔在A4纸上飞快地划线，“打飞扬之梦靠的又不是一个人，方方、倩灵、志扬、朱璇……她们也是女球员，她们都还在。哪怕她们都不在了，我们难道就不打了？”

张小春讷口，她接着说：“今年不行，还有明年。明年不行，还有后年……环境总是会越来越好的，男子职业联赛也是从无到有，一步一步慢慢发展起来的。大陆现在也已经有家庭愿意朝着职业球员方向培养男孩了，迟早也会有女孩享受到这个待遇。未来又不是太阳，每天等着就能照常升起和你见面。成功之前，总得失败。”

“可是……”孟小运想说，那你怎么办，王瑜等得起这个缓慢到来的未来，你等得起吗？话到了嘴边，却怎么也发不出声。

反倒是梁夏转移了话题：“小运拿到蓝色帆的培训合同了吧，什么时候去S城？”孟小运那半张的嘴唇，彻底地合上了。张小春显然也早知道了这个喜讯，忧虑地看着梁夏。

一切都朝着美好的方向发展了，孟小运拿到了合同，孔佳宜回归职业队，王瑜和妈妈的意见达成了一致，倩灵明年也要开始准备毕业答辩了……

至于梁夏，当然也有很多美好的未来可以去争取：结婚生子，转投繁星，改当技术指导……张小春闭着眼睛都能帮她找出很多方向来，但总还是缺了什么。

如同她自己说的，这个年龄，这个技术，不打比赛，太可惜了。

真的，太可惜了。

6月4日是在蒙蒙细雨中来到的，细如牛毛的小雨时下时歇，间或还有太阳从乌云中露出笑脸。

王妈妈跟着朱筠她们一起坐到了观众席上，身侧有人举着张写着“飞扬之梦”的牌子，正在卖力地组织观众喊口号。她听了好几遍，才听清是“飞扬，飞扬，梦想飞扬”。

朱筠她们则比较安静，只是认真地关注着场内的情况。

梁夏最后一次把计划分配了一遍，最后叮嘱：“咱们的优势你们也知道了，飞扬之梦主力球员多左打，假如主力出得多，左投克左打，我们占优势。假如他们要排锯齿形打线，那就不得不把二队的右打球员提到首发阵容里——这对咱们也不是什么坏消息。总之，不到万不得已，这场比赛就不用麻烦张队他们了，姑娘们有没有信心？”

赵美女带头吼了一声，其他人也纷纷应和，清脆的女声在雨后的空气中回荡。

临要进场了，文倩灵突然说：“破釜沉舟的话，其实咱们今天应该穿裙子来。”这话把大家都逗笑了，男球员笑得尤其响亮。

比赛要求全队球员都穿统一的球服，文倩灵这个改穿短裙的意思，自然是要把全部的男球员都排除在外了。

梁夏竟然也点头：“倩灵说得有道理。”吓得张小春连忙表态：“不不，假如你们到时候真的撑不下去，我们肯定还是要上的。”梁夏一脸不信任，张小春愤然。孟小运比较讲义气：“没关系，大不了我在短裙里再多穿条短裤。”

女孩们哄然大笑，男队友们也不客气地嘲笑，最后却还是纷纷表示：哪怕真要穿短裙才能上场，也一定照穿不误！

微风带着湿润的水汽从球场的方向吹来，夹杂着青草和泥土的气息。梁夏抬眼往体育馆的小平台处望去，果然在密密麻麻的人群中看到了那抹熟悉的身影。

虽然被帽子和口罩遮住了大部分五官，她却知道，那一定是他。就像现在，她明明白白知道，她们是要去夺取属于她们的胜利了。

一番流程走完，终于到了球员进场的时候。梁夏走在张小春和黄隆沙后面，领着那一队女孩，一步一步朝着熟悉的扇形球场走去。

“小夏姐！小夏姐！”队伍尾端的方梦突然使劲冲她挥手。梁夏扭头，方梦有些焦虑，又有些喜悦地停下动作，侧了侧身。

其他人也都停下了脚步，朝着她身后看去。

人群熙熙攘攘，不远处的车流喧嚣热闹，孔佳宜背着包，满头大汗，喘着气站在人群的最前端，脸色绯红，手里紧紧地拽着印着“CT”两个字母的墨绿色运动包。

对上这么多目光，孔佳宜喘得更急了，声音像是从喉咙里挤出来：“我比完赛了……就、就回来了。”梁夏张了张嘴巴，嘟囔了声“欢迎回来”，方梦直接把人拖进了队伍里，生怕她跑了似的。

张小春高兴坏了，站那儿就忘了动，一个劲儿傻乐，被催促了才又带头往里走去。

孔佳宜有些尴尬地被方梦拽着，挣脱了两下没挣开，只好跟着一起往前走。

欢呼声雷动，大部分应该都是给飞扬之梦的，但显然也掺杂了朱筠等人的声音。

孔佳宜朝场外的观众席看了一眼，到处都是为飞扬之梦鼓劲的各种横幅和人群。还有一些人举着 B 城的牌子，看样子并不是飞扬之梦的球迷，但因为进行的是城市排名赛，便也顺带支持一下同城的队伍。

飞扬之梦，是B城最强战力的代表。

春天虽然打败了胜率排名第二的繁星，却没多少人会相信，他们会是飞扬之梦的对手。

孔佳宜十分讨厌这样的氛围，在赶回来的路上，她就已经猜到了：这一次，春天恐怕会把主力全部换成女队员。即使她离开了，即使王瑜马上要回家做乖学生……梁夏这种人，就是这么无赖，就是这么不撞南墙不回头。

让她撞死算了！她这样想着，这样毅然踏上归途。可到了晚上，却还是忍不住要想起那天在大巴车上，梁夏那让人看着就不大舒服的睡姿，还有站上投手丘那一瞬间的心动……

垒球场上，是没有投手丘的。只是那么小小的一个土堆，提升的也不过是那么一点点视野。早已经被丢弃掉的梦想，却再一次夜夜萦绕心头。哪怕这梦想注定是要破碎的，是无法实现的。

打完比赛，她向庄妍提出要暂时请假离队时，庄妍的表情都有些惊讶："你是被那家伙洗脑了吧？！"

是啊，一定是被洗脑了……孔佳宜往前看去，梁夏跟在张小春他们后面，和她还是很有一段距离的，这时却突然朝一个方向挥了下手，一脸偶像安慰粉丝的表情。

孔佳宜顺着她的目光看去，赫然看到了一脸怒气的蓝绮和表情茫然的纪阳阳……

韩颂果然在飞扬之梦的队伍里，见到梁夏，客客气气地弯起眼睛笑着打招呼，梁夏热情地和他握手，然后与队友们一起转身，回到自己的休息区。

客队先攻，但这是满天星的场地，两支队伍都算是客，便抽签决定了攻守顺序。

飞扬之梦先攻，梁夏在队友的帮助下穿好了护具，蹲下之后，习惯性地瞥了一眼身侧的左打球员，冲着投手丘上打了个熟练的暗号。

比赛，正式开始了——

第二十局

飞扬之梦

外角滑球，伸卡球，外角滑球……

方梦向前微微俯身，对着捕手区的梁夏点了点头，又一球投出。

第一棒，朱至杰，26 岁，左打，擅长短打；第二棒，孟然，25 岁，右打；第三棒，纪连伟，27 岁，左打……

飞扬之梦的打席果然针对她做了调整，好几个非一线的右打击球员被派到了场上。但是，飞扬之梦的整体风格并没有因此改变。

在大陆职业圈里，并非没有出色的左投投手，飞扬之梦本身就拥有和顾远嘉齐名的左投选手姚见均。飞扬之梦一直坚持着左投占优势的打线，必然有其成熟的战术考虑。

黑镰有顾远嘉，但是飞扬之梦每次败给黑镰，顾远嘉并不是决定因素。顾远嘉在黑镰也只是一个中继投手，并不是真正的王牌，右投肖静林带给他们的压迫远高于顾远嘉。

而这一次，面对与顾远嘉十分相似的投手方梦，飞扬之梦也没有贸然更换全部左投——从以往的比赛来看，方梦担任的其实也是类似于中继投手的位置，她在场上的时间并不会太久。

她下场之后，几位左投主力肯定还是要换回去的，这一次的人员调整，在飞扬之梦看来，对她已经算足够重视了。捕手要不是梁夏的话，连这样的调整都未必会做。

春天棒球队这一路走来，那成长他们当然是看在眼里的，可是……春天打败的对手都是谁？业余队！对上满天星，对上黑镰，无一不是败北。

飞扬之梦虽然输给了黑镰，却不大相信自己会输给这样一支业余队。

让飞扬之梦的队员和教练比较惊奇的是：春天这一次上场的守备队员竟然全都是女球员。捕手，梁夏；投手，方梦；一垒手，王瑜……

一直打着美女球队旗号的队伍是繁星，但是到了城市排名赛的赛场上，繁星并没有坚持这一口号，甚至连短裙球服都换了下去。可是春天棒球队……姚见均瞅着场上的那一溜女孩茫然了，捅了捅身边的队长宋飞，“队长，他们这是干吗？”

宋飞也皱着眉头，春天棒球队那个构成，一向就挺阴阳不调的，而现在这个状况，就是“全阴”了吧。

姚见均又捅了他一下，宋飞只好含糊地解释：“不管干吗，总之要阴人就对了。”

宋飞记得那个孟小运，进步神速，跑得够快，盗垒技术也很不错，再练上两年，没准真能往职业球员发展。

可是，他居然也没上。受伤了？宋飞忍不住往春天的休息区看去，孟小运、张小春等几个大老爷们儿全都趴在围栏附近，表情肃然，似乎在讨论什么。

说着说着，孟小运还被张小春狠推了一把，差点磕黄隆沙身上。然后张小春就紧绷着脸进去了，隔了一会儿，抱了一堆东西出来。

宋飞使劲盯着那东西看，长长的，条状的，红色的……什么玩意?

张小春有些迟疑地分发给队友，春天的休息室门口霎时就红了一片，还自带噪音。

那是……助威棒？没过多久，

那片红色疯狂地摆动了起来，孟小运和黄隆沙几个却卯足了劲喊：“加油！加油！春天必胜，春天加油！”声震四野，气势非凡。

宋飞有些无语地看着他们，大老爷们儿全部不上场，蹲那呐喊助威，这是什么意思？看不起他们飞扬之梦？！

我们可是职业球队！打进过全国总决赛的！

方梦接连三振两名击球员了，宋飞和飞扬之梦的教练神色依旧——这本来就是他们意料之中的情况。

方梦首发，部分左投被换下。但是，方梦能坚持多久？春天总不可能让一个中继投手投满全场吧？往常的先发投手黄隆沙、孔佳宜，甚至是文倩灵，都是右投。

唯一还有点存在感的左投，似乎就是那个年纪很小的女孩——王瑜毕竟年纪小，经验也不足，是所有投手里上场次数最少的一个。

第三棒纪连伟上场打击，宋飞和教练打了招呼，戴上护帽，拿上球棍，走到了准备区。

好球，好球，坏球……好球！三出局，攻防互换。纪连伟垂着头走到队长宋飞身边，宋飞揽着他肩膀笑了笑："别介意，你是左打，她的球路太刁钻了。"

纪连伟勉强"嗯"了一声，跟着宋飞一起回到休息区。韩颂已经穿好护具了，面色沉静，正听教练在说最后的部署。

对于李仅风的离开，飞扬之梦的球迷显得愤慨异常，球员当中也有不少人有个人情绪，宋飞和教练倒是都挺能理解的。球员转会，其实是没有多少自主权的，譬如飞扬之梦的宋飞，曾经是猎风的签约球员。他是在猎风首战失利后，被直接当作筹码卖到飞扬之梦的。

不同于满天星的雄厚背景，飞扬之梦一直属于财政比较紧张的球队。论实力，飞扬之梦曾经远高于满天星；论名气，满天星甚至现在的繁星都在棒球圈名声赫赫。

满天星有罗柏这样的明星球员，飞扬之梦难得出几个好球员，最多一个赛季，肯定会转会。满天星背后的俱乐部是商人开设的，飞扬之梦背后，站着的则是守财奴一样苛刻的老板。对于球队的成绩，他并非不关心，但是每次有其他队伍砸下重金来挖角，守财奴同志还是免不了心动。

价钱高到一定程度，这个心动就很容易变成行动。买到宋飞，对飞扬之梦来说，是笔十分划算的买卖。谁也没想到在猎风频频失误的宋飞在被俱乐部卖出之后居然卧薪尝胆，混到了第四棒兼一队之长的位置。

飞扬之梦卖李仅风买韩颂，也有点这样侥幸的意思。

李仅风值钱，这个大家都知道。黑镰在开价前，还提前和他私下有过沟通，却是很多人不知道的。相对于飞扬之梦，黑镰之刃显然离冠军更近。捕手走了，军心动摇，这是对其他人而言。对李仅风来说，捕手走了，才有他的位置。

而球迷们对李仅风的离开愤怒异常，其中也有李仅风属意黑镰之刃的原因在里面。你被俱乐部给卖了，投身敌队，我们勉强理解。你心甘情愿被卖？那可就别怪我们嘘你、骂你叛徒了！

在新捕手韩颂表现不佳的情况下，李仅风和黑镰的春风得意简直就是把刮骨钢刀，让B城球迷又嫉又恨。

守财奴老板的思路比较简单：猎风不要的，其实是个宝；黑镰不要的，没准也是个宝。但是，这个赛季一路走来，韩颂显然没有体现出“宝”的风采。韩颂的沉静，更类似于凝重。

要上场了！韩颂整了整帽子，迈步走出，宋飞迟疑了一下，赶上一步，“加油！”韩颂回了他一个微笑，大步朝着捕手区跑去。

已经到了进攻的时候，春天仍旧没有换人的意思。第一棒王志扬站在击球员区，准备区坐着孔佳宜……韩颂下意识地寻找，很快看到了休息区的梁夏。

她也已经除下护具，换好了手套。

第三棒，朱璇；第四棒，梁夏。韩颂在心里默默念了一遍，同时瞥了一眼正活动着手腕的王志扬。28岁，长打不大行，上垒率倒是不低。

先投个坏球试探试探吧，韩颂这样想着，也这样做了，王志扬果然没有挥棒。

第二球，没动；第三球，依旧沉稳地选择了观察；第四球，飞扬之梦的投手投了个全速的正中直球。

王志扬果断地一步迈出，挥棒。球高高飞起，她紧张地盯着球飞出的轨迹……外野高飞球！

韩颂也掀了面罩站起身，“队长！”

白色小球在阳光下折射着毫不起眼的光芒，底下的守备队员却已经跑成一片。飞扬之梦的游击手正是宋飞，离球可能的落地点最近，紧跟着球飞行的方向奔跑。

球飞驰，球开始下坠——

宋飞的手套张开了，球进手套，接杀。

王志扬下场，孔佳宜拍了拍她肩膀，走到一半，转头去看场外的一个方向，肖静林已经不在那里了。她微微低下头，竟然也不觉得失落。爱情没抓到，反倒跑来打球——她有些自嘲地笑了笑，站到投手丘对面。

韩颂看了她一眼，一点儿也不迟疑地打了暗号，球飞出，孔佳宜挥棒，挥空。

孔佳宜这才看了身侧蹲着的韩颂一眼，她对韩颂的印象一点儿也不深刻。在黑镰正副队长的耀眼光芒下，这人就跟影子一样暗淡，一不留神就忽略了。

如今真正到了场上，才开始真正留意到他，梁夏的话也从脑海里蹦了出来：你觉得我会怎么处理，他或许就会这样处理。

又一球投出，孔佳宜印证了自己的看法，只要是“觉得可能会投的球种”，必定就会投出。她猜梁夏的配球，都没这么准。

第三球，第四球……孔佳宜也毫无收获地出局了，心里却隐约觉得有了点把握。

这个捕手的心思，挺好猜的嘛。

朱璇上场，韩颂要了暂停，走上投手丘。投手李智毅拿手套遮住嘴巴，声音有些含糊地问：“怎么了？”

韩颂揽住他肩膀，也拿手套挡着嘴，“试试伸卡球吧。”李智毅有些意外地看了他一眼，又瞄向朱璇，对方正在慢悠悠地整理着手套，再望向准备区的梁夏，梁夏拄着球棒冲他笑笑。

这笑容太熟悉了，瞬间勾起很多不好的回忆，李智毅立马收回视线，微微点了点头：“那试试吧。”

球被投出，朱璇果然没有挥棒。

第二球，第三球……朱璇突然改挥棒为触击，球落地滚向一垒，朱璇也飞奔向垒包。球在地面上滚得不慢，一垒手速度也很快，李智毅暂时补上一垒位置，眼看球被一垒手捡起，传出的瞬间，脚下一晃，球微微偏开了一点儿方向……上垒！

二出局，一垒有人。春天轮到第四棒打击，梁夏站到韩颂身侧，韩颂看了她一眼，开口：“你们的第三棒不擅长打伸卡球吧？”

梁夏点头：“是啊。”“我想也是，”韩颂开始打暗号，嘴巴却没停，“职业投手你也要试试粘打？”梁夏没再接腔，球飞来的时候，果然没有挥棒。一直到两好球之后，才飞快地打出了一个标准的界外球。

李智毅的眼神有些阴郁，第四球投出，是全速的正中直球，梁夏再一次挥棒。

界外球？不，球高高飞起，划出一道漂亮的弧线，径直落向了护栏外的观众席。

两分本垒打！

梁夏把球棒扔到地上，迈步朝着一垒跑去。场外的观众有些茫然，欢呼声当然有，但稀稀拉拉很有些尴尬。这一场比赛，最先得分的居然是业余队！

梁朱二人回到本垒后，春天还剩下一个出局数，第五棒张霍芸成功打出安打上垒，第六棒文倩灵被接杀。

一局结束，第二局一开始，宋飞就被保送，靠着第五棒打出的外野高飞，成功进到了第二垒。第六棒被三振出局，第七棒再一次被三振。

飞扬之梦的教练有点坐不住了，身为一支职业球队，守备时被业余队打出本垒打就算了，打线还集体哑火，这算什么？队员也很无奈，方梦的球路太过刁钻，左投本来就克左打，被换上来的右打击球员人数本来就不多，还有常年坐板凳的人，被三振似乎也不能怪他们。

韩颂倒是挺平静的：“方梦打不满全场，最多也就支撑个半局。”教练看他一眼，有些犹豫地看向休息区还没上场的几名球员。

李智毅换了件内衫，也挤了过来，“韩哥，你怎么知道那个朱璇不擅长伸卡球？”韩颂低头笑了笑，“我也是猜的……而且，上一场比赛时候，繁星的蓝绮投伸卡球时，梁夏似乎挺紧张的。”

“紧张吗？”李智毅瞪大眼睛，努力回忆了一下，完全没有梁夏什么时候很紧张的印象。韩颂也没再解释，视线落到手上拿着的手套上面，一阵恍惚。

是啊，你们当然不会注意到这个。只有他韩颂会注意。他会留意她在赛场上的各种小动作，甚至连她比赛时换几次内衫，喝几次水，叫几次暂停，翻几次记录都深深地印在脑子里。

他知道她每天几乎所有的训练量，知道她在队里的所有行程，甚至连她的小秘密，肖静林那隐晦的感情也早早觉察……这一切，大约就是从她开始顶替他正捕手的位置开始的吧。不知不觉，这个后来者已经一步一步，将他逼得连首发的固定位置都没有了。

他没想到自己会离开黑镰，但也从不后悔“揭发”的那个决定。虽然，他的本意也只是想要回属于自己的位子而已。

韩颂换好手套，朝着春天的休息区看去，正看到梁夏拍着张小春的肩膀大声地说着什么。距离太远，他听不清内容，只有那个熟悉的动作清晰地映入眼帘。

那副模样，不像在说什么战术，80%是在开玩笑。

韩颂的预言并没有成真，比赛到了第六局，方梦仍然在场上，飞扬之梦也重新更换了几名右打球员上去。

她的投球质量在下滑，却并没有出现太多失误，比分被追近，春天仍然领先着1分。更让韩颂意外地，是朱璇对伸卡球的处理。她确实不擅长，不擅长却并不是不能打——至少触击短打是没问题的。何况她之后上场的是梁夏，只要成功上垒，必定能捞到推进垒位的机会。

春天最薄弱的环节在第九棒，也就是赵美女，她似乎单纯是被拉来凑数的，防守时候还好，接球算得上利索，打击是真不行。

上场几次，出局几次，唯一的好处是富有牺牲精神，很能配合队友的盗垒行动。

再一次攻防互换之后，飞扬之梦的又一名二线右打被换了上来。

主力球员还剩下几个？自己已经投了多少球了？ 130个？ 150个？方梦有些模糊地估算着，手臂酸痛，汗流浃背，捡滑石粉包时，腰好像要断裂了一般。再一次将球投出时，她明显觉察到了吃力——这一球，恐怕没有控制好。

白色小球远远偏离了好球带，高度也过高，垒上跑者趁机开始进垒，梁夏掀了面罩朝后跑去。球飞得太高了，仰头去看时几乎要被耀眼的阳光刺伤眼睛。

“飞扬之梦！飞扬之梦！”

观众席有球迷在欢呼，方梦则听到了张小春等人助威棒的敲击声。

梁夏冲到了本垒板后的护网附近，却没有再上前，球撞上铁网，反弹，终于落入手套。她一边回跑，一边将球传往三垒。

二垒跑者已经开始滑垒了，球再一次飞起，终于还是没能赶上，司垒裁判判定跑者上垒成功。

方梦有些呆滞，梁夏又叫了暂停，几乎是小跑着上了投手丘的，“没关系，还没得分不是。”方梦忍不住揉了一下眼睛，没有回答。梁夏扶住她肩膀，“还能坚持吗？”

方梦点头，借着擦汗的动作抹去眼角溢出的眼泪，调整情绪，拿手套挡着嘴唇问，“有几个主力被换下去了？”

按照棒球比赛的规定，已经被换下场的球员，无论防守还是进攻，同一场比赛是不能再次上场的。

换下去了，那么就别想再上来了。这是方梦还坚持着不肯下场的原因，也是这次用她来做首发和主力投手的原因。投手丘一旦让出，至少在今天，再没有站上去的机会。

梁夏握住她的手，用拇指在掌心轻轻捏了三下，“有这个数了，很不错了。”方梦长长地松了口气，梁夏拍拍她肩膀，小声说：“下一局就换佳宜上来吧，你好好休息。”方梦“嗯”了一声，声音太轻，怕她听不到，赶紧又点了点头。

太阳光撒在身上，全是夏日灼热的气息。

第七局比赛开始，方梦终于被换了下去，飞扬之梦所有的左打都有股松了口气的感觉，当即就把那两名坐了冷板凳的主力左打换了回去。

方梦迟早要被换下去，他们早就知道的，但是直到春天安排孔佳宜去牛棚热身，这个希望才变得真实可触及起来。

让他们觉得匪夷所思的是春天休息区的那些男队员，女队员在场上挥洒汗水，他们居然干脆穿上了运动外套，专心致志地做起了拉拉队。

记者的镜头开始越来越多地扫射到了他们，当然，更多则留给了场上春天清一色的女队员，和飞扬之梦主教练那张阴郁的脸。

今天的春天棒球队，确实有所不同，只启用女球员不说，居然还在这样的情况下连续领先了六局。

媒体提到梁夏，提到当年的“魏冬”，挂在嘴边的一句话就是“闯入男性职业竞技赛场的女球员”。她是特例，她的成功，她的失败，全部都是让人津津乐道的热点话题。“梁夏”这个名字，一直是作为一个异类被单独拎出来的。她的各种男性化表现帮助她赢得了成功，而她一旦回归女性，遭遇的便只剩下失败。

而今天，她不再是一个人，首发球员9人，从17岁到28岁，清一色的女性。短发的，长发的；美丽的，平凡的；大方开朗的，内向羞涩的……她们站到了同样作为职业球队的飞扬之梦对面，似乎，也并没有多么逊色。

电子大屏幕上的数字清晰地记录着比赛进程，整整2小时37分钟过去了，春天仍旧保持着领先。这支纯女性球员的队伍，无声无息地向着“男人的棒球场”发起了挑战。

女人真的应当滚出棒球场吗？假如有足够多优秀的女性选手，应当做的难道是驱赶，而不是为她们另外开辟一个合适的赛场吗？

孔佳宜上场，让一部分不胜方梦那刁钻球路之扰的左打球员长出了一口气，也让仍旧留在场上的二线右打十分难堪。

下手投球也并不是那么好打的，这位职业垒球手的基本功显然是很扎实的，居然还冷不丁就换投球姿势，简直比刚才的左投还要烦人。

李智毅被换下去之后，梁夏的粘打战术也开始了，韩颂很无奈，除了保送，实在找不到更好的解决方案。

可保送次数多了，对士气影响也是很大的。梁夏虽然曾经是黑镰的首发，人家最出名的地方是在蹲捕和战术统筹，击球方面可没给哪支职业球队造成过这么大的压力。就连宋飞也不得不承认，他们似乎真的有点看走眼了。

第八局上半，孔佳宜投出的伸卡球被宋飞打出了一个三分本垒打，比分终于反超，全场欢呼雷动。方梦坐在简清身边，拿毛巾盖着头，一声不吭地看着大屏幕上的分数。简清瞥了她一眼，有些焦躁地拿笔在本子上胡乱地划着。

孟小运又在敲那根已经弯了的助威棒了，沙哑的声音和助威棒挥动的哗啦声混淆在一起："哎呀，被反超了！不然把我换上去吧，志扬跑得没我快啊！"张小春没理他，但在梁夏等人因为换场而回到休息区时，也憋不住把外套脱了下来，露出身上的春天球服："梁夏，把美女先换下来吧。"

赵美女一身臭汗，这时也知道形势，倒是没抱怨，只拿眼睛去看梁夏。

梁夏低头解着护具，解开了左腿的，又去解右腿的，额头的汗水沿着鼻梁往下流，在鼻头凝聚，最后滴落到忙碌的手腕上："美女，用不用？"

赵美女这才抬手擦了把汗，沉默半晌，摇头。

于是，又上场了。

这一次，朱璇终于找到了抽打的机会，成功上垒，对方投手频频牵制，却也没能阻止她盗垒的脚步。到了这个时候，飞扬之梦的顾虑也少了，没有再次选择保送梁夏。

粘打的话，消耗投手的同时也消耗你自己，我们还有投手可以更换，你们还有合适的捕手可以更换？

梁夏果然老老实实地挥棒击出，为自己争取到了上垒的机会。离开职业赛之后，她的安打率和上垒率倒是稳步上升了。不知是逆境中被激发了潜能，还是对手水平太差。

对手们当然不愿意承认自己水平不好，于是纷纷表示，女人的忍耐力和柔韧性真的很可怕啊！梁夏更是踩不死的小强，有在下水道安家的潜能！

一三垒有人，无人出局，好不容易比分占优势的飞扬之梦再一次紧绷起来，幸好第五棒张霍芸的运气和球技都没有那么好。

她上场的次数虽然不少，但从来没有担任过第五棒这样靠前的位置。

春天并不是一个可以用卧虎藏龙来形容的球队，没有担任过，自然不可能是保存实力，而只能是实力还未到这个程度而已。

张霍芸打出的外野高飞球被接杀，朱璇和梁夏在球落入手套的瞬间开始了双盗垒。春天的左外野手将球传给了游击手宋飞，宋飞接球，传向三垒手。

朱璇被触杀，梁夏成功上垒。

二人出局，二垒有人。文倩灵上场打击，韩颂有些别扭地瞄了一眼二垒上的梁夏——她在这个位置，是很容易看到他打出的引导暗号的——他不得不调整姿势，遮掩自己的手势。

梁夏的注意力似乎并不在他这里，十分突然地往三垒方向迈了一大步，引得投手立马跟猫被踩了尾巴一样，一个牵制球飞快地投了过去。她那没踩实的一脚自然又迅速收回，扑回二垒。

韩颂打出的暗号，是一个位置偏低的指叉球，文倩灵没有挥棒，眼睁睁看着球在本垒板前下坠，变成了坏球。

第二球，改投了曲线球。球出手的瞬间，梁夏开跑，文倩灵改挥棒为短打触击，打出了个不疾不徐的滚地球。

又是打带跑！

球只滚了几下就停了下来，其他守备人员离球都还很远，韩颂忍不住冲前几步去捡球。沙土飞扬，他抄起白色小球朝着已经踩上垒包的三垒手扔去。

梁夏离垒包已经很近了，居然并没有开始滑垒，这股自信叫韩颂隐约觉得可能要拦不住了，但还是尽力地将球传出。

“上垒！”司垒裁判的判决十分果断——这也是理所当然的，梁夏踩上垒包的时候，球还在半空中飞驰。

一、三垒有人，二出局。王瑜慢吞吞走到了击球区，投手上板，合手，文倩灵突然朝着二垒大跨了一步，投手迅速牵制，文倩灵飞速回垒。

另一边的梁夏则直接朝着三垒冲来，球还在半空，她踩过垒包，已经直朝着韩颂身后的本垒冲来了。

这是……要盗本垒？！

“传球！”韩颂冲着一垒手大吼。文倩灵回垒成功，一垒手也终于接住白球，奋力朝着本垒方向传来。

这一刻，春天棒球队的几位觉得自己的心简直就要从嘴巴里跳出来了。观众席的大多数人在吼什么，他们没有听到；飞扬之梦的教练冲到休息区门口大吼什么，他们也没有听到；甚至文倩灵再次朝着二垒开始进发了，他们也没有留意到。

他们只看到韩颂接到了球，只看到梁夏开始滑垒，脚尖朝着韩颂凌厉地铲了过去。

韩颂持球的手几乎同时触碰到了她的小腿，本垒板后的主审裁判已经做出了出局的双手拉弓姿势，韩颂的身体却没能保持住平衡，他的身体因为梁夏滑垒的冲撞惯性而摇晃着倒了下去，球从手中滑脱。

全场寂静。

“跑垒员上垒。”主审裁判拉弓的手终于没能张开。

巨大的电子屏幕上，5:5 的比分清晰地显示着。

两支队伍最终带着平分进入了最后一局。

春天的投手丘上再次更换了投手，王瑜与孔佳宜交换了位置。宋飞瞅着球场最高处的那个一看就年纪很小的女孩，眼皮不大安分地跳了跳。

这个时候，刻意换上左投？飞扬之梦接下来的几名打者，分别是左打、左打、右打、左打。

王瑜试投了几球，球速一般，但是最后一个试投球的角度，果然如方梦一般刁钻。宋飞十分想骂娘，教练也皱着眉头发愁，继续换人？

教练摇了摇头，这样被牵着鼻子跑一样频繁换将，未必就能得分。韩颂因为刚才的冲撞，正在被队医折腾着喷喷雾，只留给他们一个尴尬的背影。

王瑜的球路果然刁钻，一连两球都让击球员难以挥棒，飞扬之梦教练的手在前胸疯狂挪动，指令打得像快速抖动的聊天窗口。

这位左打还是被三振出局，接着第二位，第三……第三位上场打击的是右打！

春天叫了暂停，再一次更换投手，二垒手文倩灵被换到了投手丘上……

一直到上半局结束，飞扬之梦也没能再拿到一分。

九局下半是春天棒球队进攻，假如春天再得分，将赢得比赛，哪怕没得分，也能成功进入加时赛。

简清又在那划来划去了，“进加时赛的话，我们的优势不大啊，我们……”“谁说我们要进加时赛？”梁夏打断她，“我们马上就要赢了。”

简清愣了一下，又听她说：“新队名取好了吗？取好了就可以开始准备订做球服了——哦对了，钱得找孟小姐出。”

她这边说着，那边赵美女已经戴好护帽，准备上场了。孟小运又一次提出了换人，赵美女在得到梁夏的再一次肯定眼神之后，恶狠狠地瞪了他一眼，大步朝着场上走去。

“就差一分，真的不用换人？”简清有些不知所措，梁夏理理帽子朝外走去，临走前回头冲她一笑，“你觉得队名叫‘夏天’怎么样？”

话音刚落，外面的广播已经开始催促跑垒指导员就位了，她没再回头，快步往一、二垒附近的指导员区跑去。

投手上板，合手，投出。白球划出漂亮的弧线，赵美女挥棒，落空。

第二球，落空；第三球，触击滚地，她开始跑垒，出局。

要打加时赛的话，春天的优势有多少？简清有些慌乱地翻着手上的资料，密密麻麻的数据看得她头疼。打加时赛的话，第四棒宋飞必定是要上场的，第五棒仍旧是个二线球员，韩颂似乎受伤被换下去了……

孟小运突然吼了一声：“志扬！好样的！”简清抬头去看，就见王志扬正满身尘土地从地上起来，边上的一垒手也“呸呸呸”连吐了好几口沙子。

上……上垒了？

接着，就到春天的第二棒孔佳宜了。孔佳宜谨慎地选择了触击，在简清几乎碎碎念一样的默然祈祷中成功踏上一垒垒包。等到朱璇上场，张小春都激动得把助威棒抠破了，简清也紧紧地攥住了手里的笔。哪怕投手一直投伸卡球吧，只要击出安打，下面还有梁夏啊！

梁夏坐在休息区，一动不动地看着场内，不知在想什么。

第一球，伸卡球；第二球，伸卡球……

朱璇最终还是谨慎地选择了触击，左打打出的滚地球靠近一垒附近，左打本身距离一垒更近……满垒！

飞扬之梦叫了暂停，不是捕手叫出的暂停，而是飞扬之梦主教练使用一局仅有一次的教练指导投手暂停。更多的镜头和目光投向了梁夏，在这样的情况击出本垒打的话，这将是一支四分再见本垒打。

是春天击出再见本垒打结束比赛，还是飞扬之梦守住最后的攻势？

投手丘上，飞扬之梦的教练几乎和投手把头靠在一起说话。

比赛的胶着，让场外的观众也焦躁起来，飞扬之梦那边的拉拉队有人起头唱歌，稀稀拉拉地提不起多少精神。

记者们却忙碌地扛着长枪短炮在各处走动，甚至已经有人采访起了观众席上的球迷：“您对今天这些女球员的表现满意吗？”

“您觉得飞扬之梦的实力如何？”

……无论胜负，这场比赛带来的话题性和争议性绝对是足够的。

暂停终于结束，春天的第四棒梁夏上场打击，有记者冲着场内大吼：“魏冬，来个四分本垒打！”梁夏扭头冲那个方向笑笑，用口型回答：“一定。”

不过短短几步路，却仿佛有一个世纪那么长。张小春等人都屏住了呼吸等待，只有张霍芸兢兢业业地扛着球棒坐到了准备区。

投手丘的投手深吸了口气，警惕着可能出现的盗垒，三个垒包上的跑者看起来都挺蠢蠢欲动的，却都没有什么实际行动。

第一球投出，梁夏没有挥棒。第二球，仍旧只是观察。

投手往三垒投了牵制球，王志扬迅速回垒，表情无辜地拍去手掌上的粉尘。

白球再一次朝着本垒方向飞去，梁夏挥棒。球高高飞起，撞上了护栏，界外球！

赵美女急得跺脚，“都这个时候了，还打什么界外球！她自己都消耗不起了吧！”黄隆沙看了她一眼，有些犹豫着说：“你看那个球的位置，也可能……是紧张吧。”

紧……张？大家面面相觑，界外球又一次被击出。

第三球，第四球，第五球……球击出的轨迹终于有了明显的改变，刺目的阳光让球路变得模糊，在越过护栏之后，猛然闯入了场外球迷的视野中。

本垒打，再见本垒打！

王志扬最先冲向本垒，飞扬之梦新换上的捕手有些发愣地退到了一边，让出本垒板的位置。

“上垒！”“上垒！”……

张小春看着梁夏扔下球棒，看着她如入无人之境一般地踏上一垒，踏过二垒……一如初见的那个下午，一路风尘，将垒包一个个踩在脚下，将起点变为终点后再次回归，迎接胜利。

他们，赢了！

孟小运最先冲入场内，但是本垒附近的女孩们已经搂成一团了，他再着急也只得张开手臂在外围扑那么一下。张小春矜持地维持着队长的身份，只扭头和黄隆沙拥抱庆祝了一下。

简清靠在轮椅上，拿笔激动地在资料上戳了两个洞。她身侧的方梦喃喃低语般出声：“夏天，夏天棒球队，夏天俱乐部吗？”

休息区外，是6月没有一丝乌云的蓝天。

夏天，真的要来了。

第二十一局

尾声

升入高三之后，王瑜几乎与所有的娱乐项目绝缘了。

只在每天晚饭前后，由王妈妈陪着看一看电视上的国内外新闻，至于电脑，查资料之外，已经很久没有碰过了。

晚饭十分丰盛，快炒的菠菜、炖得烂烂的猪蹄、新鲜的清蒸螃蟹、嫩嫩的金针菇炒虾仁、金黄色的家常豆腐……一家三口围坐着小圆桌，菜碟子层层叠叠，都快从桌边滑下去了。

王瑜有些不解："今天怎么做这么多菜？"

"考生餐嘛。"王妈妈回答得飞快。王爸爸吃了两口饭，一副欲言又止的样子，被王妈妈踩了一脚，便也开始埋头苦吃。王瑜不解，也没认真探究的意思——距高考越近，王妈妈就越紧张，紧张到有点神经质的地步。

吃过饭，王瑜有10分钟时间散步，还有个20分钟读报时间。王家的报纸都搁在客厅的报架上，王爸爸早上看，王瑜晚上看。

王瑜摸摸肚皮起来，慢吞吞地下楼散步。她从三楼的家里出发，走到了小区花园的小凉亭那儿，转过小喷水池，再绕回来。不多不少，正好10

分钟。

报架上夹着当天的日报和几份全国性的时政报，王瑜翻了翻，没有翻到晚报。至于《体育周刊》《棒垒新闻》之类的报纸，自从王瑜离开棒球场之后，再没在王家出现过。少一份报纸，也没有什么大不了的。

王瑜走马观花地翻完，回到了自己房间。夜色已经开始浓重了，月亮半隐在乌云后面，淡淡地裹着一层光晕。王瑜小时候总是听老家的奶奶说月亮说云彩，这时候就很笃定地在心里判断：明天，应该是要下雨了。

写完一张数学卷子和一份物理习题，王妈妈把夜宵和水果送了进来。王瑜其实不饿，但还是认认真真地全部吃完了。王妈妈瞅着地上的几根发丝发愁："哎呀，你又掉头发了！"

王瑜哭笑不得地把大惊小怪的母亲推出门，又做了一会题，肚子却开始隐隐作痛。她急匆匆抽了本化学公式册子，捂着肚子冲进了卫生间。

密密麻麻的化学方程式搅得她本来就不大舒服的肚子更加难受，连地砖的花纹都似在描画疼痛的规律。

王瑜伸手在壁柜边的小架子上翻找，想找找有没有什么可以分散注意力的厕间读物。王爸爸常年习惯往这上面塞一些花边小报和劣质杂志，虽然不耐读，解闷儿倒是不错的。王瑜果然摸到了几样东西，一本老旧的小人书，一张叠成巴掌大小的报纸。

她一手抚着胀痛的小腹，一手抖开皱巴巴的报纸——怪不得她没看到今天的晚报，原来被爸爸塞到了这里。T城的晚报内容还算活泼，上至政策方向，下至市民夫妻吵架花圃养鸡之类的鸡毛琐事，都能占有一席之地。

王瑜只翻了两下，捂着肚子的手就不知不觉松开了：中国棒协拟启动女子职业棒球联赛，即将开放女球员注册窗口……

她很快在下面的报道中找到了"夏天"和"繁星"的字样，嘉盛天娱作为夏天背后的大股东也被详细介绍。

第一遍她看得很急，深怕要消失一般，等到第二遍回顾，王瑜才意识到自己全身都在颤抖。她突然想起那个夏天，她们满身大汗地搂抱在一起，高兴到啜泣出声。

隔天，自己就登上了返乡的飞机。梁夏说："你的人生还长着，你要是想打比赛，总会有机会的。”

王瑜回到客厅，父母已经睡下了。她拿着报纸回到房间，找出手机想要拨号时，才意识到已经是深夜。

她把报纸展平，又用手机上网搜索类似的关键词，这喜讯来得太过突然，她需要反复确认，才能肯定新闻的真实性。哪怕看到的是部分偏激男性球迷的狭隘谩骂，也让她觉得真实可喜。

她又开了柜子，翻出珍藏了近一年的投手手套和球衣，把最后那场比赛穿过的内衫盖到脸上，在床上翻来覆去地傻笑了好几分钟。

时针转动，马上就要12点了。王瑜再一次拿起手机，瞅着时间一分一秒跳走。直到这一天彻底终结，新一天重新开始，她长长地嘘出口气。

12点过去了，报纸还在，习题集也还在。她翻出了熟悉的号码，拨了出去。

熟悉的提示音响起，一声，两声，三声……电话终于被接起，响起的声音却不是梁夏的。

“哪位？”低沉的男声瞬间把王瑜震醒了，她盯着眼前的报纸，纸上的黑色粗体字在眼前飞舞。

“职业”、“棒球”、“春天”、“注册”……她说出的话也结巴了起来。反倒是肖静林先给了台阶：“你找小夏？”

王瑜连忙点头，点完才想起来他看不到：“我找……梁副队。”电话里沉默了一下，有窸窸窣窣的布料摩挲声传来，然后是梁夏那熟悉的沙哑嗓子：“王瑜？”

这一声称呼再平常不过，王瑜差点落下泪来：“梁副……梁队！”梁夏在电话里笑出声：“看到新闻了？”王瑜带着鼻音“嗯”了一声。

“那就好好学习，早点回来吧。”

王瑜又“嗯”了一声，千言万语，在梁夏这一声“回来”面前，突然就说不出口了。是啊，她回赛场了，而她王瑜，以及千千万万的女孩，也多了选择另一条人生道路的机会。

她挂了电话，把内衫叠好，和手套一起重新放进柜子里，再把报纸平整地夹进客厅的报夹里，回到房间，翻开了尚未写完的习题集。

人生还很长，又一个夏天即将来到。

等我回来吧！